本辑由上海大学诗礼文化研究院资助出版

# 诗经研究丛刊

## 第二十九辑

（第十二届诗经国际学术研讨会论文集之一）

中国诗经学会
河北师范大学 合办

学苑出版社

图书在版编目（CIP）数据

诗经研究丛刊．第二十九辑／中国诗经学会，河北师范大学合办．— 北京：学苑出版社，2018.5
　ISBN 978-7-5077-5479-7

Ⅰ．①诗… Ⅱ．①中… ②河… Ⅲ．①《诗经》－诗歌研究－丛刊 Ⅳ．①I207.222-55

中国版本图书馆CIP数据核字(2018)第107233号

责任编辑：战葆红
出版发行：学苑出版社
社　　址：北京市丰台区南方庄2号院1号楼
邮政编码：100079
网　　址：www.book001.com
电子信箱：xueyuanpress@163.com
联系电话：010-67601101（营销部） 67603091（总编室）
经　　销：新华书店
印　刷　厂：保定市彩虹艺雅印刷有限公司
开本尺寸：880×1230　1/32
印　　张：13.5
字　　数：322千字
版　　次：2018年7月第1版
印　　次：2018年7月第1次印刷
定　　价：100.00元

# 编委会

主编　王长华

编委　(以姓氏笔画为序)

　　　王长华　　　　王洲明
　　　向　熹　　　　刘毓庆
　　　邵炳军　　　　林庆彰(中国台湾)
　　　赵逵夫　　　　赵敏俐
　　　郭　杰

# 编 委 会

主编　王长华

编委　(以姓氏笔画为序)

　　　王长华　　　　王洲明
　　　向　熹　　　　刘毓庆
　　　邵炳军　　　　林庆彰(中国台湾)
　　　赵逵夫　　　　赵敏俐
　　　郭　杰

# 目 录

中国诗经学会第十二届年会暨国际学术
　　研讨会开幕式致辞……………………………王长华(1)

## 世界汉学中的诗经学
宋学东传与江户初期的《诗》学建构…………张小敏(5)
明治日本编撰"中国文学史"所见《诗经》观…………张永平(19)
伪《诗》说如何影响朝鲜解《诗》空间…………[韩国]金秀炅(28)
朝鲜时代儒者朴世堂《诗经》学研究……………付星星(48)

## 学术史研究
南音北传与先秦时期的文化交融……………谭德兴(76)
"温柔敦厚,《诗》教也"意涵探析…………(台湾)林叶连(98)
《诗经·十月之交》与汉代的灾异观念…………陈斯怀(141)
马融《诗》学与东汉的古文经学…………………李小成(160)
论董仲舒《诗》观念………………………………王硕民(174)
汉四家《诗》说异同谫论…………………………陈锦春(189)
诗纬"五际"本事考论………………………………孙海龙(210)
《琴操》歌《诗》引《诗》考论……………………王　娜(222)
异文视角下的汉代《诗经》文本书写初探
　　——以《诗·邶风·谷风》异文为例…………叶铸漩(241)

## 考古学与《诗经》研究

清华简《楚居》所见"求女"发微
　　——兼及《汉广》《蒹葭》二诗的主题 ………… 韩高年(253)
论《诗经》的歌诗亲缘衍生传统……………………… 孙世洋(263)
香港中文大学文物馆藏战国简拾诗………………… 胡　宁(284)
曲沃晋侯墓发现的诗经学意义……………………… 于文哲(292)

## 夏传才先生纪念专辑

追悼夏传才先生诗词选 ……………………………………（307）
夏传才与香港地区《诗经》研究以香港中国文学
　　学会为考察中心 ……………………（香港）马辉洪(311)
夏传才著作目录………………………（台湾）李丽文(324)

# 中国诗经学会第十二届年会暨国际学术研讨会开幕式致辞

王长华

尊敬的各位专家、学者,女士们、先生们:

大家上午好!

受组委会委托,我宣布:中国诗经学会第十二届年会暨国际学术研讨会现在开幕!

首先,我谨代表中国诗经学会和与会的各位专家、学者向承办此次会议的广西大学文学院、上海大学中国古代文学与文化研究中心致以诚挚的谢意。根据组委会统计,我们这一届年会到会的会员有近170余人,会议规模是很大的,这肯定会给承办单位的组织工作带来很大的压力。但据我所知,在学校领导和李寅生、邵炳军、龙文玲、易小平等老师以及参与这项工作的研究生同学们的共同努力下,会议筹备工作井井有条,稳步推进,这届年会能够如期召开,和他们付出的大量心血和汗水是分不开的。所以,我提议,让我们以最热烈的掌声向他们表示衷心的感谢!

下面,按照惯例,我对学会自上一届年会后这两年来的工作做一个简要的总结,请各位代表批评指正。

一是学会大型集体项目取得喜人成绩。由夏传才教授任主编,我任副主编的《诗经要籍集成二编》于2015年9月由学苑出版社出版。《诗经要籍集成二编》共收录了宋、元、明、清的《诗经》文献善本、抄本、稿本共103种,其中有很多是原来印数极少,今天比较难见到的文献。此前于2003年出版的《诗经要籍集成》收录《诗经》要籍141种，限于当时的条件，一些善本、珍本、稀见抄本未能收录。此后的十余年间经过编者和同仁们的不懈努力，我们又找到了很多好的版本，例如首都图书馆提供的众多馆藏善本、抄本，河间诗经斋、香港中文大学、新亚书院图书馆以及中国台湾、日本友人提供的一些版本，这些版本在《诗经要籍集成二编》的编辑过程中发挥了重要的作用。对朋友们和兄弟单位的无私帮助，我也再次代表中国诗经学会表示感谢！此外，上一届年会我们计划推动的《世界汉学诗经学》丛书的编纂工作也取得了一定的进展。这套丛书计划分为五个部分，即"英语国家《诗经》的传播和研究"、"法国诗经学"、"日本诗经学"、"韩国诗经学"、"德国、意大利、俄罗斯诗经学"，目前这项工作已经开始运作，并完成了其中的一部分内容。

二是学会日常工作进展顺利。两年来，我们先后完成了《诗经研究丛刊》第二十六至二十八辑的编辑出版工作，及时将上一届诗经国际学术研讨会的成果刊布出来。学会与学界也继续保持着良好的互动关系，例如今年3月下旬香港中国文学学会副会长钟洁芝女士率代表团一行8人赴河北省石家庄，看望了夏传才先生，并参观了中国诗经学会秘书处和思无邪斋。这里需要说明一下的是，夏先生已经将毕生藏书全部捐献给了河北师范大学文学院，文学院专门辟出房间保存夏老的这些藏书，藏书目录也正派专人进行整理，欢迎大家有时间到石家庄做客，参观夏老的"思无邪斋"。此外，在会员们的积极响应与配合下，学会会费的收取目前也比较正常，我们将继续管理和利用好这些经费，为大家多做一些实事。学会网站的建设工作也在推动过程之中，一些重要活动和《诗经》研究的最新动态基本上做到了及时发布。

总之，在各位会员的积极参与下，本会的各项工作都在稳步推进,取得了一些成绩,也希望大家能够继续关注和支持学会的工作,共同把学会的事情办好。下面,我再谈一下关于学会未来工作的一些想法。除了以前曾提出的继续做好《世界汉学诗经学》丛书的出版工作,积极鼓励青年学者参与学会活动等工作外,我认为要办好咱们的学会,还要做好以下一些工作。

一是进一步加强与国内外相关学术团体的联系,增进学术交流。我们学会与日本诗经学会、韩国诗经学会、台湾经学学会、香港中国文学学会有着良好的关系,夏传才、村山吉广、宋昌吉、林庆彰、丁平等老一辈学者为我们搭建起了交流和沟通的平台,提供了非常好的条件,他们的友谊也是令人感佩的。作为晚辈,我们要继续传承和发展这种友谊,并充分利用好这些平台,为会员和学界同仁的学术交流提供更多的机会。

二是鼓励和帮助不同类型的《诗经》学习和研究组织,开展高层次的学术研讨活动,将当代《诗经》研究引向深入。不久前,河北师大古代文学学科举办了一个"中国古代文学青年学者论坛暨乐府学专题研讨会"。在开幕式致辞中,我提出,新世纪以来,随着社会发展的日新月异,学术领域的各个学科都面临着前所未有的机遇和挑战。与之相应,学术交流的思路和方向也必然要进行反省和调整。一方面,我们要进行更为宽广和综合的跨学科、跨国别、跨文化的交流,使视野得以扩展;另一方面,我们也要寻求更为集中和深入的专门领域、专门主题、专门人员进行交流,使切磋更为精警锐利。这些年来,各种大型的学术年会、国际学术会议越来越多,各种小型的专题论坛、读书会、沙龙等也越来越多,学术交流的层次分化现象逐渐变得非常突出。这充分说明学界已经在学术交流的发展方向上达成共识,各学科都在积极谋求研究领域的前沿性突破。新世纪的《诗经》研究也应当如此,所以除了两年一届的年会,希望在座的同仁能够积极行动起来,围绕各自的研究领域,开展高层次、高水平的学术交流,唯其如此,我们也才能真正推动当代《诗经》研究的进步。

最后祝会议圆满成功!祝各位代表身体健康,在美丽的南宁度过一段快乐美好的时光!

谢谢大家!

2016 年 10 月 28 日

# 世界汉学中的诗经学

# 宋学东传与江户初期的《诗》学建构

张小敏

## 宋学东传日本

江户近三百年历史中,朱子学以官学身份独尊一百年,流行近二百年,可谓是独占鳌头,风光尽显。我们不得不感叹学术教化天下的无限魅力。江户历代学子感慨时代文运之昌盛,歌颂前儒再造文坛之盛事时,无不提及两位早期代表人物披荆斩棘的首创之功。一位是首倡朱子学的鼻祖藤原惺窝,另一位是使朱子学立足江户起至关重要作用的林罗山。角田九华曰:"盖自皇纲解纽而天下麻乱,日寻干戈,文字之业,坠在浮屠氏四百有余岁,惺窝生长仓皇之际,特起流俗之中,接彼绝学之后,而始标濂洛之旨。尔后运属壅熙,人挟四书,户弦家诵,盖惺窝为之倡也。其有功于圣门,于是乎伟矣。①"江村北海曰:"先是京师有唱程朱说者,而犹未普四方,惺窝一出麾之,海内靡然宗之。②"西岛醇曰:"程朱学之入于我邦也旧矣,僧玄惠始讲之,而后寥寥无闻。元和年间,藤原肃首唱

---

① [日本]角田九华:《近世丛语》卷3,庆元堂、尚书堂、松根堂天保九年订正本,第15页。

② [日本]江村北海:《日本诗史》卷3,载关仪一郎《近世儒家史料》中,昭和十八年刊本,第32页。

之,而林信胜父子和之。德川幕府举委以学政,于是天下靡然向往。①"柴野栗山说:"庆元之间,天下初定,惺窝、罗山诸先生以博洽精识为一时唱,首诵宋学,赞成一代大平之治。②"藤原惺窝和林罗山在江户初期为朱子学的初传立下了汗马功劳,居功至伟。

藤原惺窝之前,朱子学已经传入日本,具体的年代不甚详细,茅原定在《茅窗漫笔》中的几条材料大致划定了朱子学传入日本的时间。《南山编年录》云:"元应元年(1319)十月四日《四书集注》舶来③"。中村惕斋曰:"后小松帝应永十年(1403)癸未,南都归船载《四书集注》、《诗经集传》来,同年八月三日达之洛阳。于是东福寺不二、岐阳和尚始讲之。④"

后醍醐天皇著《嘉文乱记》六十五卷曰:"广信尝在京与藤房论学,一日语藤房曰:宋大儒朱晦庵之书前此六年始入本朝,世儒未有知焉,我幸深尊信之,请今借之,宜覃思于斯书。藤房诺然。藤房之学雅混儒佛,以故卒与广信不合。广信延文元年(1356)三月下世。年九十六。⑤"山崎暗斋答真边仲庵书云:"朱子书之来于本朝凡数百年焉,独清轩玄惠法印始以此为正而未免佛,藤大阁亦以为程朱新释可肝心而犹惑乎佛。⑥"大田锦城也说:"此邦讲宋学者,以僧玄惠为始,尔后有间唱之者,其学不振。至惺窝尊奉朱说,林罗山、松永昌三,那波活所诸贤,皆出于其门,各为时所归仰。继

---

① [日本]西岛醇:《儒林源流》,凤出版昭和51年刊本,第1页。
② [日本]柴野栗山:《栗山文集》卷3,山城屋佐兵卫天保十三年刊本,第5页。
③ [日本]茅原定:《茅窗漫笔》卷1,国立国会图书馆藏皇都书房天保四年刻本,第11页。
④ 同③。
⑤ 同③,第13页。
⑥ 同③。

之山崎暗斋,独立自振,亦宗洛闽,于是乎朱学始大行。①"玄惠在世的时间是1279至1350。除中村惕斋外,后醍醐天皇、山崎暗斋、大田锦城都认为朱子学传入日本的时间最晚不超过14世纪中期,而《南山编年录》记录的精确时间是1319年10月4日,正好早于14世纪中期,因此,《南山编年录》的记载很有可能是有根据的。

  自元应元年(1319)《四书集注》舶来日本至天正十六年(1588)藤原惺窝以《论孟集注》《中庸章句》等书为教材授学地方,相隔260余年中,虽有个别僧人如玄惠、广信等人喜好,却不被众人所周知,更不为上层统治者所接纳,鲜有人了解。即便至藤原惺窝、林罗山等人倡导朱子学时,也遇到种种阻力,曲高和寡,被人视作另类。朱子学的传播举步维艰。角田九华说:"藤原惺窝大倡洛闽学,声号显白,而藩篱高峭,世希闻之者。②"

  江户初期最早接触朱子学并产生深远影响的是藤原惺窝。藤原惺窝(1561-1619),名肃,字敛夫,号惺窝,又号北肉山人、柴立子、广胖窝,播磨人。著《文章达德录》《达德纲领》《四书大全头书》《假名性理》等,有《惺窝文集》。惺窝初年削发入释,后弃佛从儒,潜心朱子学。天正十六年(1588),惺窝始据《论孟集注》《学庸章句》等书讲授朱子学。这是日本历史上有史可据的最早的公开传播朱子学的记载。惺窝一生培养了大批优秀的朱子学人才,有"四大天王"之称的林罗山、堀杏庵、松永昌三、那波活所,在当时都是声名显赫的人物,为朱子学的进一步推广发挥了积极的推动作用。惺窝也因此在日本学史尤其在江户学术史中占有极其重要的

---

  ① [日本]大田锦城:《九经谈》卷1,大阪河内屋太助文化甲子本,第13页。
  ② [日本]角田九华:《近世丛语》卷5,庆元堂、尚书堂、松根堂天保九年订正本,第8页。

地位。荻生徂徕写给都三近的信中说:"昔在邃古,吾东方之国泯泯乎无知觉。有王仁氏,而后民始识字;有黄备氏,而后经艺始传;有菅原氏,而后文史可诵;有惺窝氏,而后人人言则称天语圣。斯四君子者,虽世尸祝乎学宫可也。"①徂徕是将惺窝视作日本朱子学的祖师爷。授课之余,惺窝曾用宋儒之意加倭训于四书五经,为后世初学者学习朱子学提供了一条捷径,影响甚广。林罗山《新版五经白文点本跋》说:"本朝词人博士,振古讲五经者,唯读汉唐诸儒之注疏,未能知宋儒之道学。故世人皆拘于训诂,不能穷物理者,殆数百年千岁。然今世往岁妙寿院惺窝先生讲学格物之暇,新加训点于五经,《易》则从程传兼朱义,《诗》则主朱传,《书》则原蔡传,《礼记》则依陈说,《春秋》则据胡传。②"林信澄《惺窝先生行状》亦云:"本朝儒者博士自古唯读汉唐注疏,点经传加倭训。然而至于陈朱书,未知什一,故性理之学识者鲜矣。由是先生劝赤松氏、使姜沆等十数辈,净书四书五经,先生自据陈朱之意为之训点,其功为大。③"惺窝在《译语序》中说:"赤松公今新书四书五经之经文,请予欲以宋儒之意加倭训于字傍,惠后学。日本译宋儒之解者以此册为原本。④"由此看来,是惺窝开启了日本翻译朱子学的先河。所以朝鲜使节姜沆说:"日东之人不知有宋贤,惟敛夫表而出之,是无敛夫则无宋贤也。⑤"惺窝首倡之功,功不可没。可惜他是

---

① [日本]原念斋:《先哲丛谈》卷1,武阪府书林文化十三年刊本,第1页。
② [日本]林罗山:《罗山文集》卷53,平安考古学会大正七年版,第175页。
③ [日本]林信澄:《惺窝先生行状》,林罗山《惺窝稿》,宽永四年刊本,第4页。
④ [日本]藤原惺窝:《译语序》卷2,林罗山《惺窝稿》,宽永四年刊本,第31页。
⑤ [日本]姜沆:《五经跋》卷3,菅玄同《惺窝稿续编》,宽永四年刊本,第22页。

一个厌恶官场,崇尚自由,有隐逸情结的人。尽管受到德川家康德的礼遇,但为官的心愿丝毫无有,致使惺窝的朱子学造诣无法借助行政的手段影响到更为广阔的领域。不过这一遗憾很快在他的弟子林罗山身上得以弥补,林氏将朱子学直接推向官学至高无上的位置。

林罗山(1583－1657),名忠,一名信胜,字子信,号罗山,称又三郎,私谥文敏,平安人。早年登东山入建仁禅寺大统庵古涧稽长老室读书,三年后方离开寺院。官民部卿法印。罗山自幼喜好读书,家贫书不易得,凡有所获无所不读。十七岁始专志于经学,既通四书五经之旧注后,又覃思于朱子学。庆长五年(1600),罗山始以朱子学教学。"五年庚子,先生十八岁,学业大进,声名籍甚。当时清原家儒者讲四书,唯《学庸》用朱子章句,而《论孟》犹读何赵侃皇侃邢昺疏,未见集注。而五经唯仅窥汉唐注疏而已,此时惺窝藤敛夫虽为儒宗,避世不接人。先生独教徒弟讲宋儒之书。本朝道学之兴权舆于此。①"文中提到的清原家是世袭的明经博士,世代担任大学的教头,担负着为朝廷讲经的重任,可以说是官方经学发展形态的代表。虽然距离藤原惺窝讲授朱子学的时间已经过去了十二年,朝廷似乎还没有采纳朱子学的迹象,五经授课依然沿用着清原家世代守护的汉唐旧注。而民间新学风气的代表藤原惺窝采取的是一种封闭的教学模式,影响有限。时隔三年后的庆长八年(1603),罗山其人和他的私塾因为一场"官司"名声稍显。"八年癸卯,先生二十一岁,聚徒弟开筵讲《论语集注》,来闻者满席。外史清原秀贤忌其才,奏曰:'自古无敕许则不能讲书,廷臣犹然,况于俗士乎?请罪之。'遂闻达于大神君。大君菀尔曰:'讲者可谓奇

---

① [日本]林恕:《罗山林先生集附录卷第一》,《罗山先生诗集》,平安考古学会大正十年刊本,第3页。

也,诉者其志豏矣.'于是秀贤缄口。自是先生讲书不休,加训点于《四书章句集注》,专以程朱之学为主。①"表面看来是文人间的私人矛盾,实际上是旧学与新学之间冲突的首次升级,也是官方学术与民间学术的第一次交锋。最后以朱子学的胜利而告终。相信这次惊动实际的最高统治者的学术之争,并不是简单的文人肚量大小的问题,而是关系到德川幕府未来文教政治意识形态选择的重大现实问题。在这次事件中,德川家康传递出承认和接纳朱子学的微妙信号。这一年恰好是日本江户时代的开端之年。次年,罗山拜藤原惺窝门下,成就了江户学术史上一段值得称赞的师生佳话。庆长十年(1605),罗山奉召拜谒德川家康,拜为博士。朱子学也随之被带到幕府,成为官方学术的一支重要力量。以后,罗山愈发受到重用,他所信仰的朱子学成为实际的政治意识形态。可以说,罗山的命运和朱子学的命运是紧密绾结在一起的。罗山的仕途命运自然会影响到经过战乱洗礼刚刚平复的文人的心态。加之幕府的推行,上行下效,在全国范围内掀起一股学习朱子学的热潮也在情理之中。罗山的子孙代代世袭幕府的儒职,朱子学江户二百六十余年的官学身份不曾改变。

  朱子学能够立足江户最为关键的因素还取决于德川幕府赋予它的官学地位。江户幕府第一代将军德川家康,起初仅是战国时代的一名地方诸侯,趁其主君尸骨未寒之时,拥兵夺权,弑君自立,登上日本权力中心的最高峰,建立了日本历史上政治体制最完备也是最后一个封建王朝——江户幕府。凭借武力赢得天下的德川家康汲取镰仓室町以来武家政治的失败教训,决心采用文教政治来守护既得利益。以文教政治为基点,德川幕府出台了一系列以

---

① [日本]林恕:《罗山林先生集附录卷第一》,《罗山先生诗集》,平安考古学会大正十年刊本,第4页。

巩固封建中央集权制为宗旨的法律和规定。针对诸侯和武士,出台《武家诸法度》,明确限定大名和武士的权力和义务,使大名之间相互牵制,从军事上完全控制地方势力,力避"以下克上"的历史事件再次上演。针对天皇和贵族,颁布《禁中及公家诸法度》,历史上第一次对日本的精神领袖天皇的行为借法律的形式予以限制,削弱朝廷参与政事的权力。针对势力较大的寺院,制订《诸宗诸本山法度》,将幕府行政的触角延伸至寺庙内部事务,强化政治力量干预宗教的能力。武士以下的社会构成实行士农工商严格的身份等级制度,无科举取士制度,各等级身份均为世袭,任官是武士阶级的特权。不断发布干涉平民日常生活的"御触书""御定书"。德川家康的谋臣本多正信说:"农民,天下之根本也。治之有法:先设各人田地之界,使留一年必须之粮,其余即收作年贡,不使其有余财,又不使其不足。""收农民之贡献,要不使其死,亦不使其生。"①将农民牢牢地拴缚在田地中。又派出遍布全国各地的特务,严密监视地方的一举一动。经济上,幕府在全国设有直辖领地,同时享有管辖国内主要城市和矿山的特权,如此一来,全国主要的经济命脉就集中掌握在幕府手中。外交关系上厉行除与中国、荷兰商务往来的长崎口岸开放以外的"锁国政策",截断日本与世界的联系。这种父家长制的统治剥削模式,加之物质财富的绝对占有,构成德川幕府封建中央集权统治的政治经济基础。吴廷璆先生形象地称之为"专制警察国家"②。我们最关心的是与以上政治经济体制相匹配的意识形态的选择问题。德川家康建国之初,有四种思想体系可供选择,分别是神道、佛学、儒学、南蛮学(洋学)。然神道教理论建构先天不足,佛学的出世思想又与当时社会急需的现实本位

---

① 吴廷璆:《吴廷璆史学论集》,人民出版社,1997年,第238页。
② 吴廷璆:《吴廷璆史学论集》,人民出版社,1997年,第241页。

格格不入，南蛮学讲求上帝面前人人平等的理念与幕府本身严格的身份等级制度之间不可调和的矛盾，决定了它们都不可能承担起维护统治的思想重任。德川家康不得不将目光再次锁定在儒学以期寻求出路。而对于德川幕府来讲，新近传入日本不久并不为广大日人所熟知的朱子学，对于巩固东方大国宋元明三代封建专制统治大厦起到了不可估量的思想支撑作用。幕府的上层统治者不可能熟视无睹，置若罔闻。而以德川家康为核心的上层统治者当时迫切需要寻找一种肯定现实秩序，服务武士统治的，理论框架结构完备的御用思想。朱子学正好具备这种理论素质，因此朱子学由私学向官学身份转换只是一个时间问题。之后朱子学作为一种独立的意识形态迅速崛起，进入它在江户时代的全盛时期。

## 宋学东传日本背景下的江户初期《诗》学建构

特殊的文化生态孕育出江户初期《诗》学特别的生命姿态。这时产生的《诗》学代表作有林恕的《诗经私考》和《诗经别考》、松永昌易的《头注诗经集注》、中村惕斋的《笔记诗集传》等。综观各部著作，其《诗》学观呈现出大致相同的价值诉求。将其置于江户时代260余年的《诗》学研究历程中观照，江户初期的《诗》学研究显得平淡无奇，甚至老生常谈，令人生厌。具体表现为《朱传》阐释中的人云亦云，缺乏独立思考、自我生发的理论创新能力。思考背后的各种原因，主要是由朱子学初传江户的历史时机和朱子学至高无上的官学地位所决定的。早期的《诗》学研究自觉地承担起历史赋予它的朱子学理论阐释、普及，为大一统的现实秩序寻求理论支持的历史使命。主要表现为以下三个方面：

一、结合大一统国家的现实需求，为完成意识形态由多元向一元的转变而努力。无论官学代表林恕的《诗经二考》，还是民间私学代表的松永昌易的《头注诗经集注》，中村惕斋的《笔记诗集传》，都表现出对朱熹《诗集传》的崇尚不已。从各书的题名就不难发现其阐释、注解《朱传》的著述旨趣。罗山作为江户初期最高的学政官，他的诗学观很大程度上反映出江户初期《诗》学发展的一个概况。尤其是罗山本宋儒之意用国字训点的四书五经流行甚广，是江户时期初学者经学入门最通行的教材。佐时贞说："道春点本行于世者久矣，寒乡僻村皆用之。①"具体至《诗经》学，罗山对《朱传》情有独钟。他说："毛公亦汉儒之醇而所受有之焉，而其《传》甚略，郑《笺》稍详也，而其据谶纬不若毛之正也，孔氏《疏》兼解二义粗，周览而后可用朱子《集传》。②""朱子除训诂之固陋，禀折中之大才，作《诗集传》以行于世。且于序则有所援，有所阙疑，有所不取，有所论辩。至如形名度数草木鸟兽有让于先儒，不悉释出，千岁之后得六义之旨者乎。③"诗歌大意本诸《朱传》，但名物考释，文字训解仍参诸汉唐注疏。"名物度数之事不可不见注疏欤。朱文公之传注亦让于注疏，而不尽释者不少矣，学者勿忽诸可也。④""逮朱子《集传》出而后群言废矣，可谓得比兴之本旨，合诗人之原志。而其间让训诂委曲于汉唐注疏者，往往不能无之，则有不能尽释之者，是以解人颐者不可不以并考也。⑤"以《关雎》为例，毛、郑、孔的传疏与朱熹的集注就不尽相同，有学生向罗山请教他们的优劣。

---

① ［日本］佐时贞：《诗音示蒙·凡例》，东都书肆享和二年本。
② ［日本］林罗山：《罗山先生文集》卷73，平安考古学会大正七年版，第465页。
③ 同②，卷33，第367页。
④ 同②，卷72，第461页。
⑤ ［日本］林罗山：《示男恕以讲诗事》卷64，载《罗山先生文集》，平安考古学会大正七年版，第324页。

他回答说:"朱子谓淑女乃太姒为处子时也,文王之宫人求得圣女为圣王之配。及其始至,有幽贤贞静之德,故作此诗。汉匡衡曰:配至尊而为宗庙主,纲纪之首,王教之端也。岂嫔妃之称乎?先儒谓淑者,女德之至者也。太姒,圣女也,咏其德者一言以蔽之,淑而已,不亦然乎!求之不得则不能无寤寐反侧之忧,然哀而不伤;求而得之,则有琴瑟钟鼓之乐,然乐而不淫。故人闻之洋洋盈耳。且此诗虽若专美太姒,而实以深见文王之德。先儒多是一以后妃为主而不复知有文王,至朱子谓后妃之内助,亦本于文王之躬化,是所可着眼也。①"其以《朱传》义理为核心的解《诗》旨趣不容置喙。罗山无论是其学术地位还是政治地位,都具备足以影响当时《诗》学研究之风的强大号召力,一定程度上,他的《诗》学观规定着刚刚统一不久的江户幕府的《诗》学走向。室直清于中村惕斋的《五经笔记序》中曾言:"古之为经者,汉有专门之传,唐有义疏之说,儒家者流递相祖述,谓之无功于经,固不可也。然其学拘滞记闻,懵如大义,不能发明圣人垂教之义,徒乃区区分析章句训诂,以为得之,抑亦末矣。遂使学者厌其卑近,骛于高远,顾以老佛之说,乱圣人之言乃已。夫唯程朱之学乎,其说本于性理,切于进修,高之不流空虚,卑之不坠口耳。宜其经解之书,与本经相上下,犹日月并悬于天也。"又说"余少游京师,闻洛下宿儒有中村惕斋先生者,隐居授经于家,一皆崇尚朱氏。其于《五经》《论孟》等书,皆有笔记,笃学人也。"②此文推举《朱传》甚高,而对江户以前一千年来所墨守的汉唐注疏颇多微词,似有清算的意思。日本儒学从汉唐章句向

---

① [日本] 林罗山:《罗山先生文集》卷33,平安考古学会大正七年版,第366页。
② [日本] 中村惕斋:《笔记诗集传序》,皇都书肆再昌轩、平乐寺享保十五年序刊本,第3-5页。

宋元义理的一朝之变，既与朱子学自身优秀的义理内质有关，更与幕府大一统的文化选择有着直接的关系。幕府在没有任何朱子学准备的前提下，大胆借用朱子学作为官方唯一的意识形态，与"本民族不善思辨却重视现实的性格有关，无论如何玄妙精微的哲学一到日本人头脑中，理论上尚未窥门奥，便立即顾及如何实行。①"日本的《诗》学者一样，他们都怀揣着经世的目的来钻研《朱传》。

二、借助注释《朱传》完善朱子学的理论建构。对于初期的德川幕府而言，朱子学是一个全新的思想体系，它的内化需要一个过程。江户初期的《诗》学者述而不作的研经行为正是为这一转变的前期准备，是朱子学日本化进程当中的必经阶段。林罗山没有专门的《诗》学著述流传，他的《诗》学观零星地散布在一些随笔当中，不过足以体现出他服务现实政治的朱子学理论构建宗旨。如论"赋"，"诗序六义，一曰赋。赋之正者，莫若《离骚》。离骚者，悲而不伤，怨而不邪。一句之中，未尝忘忠也；一章之中，未尝忘君也。②"由《诗》之赋而至《离骚》，由《离骚》而至忠君思想。言外之意，凡赋体皆应传达忠君爱国思想。又曰："吾曾谓四书六经为古文，是皆道德之器也。③" 为四书六经贴上道德的标签。又曰："卫国淫风流行，虽有七子之母，犹不能安其室。然其子作诗云'母氏圣善，我无令人。'④"格外看重诗句中浓重的孝道思想。又曰："诗云：鸢飞戾天，鱼跃于渊。言上下察也。有羽者之所以飞翔，有鳞者之所以泳跃，是何故乎？天地之间，道理炳然。故天尊地卑，上

---

① ［日本］高濑武次郎：《日本之阳明学》，张君劢：《比较中日阳明学》，转引自王家骅：《儒家思想与日本文化》，杭州：浙江人民出版社，1990 年，第 124–125 页。
② 京都史迹会：《林罗山文集》卷 66，昭和五十四年版，第 811 页。
③ 同②，卷 66，第 813 页。
④ 同②，卷 67，第 824 页。

下奠位。君君臣臣，父父子子，其余亦然。①"诗中之自然描写，经过"万物一理"的义理演绎，罗山从中读到的是等级制度的合理性。又曰："《凯风》诗云'母氏圣善，我无令人。'所谓天下无不是底父母。韩子《羑里操》云'臣罪兮当诛，天王圣明。'②"曰："《诗》首《关雎》者，所以齐家也，人伦始于夫妇，故朝廷正，则天下归正③"，等等，其解读诗句中，强烈的关注现实的用世倾向昭然若揭。林恕《诗经私考发题》中在谈到《诗经私考》的著述宗旨时说："揭出《朱传》所援古事古语以记其出处，且并载诸说便于《朱传》者。④"显然，林恕以其学政官身份召集众人编纂的《诗经私考》旨在为《朱传》寻求文献依据。《头注诗经集注》和《笔记诗集传》如出一辙，皆不惜用力于考证先秦文献，直接从圣人口中引经据典以佐证《朱传》之渊源有自，夯实其权威地位。同时引用明代著述如《诗经删补》《诗经衍义》《诗经说约》《诗经古义》等疏解《朱传》，极大地丰富其理论内涵。纵向历史线索的探究和横向同类题材的拓展，无不是努力建构朱子学理论体系的表现。

三、通过开设学校，以《诗》为载体，向最广大的平民普及伦理道德观念。江户初期的《诗》学著述都具有鲜明的面向初学者的教科书性质。林恕的理想是在日本编纂一部类似于中国《五经大全》的经学教材，以帮助初学者学习五经。他参考《五经大全》的体例，结合日本特有的国情，最终成《五经私考》。具体到《诗经》，其教科书性质主要体现在三个方面，其一，疏解《朱传》详悉，不遗余力。凡是有可能成为日本初学者了解《朱传》的文字障碍，林恕都不厌

---

① 京都史迹会：《林罗山文集》卷66，昭和五十四年版，第846页。
② 京都史迹会：《林罗山文集》卷66，昭和五十四年版，第852页。
③ 同②，卷69，第862页。
④ [日本]林恕：《诗经私考》32卷，内阁文库藏宽文壬子写本。

其烦地认真解释。其二，林恕征引的明代文献多数注重《诗》意的阐发，有助于初学者在不偏离义理学的前提下领会诗意，也便于讲师的传授。其三，《私考》之外，别设《别考》，以广学生的视听。松永昌易《头注诗经集注》书末曰："右诗三百十一篇，朱子《集传》之考证评注者。余教授之暇，采摭元明诸儒之说，以便同志后学之徒者也。讲习堂寸云子昌易谨书焉。宽文四甲辰岁九月吉辰。①"是作者留给我们有关此书的唯一线索，该书的成书与讲习堂的授课息息相关。中村之钦常年隐居，笃守宋学，传道授业，《五经笔记》既是自己阅读的心得，也是为方便弟子学习朱子学之用。以文教政治为核心，幕府注重文教事业的发展，全国掀起学习文化知识的热潮，据说当时的日本受教育程度在世界上都是名列前茅的。"至幕末，大约有45%的男子和15%的女子都识字。②"据日本学者统计，自1630年至1871年，在各藩藩校担任教授的1912人中，属于朱子学派的有1388人，居绝大多数，而直接出自林家学塾和昌平坂学问所的就有541人③。除官学外，各地还自发兴办了许多寺小屋。江户时代的《诗》学史就是从这些官方和私人的学校中以教科书的性质最先发端的。幕府的政教思想也赖之普及到下层平民当中。

---

① ［日本］松永昌易：《新刊头注诗经集注跋》，宽政三年铃木温依据今村八兵卫藏板校刊本。
② 李卓：《家族制度与日本的近代化》，人民出版社，1997年，第35页。
③ 转引王家骅：《儒家思想与日本文化》，浙江人民出版社，1990年，第88页。

## 结　语

　　江户初期的《诗》学研究是以朱子学初传江户为主旋律的文化生态背景下展开的。我们可以从学术史和文化史的双重标准来评价它的意义。从《诗》学史的角度来看，江户初期的《诗》学研究是日本江户时代《诗》学史的积蓄待发阶段，分别在人才储备和理论探讨方面为江户中期《诗》学的自觉或者说是日本《诗》学的自觉奠定了坚实的基础。从文化史的角度来看，江户初期的《诗》学研究配合大一统国家的建立，主流意识形态的变更，分别从思想认识的统一、朱子学理论的建构、政教思想的传播三个方面，给予刚刚建国不久的江户幕府以有力的理论支持。

（张小敏，山西大学国学研究所，副教授）

# 明治日本编撰"中国文学史"所见《诗经》观

张永平

中国文学的历史源远流长,而"中国文学史"的历史不过只有130多年。它肇始于俄国、日本、英国汉学家的文学史纲要或文学概要,而后逐渐成为学术研究关注的重镇。1880年以来,中外中国文学史著作已达到1606种以上。①文学史对于《诗经》的定位、关注重点、研究方法,提供了一种"史"的视角,有利于读者对《诗经》的全面了解,有利于促进《诗经》的传播。明治时期的中国文学史,在世界范围内属于中国文学史编纂史的发轫期,数量却有17部之巨。②文学史这一概念起源于西欧,而中国文学史却在明治"欧风美雨"的背景下大量出现,正说明了中日两国的密切关系。

《诗经》在这些文学史的审视和定位,是颇为有趣的现象。明治科学主义至上,现实主义、浪漫主义、自然主义各种思潮蜂拥而至,新一代的中国学研究家开始运用西方文艺理论来关注《诗经》,《诗经》渐渐退

---

① 蔡镇楚:《中国文学史研究的世纪回眸与理性思考》,《湖南师范大学社会科学学报》2003年3月,第74页。

② 明治时期出现的主要中国文学史著作有:《中国古文学略史》(末松谦澄,1882)、《先秦文学:中国文学史稿》(藤田丰八,1897.5)、《中国文学史》(古城贞吉,1897.5)、《中国文学史》(至东汉,藤田丰八)、《中国小说戏曲史》(笹川临风,1897.6)、《中国文学史》(笹川临风,1898.8)、《中国文学大纲》丛书(藤田丰八等,1897~1904)、《中国文学史要》中根淑(1900.9)、《中国文学史》(高瀬武次郎,1901)、《中国文学史》(久保天随,1903.1)、《中国大文学史古代编》(至六朝,儿岛献吉郎,1909)、《中国文学史纲》(儿岛献吉郎,1912.7)、《中国近世文学史》(宫崎繁吉,1912)等。

去经学色彩,逐渐成为中国文学史中的一个客体而存在。在这些文学史的描述之中,涉及到了地理环境与文学创作、《诗经》民俗学、《诗经》文学性与政治性等问题。其中比较著名的是藤田丰八在《先秦文学:中国文学史稿》中所提出的"时空人"三维视角,他主张从纵向历史角度考察文学的变迁,从横向空间上把握《诗经》与社会因素的关系,《诗经》诗中的人、《诗经》传播相关的人则构成了历史与空间的主体。这一观点虽然朴素,却与索绪尔的共时性与历时性的语言学原理有异曲同工之妙。藤田与索绪尔同处于一个时代,两者之间的因袭关系还需要进一步探讨,不过不可否认的是——藤田在探讨《诗经》时,已经运用了共时性与历时性的语言学原理。

## 一、地理环境与诗风

地理环境属于客观存在,在不同地理环境下成长的生命个体,作品创作自然而然地受到所在地理环境的影响。

中国诗歌现实主义、浪漫主义的两大源头,《诗经》和《楚辞》则分别带有不同的地域特色。《诗经》简洁质朴,不同的生命个体"饥者歌其食,劳者歌其事","乐而不淫,哀而不伤",具有"温柔敦厚"之风,这与黄河支流与支津的生态环境有关;而《楚辞》神游天外、绚丽风格、宗教气氛,则与楚国巫文化的影响难脱关系。关于地理与文学,刘师培的南北文学论最有影响——"大抵北方之地,土厚水深,民生其间,多尚实际;南方之地,水势浩洋,民生其际,多尚虚无。民崇实际,故所著之文,不外记事、析理二端;民尚虚无,故所作之文,或为言志、抒情之体。"①

---

① 刘师培:《南北文学不同论》,载郭绍虞、罗根泽主编《中国近代文论选》(下),人民文学出版社1959年,第571页。

通观这17部文学史著作,几乎全部都注意到了地理与文学之间的关系,儿岛献吉郎甚至指出:"古来郑卫多淫声,燕赵多悲歌,邹鲁多鸿儒,吴蜀多诗人,三楚多秀士,三秦多壮士,皆其地气使然也"。①而就《诗经》而言,更是从黄河地理环境入手,分析诗篇的具体风格。

黄河是两周诗歌产生发展的重要地理人文背景。远古先人在此繁衍生息,创造了世界上高度发达的文明。藤田丰八指出,在史前文化的发轫期,科技远不发达,面对复杂多变的自然环境,难以预期的天灾人祸,风雨雷电、洪水地震、猛兽顽虫、疾病瘟疫都使得中华的远古先人处事小心翼翼而不敢有丝毫的乖张。因此,先民思想上更贴近实际,而不是毫无根基地追求浪漫。"汉人不能享南方之暖与肥,不可不耐北方之寒冷与贫瘠。逢此运命,为其生活所迫,燧人氏钻燧取火,伏羲捕兽结网,神农尝百草,上古先人所行,尽皆衣食住行之实用也。"②

藤田丰八进一步指出,由于当时社会生产力极为低下,面对有心无力的种种现实,先民敬畏鬼神、膜拜上天的观念便自然而然地产生了,这种土壤很容易滋生迷信。然而,先民有迷信敬天的理念,却没有产生宗教一类的崇拜,这也与黄河文化的地理环境有关。因为环境恶劣,生产力低下,先民只能为了衣食住行而日夜奔波,无法有闲余时间思索宇宙人生等深远的问题,而产生了极为实际的生活哲学。此后,中国学问中侧重实用的因素很多,这也与先民累积而形成的民族文化烙印有关。自然环境如此恶劣,先民却

---

① [日]儿岛献吉郎:《中国文学史纲·序论》,东京富山房,1912年,第3页。
② [日]藤田丰八:《先秦文学:中国文学史稿》,东京东华堂,1897年,第5页。

毫无办法，所以北方先民"非爱天然而敬畏之，非亲天而尊天"。历史上禅让制度、征伐更替背后都有汉民族尊天、顺应的影响。而这种天人思想进一步发展成为"畏天威，循人道"的处世法则。

> 若夫汉人得天然之慧，见天然之美，美感亦愈加发达。然而不幸，北人未得天慧，黄河为浊流，两岸尽平原，气候寒冷，山突兀也，花乏灿烂，鸟乏嘤啼，草木少而至穴居野处。若有何等诱引，以促美感之发达，然天然之苛害，害人间美之发达，反有长于制抑意志力之德……北方汉人忖度天意，在实际方面尽全力，因天道而顺应人道，发挥其强盛意志抑制力，以人之行为欲治天道，所以与其言北方汉人美术之发达，不如说道德之发达也。中国学术出于伦理之外者甚稀，亦此故乎？①

北方广袤千里，作物却是十分单一，"出也高粱，进也高粱"，使得身处此地的先民与偶尔外来的旅客难免产生荒凉悲寂的感受。面积虽大，气候变化却不多，寒冷地域多，远不及南方气候的温润与多彩。先民身居内陆，恐不能见大海之辽阔，无法了解自然景色之多变。内陆山川单一苍寂，这也导致了先民思想保守且固守某一信念。所以以北方黄河文化为母体的《诗经》文学，虽然有"东山昂昂之远，然而无流转变化之妙，刚健但缺乏清妙之致"，"原因岂非此乎？"②

生长生息的自然环境并不理想，风景风致也十分单一，在这种

---

① ［日本］藤田丰八：《先秦文学：中国文学史稿》，东京东华堂，1897年，第16页。

② 同上，第17页。

地理人文背景之中成长起来的中国先民思想上更重实际,不会吟咏超现实、畅想天外的诗篇。循天道而演人道,先民更专注人间世的风景,行事小心翼翼,处处注意约束自己的情感。而先民的诗歌——《诗经》中的作品则表达含蓄,感情中和。对此,藤田丰八运用"链锁"与"猿猴"的比喻来进行说明:

> 古代北人畏惧苛酷自然之威,服从由天道而演绎之道德法则,以意志抑制情感习惯,成北人之天性,于其文学亦历历不离其征。彼之情感如系于锁链之猿猴,能活动范围不过柱周边数步而已……北人为服从苛酷之自然,渐渐涵养成意志之强,至于周末凄乱之时至周末之时亦未失其志。诗人吟咏人情,终不脱乎礼义。①

藤田认为,正是地理环境影响了民族文化心理,从而投射到文学创作之上。《诗经》"温柔敦厚"的风格正与北方地理文化环境有密切的关系。

## 二、家长制度与《诗经》

兼具经学与文学双重性质的《诗经》,也是考察民俗学、社会学的好资料。从社会组织探讨《诗经》中的问题,也是明治时期中国文学史中出现的新尝试。而其中的家长制度,是这一时期中国文学研究家探讨的重点之一。

---

① [日本]藤田丰八:《先秦文学:中国文学史稿》,东京东华堂,1897年,第16页。

中国家长制度的形成时期,由于时代和资料的限制,目前尚无定论。不过,这一时期的日本学者认为尧舜禹时代应该已经形成了家长制。家长制伴随着兼并的胜负关系,融合出现大族,大族进而形成群后制度。统率群后者为元后。群后——诸侯、元后——帝王,成为当时社会组织的主要形式。在家长制成长起来的先民,重家庭、家族、宗族、氏族,而王族则为天下之家长,统率天下如同率领一个家庭。①《诗经·南山》云"取妻如之何,必告父母",就体现了子女对于"父母之命,媒妁之言"的重视。

　　家长制进而影响了中国先民的文化品格。藤田认为,家长制使身处北方的先民崇拜祖先,尊敬长者,重视血亲之爱,在家族圈子之爱中演绎人间诸种爱情——于女子则为"乐而不淫"之情,于父母则为"恩深似海"之情,于兄弟则为互助之情,于一族则为谱系之情。这些情进而推己及人,君王为天下之家长,臣民以父母之情事之;"老吾老以及人之老,幼吾幼以及人之幼",四海之内皆兄弟,待人亦多从家族之情演绎。从而"北人无国民逍遥之性格,北人所歌亦不离一家一族之情也"。②

　　与祖先崇拜并行而来的是崇古观念。藤田认为,追溯先民的崇古观念,存在很多原因,而祖先崇拜是其中一个重要的原因。《诗经》中祭祀宗庙颂祖先、赞颂法度重典礼的颂诗,均表现了先民对于上古社会、祖先的崇拜和尊敬之情。

---

① ［日］高濑武次郎:《中国文学史》,东京哲学馆,1901年,第47页。
② ［日］藤田丰八:《先秦文学:中国文学史稿》,东京东华堂,1897年,第7页。

## 三、《诗经》"美"与"善"的再认识

《诗经》首先是诗歌,自然内含艺术之美。其次,《诗经》又是五经之首,诗教又是明治以前汉学家极力提倡并以之教化民众的重要手段,诗"思无邪",诗篇的赞美或讽刺,不过是用来"劝善惩恶"而已。在传统诗经学史上,诗教功能大多被置于更为重要的地位。而明治时期中国学者对《诗经》的批评,则是持论客观,没有一味宣扬道德功用,也没有只讲文学之美,而是能比较辩证地讨论《诗经》文学之"美"与育人之"善"的关系。

首先,《诗经》之美是"人间之美",富有生活气息。"诗,感兴也,情之发现也,道德铸型里之发现也。"①因为与北方复杂而恶劣的地理环境共存,先民具备了顽强的意志力。由"天道"而行"人道"的民族文化因子,使先民行事小心翼翼,思想规规矩矩,不会直白地放纵情感。家长制、地理环境"使北方汉人不见天然之美,不能入理想界……非人间放浪形骸之美,是一种内在道德约束之美。"②

其次,《诗经》的文学之美、内容之美,也促进了诗教功能。木村鹰太郎在《美学道德》一书中指出,《诗经·淇奥》中"如切如磋,如琢如磨"的"君子"为道德典范,其外在良好形象的形成,是《诗经》重视礼仪威仪的"诗教"自警自戒使然。他举出《大雅·荡之什·抑》的例子——

---

① [日本]笹川临风:《中国文学史》(帝国百科全书第9编),第35—36页。东京博文馆,1898年。
② [日本]藤田丰八:《先秦文学:中国文学史稿》,东京东华堂,1897年,第31页。

>质尔人民,谨尔侯度,用戒不虞。慎尔出话,敬尔威仪,无不柔嘉。白圭之玷,尚可磨也;斯言之玷,不可为也!

他进一步分析,通过读诗而形成的礼仪素养,日久天长会反观人的内心,从而形成一种源自内心情感、道德自省的约束力。

>原来礼仪威仪之物,非单纯外形之装饰,使内心美自然表于外,人之感美性使人为美为善,某时一旦成为某种法则,从外部给人以约束。①

"美"是一种审美驱力,"善"是一种修养品格。《诗经》作为先民之歌,"于王公父母兄弟朋友之人事变化,发己真情,然其思想温柔敦厚,绝不离道德法则。故发于情止乎礼义一语,足以道出三百篇之本质也。"②

不可否认,明治中国学者论《诗经》依然有传统汉学"伦理教化"之说的影子,但在论述中,更加注意结合在具体环境下成长起来的不同个体,侧重"诗"作为文学作品对于生命个体审美心性的培养所产生的潜移默化的作用。这种变化,也与日本《诗经》传播视野中的经学之"诗"到文学之"诗"走向相一致。

**参考文献:**
[1] [日本]古城贞吉:《中国文学史》,东京经济杂志社,1897年。
[2] [日本]末松谦澄.中国古文学略史.东京自版,1882.

---

① [日本]木村鹰太郎:《美的道德》,大日本图书,1908年,第99页。
② [日本]儿岛献吉郎:《中国文学史纲》,东京富山房,1912年,第38页。

[3][日本]高濑武次郎.中国文学史.东京哲学馆,1901.
[4][日本]藤田丰八.先秦文学:中国文学史稿.东京东华堂,1897.
[5][日本]儿岛献吉郎.中国文学史纲.东京富山房,1912.
[6][日本]笹川临风.中国文学史(帝国百科全书第9编).东京博文馆,1898.
[7][日本]吉本隆明.初期歌谣论.东京河出书房新社,1977.
[8][日本]德富猪一郎.文学漫笔.东京民友社,1898.
[9][日本]木村鹰太郎.美的道德.东京大日本图书,1908.
[10][日本]日下宽述.中国文学:文章讲话.东京哲学馆,1890.
[11][日本]笹川临风.雨丝风片.东京博文馆,1900.
[12][日本]久保天随.中国文学史.东京人文社,1903.
[13][日本]根本通明.毛诗.东京哲学馆,1900.
[14][日本]坪内锐雄著,坪内逍遥阅.文学研究法.东京富山房,1903.
[15][日本]松岛荣一编.明治史论集.东京筑摩书房,1976.

(张永平,湖州师范学院外国语学院,副教授)

# 伪《诗》说如何影响朝鲜解《诗》空间
## ——朝鲜朝学者对《子贡诗传》《申培诗说》的关注

[韩国]金秀炅

## 一、绪 论

《子贡诗传》《申培诗说》(以下简称《诗传》《诗说》)早已被判定为伪书。因此二书不仅在诗经学史上难以站稳脚跟,而且难以获得积极的评价。而在谈及其伪书产生的文化背景、作假过程中的作者意识、《诗》学观及其对后世的影响等方面,该书仍成为话题的中心。以往对二书的研究,主要从辨伪学的角度入手,分析二书的成书背景,关注对该书进行辨伪的学者、学说。林庆彰先生、洪湛侯先生等学者对二书的来历、流传、考辨情况做出详细的梳理,且进一步的深层研究仍在继续。①

《诗传》和《诗说》不仅在中国轰动一时,也流传于朝鲜半岛,对朝鲜《诗经》学产生影响。尽管所接触的学者为数不多,但自从朝鲜中期开始有些学者的确接触过这两部书,并对此留下自己的感想,有时甚至与他人谈及书中内容。而朝鲜时期解《诗》主要受朱熹《诗经》学的影响,思辨性较强、辨伪性较弱。而他们面对《诗传》《诗说》持有何种态度,与重视辨伪的当时中国对该书的态度有何

---

① 参见林庆彰:《清初的群经辨伪学》,华东师范大学出版社,2011年,第251-298页;洪湛侯:《诗经学史》(上),中华书局,2002年,第431-437页;马昕:《重评〈子贡诗传〉、〈申培诗说〉的造伪与辨伪——以明代中晚期的经学复古运动为背景》,《儒家典籍与思想研究》,2012年,第106-117页。

不同,这些正是本文所关注的对象。

因《诗传》《诗说》为伪书,韩国学界不甚关注该书对朝鲜时期《诗经》学的影响,有些研究者严厉批判误以为二书为古书的学者。然而从接受学、解释学、思想学的角度来看,我们还可以借此了解在不同地域接受某种文本时折射出的当地特殊的学术背景乃至解《诗》的思维模式。基于如上考虑,本文围绕朝鲜时期学者对《诗传》《诗说》的反映与接受情况,来窥见朝鲜时期解《诗》思维模式的特点。本文由三部分组成。首先,简单介绍《诗传》《诗说》在朝鲜半岛的流传情况。其次,探讨17世纪尹鑴对《诗说》的接受。再次,论及18-19世纪正祖朝"诗经讲义"活动中君臣对《诗传》、《诗说》的讨论。

## 二、《诗传》《诗说》在朝鲜半岛的流传情况

朝鲜时期的学者主要通过丛书所收刊本来接触《诗传》《诗说》。而林庆彰先生介绍的版本中的抄本流传到朝鲜的可能性极少。从《韩国文集丛刊》《韩国经学资料集成》数据库所收资料来看,有关二书的最早记录见于17世纪后期尹鑴(1617-1680)的著述。尹鑴声称自己从"近世明人所集古逸书"①中看到《诗说》。而尹鑴所提及的,仅有申培《诗说》,没有《诗传》。除尹鑴之外,也有一些朝鲜朝学者虽然没有探讨《诗说》的具体内容,但是提及书名。例如李宜显(1669-1745,号陶谷)在罗列汉魏古书书目时,将《诗

---

① [朝鲜]尹鑴,《白湖全书》《读书记·古诗》《韩国经学资料集成·诗经》影印本,第1册,第112页;按,此申公《序传》,今见于近世明人所集古逸书者,而于古无见焉。不知集逸书者,从何得之,亦不知古今说者,何故无一言及此也。

说》列入在内①。白湖尹鑴、陶谷李宜显等学者之所以只提及《诗说》而不提及《诗传》,并不是他们通过辨伪甄别选取的结果,而是因为他们所看到的丛书仅收《诗说》而未收《诗传》。若参看林庆彰先生所列举的收录《诗传》《诗说》的13种丛书版本②,再参看朝鲜中期文集中所引丛书名的情况,仅收《诗说》的明程荣《汉魏丛书》最符合于尹鑴、李宜显等所看到的丛书的条件。基于此,我们暂且推定尹鑴等朝鲜中期的学者所看到的文本主要是《诗说》。可是我们仍不排除《诗传》的文字残缺、其内容类似于《诗说》等因素,导致朝鲜中期的学者仅引《诗说》情况的可能性。

继尹鑴之后,明斋尹拯(1629—1714)等学者也曾提到过《诗说》。尹拯之所以提及《诗说》,主要是因为他的学生李燔(1657—1704,字希敬)。李燔对《诗说》关注颇深,并求教于老师尹拯。李燔的相关提问现存于尹拯的文集之中。其中一条见于庚申年(1680)正月二十二日的书简:

> (郑风)《扬之水》大旨,以为淫者相谓。《申诗》曰:"兄弟为人所间,而被谗者诉之之辞。"申《说》文义平顺,颇得诗意,不知如何。《卫》、《郑》所谓淫奔之词,殆数十篇。毛《序》或别指他事,申《说》亦然。而朱子皆断为淫者所作。马端临《文献通考》,论此一款甚辩,而恨无因质于晦庵也。③

---

① [朝鲜]李宜显:《陶谷集》卷28,《杂著·陶峡丛说·一百四则》:"汉魏,则京房《易传》、焦赣《易林》……申培《诗说》、韩婴《韩诗外传》。"
② (台湾)林庆彰:《清初的群经辨伪学》,文津出版社,1990年,第256—257年。
③ [朝鲜]尹拯:《明斋遗稿》卷21,《书·与李希敬(正月二十二日)》,《韩国文集丛刊》本,第485页。

李燔围绕该如何理解《郑风·扬之水》诗旨的问题,提到《诗说》的观点,并根据《毛诗序》《诗说》《文献通考》等观点来怀疑朱熹从淫诗角度的诗旨。对此,其师尹拯则认为其他说可以参看,但不可因此改变朱熹之说。①可尹拯在回信中,却没有对《诗说》做出评论。而到第二年(辛酉年七月十九日),尹拯在寄给李燔的回信中表示其对《诗说》的看法:

  前示《诗说》,所谓"申培"似非汉时人。若尔则岂不概见于晦翁许多语中耶!似是后人之赝作。要之,不必观也。②

此时,学生李燔不仅自己阅读《诗说》,并将此书介绍给其师尹拯征求意见。尹拯在查看一段时间之后,认为所谓的《诗说》作者"申培"不像是汉代人。若是汉代人,朱熹不可能从未提过此人此说,故得出结论为:该书是伪书,劝学生不必看。虽然尹拯判定《诗

---

① [朝鲜]尹拯:《明斋遗稿》卷21,《书·与李希敬(七月十九日)》,《韩国文集丛刊》本,第485页:"他说备一义则可也,欲以易之则不可矣。非但马氏说也,吕东莱之说亦然,而朱子不从。后生不可别生意见耳。"

② [朝鲜]尹拯:《明斋遗稿》卷21,《书·与李希敬(七月十九日)》,《韩国文集丛刊》本,第487页。

说》是伪书,但其依据仅是朱熹之文的引用情况①,没有做出进一步的考证。此可反映朝鲜中期对《诗说》之伪,尚未形成被广泛接受的定论。而李瀷与尹拯师生二人涉及《诗说》,不管是相信,还是怀疑,皆围绕朱熹《诗》说谈论《诗说》。李瀷平时在接受朱熹"淫诗说"时感到困惑。他参照《诗说》等不同《诗》说,主要在试图突破其疑惑。而尹拯则主要根据朱熹的言论,来判断《诗说》的真伪。通过该两封书信,我们可以窥见17世纪后期仍有一些学者继续关注《诗说》的情况。

　　自18世纪初期开始,文集中参引各种丛书的例子屡见不鲜。其中李瀷(1682－1763,号星湖)的著述多处参引丛书。所引丛书包含胡文焕辑《格致丛书》、陶宗仪重编《说郛》、钟人杰辑《唐宋丛书》等。除《唐宋丛书》仅收《诗说》以外,其他两种丛书皆收《诗

---

① 其实若将《诗说》与朱熹《诗集传》仔细对照,还可以发现共同之处。毛奇龄则就此指出《诗说》抄袭《诗集传》之嫌。毛奇龄 认为《诗说》抄袭朱熹文章者,如毛奇龄,《诗传诗说驳义》卷3(文渊阁四库全书本):"《诗说》:'《十亩之间》,政乱国危,贤者不乐仕其朝,而思与友归于农亩,赋也。'此全是朱传文。"等。列举《诗传》抄袭朱熹文章之例者,如《诗传诗说驳义》卷1:" 至《葛草》,《诗传》又引'子云:贵而能勤,富而能俭,疏而能孝,可以观化矣。' 此数语则直袭朱子《集传》'已贵而能勤,已富而能俭,已长而敬不弛于师傅,已嫁而孝不衰于父母'四句。"等。尹拯则仅注重朱熹文中未引"申培"的情况,而没有对个别诗说文辞进行比较。

传》《诗说》二书。①我们在李瀷文集中发现其引《诗传》《诗说》之说作为己说的痕迹。如在邶、鄘、卫之分的问题上,他提出管叔、蔡叔、霍叔、康叔四监的说法②,这必是受《诗传》"管叔封于邶,与蔡叔、霍叔、康叔监殷"③的影响。李瀷在其他文章里,有时提及"申培《诗说》"之说,谓:"卫是康叔之封"④,而有时据《左传》将《鄘》与康叔联系在一起⑤。由此可推定李瀷在对这一问题没有确切的论断之时,曾参考过《诗传》《诗说》。但除了此例以外,难以发现李瀷明引二书之处。可见李瀷对二书的真伪问题没有下定论,而是采取谨慎的态度。

---

① 李瀷的著述中引《格致丛书》有一例:李瀷,《星湖僿说》卷26,《经史门·孟仲子》:"《孟子注》'孟仲子,孟子之从昆弟也。'《格致丛书》云:'孟仲子,名睪,孟子之子也。'";引《说郛》有两例:李瀷,《星湖全集》卷25,《答安百顺(乙亥:1755)》,《韩国文集丛刊》第198册,页512:"《说郛》,陶九成所辑。而吾昔借观。近闻为偷儿所损,甚为咄恨耳。";《星湖全集》卷55,《题跋·书启蒙翼传》,《韩国文集丛刊》第199册,页509:"《易举正》见于洪迈所录只数十条。余于陶九成《说郛》得见全书。盖马端临福州道藏中所见者是也。";引《唐宋丛书》有一例:《星湖僿说》卷29,《诗文门·笔阵图》,"按《唐宋丛书》载卫夫人《笔阵图》及王右军书卫夫人《笔阵图后》二篇,而文多不同。"
② [朝鲜]李瀷:《诗经疾书》,《邶风》:"邶、鄘、卫皆殷之畿内大都会。旧管叔之所封,康叔又受封于卫,则其始四监也。"
③ 据毛奇龄:《诗传诗说驳义》卷2:"若《诗传》于《邶·柏舟》诗又云:'管叔封于邶,与蔡叔、霍叔、康叔监殷。'是管、蔡、霍三监之外,又增一康叔,则又是四监。《汉书》少一监,此多一监,俱不可解",我们可推定李瀷的"四监"说源自于《诗传》。
④ [朝鲜]李瀷:《星湖全集》卷37,《书·答秉休(戊寅1758)》,《韩国文集丛刊》第199册,第19页:"申培《鲁诗》说云:邶是管叔之封,卫是康叔之封。及其流言,康叔不从,亦似有理。"
⑤ [朝鲜]李瀷:《星湖全集》卷37,《书·答尹幼章(丙子1756)》,《韩国文集丛刊》第198册,第420页:"邶为管叔之封,则旧说固然。鄘之所属无所考。据左氏为康叔遗风,信矣。"

自从18世纪后期至19世纪初,在正祖朝所编的王室图书馆藏书目录《奎章总目》中,收录《诗传》《诗说》的丛书有何允中辑《广汉魏丛书》、毛晋辑《津逮秘书》《说郛》《唐宋丛书》等四种。这些情况反映朝鲜后期的学者所参考的丛书种类逐渐增多,个别文集所引丛书之例也较以往为多。与此同时,在正祖朝"诗经讲义"活动之前,参引《诗传》《诗说》的学者也已明显增多。有些学者在《诗说》前后附记题跋,例如徐滢修(1749-1824)的《题子贡诗传申培诗说后》①与成海应(1760-1839)的《题申培诗说后》等。成海应在题文中主要指出其二书之伪,徐滢修则摘录《诗故辨》中"《陈风·泽陂》为洩冶作"的解释,详细论述了其论说与《诗说》不谋而合的情况。

> 余旧著《诗故辨》一书。至《陈风》之《泽陂》曰:"……岂此诗为洩冶作,而录在《株林》之次欤!"余始为此说。尚以言之无稽。未敢遽自信。近考子贡《诗传》、申培《诗说》,则《诗传》曰:陈杀其大夫泄冶(缺二字),伤之,赋《泽陂》。"《诗说》曰:"《泽陂》,泄冶谏而死,君子伤之。兴也。"夫《诗传》、《诗说》之真赝疑信,固多参差之论。然此章此说,既传之自古,则余可自解于僭越杜撰之罪,而亦幸其一得之见。默契于前人也,特书诸卷尾,以竢百世之定论云。②

---

① [朝鲜]徐滢修:《明皋全集》卷10,《题跋·题子贡诗传申培诗说后》,《韩国文集丛刊》第261册,第195页。
② [朝鲜]成海应:《研经斋全集续集》册11,《文三·题申培诗说后》,《韩国文集丛刊》第279册,第244页。

上文所提到的《诗故辨》即为徐滢修于30岁前后完成的《诗经》注解。①徐滢修将此文与《诗故辨》中的注解相比,题文则多引《诗传》之文。这里存在徐滢修先看《诗说》,之后看《诗传》的可能性。而可以肯定的是,徐滢修的确参看过《诗传》《诗说》二书。②在此需要补充的是,徐滢修在治《诗》的基本原则上重视汉学,但在诗篇的具体分析上注重赋比兴的作用及其与诗旨之间的关系,故云:(该说)"考之国史而有据;验之诗词而暗合;律之以编次之例而相近;正之以取兴之义而稳帖。"③

李德懋(1741-1793,号青庄)在其26岁(1766)时完成的《耳目口鼻心书》中论及《诗传》《诗说》。这比李德懋成为奎章阁检书官的时间(1780)早14年。年轻时的李德懋基本认定《诗说》属于传统鲁诗系统④,并以此为依据,由《诗序》之文与《诗说》不同,推

---

① [朝鲜]徐滢修:《诗故辨》卷4,《陈风·泽陂》(日本大阪中之岛图书馆所藏抄本):"岂此诗为洩冶作,而在《株林》之次欤!……余为此说,尚以言之无稽僭踰是惧。后考明儒之托为申培之言者,曰:'《泽陂》,洩冶谏而死,君子伤之。'于是乎自幸一得之偶合前人,而特为附著如此。"根据《诗故辨》卷首附录的清人赵雪岚的序文(1783:乾隆四十八年),《诗故辨》的成书时间早于1783年。由此可以推知:《诗故辨》成书于徐滢修30岁前后。

② 在[韩]尹善英在《明皋徐滢修〈诗故辨〉研究》(高丽大学硕士论文,2011,第17-19页)里所录的"《诗故辨》所引书目"中,未举《诗传》、《诗说》而仅举毛奇龄《诗传诗说驳义》,此尚待斟酌。

③ [朝鲜]徐滢修:《明皋全集》卷10,《题跋·题子贡诗传申培诗说后》,《韩国文集丛刊》第261册,第195页。

④ [朝鲜]李德懋:《青庄馆全书》卷53,《耳目口鼻心书(六)》,《韩国文集丛刊》第258册,第457页:"齐辕固诗传亡于魏世;鲁申培诗传及说,亡于晋世,今传《诗说》一卷。"

断出《诗序》不是子夏作而是毛氏作。①又根据《小序》的编次与《诗传》《诗说》不同,怀疑《小序》不是子夏真传。类似观点还反映在他对个别诗篇的分析上,如对于二书将《何彼襛矣》移入《王风》之事,他评价道"近理矣"②。尽管他相信二书,但并不否认二书中存在费解之处。他认为二书对《黍离》篇创作背景的不同叙述,"亦大同小异,又可惊怪"。《诗传》里"宜曰弑幽王"的言说不仅难以接受,且《诗说》的说法接近于毛《传》"。③通过这些论述,可以对正祖朝"诗经讲义"之前接受二书的情况略知一二。

除了丛书的引进促使朝鲜学者接触《诗传》《诗说》之外,正祖对毛奇龄《诗》说的接触与引用,也增加了学者对二书的关注。被评价为对《诗传》《诗说》考辨最为详细的毛奇龄《诗传诗说驳义》,不仅曾在中国《诗》学上轰动一时,而且对朝鲜正祖朝《诗》学影响颇深。对于这一现象,自从沈庆昊先生以来,朝鲜《诗经》学研究者多少有所论及。据苏岑统计:在正祖《诗经讲义》"条问"(指正祖的提问,约600条)所引毛奇龄《诗》说共117条。其中引《诗传诗说驳义》者则共9条。④苏岑统计的正祖"条问"所引毛奇龄《诗》说的数量比以往的统计多出近一倍。虽然由于其统计因遗漏《雎》篇

---

① 同上书:"子夏、子贡,俱是圣门亲炙之弟子,则其言诗应无异说,今读子夏《诗小序》及子贡《诗传》,何其相反也,试以《关雎》论之,《小序》则以为'乐得淑女,以配君子,忧在进贤,不淫其色,哀窈窕思贤才,而无伤善之心焉。'《诗传》(孔氏传)则以为'文王之妃姒氏,思得淑女,以共内职,赋《关雎》',大相不同也。"

② 同上书。

③ 同上书:"所谓宜曰弑幽者,未可知也。《诗说》小近于毛《传》也。"

④ 有关具体引用条目,参见(韩)苏岑,《徐有榘〈毛诗讲义〉研究与译注》,成均馆大学博士论文,2014,第134–137页。

等暗引《驳义》的地方①,因此究竟还有哪些条问参引了毛奇龄《诗》说,尚需斟酌,但其仍然更为鲜明具体地勾勒出毛奇龄《诗》说对正祖朝《诗经》学的影响。

总之,《诗传》《诗说》在朝鲜半岛的流传情况可以整理如下:第一,自从朝鲜中期尹鑴谈论《诗说》开始,一直到朝鲜前后期正祖朝"诗经讲义"期间,学者们对《诗说》一直予以关注。第二、在正祖朝"诗经讲义"之前,也有不少学者接触过二书。第三,收录《诗传》《诗说》之丛书的流通增多促进了《诗传》《诗说》正祖朝的流传。此外,正祖对毛奇龄《诗传诗说驳义》的关注也起到重要的推动作用。

## 三、17世纪:尹鑴对《诗说》的接受

朝鲜初期积极采用朱熹经学体系。不仅科举考试采取朱熹的解释,而且国家通过悬吐、口诀、谚解等韩文解释方式,规范、普及朱熹经学思想。到了17世纪,朝鲜社会不再是像朝鲜初期那样保持稳定的局面:对外要应对明清更替轴心转移的国际局势,对内则急需治愈接连的战乱所留下的伤痕。在此时的学术风气,与之前专注朱熹经学的学风不同,出现转变。在经学解释上,出现敢于怀疑、探索的态度。然而由于朱熹的经学体系主要围绕四书,朝鲜初期的经学研究亦以四书为中心,故朝鲜中期对儒家经典的怀疑、探

---

① [朝鲜]正祖,《弘斋全书》卷92,《诗经讲义》:"此诗时世难可的定。如以为武王祀文王之诗则,……如以为成王祀文王之诗则,……于此于彼,皆杌陧不安,未知何以为决欤!"对此,丁若镛则云:"此诗,古人皆以为武王时作,独《申培诗说》以为成王祀文王之诗。"(《与犹堂全书》)而该说亦是《驳义》所涉及的内容。

索亦是首先围绕四书展开,涉及《诗经》等三经的谈论或专著甚少,仅以笔记等形式随手记录感想,难以自成体系。

尽管如此,我们仍然可以发现朝鲜中期也有人曾关注过《诗说》。其代表学者有尹鑴。尹鑴,号白湖,属于提倡"古学"的"近畿南人"党派,最后被尤庵、宋时烈等学者判定为"斯文乱贼"而极力排斥。其研经态度与尊信朱子学的"西人"党派学者不同,持有开放、好古、怀疑的态度。因此他并不局限于朱熹学说,而是多参看诸说,读经时喜欢选择"古本"①。其中就包括《诗说》。因其怀疑精神在研经上的体现是以思维为中心,因此其对考据、辨伪的关注较为薄弱。

尹鑴对《诗说》的嗜好表现得十分明显,这与他的学术风格有着密切的关系。以往的研究者也关注过这一点。② 有些研究者从文献学的角度考察了尹鑴接受《诗说》时所缺乏的辨伪能力。③而有些研究者则从韩国《诗经》学与思想学的角度考察了尹鑴嗜好《诗说》的现象。沈庆昊先生指出:尹鑴在论及《诗经》篇次问题时,除了参考《毛诗序》、郑《笺》、孔《疏》以及欧阳修《诗本义》等书之外,还以《诗说》为主要依据,以全面批判《诗集传》的观点④。沈先生对此评价道:对古本《诗经》篇次问题的关注,不仅反映出朝鲜中

---

① [韩]崔锡起,《白湖尹鑴的经学观》,载《南冥学研究》第8辑,1998年,第282页。

② 关于尹鑴的具体《诗经》说,参看[韩]崔锡起,《白湖尹鑴的诗经学》,载《汉文学研究》第8辑,1998年,第18页。

③ 付星星,《朝鲜时代〈诗经〉学研究》,南京大学博士论文,2012年,第282页:"尹鑴所谈之《申公序传》实是丰纺伪作的《申培诗说》。此书收集在明代《古逸丛书》之中,尹鑴缺乏辨别伪书的能力,对此书大加赞扬。"

④ [韩]沈庆昊,《朝鲜时代汉文学与诗经学》,一志社,1999年,第501页。

期在《诗经》学研究中所运用的文献学研究方法论,还牵涉到解诗的自由空间问题,因而虽然其中偶引伪书《诗说》,但是不能将其一概贬为空疏。①崔锡起先生亦在具体分析尹鑴的《诗经》观时,指出:尹鑴在深信《诗序》的同时,吸收申培《诗说》、朱熹《诗集传》的看法。这与当时学风形成明显的对比,可谓是后来星湖李瀷学术登场的前奏。②此外,朴茂瑛先生在强调尹鑴注重《诗说》以《诗》为谏书的性质时,写道:尹鑴之所以认为《申序》"正得经意",是因为其解《诗》立足于春秋之义,③并将尹鑴置于朝鲜学术史之中,除了"许穆→李瀷→权哲身→丁若镛"的畿湖地区南人学派体系之外,另设"尹鑴→权哲身→丁若镛"的体系。④

在以往研究的基础上,本文所要强调的是:虽然尹鑴的《诗经》学态度与当时尊朱《诗经》学的风气背道而驰,但其对《诗说》的分析与态度却反映了朝鲜时期注重阐明诗旨、诗义的读《诗》倾向。

尹鑴面对《诗说》,并不是从未怀疑过《诗说》的来历:

> 按,此申公《序传》,今见于近世明人所集古逸书者,而于古无见焉。不知集逸书者,从何得之,亦不知古今说者,何故无一言及此也。且与汉人所谓鲁诗者不同。其曰申公者,亦未可知也。抑窃考其书,即此《关雎》之序,既正得经义,足以破千载因循之谬见,而其中往往有卓绝非浅闻所及者。兼此六义比兴之例,又深得诗人制作之

---

① [韩]沈庆昊:《朝鲜时代汉文学与诗经学》,一志社,1999年,第501页。
② [韩]崔锡起:《朝鲜中期诗经学》,载《韩国汉诗研究》第6辑,第208页。
③ [韩]朴茂瑛:《白湖尹鑴的诗经观》,载《韩国汉文学研究》第9、10合辑,第133页。
④ 同上,第146页。

部分之体,非毛、郑逐句生义之比。不可以后出之书而忽之也。①

尹鑴明确意识到他所看到的《诗说》存在着种种问题:第一,因其仅出于近人搜集的古逸丛书,故存在文献本身的权威性问题。第二,因其从古到今,从未见有关该书的记录,故存在缺乏补证资料的问题。第三,因其说与汉人所谓鲁诗者不同,故存在将"申公"归于四家诗中哪一家的问题。第四,因其作者"申公"亦是未详,故存在撰者不明的问题。尽管《诗说》存在前述种种不明之嫌,但尹鑴认为比这些更值得注重的是书中表达的内容。尹鑴在引文里所举的内容,有《诗说》对《关雎》篇的解释、对诗篇赋比兴的分析以及"诗人制作之部分之体"(似乎是指阐明诗旨与篇次方式)。

本文认为尹鑴解《诗》时,自己的解《诗》思维在先,选取诸说在后。最为明显的特点体现在其对诗篇赋比兴的分析。虽然尹鑴没有对《诗经》全篇进行注解,但是从他的只言片语中,仍可了解其对赋比兴的看法。其实,《诗经》注解中在每篇下面标注赋比兴始于宋代。之前的《毛传》只标"兴"而已。然而尹鑴注重《诗说》中的赋比兴标注,并将它与《诗集传》联系在一起理解。②这一叙述反映

---

① [朝鲜]尹鑴:《白湖全书》,《读书记·古诗》。《韩国经学资料集成·诗经》影印本,第1册,第112页。

② 同上书,第112页:"按比兴之说,既见于《大序》而毛、郑不能发其义,后儒因仍莫能考正。至朱子《集传》,始独发诗人命意之体,于是三百篇之义,实可以讽诵而得之矣。今此申《序》比兴之例,默契于《集传》,而间或有异同耳。此则随篇兼载,以为考论之地云。抑赋者,赋其事也;比者比其类也;兴者,兴其义而发其实也。首章《关雎》,则托其类而兴之,二章'荇菜',则赋其事而兴之,其兴则一也。而首章则因比而兴也,二章则因赋而兴也。是则赋比之兴之例,有专义焉,有兼义焉。合《申序》、《集传》而求之,则可以得此章之义矣,而亦三百篇之通例也。"

出尹鑴以赋比兴为汉代以前解《诗》的基本之体,注重赋比兴的标记方式与含义。尹鑴的这一态度,与没有谈及赋比兴的申绰(1760－1828,号石泉)、不甚注重赋比兴的丁若镛,即被称为朝鲜后期注重汉学的学者相比,有着明显的不同。由此可以推定:尹鑴接受《诗说》主要侧重于对诗旨、诗义的阐明,而他在参考《诗说》分析诗旨、诗义时,呈现出宋代的解《诗》倾向。对于三家诗评《关雎》、《常棣》篇的美刺不同,尹鑴写道:"凡若此类,学者当以意会之,以理通之,不可苟泥前人说也"①,从中亦可窥见尹鑴选取《诗说》时的态度。

## 四、18－19世纪:正祖朝对《诗传》《诗说》的探讨

正祖朝的"经史讲义"活动,使得君臣之间讲论经学的学术氛围更为活跃。在此过程中,正祖与文臣提到《诗传》《诗说》中的《诗》说。然而由于正祖在提问时,尽管参考了毛奇龄《诗传诗说驳义》,却没有明言,故更使得作答人做出不同反应。

**(一)正祖的引用**

在"经史讲义"活动中,有关《诗经》的条问,曾颁发过五批,即辛丑年(1781)、癸卯年(1783)、甲辰年(1784)、己酉年(1789)、庚戌年(1790),而总经讲义中涉及《诗经》的条问,则共颁发过两次,即癸丑年(1793)与戊午年(1798)。其中涉及《诗传》《诗说》的条问共11条。其中1781年2条,1789年8条,1798年1条。1781年的条问分别涉及国风的篇次、《齐风·鸡鸣》篇的创作背景,而1798

---

① [朝鲜]尹鑴:《白湖全书》,《读书记·古诗》。《韩国经学资料集成·诗经》影印本,第1册,第115页。

年的条问则谈及四家诗的传承问题。其他8条皆集中在1789年的条问,不仅提及的问题多,而且参加"诗经讲义"活动后将条对留在个人文集中的例子也多。条问主要围绕诗篇诗旨、作诗背景,将《诗传》、《诗说》之说与《诗序》、《诗集传》之说等作比较,征求文臣的看法。

对于二书,正祖似乎持有两种不同的态度:一是感到二书极为新奇,二是对二书真伪难辨感到困惑。关于前一态度,在收录1783年至1799年之间正祖语录的《日得录》中,正祖认为《诗说》对《樛木》、《芣苢》篇的解释"新奇"①。正祖对二书之"奇"的评论由尹行恁于1790年记录在《日得录》。关于二书真伪难辨的一面,正祖似乎经历了从较为相信到较为怀疑,从不公开排斥到公开指责的转变。1781年是参引二书的初期,正祖对《诗传》以《鸡鸣》篇为"桓公好内,卫姬箴之"之说,征求群臣意见。《弘斋全书》所收曹允大的条对云:"朱子尝谓《诗》之文义事类,可以思而得。若其时世名氏,则不可以强而推。……然其无端叙贤妃之事者,意味亦短。诚如是,则亦安知其必为齐诗而必入于《齐风》乎!以此推之,子贡之《传》可谓得之"②,即曹允大按照朱熹治《诗》的思路去肯定《诗传》之说。对于这一条问,现在可以找到的条对仅此一例。据此,可以推断曹允大的条对反映了1781年当时学者对二书的接受态度。1781年条问中的另一条则探讨了《诗传》之"《齐》于《王风》之次而置《郑》于《陈》、《秦》之上"的编次问题③。查看《弘斋全书》

---

① [朝鲜]正祖:《弘斋全书》卷162,《日得录·文学二》:"汉儒《申培诗说》多新奇,以《樛木》为诸侯之慕德,以《芣苢》为儿童之斗草者,是已与卜商《小序》判异。"

② [朝鲜]正祖,《弘斋全书》卷84。

③ [朝鲜]正祖,《弘斋全书》卷84。"《齐》于《王风》之次而置《郑》于《陈》、《秦》之上,果得孔子之旧耶?"

所收李东稷的条对,他虽然不从《诗传》之说,但是语气十分谨慎。①若考虑到《弘斋全书》所收条对一般折射出正祖的意图,我们可以推定:1785年由洪仁浩整理该条对的当时,《诗传》《诗说》二书在正祖与抄启文臣解《诗》的问题上尚没有明确的定位。

但过了几年以后,对二书之伪的抨击较为明显。尤其是在辛亥年(1791)殿策文中评价道:"甚矣,俗学之弊也!……经义之学也,则以排偶诃《虞书》,以重复訾《雅》《颂》,石经托之贾逵。《诗传》假诸子贡,而非圣诬经之风。丰坊、孙鑛辈,为之倡焉。"②还有,在1789年的《诗经讲义》中所引二书《诗》说最多,且其皆与毛奇龄《驳义》关系尤为密切。由此窥见,正祖对二书经历着从感到新奇、谨慎怀疑到积极攻击的言论表现上的转变。而在条问形式上,却仍然采取就二书《诗》说的合理与否向抄启文臣征求意见的方式。仅看条问,文臣们分辨不出二书真伪。正祖在参引二书时几乎都点明引用出处。有时将其书名与《韩诗外传》等相提并论,这种处理方式与其引用秦汉原始文献的方式相似。至于这一"条问"的形式,还牵涉到正祖作条问的时间与作条问的意图等其他问题,故本文对此不再展开论述。

(二)文臣们的反应

有关二书的条问,正祖将二书《诗》说与其他《诗》说平等对待,以征求群臣意见,使得金羲淳(1757-1821,号山木)、高廷凤(1743-1822)等学者难以作出评断,多以不知情为由,略而不论。正祖的

---

① [朝鲜]正祖,《弘斋全书》卷84:"夫列国之陈诗有先后,太师之采诗有早晚,其于进退取舍之际,固未可执一论断,而……《郑》居《齐》诗之先,倘以是欤!"

② [朝鲜]正祖,《弘斋全书》卷50,《策问三·俗学·抄启文臣亲试及泮儒应制》。(《韩国文集丛刊》第263册,第282页)

条问内容大都是毛奇龄曾在《驳义》里辨析过的内容。因此如丁若镛(1762－1836)、徐有榘(1764－1845,号枫石)等有机会参考毛书的学者,一般在参考毛说的基础上做出条对。对正祖的有关条问作条对的学者之中,值得一提的有丁若镛与徐有榘两位。

在参与正祖"诗经讲义"活动的文臣之中,丁若镛可谓是引用、分析《诗传》《诗说》最为积极的学者。丁若镛认定《诗传》《诗说》是伪作,认为其词不类古文奇句,而是词美易读而令人倾信①。但是他与徐有榘等人不同,并没有因二书为伪书而置之不论,而是不厌其烦地分析二书《诗》说的来源。据其《跋风雅遗秉》中"毛奇龄考据之博,世所称也。然余用是编,执奇龄之孤陋而破其谬说者甚多"②的叙述,可以推知:他对《诗传》《诗说》的分析主要针对毛奇龄《驳义》而展开。例如对《诗说》在分析《清庙》篇时以明堂为清庙的看法,《驳义》云:"明堂则蔡邕《独断》有之",丁若镛则不仅指出《独断》之文,还指出《洛诰》、《孝经》③,作为《诗说》解释的根据。丁若镛除了针对涉及二书的正祖条问进行论断之外,在回答正祖未引二书的条问时,也曾引过二书。如在《芣苢》篇,同时列举《韩诗外传》之说与《诗说》的"童儿斗草、嬉戏歌谣之词"之说,再如在探讨见于文献的《召南·采蘋蘩》与《草虫》篇的不同次序时,

---

① ［朝鲜］丁若镛,《与犹堂全书》第2集经集第29卷,《梅氏书平二·正义六》:"天下书皆伪,此十六篇,必非伪,何者？自古造伪之人,务为美词,令人倾信,故伪书之文,无不易读,民间《太誓》,河内《太誓》,以至近世之《子贡诗传》、《申培诗说》,莫不皆然。而此古文十六篇,越自安国之初,绝无师说。盖其古文奇句,瓌怪险奥,人莫能知。"

② ［朝鲜］丁若镛,《与犹堂全书》第1集文集卷14,《跋·跋风雅遗秉》。

③ ［朝鲜］丁若镛,《与犹堂全书》第2集经集卷19,《诗经讲义》卷3:"至若《申培》之说,窃取《洛诰》、《孝经》之文者,不足轻重也。"

提到二书对此的编次情况。①可见：丁若镛对二书并不是一概而论，而是采取逐条分析的方式，以丰富其治《诗》的经验。

徐有榘则属于因二书为伪书，而置之不论的学者。徐有榘在《秦风·车邻》的条对中认为：(《诗传》说)"拿陋谬舛浅薄，直丰熙伪石经之类耳。恐不可以是为据也。"②他对其他二书之说，亦持有相同态度。唯独对《鲁颂·泮水》的诗旨，表示稍微的肯定："《序》既以此诗为修泮宫而作，则《诗说》所谓落其成者，似不为无见。……且《诗说》之不畔于理者，唯于此诗为然。臣不欲以其出于后儒尔并没其一得之善矣。"③收录在《弘斋全书》的条对，往往由整理者加以删改。这一条对亦曾被删改过。若看在徐有榘《毛诗正义》里所收录的原文最后，还有一句明示他对《诗说》予以肯定的内容。其即为"且《诗说》之不畔于理者，唯于此诗为然。臣不欲以其出于后儒尔并没其一得之善矣"的部分。而此文在《弘斋全书》条对中统统被删去，只保留"似不为无见"的评价。这可以反映出在这一段的"诗经讲义"活动之时，官方对二书明显持否定态度。

除了正祖朝参与"诗经讲义"活动的学者以外，也有一些学者提及二书。当时学者普遍认为二书为伪书。如关注汉唐《诗》学的申绰说道："《丛书》所载《鲁诗》，《毛西河集》以为宋元间赝书，其考证颇明，意或似然耳。史称申公为诗，以今无传，则鲁本无传。

---

① [朝鲜]丁若镛：《与犹堂全书》第 2 集经集卷 17，《诗经讲义》卷 1："今《子贡诗传》、《申培诗说》，皆以《采蘋》置《草虫》之上，亦暗合以取重也。"

② [朝鲜]徐有榘：《毛诗讲义》卷中，《秦风·车邻》条。

③ [朝鲜]徐有榘：《毛诗讲义》卷下，《鲁颂·泮水》条。

传记中多引鲁诗说者,或者其生徒所述,非申公自为耳"①,故在他的《诗次故》里一律未取。其态度还是与丁若镛、徐有榘有所不同。

## 五、结　语

以上粗略梳理了朝鲜时期对《诗传》《诗说》的接受情况。本文认为朝鲜时期接受二书有如下特点。

第一,二书在朝鲜时期的流传,首先主要通过丛书流传。如果参看林庆彰老师所列出的收二书的 13 种丛书版本,其中,在朝鲜流传最广的是《汉魏丛书》。例如白湖尹鑴,只提《诗说》,不提《诗传》,很可能他参看了仅收《诗说》一种的明程荣《汉魏丛书》版本。其后星湖李瀷等学者引用过《格致丛书》《说郛》《唐人丛书》,可推知当时一些学者通过各种丛书接触过二书。而到了 18 世纪末正祖朝"诗经讲义"活动时,正祖在多处暗引毛奇龄《诗》说,也引用毛奇龄《诗传诗说驳义》向文臣们征求意见。虽然是暗引,但这也增加了学者对二书的关注。

第二,在正祖朝"诗经讲义"活动之前,不少学者接触过二书。例如明斋尹拯（1629－1714）的学生李燔把《诗说》带给老师看。老师怀疑此书,建议学生别看。如此,怀疑或不甚知情的学者多,明知其伪的学者少。然而他们大都关注二书在篇次、诗旨上的特点。明知其伪并积极进行批判的言论,直到正祖"经史讲义"活动

---

① ［朝鲜］申绰:《石泉遗稿》卷三《上伯氏书（癸丑:1793）》。另外在《诗次故外杂·诗兴替传授叙》亦云:"刘安世自云'尝读《韩诗》'。董逌《藏书志》,有《齐诗》六卷,皆后人赝传。又有《子赣诗》、《申培诗》者,出于嘉靖中丰坊伪本,而多有辩其伪者,今不取。《次故》中,只据散出于子史记传者,以为征信焉。"

之后期才出现。在"经史讲义"活动中,有关《诗经》的条问,曾颁发过五批。涉及二书的条问共11条。其中8条皆集中在1789年的条问,条问主要围绕诗篇诗旨、作诗背景,将二书之说与《诗序》《诗集传》之说等作比较,来征求文臣的看法。出现从初期谨慎斟酌二书《诗》说到后期明显持否定态度的转变。

第三,朝鲜时期参引二书之例,主要出现在探索不同学术的学者言论之中,如尹鑴、李瀷、李瀷、正祖、丁若镛、徐滢修、徐有榘等。他们对二书之说的不同取舍,有助于我们了解这些学者在治《诗》上感到哪些困惑、或通过哪些方式要解决困惑等内在思路问题。

第四,朝鲜学者对二书进行辨析,呈现出思辨性较强、辨伪性较弱的倾向。这一特点在尹鑴接受《诗说》时尤为明显。到了正祖朝后期,尽管二书是伪书这一点在"诗经讲义"中逐渐达成了共识,但正祖、丁若镛等学者仍关注着二书作者作假时的思路及其思想脉络的根源所在。而这在一定程度上也展现出韩国解《诗》上的一种特点。

(金秀炅,韩国启明大学,讲师)

# 朝鲜时代儒者朴世堂诗经学研究*

付星星

## 一、引 言

朴世堂(1629—1703),字季肯,少号潜叟,晚号西溪樵叟,潘南世家朴氏的后代。朴世堂少时颖悟绝人,"未及淹博诸书,文理未甚融贯,而发解义趣,时能透得他人见不到处"①。显宗元年(1660),例授成均馆典籍,官至吏曹判书。肃宗二十八年(1702),朴世堂为已故臣相李景奭撰《碑文》,直言峻斥宋时烈,指出宋时烈对李景奭横加凌辱的一些罪状,引来了党宋之人及当时馆学儒生的攻击,他们以朴世堂所作的《四书思辨录》改易朱子章句,质疑朱子学说为据,诋毁朴世堂"侮圣丑正"。其中鱼有凤《代太学儒生请罪朴世堂疏》就是其中的代表,他说:

> 窃惟天下之所不容者,莫大于侮圣。王法之所必讨者,莫急于丑正。……(朴世堂)拗戾之性,偏滞之见,挟其恬退之一节,矜其文字之小技,聚徒教授,敢以师道自居。而其所以说经解义者,必以务胜前人为能,闻其于朱

---

\* 本文为2014年国家社会科学基金一般项目"朝鲜半岛诗经学史研究"(项目编号:14BZW025)阶段性成果。

① 李坦:《(西溪先生)年谱》,《西溪集》卷二十二,韩国民族文化推进会编《韩国文集丛刊》,第134册,第435页。

夫子《四书章句集注》,多所疑乱改易,着为成说,积有年所。而近又因撰出故相臣李景奭碑文,诬辱先正臣文正公宋时烈,不遗余力。①

肃宗二十九年(1703),七十五岁的朴世堂被削夺官爵,因门生故旧求情,加之年事已高,才免于流放素称病乡的玉果,同年八月二十一日,朴世堂卒于石泉。

朴世堂潜心儒家与道家的典籍,五十二岁(1680)开始撰著《大学思辨录》。其著作先后有《大学思辨录》《南华经注解删补》《中庸思辨录》《论语思辨录》《孟子思辨录》《尚书思辨录》《毛诗思辨录》(下文简称《诗思辨录》)。名之为"思辨录","盖取慎思明辨之义也"②。《诗思辨录》是朴世堂六十五岁时撰著的,李坦《(西溪先生)年谱》癸酉年(1693)记载道:

是后十年之间,连有疾故。《诗思辨录》录至《小雅·采绿》篇而止。竟未卒业。先生尝曰:"孰谓解《书》难于《诗》,《书》虽简奥,然仔细寻绎,则解亦不难。《诗》则本不着其所为而作,后人有推其词而得题者,又有反复其词而终莫得其何为而作者,所以解之为尤难。"③

可见,朴世堂之所以选择最后解释《诗经》,是因为他认为诸经

---

① 鱼有凤:《杞园集》,《韩国文集丛刊》,第184册,第8页。
② 崔锡恒:《(西溪先生)谥状》,《西溪集》卷二十一,《韩国文集丛刊》第134册,第431页。
③ 李坦:《(西溪先生)年谱》,《西溪集》卷二十二,《韩国文集丛刊》,第134册,第446页。

之训释,以《诗经》为最难。《诗思辨录》倾注了他十年的心血,他将自己一生的思考都投注在对《诗经》的训释中,可以说代表了他经学成就的最高峰。

作为实学启蒙时期代表人物的朴世堂①,其《诗经》研究与同时代专主《诗集传》的研究旨趣迥然相异,他试图打破《诗集传》独尊的研究格局,并将关注现实的思想感情投注在《诗思辨录》中,其解《诗》方法主要有四:一是毛与三家,兼收并取;二是汉宋兼采,唯是之求;三是涵咏本文,以情解诗;四是关注现实,向往圣治。朴世堂运用这些解《诗》方法纠正了汉唐考据的一些错误,对《诗集传》也有很多补正。对于汉宋《诗经》学的一些弊病,朴世堂有非常清醒的认识,他说:"《(诗)序》说出于傅会,而毛、郑从而为穿凿之辞。"②"今《传》疑于疏。"③他指出《诗序》附会,《毛传》《郑笺》穿凿,而《诗集传》空疏,认识到《诗经》汉学与宋学的不足之处。值得注意的是,朴世堂的这些认识与同时代的中国学者姚际恒异域同

---

① 韩国哲学会编:《韩国哲学史》,社会科学文献出版社,1996年版,第90页。

② 朴世堂:《诗思辨录》,韩国成均馆大学校大东文化研究院主编《韩国经学资料集成》第72册,成均馆大学校出版部,1995年,第224页。

③ 朴世堂:《诗思辨录》,第604页。朴世堂《诗思辨录》中所云的"今《传》"是指明胡广窃元代刘瑾《诗传通释》而成的《诗传大全》,该书羽翼朱熹《诗集传》,是对朱熹《诗集传》的笺注。

调①,姚际恒说:"汉人之失在于固,宋人之失在于妄……明人说《诗》之失在于凿。"②姚际恒反对唐宋门户之见,主张独立思考,对《诗序》《诗集传》都有激烈的批评,他的这种研究方法又影响到了方玉润、崔述等人,后世学者将这一学派命名为"独立思考派",并且认为他们"开拓了《诗经》研究的一种新的学风"③。朴世堂《诗思辨录》也给朝鲜《诗经》研究带来了新的学风。

## 二、《诗思辨录》之解《诗》方法

### (一) 毛与三家,兼收并取

汉代《诗经》学分齐、鲁、韩、毛四家。《齐诗》《鲁诗》《韩诗》在西汉均被列为学官,盛极一时,但由于三家诗具有与政治紧密联系、以谶纬解《诗》等特点,最终与汉王朝一同走向衰落。《毛诗》在西汉未被列为学官,仅在民间流传。自东汉末郑玄笺释《毛诗》,加之《毛诗》自身所具有的学术品格,使得《毛诗》不断发展,并在唐代被确定为《诗经》研究之定本,治《诗经》者几乎都奉《毛诗》为圭臬。朴世堂《诗思辨录》以《毛诗》为主,同时,他还兼采三家诗之

---

① 朴世堂与清儒姚际恒海天悬隔,生前从未晤面,也不可能看到彼此的著作,因为朴世堂1693年始著《诗思辨录》,至死(1703)尚未完成,刊刻时间更晚。姚际恒1696年始著《九经通论》(含《诗经通论》),1710年完成,此时朴世堂已离开人世七年。可见,两人的《诗经》学观点趋同,乃是《诗经》研究发展的必然趋势,姚际恒和朴世堂是17世纪末18世纪初中国和韩国《诗经》研究中高举反叛旗帜的代表,他们从《诗经》文本出发,以历代《诗经》研究的成果作为吸收和批评的对象,是汉宋《诗经》学在世纪之交的自我反思的必然结果。
② 姚际恒:《诗经通论·自序》,中华书局,1958年,第8页。
③ 夏传才:《诗经研究史概要》,清华大学出版社,2007年,第156页。

《韩诗》。朴世堂是朝鲜最先关注三家诗的学者,为后来申绰等吸收三家诗研究《诗经》起了先导的作用,①其《诗经》研究的眼光与态度难能可贵。

朴世堂重视《韩诗》,运用《韩诗》的异文来分析了《韩诗》与《毛诗》的文本差异。如《卫风·考盘》首章"考盘在涧,硕人之宽"之"涧"字,《诗思辨录》云:"《韩诗》'涧'作'干',云硗埆也。"②朴世堂简单列出《韩诗》之异文及其释义,没有作进一步的阐释,是其不足之处。但是朴世堂引《韩诗》传达出"涧"与"干"只是文字差异,意思相通的学术判断却是正确的,如《小雅·斯干》"秩秩斯干"之"干"《毛传》云:"干,涧也。"③再如,《卫风·考盘》"考盘在涧"之"涧",王先谦云:"《韩》'涧'作'干',云硗埆之处也者。……《传》:'山夹水曰涧。'……胡承珙云:'《小雅》秩秩斯干,《传》:干,涧也。二字通。《易》鸿渐于干,《释文》引荀、王并云:干,山间涧水也。虞注:小水从山流下称干。翟注云:山崖也。此皆谓干即涧也。'陈乔枞云:'《韩》云硗埆之处者,干为山涧崖岸之地,故以硗埆言之,谓土地瘠薄者也。《丘中有麻·传》谓丘中为硗埆之处,与此同义。'"④

再如《小雅·小宛》第五章"哀我填寡,宜岸宜狱"之"填",《毛传》云:"尽。"⑤朴世堂云:"《韩诗》填作疹,苦也。"⑥参之王先谦《诗三家义集疏》可知"《韩诗》'疹苦'之训,其义当为穷苦,犹毛诗

---

① 付星星:《朝鲜儒者申绰诗经学论析》,《域外汉籍研究集刊》总第12辑,中华书局2015年,第129–150页。
② 朴世堂:《诗思辨录》,第177页。
③ 孔颖达:《毛诗正义》,第681页。
④ 王先谦:《诗三家义集疏》,中华书局,1987年,第274–275页。
⑤ 孔颖达:《毛诗正义》,第746页。
⑥ 朴世堂:《诗思辨录》,第535页。

'填尽'之训,其义亦为穷尽。"①可见"填"与"疹"二字亦通。王先谦等三家诗学者的研究表明,这些异文是由《毛诗》好用假借字,三家诗多用本字所致,文字虽别,意则相通。当然,通过这些异文可以看出,《毛诗》和三家诗是同源而异流的,不应该独尊《毛诗》而鄙夷三家诗。

朴世堂解释《诗经》,在经文上列举《韩诗》与《毛诗》在文本上的一些异文,体现了不专主《毛诗》,兼采三家诗的研究特点。另外,朴世堂在一些诗句的训释上,认为《韩诗》优于《毛诗》。如《邶风·新台》"新台有洒,河水浼浼"之"洒",《毛传》云:"洒,高峻也。浼浼,平地也。"②朴世堂曰:"《韩诗》云:'洒'作'漼',鲜貌。'浼'作'浘',盛貌。"③朴世堂认为:"恐当以《韩诗》训为得也。"④这个推测也可以在王先谦的论述中得到印证:

> 段玉裁云:"此必首章'新台有泚,河水弥弥'之异文。漼、浘字与泚、弥同部,与洒、浼不同部。"……马瑞辰云:"洒、洗双声,古通用。《白虎通》:'洗者,鲜也。'《吕览》高注:'洗,新也。'……《毛》训高峻,不若《韩》训鲜貌

---

① 王先谦云:"《韩》'填'作'疹',疹,苦也。……胡承珙云:'古从真,从爾之字互相假借,《毛》训'填'为'尽',盖以'填'为'疹'之借字。《瞻卬诗》'邦国殄瘁',《传》云'殄,尽也'。《韩》作'疹'者,'疹',乃籀文'胗'字。胗,唇伤也。非其义。《韩》盖以'疹'为'瘨'之借字。《说文》:'瘨,病也。'《云汉》、《召旻》笺并云:'瘨,病也。'《云汉》《释文》:'瘨,《韩诗》亦作瘨。'陈乔枞云:'古以病、苦互训。……然则《韩诗》疹苦之训,其义当为穷苦,犹毛诗填尽之训,其义亦为穷尽。'"王先谦《诗三家义集疏》,第695-696页。
② 孔颖达:《毛诗正义》,第177页。
③ 朴世堂:《诗思辨录》,第148页。
④ 朴世堂:《诗思辨录》,第148页。

为确。"①

此外,朴世堂在训释诗句时,还同时录用《韩诗》与《毛诗》相左或相近的解释,互相参考而不作是非评价。如《邶风·北门》之"王事敦我"之"敦",朴世堂云:"《毛传》,敦,厚。……《韩诗》云:敦,迫。"②再如《邶风·谷风》之"有洸有溃",朴世堂云:"《毛传》溃溃,怒也。……《韩诗》溃溃,不善之貌。"③

朴世堂在《诗思辨录》中利用《韩诗》来补充《毛诗》,虽然数量不是很多,但意义较大,体现了兼收并取的《诗》学研究。

(二) 汉宋兼采,唯是之求

《诗经》汉学和宋学之学术取径不同,致力方向迥异,争斗非常激烈,大有此消彼长之势。汉唐是汉学昌明的时代,尤其唐代《毛诗正义》的颁布,确立了《诗经》汉学的权威地位,终唐之世,罕有非议之声。宋代是"经学变古时代"④,欧阳修、郑樵等开始怀疑《毛传》《郑笺》,朱熹《诗集传》问世,成为宋代《诗经》学的集大成之作。元代科举考试,将《诗集传》悬为令甲。明代,胡广等所编《诗传大全》,专宗朱熹《诗集传》。至此宋学压倒汉学,成为学术主潮,《诗集传》风行天下,而《毛诗正义》则寂寞无闻。清代汉学复兴,尊汉学者又起来攻击宋学,争斗不休,势同水火。当然,不同学术派别之间的正常论争可以深化对问题的认识,促进学术的进步。但是,汉学和宋学之间的论争,有时羼杂了一些非学术的因素,这对

---

① 王先谦:《诗三家义集疏》,第 211 页。
② 朴世堂:《诗思辨录》,第 143-144 页。
③ 朴世堂:《诗思辨录》,第 133 页。《诗三家义集疏》引陈乔枞云:"《传》'溃溃,怒也',怒亦不善貌,义与《韩》同。"王先谦《诗三家义集疏》,第 179 页。
④ 皮锡瑞:《经学历史》,中华书局,2008 年,第 220 页。

于学术研究无益,所以四库馆臣说:"攻汉学者,意不尽在于经义,务胜汉儒而已;伸汉学者,意亦不尽在于经义,愤宋儒之诋汉儒而已。"①四库馆臣也呼吁消除畛域,一准至公,但是四库馆是汉学家的大本营,虽然他们意识到了汉宋之争的危害性,但是在具体的操作过程中,又难免回护汉学而批评宋学。

在朴世堂所处的时代,朝鲜学者尊奉朱熹《诗集传》,众口一词,少有不同之见。朴世堂的《诗经》研究,在汲取《诗集传》释义的同时,对《诗集传》也有不少驳正,这不是说朴世堂反对《诗集传》,而是说朴世堂在尊《诗集传》的同时,又客观地接受了汉唐考据学的成果,朦胧地意识到《诗经》研究应该汉宋兼采,不能存在独尊一家的偏见。对于汉学和宋学都无法解决的问题,朴世堂本人一时也难以找到答案者,他都以"阙疑"等标识,这种谨慎的态度,也应予以表彰。

《诗序》是诗经学史上聚讼纷纭的话题,《诗序》解释符合诗旨者很多,但牵强附会者亦不在少数。《毛诗正义》几乎全采《诗序》,朱熹《诗集传》则反对《诗序》,以至于有废序之举,朱熹的做法稍嫌武断。朴世堂训释《诗经》时,斟酌文本,考察史实,他对《诗序》的解释,也多加以采用。

如《邶风·击鼓》,《诗序》云:"《击鼓》,怨州吁也。卫州吁用兵暴乱,使公孙文仲将而平陈与宋,国人怨其勇而无礼也。"②对于《诗序》,朱熹将信将疑,所以他说:"旧说以此为春秋隐公四年,州吁自立之时,宋卫陈蔡伐郑之事,恐或然也。"③朱熹以"恐或然也"志其谨慎,朴世堂对于此诗的诗旨完全抄录《诗序》,其云:"此诗,

---

① 纪昀等:《四库全书总目(整理本)》,中华书局,1997年,第186页。
② 孔颖达《毛诗正义》,第128页。
③ 朱熹《诗集传》,第18页。

《序》当为得其实也。"①

再如《王风·君子阳阳》,《诗序》云:"闵周也。君子遭乱,相招为禄仕,全身远害而已。"②《诗集传》云:"此诗疑亦前篇妇人所作。盖其夫既归,不以行役为劳,而安于贫贱以自乐,其家人又识其意而深叹美之,皆可谓贤矣。岂非先王之泽哉。或曰:《序》说亦通。宜更详之。"③朴世堂认为:"此诗之义,旧说如此,理趣似长,当从之。"④因此朴世堂录《诗序》《毛传》《郑笺》《毛诗正义》的解释,不录《诗集传》模棱两可的解释。

同时,对于汉学的迂拘芜杂之弊⑤,朴世堂也能根据朱熹《诗集传》的观点予以修正。如《召南·草虫》,朴世堂云:"此篇旧说甚穿凿,大失本旨,今《传》正之,是矣。"⑥

再如《王风·君子于役》,《诗序》云:"刺平王也。君子行役无期度,大夫思其危难以风焉。"⑦朱熹《诗集传》云:

> 大夫久役于外,其室家思而赋之曰:君子行役,不知其还反之期,且今亦何所至哉。鸡则栖于埘矣,日则夕矣,牛羊则下来矣。是则畜产出入,尚有旦暮之节,而行

---

① 朴世堂《诗思辨录》,第119页。
② 孔颖达《毛诗正义》,第256页。
③ 朱熹《诗集传》,第43页。
④ 朴世堂《诗思辨录》,第205页。
⑤ 《四库全书总目·经部总叙》云:"自汉京以后,垂二千年,儒者沿波,学凡六变:其初专门授受,递禀师承,非惟诂训相传,莫敢同异,即篇章字句,亦恪守所闻,其学笃实谨严,及其弊端也拘。王弼、王肃稍持异议,流风所扇,或信或疑,越孔、贾、啖、赵以及北宋孙复、刘敞等,各自论说,不相统摄,及其弊也杂。"《四库全书总目》,第1页。
⑥ 朴世堂《诗思辨录》,第85页。
⑦ 孔颖达《毛诗正义》,第256页。

役之君子乃无休息之时,使我如何而不思也哉。①

朴世堂云:"《序》谓君子行役无期度,大夫思其危难。今《传》正其谬者,得之。"②朴世堂取《诗集传》而不从《诗序》。

此外,朴世堂对于一些暂时得不到确解,但又认为各家的解释都有合理之处的诗篇,他就采取了兼采共存的态度。如《郑风·山有扶苏》,朴世堂云:"此诗之义,亦当以今《传》为近,然《序》说又未可以遽断其必不然也。"③

朴世堂对一些难以理解的诗句,采取了阙疑的态度。如《小雅·甫田》第三章之"曾孙",他说:"曾孙之为王侯、为公卿,皆无可指明者,则宜阙疑矣。"④再如,《鄘风·干旄》诗中的"良马五之"、"良马六之",朴世堂云:

> 今、旧诸说皆不同,《毛》以为骖马四马之辔数,《郑》以为就见之数,朱《传》以为车马之盛。夫上章既言四马,则二章又不当侈其文而损其实,此《毛》之失也。就见之数,不当直系之于良马之下,若尔者,殆不成语,此《郑》之失也。五马始于汉世,而六马乃天子所备,卫之大夫所不

---

① 朱熹《诗集传》,第43页。
② 朴世堂《诗思辨录》,第203—204页。
③ 朴世堂《诗思辨录》,第224页。《郑风·山有扶苏》,《诗序》云:"刺忽也。"孔颖达《毛诗正义》,第299页。《郑笺》云:"以兴忽好善不任用贤者,反任用小人。"孔颖达《毛诗正义》,第300页。朱熹《诗集传》云:"淫女戏其所私者。"朱熹《诗集传》,第61页。此外再如《邶风·北风》末章,朴世堂云:"愚谓旧说如此,今亦未见其为必不然,宜两存之,不可独废也。"朴世堂《诗思辨录》,第146页。《郑风·子衿》,朴世堂云:"此章之义,今旧说不同,亦当两存之。"朴世堂《诗思辨录》,第231页。
④ 朴世堂《诗思辨录》,第647页。

得僣,虽欲夸车马之盛,岂应若是,此朱《传》之失也。此三说者皆求其义而不得强为之辞耳,义终难详,不如阙之。①

朴世堂仔细斟酌《毛传》《郑笺》《诗集传》的解释,指出他们的不妥当之处,但是他自己也提不出更好的解释来,就以阙疑示之,体现了他实事求是的治《诗》态度。

(三)涵咏本文,以情解诗

《诗经》是先民精神情感的表达,不是无情之物。《诗经》在汉代被列为官学,与政治的关系密切,学者更强调《诗经》的政治教化功能,反而对其抒情性有所忽略。宋代《诗经》学出现了一股疑古思潮,反思汉唐《诗经》研究的诸种弊端,对于《诗经》的言情功能有了新的认识与发掘。朱熹《诗集传》就是这种思潮的代表,虽然《诗集传》在《周南·关雎》篇末云:"然学者姑即其词而玩其理以养心焉,则亦可以得学诗之本矣。"②但是通观整部《诗集传》,"玩理"只是少数,"言情"较多,这正如朱熹本人所言:"大抵古人作诗,与今人作诗一般,其间亦自有感物道情,吟咏情性,几时尽是讥刺?"③朱熹之后,许多《诗经》学著作又回到了诗教的故辙上来,并且又加入了很多性理学的阐释,《诗经》的抒情性又隐晦不彰了。朱子理学思想在朝鲜时代具有崇高的地位,以"理"解《诗》的现象在朝鲜也

---

① 朴世堂《诗思辨录》,第169-170页。
② 朱熹《诗集传》,第2页。
③ 朱熹:《朱子语类》卷八十,中华书局,1986年,第2076页。

是非常普遍①,朴世堂则与这种流行的做法不同,他从《诗经》文本出发,以情解《诗》,发扬了《诗经》研究的抒情传统,识见高出同时学者很多。

朴世堂把现实人生的感情投注于《诗经》训释中,品味诗人所传达的感情。如《周南·汝坟》第二章云:"遵彼汝坟,伐其条肄。既见君子,不我遐弃。"《诗思辨录》云:"未见则心困,而不堪其忧思悬望之切。既见则又自深幸,而若得其不遗出于意望之外也。此见人情之至也。"②朴世堂认为此诗传达了夫妇离别的相思。

再如《召南·草虫》,《诗序》云:"《草虫》,大夫妻能以礼自防也。"③《诗序》解释此诗的着眼点在夫妇之礼,教化意味十足。《诗集传》云:"南国被文王之化,诸侯大夫行役在外,其妻独居,感时物之变,而思其君子如此。"④朱熹不同意《诗序》的教化说,而主张言情说,以为该诗是妻子思念行役的丈夫,与礼乐教化无涉。朴世堂云:

以为诸侯之夫人,以为大夫之妻,无所不可,又安从而明其为何人而遽断之也?只当阙所难明,论所可知。此篇之所可知者,丈夫在外,经时未归,而妇人思念之情

---

① 许穆(1595-1682)《诗说》云:"故论《诗》,本之性情,达之声音。先王有以厚人伦、重礼仪,使读之者感发其良心,惩创其逸志。"见《韩国经学资料集成》第71册,第84页。白凤来(1717—1799)《三经通义·诗传》云:"性情为《三百篇》之体用耶。……《诗》以正变,以理性情,则弥论天地之道者。"许穆《诗说》,《韩国经学资料集成》第71册,第441-444页。

② 朴世堂《诗思辨录》,第78页。

③ 孔颖达《毛诗正义》,第69页。

④ 朱熹《诗集传》,第9页。

耳，其他皆非所详，又何必强为说云云也。①

朴世堂反对《诗序》的礼乐之防，赞成朱熹的夫妇思念之情，不过朴世堂对于朱熹的观点也不是完全接受，他认为朱熹的解释缩小了该诗所指的言情范围，将诗中夫妇仅界定为诸侯与大夫夫妇，显然过于拘谨，他认为该诗的言情范围远非诸侯、大夫夫妇之一端，诗中所言之情带有普遍性，涵盖了普天之下妻子对外出丈夫的思念。朴世堂的观点，通达合理。

朴世堂还注意《诗经》中所蕴涵的父母、兄弟之情。如《小雅·小明》前三章均有"念彼共人"，《郑笺》云："靖共尔位以待贤者之君。"②孔颖达《疏》云："念彼明德供具贤者爵位之人君。"③《诗集传》云："共人，僚友之处者也。"④朴世堂不赞同以上诸说，其针对该诗第三章"昔我往矣，日月方奥。曷云其还，政事愈蹙？岁聿云莫，采萧获菽。心之忧矣，自诒伊戚。念彼共人，兴言出宿。岂不怀归，畏此反复"，解释云：

> 愚谓"反复"言，恐小人反复其间，为谮构也。已上三章所称"共人"，详味诗意，恐是指其父母，而思念之切，至于涕零如雨，寝不能安也。其情之恳恻如此，即可推知矣。尝见他书亦引此语为念亲之辞者，但记之不能详耳。若旧说以为是靖共尔位之明君，今《传》以为僚友之处者，皆据下两章所言"靖共尔位"而为之说，但所取以为义者，

---

① 朴世堂：《诗思辨录》，第85－86页。
② 孔颖达《毛诗正义》，第800页。
③ 孔颖达《毛诗正义》，第800页。
④ 朱熹《诗集传》，第151页。

各不同焉。抑此文有偶同耳。诗人之意,未必然也。旧说近于凿,今《传》疑于疏。念之而泣涕,怀归夜不安寝者,拟之二说,俱不甚合。①

朴世堂认为《郑笺》等思念明君之说失于穿凿,而《诗集传》思念僚友的解释疏漏而不实,他将"共人"解释为父母,认为此诗抒发的是思念父母之情。朴世堂的解释贴近诗义,可备一说。

再如《唐风·杕杜》,《诗序》云:"刺时也。君不能亲其宗族,骨肉离散,独居而无兄弟,将无沃所并尔。"②《诗集传》云:"此无兄弟者自伤其孤特而求助于人之词。"③此诗首章云"有杕之杜,其叶湑湑。独行踽踽,岂无他人?不如我同父。嗟行之人,胡不比焉?人无兄弟,胡不佽焉?"朴世堂解释云:

"岂无他人",言所与行者非无他人,但不如我之兄弟,故自叹其独行而踽踽然,似乎无与共行也。"比",亲也。使行路之人皆相亲比,又怜其孤特而见助,则何至自伤之如此,言至于是,情甚慽矣。④

朴世堂与《诗集传》相同,以兄弟之情来解释此诗,明显胜过《诗序》的"刺时"说。

朴世堂除了以情解诗之外,还注意到了"诗可以怨"的传统。如《鄘风·载驰》,朴世堂云:"此诗盖夫人将归卫以唁兄弟,既在途

---

① 朴世堂《诗思辨录》,第604—605页。
② 孔颖达《毛诗正义》,第391页。
③ 朱熹《诗集传》,第71页。
④ 朴世堂《诗思辨录》,第264页。

矣,而许之大夫追及而止其行,故述己之意,以纾其忧懑也。"①

**(四)关注现实,向往圣治**

朴世堂是朝鲜实学启蒙时期的代表人物,他关注社会民生,并提出了很多兴利除弊的措施,崔锡恒《(西溪先生)谥状》记载云:

> 丁未夏(1667),以修撰召还时,上悯旱,有求言之教,公应旨陈疏。首以立圣志为刻励图治、转衰为盛之本。次论视事稀阔之失,仍及大臣厌事之弊,请自今廓然奋发,日御法殿,召接臣僚,责励大臣,以尽其职。又言邻族侵征之怨,军制变通之宜,缕缕五六千言,无非明白切实,痛中时病。②

虽然朴世堂的这些建议都没有得到国王的采纳,无法见诸实践,但是朴世堂将实学家积极入世、经世致用的热情融于著作中,如在《诗思辨录》中融入了他关注现实社会,向往圣明政治的苦心。

如《王风·丘中有麻》,《诗序》云:"思贤也。庄王不明,贤人放逐,国人思之,而作是诗也。"③朱熹《诗集传》云:"妇人望其所与私者而不来,故疑丘中有麻之处,复有与之私而留之者,今安得其施施然而来乎。"④朴世堂不同意朱熹将此诗解释为恋诗,是因为《诗序》思贤的主旨使他产生了共鸣,他继续申释《诗序》说:

---

① 朴世堂《诗思辨录》,第171页。
② 崔锡恒《(西溪先生)谥状》,《西溪集》卷二十一,《韩国文集丛刊》,第134册,第425页。
③ 孔颖达《毛诗正义》,第270页。
④ 朱熹《诗集传》,第47页。

丘,犹言山也。留,犹言住也。将,期望之意。施施,委迟貌。此篇见贤人之隐遁者多。末章至曰"彼留之子",则虽不言其名,而盖不止上所称二人而已。主昏国乱,贤人隐处,而其慕之之深,望之之切如此。则诗人悯世惜贤之意,又可见矣。①

朴世堂以饱含感情的笔墨诠释了诗人的悯世惜贤之意,大有借《诗经》训释抒发个人情怀的意味。

再如《郑风·萚兮》,《诗序》云:"刺忽也。君弱臣强,不倡而和也。"②《诗集传》云:"此淫女之词。"③朴世堂云:

此诗之义,《(毛诗)序》说出于傅会而毛郑从而为穿凿之辞。……愚谓此诗有惧夫时过而事不及,欲早谋之之意。若非如《唐风》"今我不乐,日月其除"之指,则必是大夫忧国之危而祸之将及,欲与诸大夫同心共力以早图之也。④

朴世堂在《萚兮》飞逝的落花中,读出的是国家祸乱将至,大夫思治的急切心理。他把自己忧虑社稷民生的感情投入到注《诗》中,所以产生这样独创的解释。

《诗思辨录》还传达了朴世堂对社稷民生的忧虑。如《小雅·十月之交》,此诗末章云:"悠悠我里,亦孔之痗。四方有羡,我独居

---

① 朴世堂《诗思辨录》,第213-214页。
② 孔颖达《毛诗正义》,第303页。
③ 朱熹《诗集传》,第52页。
④ 朴世堂《诗思辨录》,第224-225页。

忧。民莫不逸,我独不敢休。天命不彻,我不敢效我友自逸。"朴世堂解释云:

> 愚谓此章言人皆饶乐,而我独忧,"民莫不逸,我不敢休",所以病之甚,而其忧之悠悠也。然天命既不均,则逸者自逸耳,我又岂可效彼也?"黾勉从事"而"不敢告劳"者,为此故也。①

朴世堂的注释有他对民生不倦的关怀。再如《小雅·采菽》第四章云:"维柞之枝,其叶蓬蓬。乐只君子,殿天子之邦。乐只君子,万福攸同。平平左右,亦是率从。"朴世堂云:

> 愚谓此章之意,盖以"柞"喻天子,"枝"以喻诸侯,"叶之蓬蓬"喻诸侯之功劳茂盛,所以能殿天子之邦,而为之后,其宣力王室如此,故万福于是而聚归之,所与从行左右之臣,又皆为平平辨治之贤才也。②

朴世堂的解释传递出对社稷民生的忧虑,对明君贤臣政治的向往。

《诗思辨录》还凸显出朴世堂生于乱世,仍然加强自我修养的操守。如《魏风·伐檀》,朴世堂云:

> 此诗之指,盖伤君子之不遇时,而又美其能修身蓄德,不以其不见用而或自沮也。"坎坎伐檀",喻孜孜于为

---

① 朴世堂《诗思辨录》,第508-509页。
② 朴世堂《诗思辨录》,第713页。

善修行也。"寘之河干,河水清涟",喻才不遇时而无所施也。"不稼不狩,胡取胡瞻",喻苟不能勤修天爵,将无以使人爵而至,君子之不肯无事而食,如此深叹贤者遭无道之世,能不变其守也。①

再如《小雅·白驹》,朴世堂云:

愚谓彼贤者终去,而不可复留矣,则又叹其能洁身不污于乱世,为不可及。然国必待贤人而昌,扶世救民,我之所望者,深矣。毋自爱重其身而有遐远之心。盖犹冀其反复审度,谓不当果于忘世而决之一行也。②

朴世堂表露了君子不因外在的纷乱而改变内在修养的情操,赞扬贤人不因不遇而沮丧的心智,从而也隐隐传达出自己不易操守的执着。

### 三、《诗思辨录》对汉唐《诗经》学的批评

朴世堂《诗思辨录》在采撷汉唐《诗经》学成果的同时还认识到其不足之处,他说:"《序》出于傅会,而毛、郑从而为穿凿之辞。"③道出了汉唐《诗经》学研究的弊端,并对于这些弊端作了一些纠正。

首先,对于一些诗篇的诗旨,朴世堂不满意《诗序》《毛传》《郑笺》《毛诗正义》等旧说的解释。其中较为突出的例子是,朴世堂反

---

① 朴世堂《诗思辨录》,第254页。
② 朴世堂《诗思辨录》,第448页。
③ 朴世堂《诗思辨录》,第224页。

对《诗序》以文王、后妃等附会《诗》意。他认为《诗序》将《周南·关雎》系之文王、太姒是"非有明据,亦皆出于意度。故旧说则又以此为美后妃之不妒忌而作,至朱子始正其失"①。他认为《关雎》之作"盖喜其君得贤女为之匹配,以助其内治,因述其事而咏歌之"②。再如《周南·葛覃》,《诗序》云:"后妃之本也。后妃在父母家,则志在于女功之事,躬俭节用,服澣濯之衣,尊敬师傅,则可以归安父母,化天下以妇道也。"③朴世堂认为《诗序》的训释是"无可以指据"④。此外,《诗思辨录》还指出《诗序》对一些诗篇的解释不确。兹举例如下,如《邶风·柏舟》,朴世堂云:

此章之指,今旧说俱失,孔、郑则失上二句之义。朱《传》则其曰既曰又者,亦失于分上下为两义也。⑤

《邶风·终风》,朴世堂云:

毛、郑皆失,为《序》所误故耳。⑥

《邶风·雄雉》,朴世堂云:

旧说从《小序》,故牵强乖舛。⑦

---

① 朴世堂《诗思辨录》,第66页。
② 朴世堂《诗思辨录》,第65-66页。
③ 孔颖达《毛诗正义》,第30页。
④ 朴世堂《诗思辨录》,第69页。
⑤ 朴世堂《诗思辨录》,第105页。
⑥ 朴世堂《诗思辨录》,第117页。
⑦ 朴世堂《诗思辨录》,第122页。

《卫风·竹竿》,朴世堂云:

此篇旧说穿凿,当从今《传》。①

《王风·大车》,朴世堂云:

《序》:"刺周大夫也。礼义陵迟,男女淫奔,故陈古以刺今大夫不能听男女之讼焉。"《毛传》以下皆用《序》说,解经者失之,当从今《传》为是。旧说解第三章尤穿凿。②

《郑风·有女同车》,朴世堂云:

旧说牵合舛辟,今《传》不从者,是。然又不见其为淫奔之诗。……若此诗者,宜姑阙之也。③

《郑风·扬之水》,朴世堂云:

愚谓此诗之义,今旧说皆未可指据,而信其为然者,恐只是朋友亲戚之素有恩者,为人所间,中更乖疏,故伤怨之而作也。扬者,水之盛也,而不能流漂一束楚之轻,则实非平昔之所意也。夫以素亲有恩之人,而不能通达

---

① 朴世堂《诗思辨录》,第189页。
② 朴世堂《诗思辨录》,第212页。
③ 朴世堂《诗思辨录》,第223页。

其情私,亦岂是平昔之所自意者也。此其托兴之端欤?①

另外,朴世堂在《召南·鹊巢》《召南·行露》《齐风·载驱》《郑风·女曰鸡鸣》《魏风·伐檀》《陈风·泽陂》《豳风·伐柯》《小雅·杕杜》等诗的诗旨上也都表达了自己不同于汉唐的解释。

其次,朴世堂在一些字词的训释上,也不同于汉唐诸家。朴世堂纠正《毛传》,如《邶风·击鼓》第四章之"死生契阔,与子成说。执子之手,与子偕老"之"契阔"。朴世堂说:"《毛传》'契阔,勤苦也'。郑云:'相与处勤苦之中。'今《传》,'契阔,隔远之意。'恐皆失之。'契阔',犹曰离合。契者,契合;阔者,离阔。谓于平日与其室家尝成誓言,期以死生离合不相背弃也。若云死生隔远,亦不成语耳。"②

朴世堂指出孔颖达《毛诗正义》在释字上的不妥,如《邶风·匏有苦叶》第二章"有弥济盈,有鷕雉鸣。济盈不濡轨,雉鸣求其牡"。朴世堂云:"愚谓'济之弥盈',喻礼之甚严。'雉之鷕鸣',喻女之思淫不濡轨,喻其谓犯礼而无伤也。'求其牡',喻所求者非其匹。孔氏直以济为渡水,失之矣"。③ 朴世堂反对《毛诗正义》以渡水来解释"济"字。

再如《王风·采葛》之"一日不见,如三秋兮"。朴世堂认为三秋应为三岁,而非孔颖达《毛诗正义》以九个月来解释三秋。④

朴世堂在部分《诗经》诗旨和字词的释义上对汉唐《诗经》学作了质疑。对这些问题,他或抛弃前说,提出己见,或在朱《传》的启

---

① 朴世堂《诗思辨录》,第232-233页。
② 朴世堂《诗思辨录》,第118-119页。
③ 朴世堂《诗思辨录》,第125页。
④ 朴世堂《诗思辨录》,第211页。

发下另有深发,对一些暂时不能解决的问题,则以阙疑示之读者。虽然朴世堂的释义也存在一些问题,但是作为异域学者,能够指出汉唐考据之失,也足以反映朴世堂对《诗经》的思考,他所纠正的不妥之处,也有助于《诗经》研究的深入。

## 四、对朱熹《诗集传》的批评

朴世堂批评朱熹《诗集传》云:"今《传》疑于疏",大胆地指出了《诗集传》疏漏之弊。在朱子学独尊的朝鲜时代,能提出这样的观点,需要有很大的学术勇气,这也反映了朴世堂独立思考,敢于怀疑的治学精神。朴世堂反对朱熹的"淫诗"说,并指出《诗集传》对《诗序》的沿袭之处。另外,《诗集传》的长处在于从文学、义理的层面解释《诗经》,但是在考据训诂方面较为薄弱。朴世堂在训释《诗经》时,就注意到了朱熹的这个不足之处,于是借助汉唐《诗经》研究的考据成果来补足《诗集传》。再者,作为实学思潮代表人物的朴世堂,不满意朱子性理之学,他借助汉唐《诗经》学纠正朱熹之失,也起到了消解朱子学在朝鲜独尊地位的客观作用。

### (一)反对朱熹的"淫诗"说

《诗集传》是宋代《诗经》学的集大成之作,强调涵咏诗篇,以情解诗。一定程度上摆脱了汉代诗教传统,把一些诗篇的诗旨从教化说更正为恋情说,认识到《诗经》的抒情性,将一些诗篇界定为男女爱情诗,这是朱熹的进步之处。不过,作为理学家的朱熹由于对《诗经》抒情性的认识还不够彻底,于是将一些爱情诗贬抑为"淫诗"。对于朱熹所认定的二十四首淫诗,朴世堂认同朱熹解释为"淫诗"的诗篇只有《郑风·出其东门》《陈风·月出》两首。朴世堂认为《诗集传》关于《郑风·遵大路》《山有扶苏》《褰裳》《子衿》

《陈风·东门之杨》五首诗的解释可与《诗序》并存。另外，对于《郑风·丰》诗，朴世堂难以判断《诗序》和朱《传》的解释孰得孰失。对于《邶风·静女》《鄘风·桑中》《卫风·木瓜》《王风·采葛》《丘中有麻》《郑风·将仲子》《有女同车》《蘀兮》《狡童》《东门之墠》《风雨》《扬之水》《野有蔓草》《溱洧》《陈风·东门之枌》《东门之池》，朴世堂认为《诗集传》的解释均不合理。如《卫风·木瓜》，《诗集传》云："疑亦男女相赠答之词。"①朴世堂反对《诗集传》的解释，其云："今《传》以此诗为疑亦男女相赠答之词，如《静女》之类。愚谓此诗意深而指远，是识道理者所作，恐非男女一时相诱说之辞。"②再如《郑风·将仲子》，《诗集传》认为是淫奔之辞③。朴世堂云："此淫奔者之辞，又未免为诬。唯新安胡氏谓有所畏而不轻身以从，其所怀亦庶几止乎礼义者近之。"④又如《郑风·有女同车》，《诗集传》云："此疑亦淫奔之诗。"⑤朴世堂云："不见其为淫奔之诗。且'有女同车'，安知非谓二女之同车，而必为男与女同也。若此诗者宜姑阙之也。"⑥

（二）指出《诗集传》对《诗序》的沿袭之处

《诗集传》反对《诗序》，但是又在解《诗》中屡屡沿用《诗序》的解释，据向熹先生的统计，"《诗集传》所释305篇诗旨，有161篇完全采用或基本采用《诗序》。"⑦朴世堂指出《诗集传》的一些解释不脱《诗序》藩篱，没有把《诗序》的傅会之处一一更正过来。比如

---

① 朱熹《诗集传》，第41页。
② 朴世堂《诗思辨录》，第198页。
③ 朱熹《诗集传》，第48页。
④ 朴世堂《诗思辨录》，第218页。
⑤ 朱熹《诗集传》，第52页。
⑥ 朴世堂《诗思辨录》，第223页。
⑦ 向熹：《〈诗经〉语文论集》，四川民族出版社，2002年，第335页。

《周南·葛覃》，朴世堂云：

> 《周南·葛覃》三章，《注》(《诗集传》)："此诗后妃所自作。"上文亦云："后妃既成絺綌而赋其事。"此亦沿《小序》旧说耳。然此等诗皆无可以指据，知此必为王者之后妃，而不为诸侯之夫人，知彼必为诸侯之夫人，而不为大夫之妻矣，犹复云云者，不过为臆测而已，无足取也。朱子尝力攻《小序》之谬，而终亦不能无循袭。如此则向之攻之者，亦五十步之类也。愚窃以为非有显据，可以无失者，则不如只就见文高下其义，以存阙疑之意，为能谨笃而无凿空之病也。①

朴世堂认为《诗序》关于《葛覃》的解释缺乏证据，而力主攻击《诗序》傅会之弊的《诗集传》在此诗诗旨上仍然遵循《诗序》。朴世堂不赞同《诗集传》的做法，他认为对于诗旨难以考证，又缺乏证据的诗篇，如《葛覃》篇者，应该以阙疑的方式来处理，而不可作穿凿傅会的解释。

再如《周南·卷耳》，《诗序》云："后妃之志也，又当辅佐君子，求贤审官，知臣下之勤劳。内有进贤之志，而无险诐私谒之心，朝夕思念，至于忧勤也。"②《诗集传》云："后妃以君子不在而思念之，故赋此诗。托言方采卷耳，未满顷筐，而心适念其君子，故不能复采，而寘之大道之旁也。"③朴世堂云：

---

① 朴世堂《诗思辨录》，第68—69页。
② 孔颖达《毛诗正义》，第36页。
③ 朱熹《诗集传》，第3页。

此章《小序》极舛谬。朱子既深斥之，犹守其后妃之说而不能改，至曰："岂当文王朝会征伐之时，羑里拘幽之日而作欤？然不可考矣。"既无以考，则又何以知此必为太姒之所作也。当时诸侯之夫人，皆不可以有此作乎？是未可知也。抑所深惑者，当文王朝会征伐及拘幽之时，太姒岂宜遽据后妃之尊也？①

朴世堂指出朱熹怀疑《诗序》不彻底，此诗创作时间既然难以确考，朱熹却认定是太姒所作，显然是出于臆断，无据可言。对于此诗诗旨，朴世堂认为与其轻信《诗序》，毋宁存疑。

此外，朱熹在《周南·樛木》《芣苢》《召南·羔羊》等诗的诗旨界定上，也未完全摆脱《诗序》的影响，朴世堂都一一指出，并为之辨证。

**（三）用汉唐《诗经》学补正《诗集传》之失**

在诗旨的界定上，朴世堂驳正朱熹者很多。同时，朴世堂还重视诗篇章句字词的训诂，他大量采用《诗序》《毛传》《郑笺》《毛诗正义》来补正《诗集传》。

朴世堂还指出《诗集传》在一些诗篇诗旨的把握上，不及《诗序》合理，如《邶风·击鼓》，《诗序》云："怨州吁也。卫州吁用兵暴乱，使公孙文仲将而平陈与宋，国人怨其勇而无礼也。"②朱熹云："卫人从军者自言其所为，因言卫国之民或役土功于国，或筑城于漕，而我独南行，有锋镝死亡之忧，危苦尤甚也。"③朴世堂认为：

---

① 朴世堂《诗思辨录》，第70—71页。
② 孔颖达《毛诗正义》，第128页。
③ 朱熹《诗集传》，第18页。

"此诗《序》当为得其实也。"①

再如《小雅·南山有台》,朱熹《诗集传》云:"此亦燕飨通用之乐。"②《诗序》云:"乐得贤也。得贤则能为邦家立太平之基矣。"③朴世堂不赞同《诗集传》仅以燕飨解释此诗,他更赞同《诗序》与国家政治状况相联系的解释,其云:"愚谓此诗,虽为燕宾所用之歌,而其意实主于美国家之得贤而祝其寿耆,则当以《序》说为是,恐不可但以为燕飨通用祈祝之辞而已也。"④

朴世堂用《毛传》补充《诗集传》,如《召南·摽有梅》首章"摽有梅,其实七兮"之"其实七兮",《诗集传》疏导大意曰:"梅落而在树者少,以见时过而太晚矣。"⑤没有具体的训释,朴世堂采用《毛传》的解释以资补充,他说:"《毛传》释'其实七'云:在树者七。释'今'云急辞也。释'谓'之云不待备礼也。三十之男,二十之女,礼未备则不待礼会而行之者,所以蕃育人民也。"⑥

朴世堂还采用《郑笺》的说法,如《鄘风·定之方中》:"定之方中,作于楚宫。揆之以日,作于楚室"之"宫"与"室",《毛传》云:"楚丘之宫也。仲梁子曰:'初立楚宫也。'……室犹宫也。"⑦《诗集传》的解释与《毛传》相同,《诗集传》云:"楚宫,楚丘之宫也。……楚室,犹楚宫,互文以协韵耳。"⑧《郑笺》与《毛传》的解释相异,其云:"楚宫,谓宗庙也。……楚室,居室也。君子将营宫室,宗

---

① 朴世堂《诗思辨录》,第119页。
② 朱熹《诗集传》,第111页。
③ 孔颖达《毛诗正义》,第614页。
④ 朴世堂《诗思辨录》,第402页。
⑤ 朱熹《诗集传》,第11页。
⑥ 朴世堂《诗思辨录》,第92页。
⑦ 孔颖达《毛诗正义》,第196页。
⑧ 朱熹《诗集传》,第31页。

庙为先,厩库为次,居室为后。"①朴世堂赞同《郑笺》的解释,他在《诗思辨录》中遍引《毛传》、《郑笺》、《诗集传》后说:"愚谓宫室之义,《毛传》与今《传》同,独郑氏为异,然恐当以郑为长。"②参考诸家对于"楚宫"与"楚室"的解释,《郑笺》的解释较之《毛传》为优,其更为细致地体现了古代宫室建筑先建宫庙,后建居室的先后顺序是对祖先神灵的尊重。朴世堂的取舍是有独到眼光的。

## 五、结　语

通过上文论述,可以看出《诗思辨录》之解诗方法及其价值约有四点,此处略作总结:

一曰毛与三家,兼收并取。《诗》分四家,《毛诗》独盛,治《诗》者往往奉《毛诗》为圭臬,三家诗少有人问津,朴世堂却不存此是彼非的偏见,对于四家诗兼收并取,尤其是多次征引《韩诗》,订补了《毛诗》之不足,学术胸怀较为开阔。

二曰汉宋兼采,唯是之求。传统《诗经》学汉宋分途,各家持一不相下之心,负气相争,势同水火。朴世堂则无意轩轾汉宋,而主持平之论,著中不乏以汉学补宋学空疏处,也有以宋学纠汉学拘迂处。汉宋两家均无确解,朴世堂则以阙疑识其谨慎。

三曰涵咏本文,以情解诗。历代《诗》学家之疏解,有得其本旨,解释明通合理者,亦有牵强附会,愈解愈晦者。朴世堂力破前人解《诗》之迷障,一以文本为主,反复涵咏,以意逆志,多能超越考据与义理而直透本旨。此种解《诗》方法,与姚际恒之《诗经通论》

---

① 孔颖达《毛诗正义》,第196页。
② 朴世堂《诗思辨录》,第160页。

有不谋而合处,异域同调,值得玩味。

四曰关注现实,向往圣治。朴世堂生当壬辰倭乱与丙子胡乱之后,朝鲜国势日颓,民生艰难,他目睹国难,关注民生,尝犯言直谏,未被国君采纳。朴世堂在《诗思辨录》中再陈斯旨,关注社会现实,向往圣明政治,故《诗思辨录》有经世致用之特色。

朴世堂尝言:"《序》出于傅会,而《毛》从而为穿凿之辞。""今《传》疑于疏。"故他对汉宋《诗经》学之不足有所补正。尤可注意者,《诗集传》乃是朝鲜时代奉为楷模之著作,朴氏敢于指摘朱子之阙失,并进而纠正之,非具极大之学术勇气而不能,其补正亦有助于破除时人对《诗集传》之迷信,开启了朝鲜《诗经》研究的新风气。当然,《诗思辨录》也存在一些缺点,如不能脱离《诗序》之藩篱,教化阐释过多。对于一些诗篇的训释流于情绪化,以意逆志法运用过当,以一己之情,失之客观。对《诗集传》的一些批评,有时也过于草率。但是瑕不掩瑜,《诗思辨录》有较大的学术价值,是朝鲜《诗经》学史上一部重要的著作,应该引起研究者的重视。

(付星星,贵州大学,副教授)

## 学术史研究

# 南音北传与先秦时期的文化交融

谭德兴

"南音"属南方民族的风土音乐。先秦时期,"南音"在北方民族文化中有强烈表现,而且与北方文化有机地结合在一起。"南音"的北传渊源有自,这既是一部诗乐接受史,也是一部南北文化交融发展史。南音北传与先秦时期的民族迁徙以及南北民族间政治、文化交流等关系密切。

## 一、春秋以前"南音"在北方的传播与接受

### 1. 五帝时期

《诗·邶风·凯风》曰:

> 凯风自南,吹彼棘心。棘心夭夭,母氏劬劳。
> 凯风自南,吹彼棘薪。母氏圣善,我无令人。
> 爰有寒泉,在浚之下。有子七人,母氏劳苦。
> 睍睆黄鸟,载好其音。有子七人,莫慰母心。

《毛序》云:"《凯风》,美孝子也。卫之淫风流行,虽有七子之母,犹不能安其室,故美七子能尽其孝道,以慰其母心,而成其志尔。"毛传:"南风谓之凯风。乐夏之长养。"孔颖达《正义》云:"南

风谓之凯风,……李巡曰:南风长养万物,万物喜乐,故曰凯风。"

据上可知,《凯风》就是《南风》。但《南风》之歌却本是"南音"。《礼记·乐记》说:"昔者舜作五弦之琴以歌《南风》,夔始制乐以赏诸侯。"郑玄注:"夔欲舜与天下之君共此乐也。南风,长养之风也,以言父母之长养已。"孔颖达疏:"《南风》,诗名,是孝子之诗。南风长养万物而孝子歌之,言已得父母,生长如万物得南风生也。"王质《诗总闻》云:"舜作五玄之琴,以歌南风。夔始作乐,以宾南侯。'南'即《诗》之'南'也,'风'即《诗》之'风'也。"因此,《凯风》篇的乐章形式可能源自古老的舜乐《南风》之歌。毛序"《凯风》,美孝子也"所传承的大概是《南风》最初的乐章意义——歌咏孝道。而毛序后半部分则可能是《南风》这种音乐形式在卫地传播后所增载的特殊社会文化内容。

《南风》本为舜乐,而舜乐却具有强烈的"南音"特征。关于帝舜文化,尽管存在不同的说法。但无论何种说法,帝舜文化中的强烈南方文化特征是永远无法被抹煞的。《史记·五帝本纪》说:"(舜)践帝位三十九年,南巡狩,崩于苍梧之野。葬于江南九疑,是为零陵。"裴骃《史记集解》曰:"《皇览》曰:舜冢在零陵营浦县,其山九溪皆相似,故曰九疑。《传》曰:舜葬苍梧,象为之耕。《礼记》曰:舜葬葬苍梧,二妃不从。《山海经》曰:苍梧山,帝舜葬于阳,丹朱葬十阴。皇甫谧曰:或曰二妃葬衡山。"张守节《史记正义》云:"《帝王纪》云:舜弟象封于有鼻。《括地志》云:鼻亭神在道县北六十里。《故老传》云:舜葬九疑,象来至此,后人立祀,名为鼻亭神。《舆地志》云:零陵郡,应阳县东有山,山有象庙。王隐《晋书》云:此大泉陵县北部东五里有鼻墟,象所封也。"

据上,帝舜南巡,最后死于南方并葬在零陵境内的苍梧之野,而其弟象也被封于苍梧附近。作为一个显赫的帝王,其葬地无疑代表了其文化的中心或文化主要辐射地域。因此，虞舜时期的南方不但不是人们想象中的文化荒漠，而且似乎为帝舜的重要文化圈层。而舜之二妃在湘水演变成女神，且以湘妃著称，则又进一步印证了虞舜文化的南方特征。

《南风》是"南音"，而《凯风》却是北方民族的作品。邶乃殷商故都。《汉书·地理志》云："河内本殷之旧都，周既灭殷，分其几内为三国，《诗风》邶、鄘、卫国是也。邶，以封纣子武庚……故邶、鄘、卫三国之诗相与同风。"邶、鄘（鄘）、卫三国本都是殷商故都，后来又归并成卫国。三国之诗歌在春秋时期又统称为"卫诗"。《邶风》尽管可能经过周太师的加工，但其为风土之音是毫无疑问的。邶又为纣子武庚封地，则《邶风》实乃殷商文化的反映。从《南风》到《凯风》，是"南音"与北方民族文化相结合的产物。这其中有一个"南音"北传的过程。作为"南音"的《南风》之歌为什么能成为北方殷商文化的重要表现形式呢？"南音"又是如何传入北方文化圈的呢？这可能与南方民族的北迁有密切关系。《史记·楚世家》说：

> 楚之先祖出自帝颛顼高阳。高阳者，黄帝之孙，昌意之子也。高阳生称，称生卷章，卷章生重黎，重黎为帝喾高辛居火正，甚有功，能光融天下，帝喾命曰祝融。共工氏作乱，帝喾使重黎诛之而不尽。帝乃以庚寅日诛重黎，而以其弟吴回为重黎后，复居火正，为祝融。吴回生陆终，陆终生子六人，坼剖而产焉。其长一曰昆吾；二曰参胡；三曰彭祖；四曰会人；五曰曹姓；六曰季连，芈姓，楚其后也。昆吾氏，夏之时尝为侯伯，桀之时汤灭之。

裴骃《史记集解》引《世本》说："昆吾者，卫是也。"司马贞《史记索隐》说:"《左传》曰卫侯梦见披发登昆吾之观,今濮阳城中有昆吾台是也。"《左传》哀公十七年杜预注亦云:"卫有观在于昆吾氏之墟,今濮阳城中。"《大戴礼·帝系》也说:"昆吾者,卫氏也。"显然,聚居在卫(邶、鄘、卫)地的民族原本为高辛氏时代南方重黎、吴回部落的一支。卫地的昆吾氏在夏代曾为侯伯,至夏桀时被商汤灭掉,于是融入到殷商民族中。民族的融合必然会带来文化特别是音乐文化的融合。"南风"之乐在《邶风》中呈现,这当是随民族融合而文化交融的结果。但据《史记·楚世家》所说,南方民族的北迁在帝喾时期,而帝喾似乎早于帝舜。怎么帝舜的《南风》之歌能提前在帝喾时期随民族迁移而传入北方呢？这个矛盾可以这么来看,其一,《南风》之歌产生的音乐基础是"南音",而南音非仅止《南风》之歌,类似的音乐形式在舜之前可能就存在。《礼记·乐记》说舜歌《南风》,并没有说舜始创《南风》之歌,则《南风》在舜之前北传是完全可能的。其二,帝舜与帝喾有合一现象。例如,《礼记·祭法》曰:"殷人禘喾而郊冥,祖契而宗汤。"而《国语·鲁语》却说:"殷人禘舜而郊冥,祖契而宗汤。"帝舜与帝喾身份的杂糅,说明在帝喾时期是完全可能有《南风》之乐存在的。而这种杂糅本身就是随民族融合而文化交融的重要表现。

2. **殷末周初**

商、周之际,社会政治发生了激烈深刻的巨变。经过一番血腥的刀光剑影,最终大邦殷商灭亡而西周王朝建立。周室在推翻强大的殷商王朝前,曾经过了长期而又耐心地蓄积力量阶段。在一系列的反殷准备工作中,周室十分注重发展同周边部族的友好关系。这也是周室伐殷成功的关键。在伐纣之前,周室与南方民族在政治、经济和文化等方面便已存在长期密切的合作关系。《史记·周本纪》说武王伐纣时有庸、蜀、羌、髳、微、纑、彭、濮等诸侯国参与行动。《史记集解》说:"孔安国曰:八国皆蛮夷戎狄。羌在西;蜀、髳、微在巴蜀;纑、彭在西北;庸、濮在江、汉之南。"《史记正义》曰:"武王率西南夷诸州伐纣也。"① 显然,殷末的西南、南部,特别是江汉之域都是周的势力范围。汉儒说"文王之德先被南国",大概指的就是文王首先开辟西南、南方之域作为自己的根据地。《礼记·乐记》云:"《武》,始而北出,再成而灭商,三成而南,四成而南国是疆。"《武》表现的是周武王伐商并建立西周的历史过程。不难看出,周室对南国建设的高度重视。《史记·楚世家》说:"周文王之时,季连之苗裔曰鬻熊。鬻熊子事文王,早卒。其子曰熊丽,熊丽生熊狂,熊狂生熊绎。熊绎当周成王之时,举文、武勤劳之后嗣,而封熊绎于楚蛮,封以子男之田,姓芈氏,居丹阳。楚子熊绎与鲁公伯禽、卫康叔子牟、晋侯燮、齐太公子吕伋俱事成王。"楚武王三十七年,楚熊通说:"吾先鬻熊,文王之师也,早终。成王举我先公,乃以子男田令居楚,蛮夷皆率服。"可以看出,在西周的建立和发展初期,南方诸侯,特别是楚国曾为周室立下过汗马功劳。当时的江汉之域实乃周家重要的经济、政治、文化和军事基地。故《诗谱》说:"至纣,又命文王典治南国,江汉、汝旁之诸侯,于时,三分天下有其二……故雍、梁、荆、豫、徐扬之人,被其化而从之。"② 撇开圣人德化等附会内容,"文王典治南国"充分表明殷末周初,周的势力范围已达南部广大地区。郭沫若《中国史稿》第一册说:"在江西和湖南的一些地方也发现了不少西周的青铜器。这些发现证明,周朝的势力已经到达长江下游的江南地区。"③"周朝除了在黄河流域建立封国外,很早就向南方江、汉地区发展势力。如江、汉一带的庸、

---

① 司马迁:《史记》,中华书局,1959年,第123页。
② 阮元:《十三经注疏》,中华书局,1980年,第264页。
③ 郭沫若:《中国史稿》,人民出版社,1976年,第229页。

鑪、彭、濮等方国部落随武王伐纣,说明双方在此之前已经有了联系。"① "周朝的势力和影响在西南达到很远的地方。在宗周西方大散关(陕西宝鸡西南),有周朝所封的散国,也是通往四川的要道。武王封同姓贵族于巴(今四川重庆北),是周朝在西南最远的封国,那里的巴、蜀等族都和周朝有同盟关系。四川的彭县和新繁都发现了商末周初的器物,可见商周文化在西南的影响了。"②

正是在这样的历史背景中,"南音"再次掀起北传高潮。《吕氏春秋·音初》云:

> 禹行功,见涂山之女,禹未之遇而巡省南土。涂山氏之女乃令其妾候于涂山之阳,女乃作歌,歌曰:"候人兮猗",实始作"南音"。周公及召公取风焉,以为《周南》、《召南》。

《音初篇》从发生论探讨了四方风土之音"东音"、"南音"、"西音"、"北音"的最初发生情况。并揭示了四方之音中,"南音"与周王朝的密切关系。其中南土涂山氏之女所作的"南音"似乎并非"南音"之源而只是"南音"发展中的一种特殊流变形态,因为在夏禹之前的帝喾、帝舜时期,南土已经存在丰富的音乐形式。但《音初篇》从音乐发生与传播视角,说明了"南音"的发生及其被采入北方周室的时间、采者和命名等情况,并第一次触及到"南音"北传问题。高诱注:"(南音),南方国风之音"、"取涂山氏女南音以为乐歌也"。③ 高诱认为二《南》的"南"实乃"南方国风之音",因取者

---

① 郭沫若:《中国史稿》,人民出版社,1976年,第231页。
② 郭沫若:《中国史稿》,人民出版社,1976年,第233页。
③ 《二十二子》,上海古籍出版社,1986年,第646页。

不同进入周室而称《周南》、《召南》。显然,二《南》是"南音"北传的产物。

关于二《南》采入周室的时间,学者间略有分歧。如,郑玄《毛诗谱》说:"武王伐纣定天下,巡守述职,陈诸国之诗,以观民风俗。六州者,得二公之德教尤纯,故独录之。属之太师,分而国之;其得圣人之化者谓之《周南》,得贤才之化者谓之《召南》。"孔颖达《毛诗正义》说:"武王巡守得二《南》之诗。""武王遍陈诸国之诗,今惟二《南》在矣。"① 魏源《诗古微》说:"二《南》之诗,实陈于武王时周、召分陕之后。所采则皆文王之化,非周、召之化。"② 朱熹《诗集传》云:

> 武王崩、子成王诵立。周公相之,制礼作乐,乃采文王之世风化所及民俗之诗,被之筦弦,以为房中之乐。而又推之以及于乡党邦国,所以着明先王风俗之盛,而使天下后世之修身齐家治国平天下者,皆得以取法焉。盖其得之国中者,杂以南国之诗,而谓之周南。言自天子之国而被于诸侯,不但国中而已也,其得之南国者,则直谓之召南,言自方伯之国被于南方而不敢以系于天子也。③

周武王巡守与周公制礼作乐是紧密相连的两个阶段。而周公无疑是从西周武王立国到成康盛世的实力派人物。二《南》在周武

---

① 阮元:《十三经注疏》,中华书局,1980年,第264页。
② 魏源:《诗古微》,续修四库全书第77册,上海古籍出版社,1977年,第61页。
③ 朱熹:《诗集传》,《钦定四库全书荟要》,吉林出版集团有限责任公司,2005年,第6页。

王或周成王时采入实际相差不大,进一步区分亦无多大实际意义。对是周武王采入还是周公采入的区分也是如此。即使周公在成王时制礼作乐,其采诗也不会是一个临时的突击行动,在之前的武王时(或者文王时)周室很可能已经开始采风了。周公旦、召公奭是西周初期的实力派人物。采风很可能是周、召二公直接策划。采的诗以周南、召南命名自很正常。

周家采"南音"的目的是制礼作乐的需要。周初的文化建设,特别是制礼作乐,需要的东西实在太多,有取于"南音"是十分必要的。"南音"被采时间实际上并不是其最初进入北方周文化的时间。表面看来,采"南音"之前,似乎只是周文化的单向南扩运动,即文王之化自北行南。但从文化传播的基本规律可知,周之德化自北行于南方,实际上是周文化与南方文化的一个磨合过程。这是一个文化双向互动过程。既有南方文化对周文化的接受,又有北方文化对南方文化的吸收。毛序屡次强调二《南》诗歌反映了文王之化行于南国的效果,朱熹《诗集传》也说二《南》所采乃"文王之世风化所及民俗之诗",则周室所采的"南音"似乎并非南国最原始的"南音",而是南北文化交融后的新"南音"。或者说是原始"南音"的音乐形式与周之政治、伦理等文化思想相互交融的产物。这种新"南音"在北方文化中的传播面是很广的。而且它原来的乐章内容可能比今本《诗经》中的二《南》还要丰富。例如,《礼记·射义》云:

> 射礼,天子以《驺虞》,诸侯以《狸首》,大夫以《采蘋》,士以《采蘩》为节。

《驺虞》、《狸首》、《采苹》、《采蘩》是周代进行射礼时的乐章。

不同身份等级者所使用的乐章不同。四首诗的音乐节奏各异,不同的节奏适合不同身份的人进行射礼活动。但今本《诗经》的二《南》中并没有《狸首》。郑玄《诗谱》说:"今无《狸首》,周衰,诸侯并僭而去之,孔子录诗不得也。为礼乐之记者,从后存之,遂不得其次序。"①不难知道,音乐的传播必须与时代社会发展相适应。《狸首》的不存当是音乐自身与时代社会相互调整的结果。孔颖达《毛诗正义》曰:"射用四篇,而三篇皆在《召南》,则《狸首》亦当在。"②因此,从《狸首》在周之礼乐体制中的演变也可窥"南音"兴废之一斑。

从上面射礼活动已可见周代各贵族阶层对"南音"的接受状况。又如,《仪礼》乡饮酒礼者,乡大夫三年宾贤能之礼,"乃合乐《周南·关雎》";燕礼者,诸侯饮燕其臣子及宾客之礼,"遂歌乡乐《周南·关雎》"。故毛诗《周南·关雎》序说《周南·关雎》"用之乡人焉,用之邦国焉"。显然,"南音"在周代社会中的传播面十分广泛,可以说是上到朝廷,下到普通百姓。

二《南》在今本《诗经》中属"国风"。以上只是"南音"在"国风"中的表现。而在雅颂之乐中,"南音"也有强烈表现。例如,《左传》襄公二十九年季札适鲁观乐,其中"有舞象箾南钥者"。《礼记·文王世子》有"胥鼓南"。《小雅·鼓钟》有"以雅以南,以钥不僭"。这些音乐活动中的"南"是"南音"在雅颂之乐中的表现。

《小雅·鼓钟》曰:"以雅以南,以钥不僭。"毛传:"为雅为南也。舞四夷之乐,大德广所及也。东夷之乐曰昧,南夷之乐曰南,西夷之乐曰朱离,北夷之乐曰禁。"《礼记·明堂位》曰:"昧,东夷之乐也。任,南蛮之乐也。纳夷蛮之乐于大庙,言广鲁于天下也。"

---

① 阮元:《十三经注疏》,中华书局,1980年,第273页。
② 阮元:《十三经注疏》,中华书局,1980年,第273页。

《旄人》云:"舞四夷之乐。"《白虎通》云:"王者制夷狄乐。"①显然,在周之雅颂之乐中不无风土之音,特别是"南音"的成分。歌舞雅乐时要舞四夷之乐,这是什么音乐理念?原来是要"大德广所及也",强调诗乐之厚德载物。故《国语·楚语》说楚国申叔时教楚太子诗乐的目的是要使太子能"导广显德,以耀明其志"。《礼记·明堂位》说"纳夷蛮之乐于大庙",表明周之宗庙祭祀中亦有用"南音"。"南音"成为了雅颂之乐的有机组成部分。《孝经钩命决》云:"东夷之乐曰昧,南夷之乐曰任,西夷之乐曰株离,北夷之乐曰禁。东方之舞,助时生也。南方,助时养也。西方,助时杀也。北方,助时藏也。"②不难看出,这种四夷之乐有强烈的地方文化特征——按方位文化构制成一个天人相应的音乐舞蹈系统。《汉书·律历志》云:"南,任也。言阴气旅助夷则任成万物也。"孔颖达《小雅·鼓钟》《正义》说:"南者,物怀任也。……以南训任,故或名任,此为南,其实一也。……于此言南而得总四夷者,以周之德先致南方。"看来,周王朝雅乐体系中的四夷之乐制有着丰富的天人内涵。它包括阴阳、律历、方位等丰富文化内涵。而其中以"南"总四夷之乐,则"南音"又呈现出更强烈的影响力。以"南"总四夷之乐,孔颖达说这是因为"周之德先致南方",故雅乐中以"南"总四夷之乐。正因为"南音"在四夷之乐中最先进入周文化中,所以在周文化中仍习惯以"南音"来指代四夷之乐。陆德明说周之德化先被南方;孔颖达说"周之德先致南方"等,实际上也说明了在四夷音乐中,"南音"确实最先与周文化发生互动关系。

### 3. 周衰之后

《史记·楚世家》载:

---

① 阮元:《十三经注疏》,中华书局,1980年,第467页。
② 阮元:《十三经注疏》,中华书局,1980年,第467页。

当周夷王之时,王室微,诸侯或不朝,相伐。熊渠甚得江汉间民和,乃兴兵伐庸、杨粤,至于鄂。熊渠曰:"我蛮夷也,不与中国号谥。"

周室的衰落,想独立称霸的并非当时楚国一家。熊渠之语"我蛮夷也"云云并不能说明楚国当时乃文化蛮夷,也不能以此为据证明楚国与周王朝存在文化鸿沟。据《国语·楚语》可知,楚国文化教育体系及内容实与周王朝无异。熊渠之语,是其谋求楚国独立的思路与借口,也是楚国势力强大的标志。随经济与综合国力的提高,文化中最民族性的东西必然会突出和高涨。

周夷王之后,南方民族特别是楚国与周以及北方诸侯形成了长期的政治与军事对抗,相应地,文化上也形成了相互敌视与斗争。于是,"中国"与"荆蛮","北风"与"南风"表面上似乎成为冰炭对立的两种文化体系。这在《诗经》中也有反映:

《小雅·采芑》:"蠢尔荆蛮,大邦为仇。"
《鲁颂·閟宫》:"戎狄是膺,荆舒是惩。"

在周代铜器铭文中,更是大量记载了周王室与南方诸侯之间的矛盾与斗争,略举些例为证。① 周昭王时期,《䚄鼎》铭文:唯叔从王南征,唯归。唯八月在𠂤居,䚄作宝鬲鼎。《𫊣驭簋》铭文:𫊣驭从王南征,伐楚荆,又得,用作父戊宝尊彝。《中方鼎》铭文:唯王令南宫伐反虎方之年,王令中先,省南国贯行,艺王居在夔𨟃真山。

---

① 本文青铜器铭文释文采自马承源主编《商周青铜器铭文选》(三),文物出版社,1988年。

中乎归生风于王,艺于宝彝。又如出土于湖北省孝感县的《中甗》:

王令中先,省南国贯行,艺居在曾。史儿至,以王令曰:"余令汝使小大邦,又舍汝卸量至于汝庚小多。"中省自方,复造□邦,在□自次。白贾厥□□厥人□汉中州,曰段、曰旎。厥人廿夫,厥寅昝言曰,宾□贝。曰传□王□休,𫝢肩又羞全□□莾,用作父乙宝彝。

以上几例铜器铭文,均记录了西周昭王时期对南国,特别是荆楚地区的征伐。《史记·周本纪》说"昭王之时,王道微缺。昭王南巡狩不返,卒于江上。其卒不赴告,讳之也"。张守节《正义》引《帝王世纪》云:"昭王德衰,南征,济于汉,船人恶之,以胶船进王,王御船至中流,胶液船解,王及祭公俱没于水中而崩。其右辛游靡长臂且多力,游振得王,周人讳之。"①这说明,周昭王时,中央王室与南方诸国在政治与文化关系上已经发生了深刻变化。昭王南征,既是周王室对南方诸国在政治上的试图重新控制,也反映出深刻的文化交融与互动关系。《左传》僖公四年载:

四年,春,齐侯以诸侯之师侵蔡。蔡溃,遂伐楚。楚子使与帅言曰:"君处北海,寡人处南海,唯是风马牛不相及也,不虞君之涉吾地也何故?"管仲对曰:"昔召康公命我先君大公,曰:'五侯九伯,女实征之,以夹辅周室!'赐我先君履,东至于海,西至于河,南至于穆陵,北至于无棣。尔贡包茅不入,王祭不共,无以缩酒,寡人是征。昭

---

① 司马迁:《史记》,中华书局,1959年,第134—135页。

王南征而不复，寡人是问。"对曰："贡之不入，寡君之罪也，敢不共给。昭王之不复，君其问诸水滨！"师进，次于陉。夏，楚子使屈完如师。师退，次于召陵。齐侯陈诸侯之师，与屈完乘而观之。齐侯曰："岂不谷是为？先君之好是继。与不谷同好如何？"对曰："君惠徼福于敝邑之社稷，辱收寡君，寡君之愿也。"齐侯曰："以此众战，谁能御之？以此攻城，何城不克？"对曰："君若以德绥诸侯，谁敢不服？君若以力，楚国方城以为城，汉水以为池，虽众，无所用之。"屈完及诸侯盟。①

　　这段材料，一方面印证了周昭王南征的历史事实，与前所引昭王时铜器铭文相呼应，另一方面，也充分说明，南方诸国与周王室之间一直存在密切的文化互动关系，这种文化互动从西周初期到春秋时期一直在不断持续。这不仅仅是物质上的进贡包茅，也自然包括文化上诸如南夷之乐等诗乐文化方面的进献。深刻揭示了周王室与各诸侯国甚至包括僻远南方诸国诗乐思想共同性的原因。

　　再如，《宗周钟》铭文："王肇遹省文武勤疆土。南国服子敢陷虐我土。王敦伐其至，扑伐厥都。服子乃遣间来逆昭王。南夷东夷俱见，廿又六邦。"宗周钟乃西周厉王时期的器物。铭文详细地记载了周王室与南方诸侯国之间的斗争及最后的统一。周厉王时期，周王室频繁与南方诸国发生战事，政治文化关系在西周末期进入了一个新的发展阶段。类似的铜器铭文很多，如：

---

①　阮元：《十三经注疏》，中华书局，1980 年，第 1792 – 1793 页。

《翏生盨》铭:王征南淮夷,伐角、津,伐桐、遹,翏生从。执讯折首,孚戎器,孚金,用作旅盨,用对烈。

《虢仲盨》盖铭:虢仲以王南征,伐南淮夷,在成周,作旅盨。兹盨有十又二。

上二例说明西周厉王时期,周王室对南淮夷频繁发动征战。西周末期,周王室与南方诸侯的政治文化关系,在《兮甲盘》中也有充分体现:

唯五年三月既死霸庚寅,王初格伐玁狁于䣙䖈。兮甲从王,折首执讯,休亡愍,王赐兮甲马四匹、驹车。王令甲征治成周四方积,至于南淮夷。淮夷旧我帛贿人,毋敢不出其帛、其积、其进人。其贮,毋敢不即次即市。敢不用令,则即刑扑伐。其唯我诸侯百姓,厥贮毋不即市,毋敢或入阛宄贮,则亦刑。兮伯吏父作盘,其眉寿万年无疆,子子孙孙永宝用。

此铭记载了周宣王时期对南淮夷的统治与管理。"淮夷旧我帛贿人,毋敢不出其帛、其积、其进人。其贮,毋敢不即次即市",意思是说"淮夷从来是向我贡纳财赋的臣民,不敢不提供赋税、委积和力役。其市场的财货,不准不向司市的官舍办理货物存放和陈列市肆的手续"。① 此铭为我们提供了西周时期,中央王室与南方诸侯间政治文化关系的具体实证,有助于我们了解中央王室与各诸侯间文化互动的政治与经济基础。再如,《六年雕生簋》铭:

---

① 马承源主编:《商周青铜器铭文选》(三),文物出版社,1988年,第306页。

唯六年四月甲子,王才荠。召伯虎告曰:"余告庆曰,公厥禀贝,用狱积,为伯有只有成,亦我考幽伯幽姜令。余告庆,余与邑讯有辞,余典勿敢封,今余既讯有辞曰:厌令。余既一名典献,伯氏则报璧。雕生对扬朕宗君其休,用作朕烈祖召公尝簋,其万年子子孙孙宝用享于宗。

郭沫若《两周金文辞大系》说:"此铭所记,与《大雅·江汉》篇乃同时事,乃召虎平定淮夷,归告成功而作。诗之'告成于王'即此之'告庆';诗之'赐山土田,于周受命'即此之'余以邑讯有司,余典无敢封'。邑即所受之土田,典即所受之命册,'勿敢封'者谓不敢封存于天府也。诗之'作召公考,天子万寿',即此之'对扬宗君其休,用作烈祖召公尝簋'。"①《大雅·江汉》:

江汉浮浮,武夫滔滔。匪安匪游,淮夷来求。既出我车,既设我旟。匪安匪舒,淮夷来铺。

江汉汤汤,武夫洸洸。经营四方,告成于王。四方既平,王国庶定。时靡有争,王心载宁。

江汉之浒,王命召虎:式辟四方,彻我疆土。匪疚匪棘,王国来极。于疆于理,至于南海。

王命召虎:来旬来宣。文武受命,召公维翰。无曰予小子,召公是似。肇敏戎公,用锡尔祉。

厘尔圭瓒,秬鬯一卣。告于文人,锡山土田。于周受命,自召祖命,虎拜稽首:天子万年!

---

① 郭沫若:《郭沫若全集考古编》第八卷,科学出版社,2002年,第307页。

虎拜稽首,对扬王休。作召公考:天子万寿!明明天子,令闻不已,矢其文德,洽此四国。

与铜器铭文对照,不难看出,《大雅·江汉》与六年雕生簋铭无论在内容,还是形式上均十分相似。有些话语更是完全一样。显然,这是带有浓郁铜器铭文色彩的诗歌,甚至可能就是在铜器铭文基础上加工而成,充分显示出周代诗歌与历史散文之间的互动。可以肯定的是,诗中的召虎与六年雕生簋中的召虎为同一人,则六年雕生簋铭与《大雅·江汉》皆反映出西周宣王时期周王室与南国之间的政治及文化关系。

在《诗经》中,记载周王室征伐南国的诗篇还有很多,如《小雅·采芑》:"方叔率止。钲人伐鼓,陈师鞠旅。……蠢尔荆蛮,大邦为仇。"《大雅·常武》:"王旅啴啴,如飞如翰。如江如汉,如山之苞。如川之流,绵绵翼翼。不测不克,濯征徐国。王犹允塞,徐方既来。徐方既同,天子之功。四方既平,徐方来庭。徐方不回,王曰还归。"

正是在这种情况下,"南音"进入了一个新的北传时期。

## 二、春秋时期北方对"南音"的接受与品评

春秋前期逨𫷷编镈铭文曰:

唯王正月初吉丁亥,……择厥吉金,作铸和钟,以享于我先祖。……允唯吉金,作铸和钟。我以夏以南,中鸣

媞好,我以乐我心。……①

这是一篇典型的青铜乐器铭文。在传世文献中可以找到相互印证的类似篇章。《小雅·鼓钟》曰:

鼓钟将将,淮水汤汤,忧心且伤。淑人君子,怀允不忘。
鼓钟喈喈,淮水湝湝,忧心且悲。淑人君子,其德不回。
鼓钟伐鼛,淮有三洲,忧心且妯。淑人君子,其德不犹。
鼓钟钦钦,鼓瑟鼓琴,笙磬同音。以雅以南,以钥不僭。

铜器谌𨟭编镈铭文与《鼓钟》都描绘了诗乐演奏的场面和心理感受。谌𨟭编镈铭文的审美基调是欢快和谐的,从"和钟"和"中鸣媞好,我以乐我心"可以很明显感知。但《鼓钟》的基调却是忧伤的,这从"忧心且伤"、"忧心且悲"、"忧心且妯"等话语也不难认知,故毛诗和三家诗均将此诗定为刺诗。

谌𨟭编镈铭文与《鼓钟》篇,不但诗乐理念相同,连有些话语都完全一样,如"以雅以南"。谌𨟭编镈铭文作"以夏以南","夏"即"雅"也。《孔子诗论》中,《雅》正作《夏》,这在先秦时期属常见现象。前文已云"以雅以南"中的雅是指王朝之雅乐,南乃指四方之夷乐。谌𨟭铭文也好,《鼓钟》也好,表达的都是"以陈先王之正乐

---

① 刘雨、卢岩编著:《近出殷周金文集录》,中华书局,2002年,第228页。

正声之美,使人乐心于善"的基本诗乐理念。遹郘铭文乃正说,而《鼓钟》则为陈古讽今。雅、南同奏,和谐不僭,显示了中央王室对雅、南不同诗乐体系的态度。两种不同风格的诗乐共存于周室,且得到有机融合,相得益彰。

遹郘编镈乃春秋前期徐国之器物,属于周代南国诸侯文献。在徐国,存有雅乐是不足为奇的,因为徐国本为周家诸侯,应该拥有周室礼乐体系,而存有南乐,则更不足为奇,因为徐国本就属四夷之乐的产生地域。《鼓钟》,按毛诗说,为周幽王时期的诗篇,按三家诗说,为周昭王时期的诗篇。如此,"以雅以南"至少在西周后期已经发展成为十分成熟的文艺观。那么可以这么认为,这种雅南合奏的形式和理念最早形成于西周王室,之后作为周家礼乐制度影响各诸侯国。

又如《左传》成公九年载:

> 晋侯观于军府,见钟仪,问之曰:"南冠而絷者,谁也?"有司对曰:"郑人所献楚囚也。"使税之,召而吊之,再拜稽首。问其族,对曰:"泠人也。"公曰:"能乐乎?"对曰:"先人之职官也,敢有二事?"使与之琴,**操南音**。公曰:"君王何如?"对曰:"非小人之所得知也。"固问之,对曰:"其为大子也,师保奉之,以朝于婴齐而夕于侧也。不知其他。"公语范文子,文子曰:"楚囚,君子也。言称先职,不背本也。**乐操土风**,不忘旧也。……"

钟仪家族世代为楚国乐官。钟仪虽被俘于北方,但念念不忘南国乡音。钟仪"操南音"而范文子称之为"乐操土风",则当时所谓的"南音"指的就是南方风土音乐。狭义的即指楚国的音乐。从

《左传》这段材料还可以看出,其一,春秋时期人们对音乐相当重视。当晋侯一听说楚囚钟仪乃音乐世家时,便立即与之琴并欣赏其演奏。其二,人们对音乐之地域文化特征有相当深刻的认识,并对音乐的地域文化价值表示肯定。范文子便充分肯定了楚囚钟仪"乐操土风,不忘旧也"。这里的"土风"实际上就是"楚风"。这也说明"国风"之审美价值观形成甚早。

再如《左传》襄公十八年载:

> 晋人闻有楚师,师旷曰:"不害。吾骤歌北风,又歌南风。南风不竞,多死声。楚必无功。"董叔曰:"天道多在西北,南师不时,必无功。"叔向曰:"在其君之德也。"

"北风"和"南风"是两种蕴涵不同地域文化内涵的音乐形式。听乐而知战争双方的胜负,这是中国古代"可以观"之诗乐理念的具体表现。师旷对比当时的"北风"与"南风",发现"南风不竞,多死声",从而判断楚国此役无功。何为"南风不竞,多死声"?杜预注云:"歌者吹律以咏八风,南风音微,故曰不竞也。师旷唯歌南北风者,听晋、楚之强弱。"这似乎说的是"南风"声音微弱,缺乏活力。从纯音乐风格特征而言,当时的北方音乐与南方可能是有明显不同的。大概北音要相对高亢雄壮些,而南音则相对细腻柔靡。但纯音乐形式的差异显然并非"北音"与"南音"间优劣的决定因素。音乐所载的时代社会内涵才是中国古代观乐的着重点。晋大夫董叔和叔向的话,无疑揭示了师旷判断"南风不竞,多死声"的根本依据——声音之道与政通。《礼记·乐记》曰:"凡音者,生人心者也。情动于中,故形于声。声成文谓之音。是故治世之音安以乐,其政和;乱世之音怨以怒,其政乖;亡国之音哀以思,其民困。声音之道与政通矣。"社会治乱兴废的背景不同，则各自表现出的文艺特征亦迥异。验之当时师旷论乐的背景，楚国兴师北进，正值寒冬十二月。这对于习惯于南方温湿气候的楚人来说显然是极其不利的战争条件。再加上在异国他乡作战，从天时、地利而言，楚国明显处于下风。董叔从律历角度强调"天道多在西北"，这实际上正是从天时、地利方面揭示了楚国的劣势。而叔向则从"人和"方面分析了楚国国君不能施德于民，楚军缺乏战争获胜的关键因素。在这种背景下，很难想象当时楚国士兵以及百姓所发出的"南音"能有激情和活力。"不竞"且"多死声"正是当时"南音"的主要特征。

从春秋时期"南音"在北方传播的一些情况，我们可以看出，北方民族对"南音"不但不陌生，而且还有很深的了解。这充分说明"南音"在北方有一个长期而广泛的传播。

春秋时期的"南音"北传与殷末周初不同，殷末周初"南音"是在友好和谐的温和政治氛围下北传；而春秋时期，"南音"是在相互斗争的政治氛围下北传。春秋时期的"南音"北传方式也与殷末周初不同，前者主要是通过采风的方式；而后者则主要是通过文化斗争或人才北流，如楚才晋用以及楚囚晋用等方式。《诗经》中反映楚国与北方诸侯对立的篇章皆为周夷王以后的作品，即周室与南方诸侯关系破裂后之作。政治关系的破裂必然导致文化上之敌视。这种思想在汉代仍有深刻的影响。如《史记·淮南厉王淮南王安衡山王传》载太史公曰：

《诗》之所谓"戎狄是膺，荆舒是惩"信哉是言也。淮南、衡山亲为骨肉，疆土千里，列为诸侯，不务尊蕃臣职以承辅天子，而专挟邪僻之计，谋为叛逆，仍父子再亡国，各不终其身，为天下笑。此非独王过也，亦其俗薄，臣下渐靡使然也。夫荆楚慓勇轻悍,好作乱,乃自古记之矣。

此段话被班固一字不改抄入《汉书·淮南衡山济北王传》赞中。司马迁、班固都认为淮南王、衡山王等的谋反叛逆行为发生,乃荆楚俗薄使然。这似乎是一种人性发展的地域决定论。其理据便是《诗经》。"戎狄是膺,荆舒是惩"乃《鲁颂·閟宫》文,颜师古注说:"言北有戎狄南有荆舒,土俗强犷,好为寇乱,常须以兵膺当而惩艾也。"因此,此诗语实揭示了春秋时代南北两种不同文化的冲突与斗争。以诸夏为代表的中原文化始终把荆楚视为与戎狄蛮夷同列,二者间冲突与斗争一直延续不绝,直至汉代。故《汉书·严朱吾丘主父徐严终王贾传》赞曰:"《诗》称'戎狄是膺,荆舒是惩',久矣其为诸夏患也。汉兴,征伐胡越,于是为盛。"不过,这种文化冲突论,虽然一定程度上发现了历史文化发展的某些特点,但如果坚持永恒不变的人性地域决定论,则必然带来尊夏卑夷的狭隘民族观,从而也为强势文化对弱势文化的征伐提供了理论依据。汉代仍是民族与文化融合的重要时期,出现这种认识尚不足为奇。

如果仅据周、楚政治关系破裂后的表现去判断"南音"北传的时间则肯定会出现偏颇。如陈盘认为:"两下民族(周与楚)关系之恶劣已然如此,则其没有'亲被文王之化'不言可喻了。"①于是判断二《南》乃春秋时期的周公、召公采入而非西周的周公、召公:"不知《二南》是东迁以后的诗,那时江汉民族与东都洛邑,南北遥遥相对。周自西周以来,竞尚'雅'乐,荆楚民族自成风气,周公采辑起来,谱入乐章,成为一种'南'乐。周公采的,冠以'周'字,召公采的,识以'召'字,这就成为现在的'《周南》、《召南》'了。不过采诗的周公、召公,

---

① 顾颉刚:《古史辨》(三),上海古籍出版社,1982年,第432页。

并非西周时之周公、召公,乃是春秋时之周公、召公耳。"①诚然,二《南》的德化说不无后人敷衍的成分,但"文王之化先被南国"实际上也揭示了周室在其早期与南方民族的密切关系。若以春秋时期的关系衡量,则齐、晋、鲁等与周室都曾有关系恶劣的一面,能说北方诸侯不被文王之化吗? 政治文化关系是一个动态发展的东西,不可静止看问题。由于南方民族与周室在殷末周初的密切关系,使得"南音"能传入周室,成为周文化之重要组成部分。而随周王朝权力的失坠以及诸侯力政,南方民族特别是楚国与北方民族关系恶化,"南音"主要通过斗争的方式输入北方,在文化多元背景中,"南音"倔强地以其强烈的地域文化与北方文化进行着对话。为推动秦汉民族统一以及文化整合进程起着积极作用。

(谭德兴,贵州大学文学与传媒学院,教授)

---

① 顾颉刚:《古史辨》(三),上海古籍出版社,1982 年,第 434 页。

# "温柔敦厚,《诗》教也"意涵探析

(台湾)林叶连

## 前 言

《庄子·天下》:"以仁为恩,以义为理,以礼为行,以乐为和,熏然慈仁,谓之君子。……古之人其备乎!配神明,醇天地,育万物,和天下,泽及百姓,明于本数,系于末度,六通四辟,小大精粗,其运无乎不在。其明而在数度者,旧法世传之史尚多有之。其在于《诗》、《书》、《礼》、《乐》者,邹鲁之士、缙绅先生多能明之。"①《庄子·天运》:"孔子谓老聃曰:'丘治《诗》、《书》、《礼》、《乐》、《易》、《春秋》六经,自以为久矣。'"②孔子、孟子是儒家的代表人物,六经是儒家的主要教材,《诗经》为其中的重要科目。"以仁为恩,以义为理,以礼为行,以乐为和,熏然慈仁。"以及"配神明,醇天地,育万物,和天下,泽及百姓。"的确是儒家的重要主张和努力目标。

《礼记·经解》:"孔子曰:入其国,其教可知也。其为人也,温柔敦厚,《诗》教也。"又说:"其为人也,温柔敦厚而不愚,则深于《诗》者也。"孔颖达《疏》:"温,谓颜色温润。柔,谓性情柔和。《诗》依违讽谏,不指切事情,故云:温柔敦厚,《诗》教也。"《孔疏》只有解释温、柔两字,并且只持"依违讽谏"一个比较狭隘的观点来作为答案,不见得可以通解古人"温柔敦厚,《诗》教也。"所泛指的大道理。

---

① 黄锦鋐:《新译庄子读本》,三民书局,1983年,第369页。
② 黄锦鋐:《新译庄子读本》,三民书局,1983年,第185页。

至于"敦"字,《汉书·哀帝纪》:"公卿大夫其各悉心勉帅百寮,敦任仁人,黜远残贼,期于安民。"颜师古注:"敦,厚也。"①《汉书·王贡两龚鲍传》:"敦外亲小童及幸臣董贤等在公门省户下,陛下欲与此共承天地,安海内,甚难。"颜师古注:"敦,谓厚重也。"②段玉裁说:"凡云敦厚者,皆假敦为惇。"③《尚书·洛诰》:"惇大成裕。"据孔安国《传》,惇是厚的意思。④《礼记·内则》:"凡养老,五帝宪,三王有乞言。五帝宪,养气体而不乞言,有善则记之为惇史。"孔颖达《疏》:"'有善则记之为惇史'者,惇,厚也。言老人有善德行,则记录之,使众人法则为敦厚之史。"⑤《吕氏春秋·审分》:"谄谀诐贼巧佞之人无所窜其奸矣,坚穷廉直忠敦之士毕竞劝骋骛矣。"陈奇猷《吕氏春秋校释》引杨树达说:"'敦'假为'惇'。"《说文》:"惇,厚也。"⑥敦厚当为刻薄的反义词,因此,"温柔敦厚"就是颜色温润、性情柔和、为人厚道的意思。只有温柔敦厚,才能有健全的人格;也唯有人人温柔敦厚,而后有和谐安乐的社会和国家。上自执政者,下迄市井小民,都不应反其道而行。

《诗经》之教为什么是温柔敦厚之教?以下就古文经《毛诗》学为主,试着做学津讨源,依照两大标题分别探讨,前者侧重编写的形制,后者侧重诗歌的内容。

---

① 班固:《汉书》,鼎文书局,1986年,第1册,第343页。
② 班固:《汉书》,鼎文书局,1986年,第4册,第3087页。
③ 《说文解字》敦字段玉裁注,艺文印书馆,第126页。
④ 汉孔安国传,唐孔颖达等正义:《尚书正义》,艺文印书馆,嘉庆二十年刻本,第226页。
⑤ 郑玄注,唐孔颖达等正义:《礼记正义》,艺文印书馆,嘉庆二十年刻本,第531页。
⑥ 陈奇猷:《吕氏春秋校释》,华正书局,2004年,第1035页。

## 一、从《诗经》的编排形式、体裁与笔法检视温柔敦厚

《诗经》所收诗篇,其来源不一,主要有:朝廷祭祀用诗、史官记史、官员献诗、采诗官所采各地诗篇,经由编诗者汇集成《诗经》的时候,就已经为了宣扬朝廷的教化而颇费心思,甚至寄寓不少"微言大义"——但编诗官并未留给后人任何说明。后来《诗序》、《毛传》、《郑笺》等加以阐扬,让周朝的诗学教化更趋明朗和具体①。鉴于《诗经》诗教与其他经书学说的一致性或相融性,使学界普遍认为即使偶尔《诗序》、《毛传》、《郑笺》所言有某些牵强附会之处,不过大致上是前有所承,绝非凭空杜撰或无端而至。

《诗经》是中国诗歌的源头,是上古时期特殊政教背景下的文学作品,当诗人写作诗篇时,必然会配合其时代状况或要求,而形成很有特色的体裁和笔法。以下先就《诗经》的编排形式、体裁、笔法等方面,观察其中与"温柔敦厚"的关联性。

### (一) 编诗次序透露敦厚淑世的用心

《诗经》是古代政府主导之下的诗歌总集,为当时宣扬教化的政典,其中隐含微言大义,往往来自编诗者的用心,而后《诗序》作者将这些道理加以阐释和发扬。王长华、易卫华说:

> 先秦时期尚处于文学的非"自觉"阶段,且《诗经》自单篇问世到305篇结集,一直以来并非以文学作品的面貌出现。……倘若还原回那个古老的时代,其在中国古

---

① 今人所言《诗经》,主要是指《毛诗》,汉朝今文经《齐》、《鲁》、《韩》诗多已亡佚。今人王礼卿教授写了《四家诗旨会归》,认为虽然四家诗各有专注的重点,但四家诗旨可以会归,大多只是"本义"、"推衍义"的差别而已。

代文化史上的意义决不仅限于文学创作论一端,而更多更丰富的恐怕还是体现在思想史方面的意义和价值。①

《诗大序》②:"发乎情,民之性也;止乎礼义,先王之泽也。"在《诗经》的诗篇编次当中,实蕴含许多淑世济民、温柔敦厚的用心与精神。以〈周南〉、〈召南〉列为《诗经》全书之首为例,可以说明编诗者的用心,学者普遍认为这样的安排绝非偶然。《论语·阳货篇》:

> 子谓伯鱼曰:"女为〈周南〉、〈召南〉矣乎?人而不为〈周南〉、〈召南〉,其犹正墙面而立也与!"

《诗大序》:

> 情发于声,声成文谓之音。治世之音安以乐,其政和;乱世之音怨以怒,其政乖;亡国之音哀以思,其民困。故正得失,动天地,感鬼神,莫近于诗。先王以是经夫妇,成孝敬,厚人伦,美教化,移风俗。……然则,〈关雎〉、〈麟趾〉之化,王者之风,故系之周公。南,言化自北而南也。〈鹊巢〉、〈驺虞〉之德,诸侯之风也,先王之所以教,故系之

---

① 王长华、易卫华:《毛诗与中国文化精神》,人民出版社,2014年,第13页。
② 〈关雎序〉又称〈诗大序〉,根据《诗经正义》的记载,陆德明与孔颖达都不赞同《诗序》别为大、小之称,但实在无关紧要,故此篇〈诗大序〉之称,采宋朝朱子的说法。

召公。〈周南〉、〈召南〉,正始之道,王化之基。①

　　此中所谓"经夫妇,成孝敬,厚人伦,美教化,移风俗"的目标,要在温馨道德的原则下,建构人伦秩序,推展淳美风俗,这般志趣何其高远伟大!究竟要如何落实这样高远的目标?周朝官员在编集诗三百的时候,认为男女一伦实为首要,然后是讲究家庭和乐,以此为基底,即可望成就健全的社会国家。并且将〈周南〉十一首诗比拟成周公之德,具有"王者之风"。因为周公曾制礼作乐,代理摄政期间,政绩斐然,自然是当之无愧。而〈召南〉十四首诗,则被比拟成召公之德,因为召公勤政爱民,英声美誉,有"诸侯之风"。

　　〈周南〉首篇是〈关雎〉,末篇是〈麟趾〉。雎鸠鸟的特色,根据《毛传》的说法,是"挚而有别",亦即感情真挚而不杂交。〈关雎·序〉指出〈关雎篇〉的主旨是"后妃之德也",是用雎鸠鸟来比拟后妃具有贞固之德,而且能做天下女性的楷模,此即《诗大序》所谓"故用之乡人焉,用之邦国焉。"至于〈周南〉末篇〈麟之趾〉,《诗序》说它是"〈关雎〉之应也。"麟是传说中的"仁兽",其头角末端长肉,表示非用于打斗;其脚更是不忍践踏生物,因此,其"趾"尤其值得歌颂②。

　　〈召南〉首篇是〈鹊巢〉,末篇是〈驺虞〉。《诗序》说〈鹊巢〉是歌颂"夫人之德",由于诸侯积行累功,以致爵位,其夫人"德如鳲鸠,乃可以配焉。"宋王应麟:"德如鳲鸠,言均壹也。"③鳲鸠母鸟在

---

①　西汉毛公传、东汉郑玄笺、唐孔颖达疏:《毛诗注疏》,艺文印书馆,嘉庆二十年刻本,第12页。
②　有关麟兽的解释,详于后,兹不赘述。
③　王应麟:《困学纪闻》(台北:商务印书馆)《四部丛刊广编》,第28册,第22页。

喂养小鸟时,充分展现均壹之德,因此得以将整窝的小鸟都成功地养大;可见"维鹊有巢,维鸠居之"在《诗经》中的用意是何等美善!至于末篇的〈驺虞〉,《诗序》说是"〈鹊巢〉之应。"驺虞是传说中的义兽①,这首诗的内容歌颂统治者面对五只猪,他只发一箭,简直就像驺虞义兽那样的有爱心。

总之,孔子所充分肯定,热烈提倡的〈周南〉、〈召南〉,分别具有"王者之风"和"诸侯之风",都以鸟类义行为首篇,以仁义之兽为末篇,当中所收录的二十五首诗,都是〈正风〉,被编诗者推举为"经夫妇,成孝敬,厚人伦,美教化,移风俗"具有模范意义的正面教材。即使时代久远,现代人的生活方式和社会制度与古人颇有差异,因革损益皆属难免,不妨各从其是,但在"温柔敦厚"的美德旗帜下,古人的诗教至今仍有不少可供借镜和学习之处。

此外,编诗者的用心,与《小序》的诠释存有密切的关联。王长华、易卫华说:

> 《小序》常常将同类诗歌归入同一历史背景中,作为某类人或事的记述。比如《小序》将〈小雅〉中从〈六月〉到〈无羊〉确定为周宣王时诗,则其间的诗篇都与宣王有关。〈邶风〉的〈绿衣〉、〈燕燕〉、〈日月〉、〈终风〉和〈卫风·硕人〉,《小序》认为是同一组诗,实际上只有〈硕人〉在《左传》中有记载,《小序》却认为其他四首都与卫庄姜有关。……这反映了《毛诗》对同类诗歌作历史化解释的一

---

① 《毛传》:"驺虞,义兽也。白虎黑文,不食生物,有至信之德,则应之。"《孔疏》:"陆机云:驺虞,白虎黑文,尾长于躯,不食生物,不履生草,应信而至者也。"见西汉毛公传、东汉郑玄笺、唐孔颖达疏:《毛诗注疏》,艺文印书馆,第68至69页。

个普遍倾向。①

只要《小序》的解诗渊源有自,而非穿凿附会,则显然编诗者基于宣扬教化的目的,曾经借由诗篇寄寓微言大义;编诗者这番苦心孤诣理应被后世子孙了解与认同。

**(二) 以优美多情的体裁记载历史**

章学诚认为"六经皆史",此话大致可信。王长华、易卫华说:

> 早期儒家的经典读本,也即所谓五经:《诗》、《书》、《礼》、《易》、《春秋》,其性质本是三皇五帝以来的历史文化典籍,有着悠久的历史和辉煌的来源。……"六经皆史"的观点虽由清人章学诚提出,但以历史的眼光看待儒家经典却并非自章学诚始。在儒家看来,这些经典是上古历史文化典籍,具有相当的真实性。这种经典的历史真实性早在汉代就被司马迁承认并加以采用。②

记录历史,本来使用朴质无华的散文形式即可,但一般朴素无文的史笔可能令人觉得比较索然无味,其感化人民的力道随之减弱,更遑论达到"动天地,感鬼神"③的境界了。《诗经》中有关记载历史的篇章,以四言的押韵诗歌呈现,无不充满文艺美学,姑不论事件是否道德良善,其情节总能令人玩味再三,口诵心惟,自能收到显著的感化功效。以秦穆公为例,他过世之后,竟以众多臣子殉

---

① 王长华、易卫华:《毛诗与中国文化精神》,人民出版社,2014年,第24页。
② 王长华、易卫华:《毛诗与中国文化精神》,人民出版社,2014年,第22至23页。
③ 〈诗大序〉语。

葬,这段历史,《左传·文公六年》的记载如下:

> 秦伯任好卒,以子车氏之三子奄息、仲行、针虎为殉,皆秦之良也。国人哀之,为之赋〈黄鸟〉。君子曰:"秦穆之不为盟主也宜哉!死而弃民。先王违世,犹诒之法,而况夺之善人乎!《诗》曰:'人之云亡,邦国殄瘁。'无善人之谓,若之何夺之?古之王者,知命之不长,是以并建圣哲,树之风声,分之采物,著之话言,为之律度,陈之艺极,引之表仪,予之法制,告之训典,教之防利,委之常秩,道之礼则,使毋失其土宜,众隶赖之,而后即命。圣王同之。今纵无法以遗后嗣,而又收其良以死,难以在上矣!"君子是以知秦之不复东征也。①

司马迁《史记·秦本纪》记载这段历史,如下:

> 三十九年,缪公卒,葬雍。从死者百七十七人,秦之良臣子舆氏三人名曰奄息、仲行、针虎,亦在从死之中。秦人哀之,为作歌〈黄鸟〉之诗。君子曰:"秦缪公广地益国,东服强晋,西霸戎夷,然不为诸侯盟主,亦宜哉。死而弃民,收其良臣而从死。且先王崩,尚犹遗德垂法,况夺之善人良臣百姓所哀者乎?是以知秦不能复东征也。"②

以上两种写史的方式,都引"君子曰"论述古代明主懂得注重

---

① 晋杜预注,唐孔颖达等正义:《春秋左传正义》,艺文印书馆,嘉庆二十年刻本,第313页。

② 司马迁:《史记》,鼎文书局,第1册,第194页。

遗德垂法,以造福后世子孙为重,而秦穆公却以良臣殉葬①,此举实在不妥。虽然所论允当,但毕竟是史书、政论性质,读来朴实而刚硬。至于古代的《诗经》,其记载这段历史如下:

> 交交黄鸟,止于棘。谁从穆公?子车奄息。
> 维此奄息,百夫之特。临其穴,惴惴其栗。
> 彼苍者天!歼我良人。如可赎兮,人百其身。
> 交交黄鸟,止于桑。谁从穆公?子车仲行。
> 维此仲行,百夫之防。临其穴,惴惴其栗。
> 彼苍者天!歼我良人。如可赎兮,人百其身。
> 交交黄鸟,止于楚。谁从穆公?子车针虎。
> 维此针虎,百夫之御。临其穴,惴惴其栗。
> 彼苍者天!歼我良人。如可赎兮,人百其身。

《诗经·黄鸟》相较于《左传》、《史记》,诗人不重说理,而是把当日受害者和民众的血泪化为诗歌,以文艺美学的姿态呈现在读者面前,字里行间充斥强烈的悲伤和感情。即使不敢公然挑战以活人殉葬的陋习,但民众崩解的情绪以及满腔的悲愤和控诉已然溢于言表,何其温厚有情!

再以卫国曾发生的一段历史为例,②《左传·桓公十六年》:"初,卫宣公烝于夷姜,生急子。"卫宣公早年与其父亲的爱妾夷姜乱伦而生急子,此急子又称为伋。等到宣公即位,伋也长大成人,卫宣公准备为其子伋婚娶齐女,却因为齐女美貌以致宣公自己营建新台以拦截夺娶之。《诗经·邶风·新台》:"新台有泚,河水弥

---

① 秦穆公以活人殉葬,是承袭其先人的陋规。
② 《诗经》中的〈邶风〉〈墉风〉〈卫风〉,其实都是有关卫国的作品。

弥。燕婉之求,籧篨不鲜。……鱼网之设,鸿则离之。燕婉之求,得此戚施。"以诗歌体裁记载宣姜嫁伋不成的事件,说原本要嫁个美郎君,不料嫁给一只癞蛤蟆,字里行间使用情绪丰富的用语,这样的史料不是一般质朴生硬的史笔所能望其项背。

但前述人物宣姜生了寿与朔两个儿子之后,她就想方设法要置伋于死地,寿与兄长伋的感情却十分和睦。有一次,宣姜打算在伋乘舟时,命人加害伋,寿知道此事,就坚持同舟,一心想要保护兄长。《诗经·邶风·二子乘舟》:"二子乘舟,泛泛其景。愿言思子,中心养养。二子乘舟,泛泛其逝。愿言思子,不暇有害。"是伋的傅母哀伤此事而作。①

卫宣公过世之后,幼子朔即位,是为卫惠公。惠公之母宣姜与公子顽行淫乱之事,《诗经·鄘风·墙有茨》载其事:"墙有茨,不可埽也。中冓之言,不可道也。所可道也,言之丑也。"〈鄘风·君子偕老〉也以"陈正匡反"的方式,讽刺宣姜。

上述卫国曾发生的宫中丑闻,被诗人以押韵美文记载下来,其传播率及感染力自是不同凡响。明明是极其丑陋、不堪闻问的事件,竟也能变成优雅的诗歌形式,其卓越的诗风以及"温柔敦厚"的质性,实在令人惊叹不已!

其他如〈大雅〉中的史诗系列,除了发挥记录祖先历史的功能之外,也都以饱含感情、文采优雅为重大特色。

(三)、委婉笔法可兼顾谏诤、自保与美学

周朝奉行君尊臣卑的体制,以下谏上,即使出于善心美意,但如果君王不采信,则臣下可能因劝谏而招来祸害,于是需要提炼出一种委婉讽谏的方式,以求自保。周人相信:"天视自我民视,天听

---

① 事见刘向:《新序·节士第七》。

自我民听。""天矜于民,民之所欲,天必从之。"民心向背,紧密关系到王者的天命是否转移。于是朝廷设有采诗之官,负责到各地采诗,其目的是:"王者所以观风俗,知得失,自考正也。"不仅有采诗官,同时在朝官员也必须献诗、讽诵诗;质言之,其实这些举措无非是君王的天命保卫战。

在讽谏风气盛行下,诗人若遇到不平之事,满腔愤闷,但基于身家安全的考虑,即使不吐不快,却又不敢直说,只能采用"所言在此,所指在彼"的隐喻方式——此即"六义"中的"兴"义;此即汉朝孔安国所言"引譬连类"的笔法。①《诗大序》:"言之者无罪,闻之者足以戒"、"主文而谲谏",都是在这个时空背景之下,君臣各自需要具备的素养。这类隐喻笔法、委婉讽谏,不仅有保全诗人性命的功能,而且是极其高妙的文艺美学。其特色是蕴涵"温柔敦厚"的特质,与暴力粗鄙或率直抗争的方式形成强烈的对比。正因为肯定这种文艺美学,此隐喻笔法随即被广泛应用在非关政治,或诙谐、喜乐等主题的诗篇中。

《诗经》作品不少采用委婉笔法,诗人的意思并没有直率地表白,读者必须透过某些特殊的解读方式,才得以探知作者的真意,举例如下:

### 1. 陈古刺今

例如〈郑风·羔裘〉:"羔裘如濡,洵直且侯。彼其之子,舍命不渝。……羔裘晏兮,三英粲兮。彼其之子,邦之彦兮。"译文是:"羊皮袍子光润像油,真是正直又是国侯。他那样的人,完成使命不改当初。……羔皮袍子鲜艳呀,二三俊秀光灿呀。他那样的人,是一

---

① 此为《论语·阳货》:"可以兴,可以观,可以群,可以怨。"句下,汉朝孔安国对于"兴"的解释。

国的贤彦呀!"①字面上是称美大夫之作,然而《诗序》写道:"〈羔裘〉,刺朝也。言古之君子,以风其朝焉。"

又如〈齐风·卢令〉:"卢令令,其人美且仁。 卢重环,其人美且鬈。 卢重鋂,其人美且偲。"译文是:"猎犬的颈圈儿响铃铃,那个人漂亮又是仁人。 猎犬的颈圈儿是大套小的子母环,那个人漂亮又头发卷起的真好看。 猎犬的颈圈儿是一个环套两个环,那个人漂亮又胡颜丰满的真好看。"②字面上是称美某位狩猎者,其实是歌颂古代仁人典范以刺齐襄公。《诗序》:"〈卢令〉,刺荒也。襄公好田猎毕弋,而不修民事,百姓苦之,故陈古以讽焉。"

2. 陈正匡反

例如卫宣姜原本是要嫁给年轻的公子伋,没想到宣公筑新台而夺之,后来她的人生和行为全都变了调,变成一位淫乱且恶毒的女性,宣姜为了让自己所生的儿子将来能继承王位,遂几度设计要害死公子伋。〈鄘风·君子偕老〉:"君子偕老!副笄六珈。委委佗佗,如山如河,象服是宜。子之不淑,云如之何! 玼兮玼兮!其之翟也。鬒发如云,不屑髢也。玉之瑱也,象之揥也,扬且之晳也。胡然而天也!胡然而帝也! ……展如之人兮,邦之媛也!"译文如下:"本来她是要和君子偕老的! 头戴步摇横簪,加上六种玉饰。她的举止是从从容容的自得,稳重如山、深沉如河,是她的美质,她穿上了尊贵的画袍很合适。妳这个人的遭遇不幸,可奈它何呢!

鲜艳呀、鲜艳呀!她改穿了绘绣野鸡羽毛的礼服呀。黑稠稠的头发好像乌云一样的美,不屑搭上假发呀。美玉做成的耳瑱呀,象牙做成的发揥呀,额角方正又白晳呀。怎么这样尊贵好像一个天神呀! 怎么这样高明好像一个上帝呀! ……难得像这样的一个人

---

① 陈子展:《诗经直解》,书林出版公司,1992年,第250页。
② 陈子展:《诗经直解》,书林出版公司,1992年,第306页。

呀,这是一国的美人名媛呀!"①《诗序》:"〈君子偕老〉,刺卫夫人也。夫人淫乱,失事夫子之道。故陈人君之德,服饰之盛,宜与君子偕老也。"诚如陈子展的赏析:"诗云:'子之不淑,云如之何。'此主题关键语。不淑二字得其确诂,即全诗得其正解矣。"②诗人除了盛赞宣姜天生丽质,也同情她所预期的美满姻缘走了样。在赞美其外貌的同时,对于她后来的淫乱之行也寄予无限的慨叹。《诗序》用了"刺"字以"陈正匡反",是指诗人既为她铺陈了许多美言,又隐微地指斥她后来有诸多不当的行为。

### 3. 言外见意

例如〈邶风·北风〉:"北风其凉,雨雪其雱。惠而好我,携手同行。其虚其邪! 既亟只且。"根据《诗序》:"〈北风〉,刺虐也。卫国并为威虐,百姓不亲,莫不相携持而去焉。"字面上不直指暴政,而是借风雨以刺威虐,描写百姓不堪暴政之苦,相携逃难的景象。可知这是以病害万物的寒凉之风隐喻政教酷虐,使民散乱。

又如〈豳风·鸱鸮〉:"鸱鸮鸱鸮,既取我子,无毁我室。恩斯勤斯,鬻子之闵斯。 迨天之未阴雨,彻彼桑土,绸缪牖户。今女下民,或敢侮予予。 予手拮据,予所捋荼,予所蓄租,予口卒瘏,曰予未有室家。 予羽谯谯,予尾翛翛,予室翘翘,风雨所漂摇,予维音哓哓!"《诗序》:"〈鸱鸮〉,周公救乱也。成王未知周公之志,公乃为诗以遗王,名之曰鸱鸮焉。"字面上是写一只经营鸟巢、保护弱子的母鸟,除了备尝工作艰辛之外,还遭受恶鸟的攻击,以致落得风雨飘摇,憔悴不堪,发出痛苦的哀号。其实鸱鸮是指商朝的后代武庚,由于他们怂恿管叔、蔡叔、霍叔起来作乱,结果是害死周公无知的弟弟管叔,此即所谓:"既取我子"。周公如同那只护卫鸟巢的

---

① 陈子展:《诗经直解》,书林出版公司,1992年,第143页。
② 陈子展:《诗经直解》,书林出版公司,1992年,第145页。

母鸟,全力保护着幼小的周成王,还必须力辟谣言,东征平乱,感到莫名的无力和艰辛。

### 4. 欲盖弥彰

例如〈陈风·株林〉:"胡为乎株林,从夏南? 匪适株林,从夏南。 驾我乘马,说于株野。乘我乘驹,朝食于株。"《诗序》:"〈株林〉,刺灵公也。淫乎夏姬,驱驰而往,朝夕不休息焉。"这是讽刺陈灵公坐着马车到株林,淫乎夏姬。本来这是人民已经知晓的事情,但诗篇当中,却使用"欲盖弥彰"的笔法。模拟陈灵公的口吻,否认他去找夏姬淫乱,声称自己在株邑的野外休息;当他抵达株邑,已经是吃早餐的时候了——可见没有趁着黑夜去做见不得人的事情。如此遮遮掩掩,正是百姓嘲笑其自欺欺人的行径。

### 5. 欲言还止

例如卫宣公卒,惠公幼,公子顽烝于惠公之母,生子五人;国人痛恨此事而不敢公然谈论。〈鄘风·墙有茨〉:"墙有茨,不可埽也。中冓之言,不可道也。所可道也,言之丑也。"《诗序》:"〈墙有茨〉,卫人刺其上也。公子顽通乎君母,国人疾之,而不可道也。"蒋立甫说:

> 妙在不说为何"不可道",说出来丑在哪里,特意故弄玄虚,藏头露尾,巧妙的点到为止,实则是以不言为言。①

又如晋昭侯封叔父桓叔于沃的一段历史,《左传·桓公二年》曾用倒叙方式加以记载。此外,《史记·卷三十九·晋世家第九》也有详细描述。

---

① 蒋立甫:《风诗含蓄美论析》,《诗经》国际学术研讨会论文,1993 年 8 月 10 日,河北石家庄。

晋昭侯元年(前745年),晋昭侯将叔父成师封于曲沃(今山西省曲沃县),世称曲沃桓叔。当时曲沃比晋国的都城翼城还大,违背周礼规定的等级制度。晋国大夫师服劝谏晋昭侯,认为曲沃日后必为祸害,但晋昭侯并不采信。随着封地的扩展,曲沃桓叔的欲望也越来越大,萌生篡夺侄子晋昭侯政权的念头。终于,晋昭侯七年(前739年),晋国大臣潘父弑杀晋昭侯,迎立曲沃桓叔。曲沃桓叔正想进入翼城夺权,但因城内军人反抗而兵败,只好退回曲沃。晋国人随即立晋昭侯的儿子平为国君,是为晋孝侯;此后,晋国实际上与曲沃形成两个政权并立的状态。

在晋昭侯还未意识到叔父叛心已萌之际,诗人就写下〈唐风·扬之水〉:"扬之水,白石凿凿。素衣朱襮,从子于沃。既见君子,云何不乐?……扬之水,白石粼粼。我闻有命,不敢以告人。"《诗序》:"〈扬之水〉,刺晋昭公也①。昭公分国以封沃,沃盛强。昭公微弱,国人将叛而归沃焉。"《郑笺》:"封沃者,封叔父桓叔于沃也。"严粲说:

> 故言"不敢以告人"者,乃所以告昭公。言"我闻有命"者,又以见其事已成,祸至甚迫,所以激发昭公者至切切也。②

胡承珙说:

---

① 此篇《诗序》所谓"晋昭公",应改为"晋昭侯"才对,公元前745至公元前739年在位。
② 严粲:《诗缉》,商务印书馆,《文渊阁四库全书》,第75册,第149-150页。

《传》于末章云："闻曲沃有善政命，不敢以告人。"所谓"善政命"者，当如齐陈氏厚施之类，潜通逆党，收拾人心；诗人见微知著，故曰："闻之，而不以告人"者，正所以告人也。①

严、胡二氏都点出诗人有话要说，却不敢直说的困境，只能采用"欲言还止"的委婉笔法。

**6. 暗藏冷语**

例如〈卫风·硕人〉，《诗序》："〈硕人〉，闵庄姜也。庄公惑于嬖妾，使骄上僭，庄姜贤而不答，终以无子，国人闵而忧之。"《左传·隐公三年》："卫庄公娶于齐东宫得臣之妹，曰庄姜，美而无子，卫人所为赋〈硕人〉也。"两者可互证。此诗叙述庄姜亲族之贵、体貌之美，于归那一天，车服美备、随从盛多。可是，诗人的思虑也许不仅如此，严粲说：

唯"大夫夙退，无使君劳"二语微见其意，而辞亦深婉，风人之词大抵然也。②

盖此二语正与《诗序》所谓"庄姜贤而不答，终以无子，国人闵而忧之。"相互呼应，一二冷语，发人深思。③

又如〈齐风·猗嗟〉，《诗序》："刺鲁庄公也。齐人伤鲁庄公有

---

① 胡承珙：《毛诗后笺》，复兴书局《皇清经解续编》，第 7 册，第 5301 页。
② 严粲：《诗缉》，商务印书馆，《文渊阁四库全书》，第 75 册，第 84 页。
③ 这里是依据《毛诗》而立论，若依《列女传·齐女傅母篇》所载《鲁诗》的说法，则诗旨有所不同，《鲁诗》认为是齐女傅母所作，强调齐女的身份特殊，使命也不凡，歌颂她出嫁当天的盛况，用以勉励齐女注意行止端庄娴淑。

威仪技艺,然而不能以礼防闲其母,失子之道,人以为齐侯之子焉。"胡承珙说:"(庄公)二十二年如齐纳币,二十三年如齐观社,二十四年如齐逆女,……〈猗嗟〉之作,当在此时。"①鲁庄公之舅(齐襄公)与其母(文姜)行淫乱之事,字面上,此诗以称美鲁庄公的威仪英姿为主,而中有"展我甥兮"之语②,意思是:"鲁庄公真的是我们齐襄公的外甥,而不是我们齐襄公和妹妹文姜所生。"殆即《诗序》所谓"人以为齐侯之子焉"的调笑语——可见齐襄公和文姜的淫行,早已是众所周知的!

### 7. 言轻意重

〈卫风·木瓜〉:"投我以木瓜,报之以琼琚。匪报也,永以为好也。 投我以木桃,报之以琼瑶。匪报也,永以为好也。投我以木李,报之以琼玖。匪报也,永以为好也。"《诗序》:"美齐桓公也。卫国有狄人之败,出处于漕,齐桓公救而封之,遗之车马器服焉。卫人思之,欲厚报之,而作是诗也。"齐国攻狄,救援卫国,这是拯救社稷的大恩,而诗只说:"投我以木瓜、木桃、木李",是言轻意重的例子。

再如〈秦风·权舆〉:"于我乎,夏屋渠渠,今也每食无余。于嗟乎!不承权舆。于我乎,每食四簋,今也每食不饱。于嗟乎!不承权舆。"《诗序》:"刺康公也。忘先君之旧臣,与贤者有始而无终也。"根据《尔雅》第一条:"权舆,始也。"先王对待老臣,给食何等丰厚,后王则让老臣每食不饱,待遇实在大不如前!姜炳璋指出诗人温厚的笔法:

---

① 胡承珙:《毛诗后笺》,复兴书局,《皇清经解续编》,第 7 册,第 5284 页。
② 《郑笺》曰:"姊妹之子曰甥。"孙毓曰:"谓我舅者,吾谓之甥。"

居食但指一节,以槩其余也。不忍斥言其大者,而但责其奉养之小者,亦忠厚之意欤!①

又如〈桧风·羔裘〉:"羔裘逍遥,狐裘以朝。岂不尔思?劳心忉忉。 羔裘翱翔,狐裘在堂。岂不尔思?我心忧伤。 羔裘如膏,日出有曜。岂不尔思?中心是悼。"《诗序》:"大夫以道去其君也。国小而迫,君不用道,好絜其衣服,逍遥游燕,而不能自强于政治,故作是诗也。"黄櫄点出此诗的温厚笔法:

好洁其衣服,亦非大恶,而大夫以是去之,何哉?孔子之去鲁,为女乐也,而曰:"燔肉不至",盖欲以微罪行。桧君之好洁衣服,必有大不可正救者,不止于此;大夫不忍言其君之过,而特曰逍遥、游燕,此其微意也。作《序》者谓大夫以道去其君,可谓深于诗矣!②

当然,以上列举诗人使用七种委婉的笔法,古代儒家学者们相信作诗者及编诗者皆有"温柔敦厚"的存心,才不至于让种种"含蓄"的笔法反而沦为指桑骂槐、讥诮挖苦的作品;这也是儒家思想对于中华传统文化有其笃定的信心和看法。

## 二、从《诗经》的内容与先哲诗教检视温柔敦厚

---

① 姜炳璋:《诗序补义》,商务印书馆,《文渊阁四库全书》,第89册,第147页。
② 宋李樗、黄櫄:《毛诗李黄集解》,商务印书馆,《文渊阁四库全书》,第71册,第318页。

《诗经》所收作品,本身已有丰富的"温柔敦厚"的内涵,加上它是先秦儒家宣扬学说的重要教材之一,诗中仁义道德事迹和质性成了哲人鼓吹仁心德政的注脚,"温柔敦厚"的教化功能也在此获得充分的肯定和倡导。以下就《诗经》的篇章内容,根据儒家的观点,将"温柔敦厚"的诗教功能列举出来:

### (一)注重修身与涵养,陶冶性情与人格

例如〈周南·麟之趾〉:"麟之趾,振振公子。于嗟麟兮!麟之定,振振公姓。于嗟麟兮!麟之角,振振公族。于嗟麟兮!"《诗序》:"〈麟之趾〉,关雎之应也。关雎之化行,则天下无犯非礼,虽衰世之公子,皆信厚如麟趾之时也。"《毛传》:"振振,信厚也。"正与《诗序》相应。《礼记·礼运》:"麟、凤、龟、龙,谓之四灵。"麟是传说中的仁兽、瑞兽,极有爱心。有关麟的形貌和特质,孔颖达在〈周南·麟之趾〉末章引《陆机疏》:

> 麟,麇身牛尾,马足,黄色,员蹄,一角,角端有肉。音中钟吕,行中规矩。游必择地,详而后处。不履生虫,不践生草……王者至仁,则出。①

〈周南·麟之趾〉第一章写"麟之趾",是歌颂麟的爱心:"不履生虫,不践生草",末章写"麟之角",是歌颂此一仁兽,正如孔颖达所说:"有角示有武,有肉示不用,有武而不用,是其德也。"古人贵于传说中的瑞兽,甚至信以为真,也乐于歌颂和学习其仁德。近代,即使是日据时期台湾人所写的〈劝仁赋〉,都还有"旋宿紫庭,飞禽尚有丹凤;不履青草,走兽犹赞班麟"的句子;由此可见《诗经》教

---

① 西汉毛公传、东汉郑玄笺、唐孔颖达疏:《毛诗注疏》,艺文印书馆,第45页。

化源远流长的情况了。①〈周南·麟之趾〉的流传和教化,足以让周朝贵族公子们以至现代民主国家的人民都懂得讲究信厚之德。

再如〈卫风·芄兰〉:"芄兰之支,童子佩觿。虽则佩觿,能不我知。容兮遂兮,垂带悸兮。"《诗序》:"〈芄兰〉,刺惠公也。骄而无礼,大夫刺之。"《郑笺》:"惠公以幼童即位,自谓有才能,而骄慢于大臣,但习威仪,不知为政以礼。"按照《毛传》、《郑笺》、《孔疏》之意,此诗采用隐喻笔法,大意如下:

> 芄兰之草,柔润温良,可比拟君子之德。芄兰蔓延于地,有所依缘则起;好似幼嫩之君,若能柔润温良,任用大臣,行政依礼,乃能成政。觿乃成人之佩,用以解结,而今君王虽为童子,却已佩觿,治成人之事。既已佩觿,当思芄兰温柔。竟不自谓我无知,以骄慢人,又不知为政当以礼,而徒善其外饰,使容仪可观兮,佩玉瑳瑳兮,垂其绅带悸悸兮,而内德不称,无礼以行。

由此可知,《诗经》对于个人的涵养与修德颇为重视,即使是贵为君主,也不例外。

**(二) 深化彼此情感,维护健全伦理**

**1. 家人或朋友之间**

〈卫风·伯兮〉:"伯兮朅兮,邦之桀兮。伯也执殳,为王前驱。自伯之东,首如飞蓬。岂无膏沐? 谁适为容! 其雨其雨,杲杲出日。愿言思伯,甘心首疾。 焉得谖草? 言树之背。愿言思伯,

---

① 许俊雅、简宗梧:《全台赋补遗》国立台湾文学馆,2014 年,第 245 页。〈劝仁赋〉的作者署"阙名",为日据时期的台湾人。该文作于1900 年,日本明治33 年。

使我心痗。"是一首爱情名作,丈夫久久行役未归,其妻表白其坚贞而浓厚的思念。

〈鄘风·柏舟〉:"泛彼柏舟,在彼中河。髧彼两髦,实维我仪。之死矢靡它。母也天只,不谅人只!……"《诗序》:"〈柏舟〉,共姜自誓也。卫世子共伯蚤死,其妻守义,父母欲夺而嫁之,誓而弗许,故作是诗以绝之。"胡承珙《毛诗后笺》等都认为此条《诗序》资料可匡正《史记·卫世家》的缺失和不足。共姜深爱其亡夫,守义自誓,不肯改嫁,此为当事者所自行选择,故受到肯定,收入《诗经》之中。实则,只要"坚贞守寡"的行为不被政治操弄以致僵化为"规定",则此一真情至性还是颇令人感动,并应给予尊重。

〈郑风·出其东门〉:"出其东门,有女如云。虽则如云。匪我思存。缟衣綦巾,聊乐我员。 出其闉阇,有女如荼。虽则如荼,匪我思且。缟衣茹藘,聊可与娱。"《论语·卫灵公》:"颜渊问为邦。子曰:行夏之时,乘殷之辂,服周之冕,乐则韶舞,放郑声,郑声淫,佞人殆。"[1]《荀子·乐论》:"郑卫之音,使人心淫。"许慎《五经异义·鲁论》:"今《论语》说郑国之为俗,有溱、洧之水,男女聚会,讴歌相感,故云郑声淫。"[2]虽然现代有些学者将"郑声淫"说成古人在讨论音乐的节奏或旋律问题,而非谈论男女之间的行为。但无可否认的,音乐与社会风气,甚至与国家兴衰治乱都息息相关。所以,周朝郑国的男女关系,难免真有不良的记录。〈郑风·出其东门〉也许是当时某位男子对于色情充斥的社会现况有所不满和反弹,当他走出东门外,看到美女如云,个个打扮得花枝招展,但他说:"那都不是我所想要的,而是家中那位荆钗布裙才是能让我相处快

---

[1] 魏何晏注,宋邢昺疏:《论语注疏》(台北:艺文印书馆),页138。
[2] 汉许慎著,清陈寿祺疏证:《五经异义疏证》,上海古籍出版社,2013年,第162页。

乐的人。"《诗经》收录这种顾家男子的心声，应该能感化不少男性吧。

〈大雅·既醉〉为太平时期的典礼用歌，写道："威仪孔时，君子有孝子。孝子不匮，永锡尔类。其类维何？室家之壸。君子万年，永锡祚胤。"孝道固然大多来自天性，但还是少不了政府的教化和提倡，周人的教化项目中，已明白地彰显孝道。

〈邶风·凯风〉："凯风自南，吹彼棘心。棘心夭夭，母氏劬劳。凯风自南，吹彼棘薪。母氏圣善，我无令人。 爰有寒泉，在浚之下，有子七人，母氏劳苦。 睍睆黄鸟，载好其音。有子七人，莫慰母心。"《诗序》："〈凯风〉，美孝子也。卫之淫风流行，虽有七子之母，犹不能安其室；故美七子，能尽其孝道，以慰其母心，而成其志尔。"显然这首诗与母子人伦孝道有关。有一位已有七个孩子的寡妇打算再嫁，她的孩子于是写了此诗，内容分成两大部分，其一是歌颂母亲无比辛劳、神圣伟大，其二是自责未尽孝道，莫慰母心，简直是黄鸟之不如。《诗序》告诉我们，当这位母亲看了此诗，明白小孩们都很懂事和孝顺，如果不改嫁，后半辈子应该可以很好过活，于是打消了再嫁的念头。①

〈小雅·谷风之什·蓼莪〉是人民劳苦，不得终养父母之诗。诗人遭遇失怙、失恃之痛，感念父母生、鞠、畜、育，以及出入腹、顾之德，让他"出则衔恤，入则靡至。"伤痛不已！难怪诗人要呼天抢地地说："欲报之德，昊天罔极。""南山烈烈，飘风发发。民莫不穀，我独何害。 南山律律，飘风弗弗。民莫不穀，我独不卒。"

〈小雅·鸿雁之什·斯干〉，《诗序》："〈斯干〉，宣王考室也。"

---

① 清朝魏源《诗古微》曾批评此《诗序》不可信，那是魏源个人治学方法出了问题，没有站回周朝时空以理解《诗经》，而是站在礼教已走火入魔的清朝时空下所作的思维。详见拙著《中国历代诗经学》，学生书局，第299页。

考室即成室,可知此为新居落成的庆贺诗。此诗从勘察地理环境写起,王室的兄弟们感情十分和睦,然后忙忙碌碌,营建了壮观舒适的宫殿群,"如跂斯翼,如矢斯棘;如鸟斯革,如翚斯飞。"宫室是企立伸臂的形势;棱角有如箭头,特有精神;屋顶呈大鸟张翼奋飞之状;主公翁就在此升堂入住了。住得舒服,睡也安稳。女主人或梦熊、或梦蛇,说是生男、生女之兆。"乃生男子,载寝之床,载衣之裳,载弄之璋。其泣喤喤。朱芾斯皇,室家君王。""载生女子,载寝之地,载衣之裼,载弄之瓦。无非无仪,唯酒食是议。无父母诒罹。"男婴玩玉璋,女婴玩纺锤,期望长大以后,男的都能从政,飞黄腾达。女的出嫁之后,都能精于料理,顺从丈夫,少持异议。可见老祖宗深切体会到男性阳刚,女性阴柔的自然之理,由阴阳互补互助,以建立和谐幸福的家庭。并借由〈斯干〉庆祝新居落成的诗篇,谱出全家和乐融融的写照。

描写兄弟之情的诗篇,例如〈小雅·鹿鸣之什·常棣〉:"常棣之华,鄂不韡韡。凡今之人,莫如兄弟。　死丧之威,兄弟孔怀。原隰裒矣,兄弟求矣。……兄弟阋墙,外御其务。每有良朋,烝也无戎。　……傧尔笾豆,饮酒之饫。兄弟既具,和乐且孺。　妻子好合,如鼓琴瑟。兄弟既翕,和乐且湛。　宜尔家室,乐尔妻帑。是究是图,亶其然乎!"《诗序》:"〈常棣〉,燕兄弟也。闵管蔡之失道,故作〈常棣〉焉。"周公鉴于成王年幼,只好代理摄政,但管叔等弟弟造谣作乱,周公不得不东征三年。乱事既平之后,周公制礼作乐的内容依然强调兄弟之情的重要,唯有如此,他才能据以推出温馨家庭的伦理教育以教化百姓。诗的开头写道:"棠棣开了花,就和萼托光辉在一起。试看眼前的一般人,没有能够像亲兄弟。"中间写道:"兄弟尽管有人在墙内争斗,却都懂得共同抵御外侮。"诗的后半更勉励国人应该兄弟和乐相处。此外,〈魏风·陟岵〉,描述行役者的心思:"陟彼冈兮,瞻望兄兮。兄曰:'嗟!予弟行役,夙夜必偕。上慎旃哉!犹来无死。'"〈唐风·杕杜〉:"独行踽踽,岂无他人?不如我同父。"〈小雅·黄鸟〉:"黄鸟黄鸟,无集于桑,无啄我粱。此邦之人,不可与明。言旋言归,复我诸兄。"流寓他乡者,尤其能深刻体认"血浓于水"的兄弟亲情。

至如前述〈邶风·二子乘舟〉:"二子乘舟,泛泛其景。愿言思子,中心养养!……"卫国公子伋和寿,兄弟之间不惜杀身成仁,力行信厚之德可说是到达极致!

〈小雅·鹿鸣之什·伐木〉:"伐木丁丁,鸟鸣嘤嘤。出自幽谷,迁于乔木。嘤其鸣矣,求其友声。相彼鸟矣,犹求友声。矧伊人矣,不求友生?神之听之,终和且平。……"这是描述宴请朋友故旧的诗篇,诗中强调朋友故旧的重要,可以帮助个人成就志业。瞧那鸟类,尚且发出求友的声音,而人类呢,怎可不寻求朋友?从以上两篇,可见周人强调兄弟、朋友相助的益处,相关的聚会和宴乐活动想必已能到处热情地展开了。

### 2. 君臣官民之间

〈大雅·文王之什·灵台〉:"经始灵台,经之营之。庶民攻之,不日成之。 经始勿亟,庶民子来。王在灵囿,麀鹿攸伏。 麀鹿濯濯,白鸟翯翯。王在灵沼,于牣鱼跃。……"开始计划要筑灵台,人民动手来建造,不必多花时日就完成它。开始营建,不求急迫。人民像儿子一样来干活。文王有个灵囿可休息,母鹿在这儿睡着。母鹿在此嬉游,白鸟亮丽肥泽,文王来到灵台,满是鱼儿在跳跃。《诗序》:"〈灵台〉,民始附也。文王受命,而民乐其有灵德以及鸟兽昆虫焉。"《孟子·梁惠王上》:"文王以民力为台为沼。而民欢乐之,谓其台曰灵台,谓其沼曰灵沼,乐其有麋鹿鱼鳖。古之人与民偕乐,故能乐也。"活灵活现地描述周文王与臣子百姓和乐相处的情景。

〈小雅·南有嘉鱼〉:"南有樛木,甘瓠累之。君子有酒,嘉宾式燕绥之。"是指君王须有谦冲逮下之德,《毛传》于此处标:"兴也。"君王礼贤,如樛木下垂其枝条,而葫芦藤蔓方得以趋附之。

〈国风·召南·甘棠〉:"蔽芾甘棠,勿翦勿伐,召伯所茇。 蔽芾甘棠,勿翦勿败,召伯所憩。 蔽芾甘棠,勿翦勿拜,召伯所说。"有关此诗主旨,《诗序》:"〈甘棠〉,美召伯也。召伯之教,明于南国。"孔颖达《疏》:"谓武王之时,召公为西伯,行政于南土,决讼于小棠之下,其教著明于南国,爱结于民心,故作是诗以美之。经三章皆言国人爱召伯而敬其树,是为美之也。"第一段说:"甘棠有个小树荫,不要剪它的枝叶,不要将它砍伐,它是召伯休息过的甘棠树。"末段告诫说:"不要剪它的枝叶,不要拉弯它的枝条。"连拉弯枝条都在禁止之列,以"爱屋及乌"的形式,充分流露人民对于召伯的敬爱①。及至后世,凡是好官员,几乎都时时以爱护百姓为念,例如唐朝白居易〈别桥上竹〉:"我去自惭遗爱少,不教君得似甘棠。"②显然是直接受到《诗经·甘棠》的影响。

《诗经》颇有歌颂君臣相处和乐的诗篇,咏歌相传,不无良性效益,列举如下:

〈小雅·鹿鸣〉:燕群臣嘉宾也。

〈小雅·南有嘉鱼〉:乐与贤也。

〈小雅·南山有台〉:乐得贤也。

〈小雅·湛露〉:天子燕诸侯也。

〈小雅·彤弓〉:天子赐有功诸侯也。

---

① 详见拙著《释〈召南·甘棠〉:"勿翦勿拜"〉一文,收录于《诗经之学》,天空数字图书公司,2016年,第115页
② (清)康熙御定:《全唐诗》,中华书局,1996年,第13册,第4926页。

〈小雅·吉日〉：美宣王田也。能慎微接下,无不自尽以奉其上焉。

〈鲁颂·有駜〉：颂僖公君臣之有道也。

〈小雅·四牡〉：劳使臣之来也。有功而见知,则说矣。

〈小雅·皇皇者华〉：君遣使臣也。送之以礼乐,言远而有光华也。

〈小雅·天保〉：下报上也。君能下下以成其政,臣能归美以报其上焉。

〈小雅·采薇〉：遣戍役也。

〈小雅·出车〉：劳还率也。

〈小雅·杕杜〉：劳还役也。

此外,郑武公父子并为周司徒,善于其职,国人作〈缁衣〉以赞美他们。秦襄公始为诸侯,受显服,其大夫作〈终南〉以颂美他。〈王风·丘中有麻〉是对贤者深表追念的作品。这些诗歌充满和乐气氛,都足以深化彼此感情。

(三)推展仁心善政,增进百姓福祉

1.推行文明婚制,让百姓家庭幸福

中国古代曾存在"抢夺婚"制,《周易·屯卦·六二》："屯如,邅如。乘马班如。匪寇,婚媾。"以及《周易·屯卦·上六》："乘马班如,泣血涟如。"是儒家经典留下古代抢夺婚制的证据。

周朝周公制礼作乐之后,婚制转趋文明,《礼记·昏义》："昏礼者,将合二姓之好,上以事宗庙,而下以继后世也,故男子重之,是以昏礼纳采、问名、纳吉、纳征、请期,皆主人筵几于庙,而拜迎于门外,入揖让而升,听命于庙,所以敬慎、重正昏礼也。……故曰昏礼者,礼之本也。"①《仪礼》亦有"六礼"的记载,分别是:"纳采、问名、纳吉、纳征、请期、亲迎"。②

　　试观〈周南·关雎〉:"关关雎鸠,在河之洲。窈窕淑女,君子好逑。　　参差荇菜,左右流之。窈窕淑女,寤寐求之。求之不得,寤寐思服。悠哉悠哉!辗转反侧。　　参差荇菜,左右采之。窈窕淑女,琴瑟友之。参差荇菜,左右芼之。窈窕淑女,钟鼓乐之。"这首诗摆在《诗经》的首篇,可见老祖宗特别重视"男女"这一伦,认为是五伦之首。内容已经摆脱"抢夺婚"制,而改以"追求"的方式,必定要经由当事人允许。〈关雎〉诗的特点为:思想健康,过程温文,结局圆满,打算在敲锣打鼓的声中将她迎娶过来。此外,根据《毛传》解释雎鸠鸟是:"王雎也,鸟挚而有别。"是一种感情真挚而不杂交的鸟类,正可比拟诗中的淑女有此美德。至于《诗序》:"〈关雎〉,后妃之德也,风之始也,所以讽天下而正夫妇也。故用之乡人焉,用之邦国焉。"是就古代统治者推行教化的立场而言,要借由后妃的贞固之德,做天下妇女的榜样。③ 总之,〈周南·关雎〉列为《诗经》首篇,意在期望天下百姓都能以文明的方式寻得佳偶,共组幸福的家庭。

　　〈周南·汉广〉:"南有乔木,不可休息。汉有游女,不可求思。汉之广矣,不可泳思。江之永矣,不可方思。　　翘翘错薪!言刈其楚。之子于归?言秣其马。汉之广矣,不可泳思。江之永矣,不

---

① 郑玄注,孔颖达疏:《礼记正义》,艺文印书馆,第999页。
② 《仪礼·士昏礼》"昏礼下达,纳采用鴈"句下,唐贾公彦《疏》:"昏礼有六,五礼用鴈:纳采、问名、纳吉、请期、亲迎是也。唯纳征不用鴈,以其自有币帛可执是也。在此明确说明"六礼"之名。参见郑玄注,贾公彦疏:《仪礼注疏》,艺文印书馆,第39页。
③ 详见拙著《〈诗经〉的爱情教育—以〈关雎〉篇为中心》一文,收录于《诗经之学》天空数字图书馆,2016年,第65页。

可方思。　　翘翘错薪！言刈其蒌。之子于归？言秣其驹。汉之广矣,不可泳思。江之永矣,不可方思。"虽然男子有意要在众多女子之中,追求到最好的一个,并且设想已经喂饱前往迎娶的马匹,可是立刻补上一句"汉之广矣,不可泳思。江之永矣,不可方思。"而且"不可"的字眼充斥全篇,让读者充分明白和醒悟现实世界本来就有许多"不可",男女感情方面,只能"发乎情,止乎礼",这是非常重要的个人修养与认知,唯有如此,整个社会才得以维持安详和谐。

〈周南·桃夭〉:"桃之夭夭,灼灼其华。之子于归,宜其室家。桃之夭夭,有蕡其实。之子于归,宜其家室。　桃之夭夭,其叶蓁蓁。之子于归,宜其家人。"此诗正面歌颂幸福美满的婚姻。〈召南·行露〉:"厌浥行露,岂不夙夜,谓行多露。　谁谓雀无角？何以穿我屋？谁谓女无家？何以速我狱？虽速我狱,室家不足。谁谓鼠无牙？何以穿我墉？谁谓女无家？何以速我讼？虽速我讼,亦不女从。"《诗序》:"〈行露〉,召伯听讼也。衰乱之俗微,贞信之教兴,强暴之男不能侵陵贞女也。"此诗描写男方之礼不备,女方于是坚持不嫁,衍生为诉讼问题,此即所谓:"虽速我狱,室家不足"、"虽速我讼,亦不女从"。以今人为例,如有一富豪子弟要娶妻,自恃其家财多势大,新郎不依礼制前去亲迎,而对女方说:"自行找车嫁过来。"大概多数女子会认为毫无尊严而拒婚吧！因此,文明的婚制依礼而行,互相尊重,这样对于婚后的幸福美满应是大有助益。

**2. 加强勤政爱民与爱国教育**

《诗经·豳风·七月》,一般认为是公刘至古公亶父(太王)时期的歌谣,到了西周初年,周公曾加以润饰而成,"陈后稷先公风化之所由,致王业之艰难"(《诗序》语),用来教诫成王。

《史记·卷四·周本纪第四》:"公刘虽在戎狄之闲,复修后稷之业,务耕种,行地宜,自漆、沮度渭,取材用,行者有资,居者有畜积,民赖其庆。百姓怀之,多徙而保归焉。周道之兴自此始,故诗人歌乐思其德。"①根据《史记》的描述,夏朝政衰期间,公刘修后稷之业,改变人民的生活习惯,努力化戎狄为华夏,改游牧为农殖。这期间,应该免不了宣传、教导及示范等工作。百姓学习到新的谋生技能并且过着新的生活方式,必然觉得兴高采烈与崇敬有加,写成〈七月〉诗篇,除了是庆贺、纪念新生活,实际上也是将作息守则广为宣传。在拙著《谈〈豳风·七月〉》一文中,曾论及此诗的十项效用,其中与"温柔敦厚"较为相关的有:"儒家视之为治世心法"、"为淳美风俗留下历史见证"、"凸显勤劳的民族特色"、"使执政者知民生疾苦"、"温馨的伦理仪节"、"后世用为劝农之佳话"。②

〈齐风·鸡鸣〉:"鸡既鸣矣,朝既盈矣。匪鸡则鸣,苍蝇之声。东方明矣,朝既昌矣。匪东方则明,月出之光。 虫飞薨薨,甘与子同梦。会且归矣,无庶予子憎。"《诗序》:"〈鸡鸣〉,思贤妃也。哀公荒淫怠慢,故陈贤妃贞女,夙夜警戒,相成之道焉。"齐哀公早晨赖床晏起,此诗采用对话方式,描写贤妃警戒君王应该早起勤政,勿让前来早朝的臣子们有所抱怨。

〈鄘风·载驰〉:"载驰载驱,归唁卫侯。驱马悠悠,言至于漕。大夫跋涉,我心则忧。 既不我嘉,不能旋反。视尔不臧,我思不远。既不我嘉,不能旋济?视尔不臧,我思不閟。 陟彼阿丘,言采其蝱。女子善怀,亦各有行。许人尤之,众稚且狂。 我行其野,芃芃其麦。控于大邦,谁因谁极? 大夫君子,无我有尤。百

---

① 司马迁:《史记》,鼎文书局,1986年,第1册,第112页。
② 拙著:《谈〈豳风·七月〉》一文,收录于《诗经之学》,天空数字图书公司,2016年,第149页。

尔所思,不如我所之。"《诗序》:"〈载驰〉,许穆夫人作也。闵其宗国颠覆,自伤不能救也。卫懿公为狄人所灭,国人分散,露于漕邑。许穆夫人闵卫之亡,伤许之小,力不能救,思归唁其兄,又义不得,故赋是诗也。"诗中"卫侯"所指何人?胡承珙说:

> 戴公未立以前,不容有唁。……僖公元年春夏之间,戴公已卒,文公虽立,尚无宁居。许穆夫人所为赋〈载驰〉以吊失国欤!揆之情事,卫侯似指文公为近。①

此说得到陈奂、王先谦的赞同。陈子展也说:"鲁僖公元年亦即卫文公元年,当周惠王五十八年,公元前六五九年,〈载驰〉当作于是年春夏间矣。"②古代礼制甚严,许穆夫人得知其祖国卫国已被狄人消灭,其父已死,国人分散流离,露处在漕邑。许国弱小,无力营救卫国。许穆夫人急着要奔回祖国吊唁,但碍于严格的礼制规定,许国官员执礼相责与阻拦,而她力排众议,毅然归唁其兄,并写下这首不朽的爱国诗篇;读之令人不但由衷悲悯,亦不禁肃然起敬。

**3.  "泽及草木"、"交万物有道"的崇高境界**

〈大雅·生民之什·行苇〉是描述统治者亲睦族人,设席宴请的作品,诗的开头写道:"敦彼行苇,牛羊勿践履。方苞方体,维叶泥泥。戚戚兄弟,莫远具尔。"接着才说:"或肆之筵,或授之几。肆筵设席,授几有缉御。或献或酢,洗爵奠斝。 醓醢以荐,或燔或炙,嘉殽脾臄。或歌或咢。……黄耇台背,以引以翼。寿考维祺,

---

① 胡承珙:《毛诗后笺》,复兴书局,《皇清经解续编》,第 7 册,第 5203 页。
② 陈子展:《诗经直解》,书林出版公司,第 164 页。

以介景福。"《诗序》:"〈行苇〉,忠厚也。周家忠厚,仁及草木,故能内睦九族,外尊事黄耇,养老乞言,以成其福禄焉。"王先谦曾旁征博引史料以证此诗所咏为公刘之仁①,《毛诗》只泛言"周家",但所指为统治者应与王先谦所言无歧异。〈行苇〉的第一段内容,的确是泽及草木的写照,此乃仁厚之所致,为十分崇高的德政境界。

〈小雅·鸳鸯〉:"鸳鸯于飞,毕之罗之。君子万年,福禄宜之。鸳鸯在梁,戢其左翼。君子万年,宜其遐福。 乘马在厩,摧之秣之。君子万年,福禄艾之。 乘马在厩,秣之摧之。君子万年,福禄绥之。"《诗序》:"〈鸳鸯〉,刺幽王也。思古明王交于万物有道,自奉养有节焉。"这是思古明王之作。网罗鸳鸯,必待其羽毛长成;赋敛人民,亦应不违反时令。鸳鸯于石梁缩翼歇息,无人加以干扰;有道君王,亦不应扰乱人民休息。驾车之马,在厩不用,必须按时善加喂养,而后能久享其福。这都是君王"交于万物有道,自奉养有节"的写照。

(四) 载录负面情绪的作品
1. 揭露无良,以警惕违礼或苛薄者

齐襄公自始与其妹文姜乱伦,后来文姜嫁给鲁桓公,文姜仍多次借机与齐襄公继续行淫乱之事。据《左传·桓公十八年》(前694年)记载,鲁桓公带着夫人文姜访问齐国,齐襄公与文姜淫乱之事被鲁桓公发觉并加以指责。同年夏四月,齐襄公派公子彭生驾驶鲁桓公的马车,鲁桓公死于车上。齐国迫于鲁国舆论压力,杀公子彭生。

《诗经》中有多首诗与此一丑闻有关,如〈齐风·南山〉:"南山崔崔,雄狐绥绥。鲁道有荡,齐子由归。既曰归止,曷又怀止!

---

① 王先谦:《诗三家义集疏》,明文书局,1988年,第884页。

……"南山巍巍的高大,雄狐绥绥的徘徊。鲁国的道路如此平坦,齐国女子从此于归。既已于归,为何望想她归回!"雄狐"显然是影射齐襄公。〈齐风·敝笱〉:"敝笱在梁,其鱼鲂鳏,齐子归止,其从如云。 敝笱在梁,其鱼鲂鱮,齐子归止,其从如雨。敝笱在梁,其鱼唯唯,齐子归止,其从如水。"渡口的地方摆着破损的捕鱼具,自由出入的,是鲂鳏、鲂鱮之类的大鱼,齐国来的女子回去了,她的随从如云雨一般多。此诗刺齐文姜回国,与其兄齐襄公行乱伦之事。"敝笱"比拟鲁国的礼文形同虚设,发挥不了功用,让文姜的队伍浩浩荡荡地回到齐国,继续和襄公行鱼水之欢、云雨之乐。此外,〈齐风·载驱〉也是类似的例子。〈曹风·蜉蝣〉:"蜉蝣之羽,衣裳楚楚。心之忧矣,于我归处? 蜉蝣之翼,采采衣服。心之忧矣,于我归息? 蜉蝣掘阅,麻衣如雪。心之忧矣,于我归说?"朝生暮死的蜉蝣羽,所穿衣服亮楚楚。我内心忧伤,应如何安处?《诗序》:"〈蜉蝣〉,刺奢也。昭公国小而迫,无法以自守,好奢而任小人,将无所依焉。"此诗讽刺曹国国君奢华无度,有如光鲜亮丽的蜉蝣,朝不保夕而不自觉,臣子为此忧心不已。

〈邶风·谷风〉:"习习谷风,以阴以雨。黾勉同心,不宜有怒。采葑采菲,无以下体?德音莫违,及尔同死。 行道迟迟,中心有违。不远伊迩,薄送我畿。谁谓荼苦,其甘如荠。宴尔新婚,如兄如弟。 泾以渭浊,湜湜其沚。宴尔新婚,不我屑以。毋逝我梁,毋发我笱;我躬不阅,遑恤我后! 就其深矣,方之舟之;就其浅矣,泳之游之。何有何无?黾勉求之。凡民有丧,匍匐救之。 不我能慉,反以我为雠。既阻我德,贾用不售。昔育恐育鞫,及尔颠覆。既生既育,比予于毒。 我有旨蓄,亦以御冬。宴尔新婚,以我御穷。有洸有溃,既诒我肄。不念昔者,伊余来墍。"《诗序》:"〈谷风〉,刺夫妇失道也。卫人化其上,淫于新婚,而弃其旧室,夫

妇离绝,国俗伤败焉。"陈奂说:

> 《左传》称卫宣公纳子伋之妻,是为宣姜,而夷姜缢,此淫新昏弃旧室也。国人化之,遂成为风俗。①

就风行草偃、上行下效的观点而言,《诗序》的说法也不无道理。〈谷风〉是一首弃妇之诗,描写一位妇女勤劳持家,却遭到喜新厌旧的丈夫遗弃。陈子展引见庵先生(陈嘉琰)之说:

> 〈谷风〉句句怨,句句缠绵,与薄幸人作情厚语,使人伉俪之意油然而生。诗之温柔敦厚、善于感人如此!……妇已弃矣,恩义绝矣,乃怨之中犹有望之之意。或谕以理,或感以情,其忠厚为何如!……通篇看来,至末二章方露悲酸,而气愈和平,词愈舒缓。若作戟手怒骂读,则失之矣。②

见庵先生的确为〈谷风〉做了极佳的诠释,将其中"温柔敦厚"的特质及教化力量充分彰显出来;当然,深受感染教化的,应是包括男、女两性的读者。其他如〈卫风·氓〉、〈王风·中谷有蓷〉,都是同类作品,假如社会弥漫抛弃糟糠之妻的歪风,无疑地,国俗已然隳毁伤败。读诗之所以有益于温柔敦厚的养成,极大原因来自读者知所借镜和检讨。

---

① 陈奂:《诗毛氏传疏》,复兴书局,《皇清经解续编》,第12册,第9067页。
② 陈子展:《诗经直解》,书林出版公司,第109页。

## 2. 描写疾苦,为人民发声

苟政猛于虎,人民如或不幸遭遇暴君虐政,好比深陷水深火热之中,其痛苦可能控诉无门,只能形诸诗篇。试观〈鄘风·相鼠〉:

> 相鼠有皮,人而无仪。人而无仪,不死何为! 相鼠有齿,人而无止。人而无止,不死何俟! 相鼠有体,人而无礼。人而无礼,胡不遄死!

身居官职的人,见此篇章,还能对于百姓的哀痛视若罔闻?必然人民的生计受到严重的迫害,才会产生如此厉声诅咒的诗篇。仁心仁政所要努力的,不外乎顾惜民命,体恤百姓的艰辛;唯有如此,才配称为温柔敦厚的官员。

〈桧风·匪风〉:"匪风发兮,匪车偈兮。顾瞻周道,中心怛兮。匪风飘兮,匪车嘌兮。顾瞻周道,中心吊兮。 谁能亨鱼,溉之釜鬵。谁将西归,怀之好音。"《诗序》:"〈匪风〉,思周道也。国小政乱,忧及祸难,而思周道焉。"桧国人民看到国小而政乱的局势,忧思不已。诗篇的末章写道:"有谁善于烹鱼?我要帮他洗锅子。"这与《老子·第六十章》"治大国若烹小鲜"不谋而合,锅里的鱼不断地被翻动,鱼肉都要碎掉了,可见桧国紊乱的政治多么扰民。"有谁要西归?我希望能得到西国的好消息。"这句话是桧国人民期望西周治世的到来。此外,〈曹风·下泉〉:"洌彼下泉,浸彼苞稂。忾我寤叹,念彼周京!"仰慕的也是西周的镐京;由此可知,东周时期小诸侯国的百姓,身处乱世之中,心里憧憬着西周温柔敦厚的良善美政能再度降临。

在东周战乱的时局中,百姓流离失所,痛苦万端,所谓"变风"、"变雅",其中反映不少苛政、乱离与哀号的景象,例如:

"坎坎伐檀兮,寘之河之干兮;河水清且涟猗。不稼不穑,胡取禾三百廛兮？不狩不猎,胡瞻尔庭有县貆兮？彼君子兮,不素餐兮！"(〈魏风·伐檀〉)

"硕鼠硕鼠,无食我黍！三岁贯女,莫我肯顾。逝将去女,适彼乐土。乐土乐土！爰得我所。"(〈魏风·硕鼠〉)

"不吊昊天！乱靡有定；式月斯生,俾民不宁。忧心如醒。谁秉国成？不自为政,卒劳百姓！"(〈小雅·节南山〉)

"谓天盖高？不敢不局；谓地盖厚？不敢不蹐。维号斯言,有伦有脊。哀今之人！胡为虺蜴？……鱼在于沼,亦匪克乐；潜虽伏矣,亦孔之炤。忧心惨惨,念国之为虐！"(〈小雅·正月〉)

"日月告凶,不用其行：四国无政,不用其良。……烨烨震电,不宁不令：百川沸腾,山冢崒崩。高岸为谷,深谷为陵。哀今之人,胡憯莫惩？……黾勉从事,不敢告劳。无罪无辜,谗口嚣嚣。下民之孽,匪降自天。噂沓背憎,职竞由人。"(〈小雅·十月之交〉)

"舍彼有罪,既伏其辜。若此无罪,沦胥以铺。……鼠思泣血,无言不疾。"(〈小雅·雨无正〉)

"交交桑扈,率场啄粟。哀我填寡,宜岸宜狱？握粟出卜,自何能谷？ 温温恭人,如集于木！惴惴小心,如临于谷！战战兢兢,如履薄冰！"(〈小雅·小宛〉)

"四月维夏,六月徂暑。先祖匪人？胡宁忍予！……相彼泉水,载清载浊。我日构祸,曷云能谷？……匪鹑匪鸢,翰飞戾天！匪鳣匪鲔,潜逃于渊！……君子作歌,维

以告哀!"(〈小雅·四月〉)

"苕之华,其叶青青。知我如此,不如无生。"(〈小雅·苕之华〉)

"何草不玄?何人不矜?哀我征夫,独为匪民!

匪兕匪虎,率彼旷野。哀我征夫,朝夕不暇!"(〈小雅·何草不黄〉)

"四牡骙骙,旟旐有翩。乱生不夷,靡国不泯。民靡有黎,具祸以烬。于乎有哀!国步斯频。"(〈大雅·桑柔〉)

唐朝杜甫因为创作类似的作品,号称诗史;白居易也因为此类作品,号称社会诗人。自古以来,污吏贪残,人所共愤。当读者看见描写百姓流离失所的篇章,将不自觉地产生恻隐之心,等到有朝一日,自己为官当政,就比较能够自我惕励,处处为人民的幸福着想,这正是诗歌有陶冶温柔敦厚人格的巨大功效。

(五)慎终追远,可使民德归厚
1. 系列史诗,追述先人之德

《诗经·大雅》中有不少史诗,〈文王〉、〈大明〉、〈绵〉、〈皇矣〉、〈生民〉、〈公刘〉,如依历史先后重新调整,这当中记载了后稷生于姜嫄。公刘为人仁厚,有迁豳之事。周祚自太伯、王季始创。文、武之功起于后稷。周文王受命作周。文王有德,故天复命武王。

《诗经·大雅·绵》:"绵绵瓜瓞。民之初生,自土沮漆。古公亶父,陶复陶穴,未有家室。"此处《毛传》有所说明:"古公,豳公也。……古公处豳,狄人侵之,事之以皮币,不得免焉。事之以犬马,不得免焉。乃属其耆老而告之曰:狄人之所欲者,吾土地也。吾闻之,君子不以其所养人者害人,二三子何患乎无君。去之,逾梁山,邑于岐山之下。豳人曰:仁人之君,不可失也。从之如归市。"①毛公说明豳公的仁心义行,应是自古相传的美谈,渊源有自。豳公身为领袖人物,不以自身利益为考虑,而是将保全民命视为首要,为了珍惜民命而迁于岐山之下,此事传扬开来,因此获得更多人民的拥护和追随,实为领袖人物"温柔敦厚"极佳的典范。

《诗经·大雅·绵》:"虞芮质厥成,文王蹶厥性。"《毛传》:"虞芮之君相与争田,久而不平,乃相谓曰:西伯,仁人也。盍往质焉?乃相与朝周,入其竟,则耕者让畔,行者让路。入其邑,男女异路,斑白不提挈。入其朝,士让为大夫,大夫让为卿。二国之君感而相谓曰:我等小人,不可以履君子之庭。乃相让以其所争田为间田而退,天下闻而归者四十余国。"古人普遍具有纯良质朴的性格,岂今人所能望其项背!

这一系列的诗篇,除了保存珍贵的古代史料、表彰先王的仁厚美德,以供后世子孙效法;同时,其慎终追远的具体作为,可使民德归厚,对社会风俗有极正面的影响。

**2. 祭祀祖先神鬼,表达十足的诚敬**

《左传·隐公三年》:"涧溪沼沚之毛,蘋蘩蕴藻之菜,筐筥锜釜之器,潢污行潦之水,可荐于鬼神,可羞于王公。"指出《诗经·召南》中〈采蘩〉、〈采蘋〉,都与奉行祭祀有关。《诗经》〈雅〉、〈颂〉之中有更多敬祀天神、祖先的诗篇;显见祭祀为周朝统治者十分注重的事情。

〈诗大序〉:"颂者,美盛德之形容,以其成功告于神明者也。"

---

① 西汉毛公传、东汉郑玄笺、唐孔颖达疏:《毛诗注疏》,艺文印书馆,第545页。以上引文,已参考阮元校勘而有所订正。

《诗经》中的〈周颂〉、〈鲁颂〉、〈商颂〉是祭祀作品的集结,包括祭天地①、祭祀祖先②、合祭天神与祖先③、向先祖献乐④、向先祖献鱼⑤、借田祈社稷⑥、秋冬报祭⑦、祭星辰⑧、祭军神⑨、祭山川河海⑩等,涵括了多样的层面。

《诗经·小雅·谷风之什·楚茨》比较完整地记载周人祭拜的过程始末:

> 楚楚者茨,言抽其棘,自昔何为?我艺黍稷。我黍与与,我稷翼翼。我仓既盈,我庾维亿。以为酒食,以享以祀,以妥以侑,以介景福。 济济跄跄,絜尔牛羊,以往烝尝。或剥或亨,或肆或将。祝祭于祊,祀事孔明。先祖是皇,神保是飨。孝孙有庆,报以介福,万寿无疆! 执爨踖踖,为俎孔硕。或燔或炙,君妇莫莫。为豆孔庶,为宾为客。献酬交错,礼仪卒度,笑语卒获。神保是格,报以介福,万寿攸酢! 我孔熯矣,式礼莫愆。工祝致告,徂赉孝孙。苾芬孝祀,神嗜饮食。卜尔百福,如几如式。既齐既稷,既匡既敕。永锡尔极,时万时亿! 礼仪既备,钟鼓既戒,孝孙徂位,工祝致告,神具醉止,皇尸载起。

---

① 祭天地之作:例如〈周颂.昊天有成命〉。
② 祭祖之作,例如〈周颂·清庙〉、〈周颂·天作〉。
③ 合祭天神与祖先,例如〈周颂·思文〉。
④ 制礼作乐完成后,献乐于祖庙,例如:〈周颂·有瞽〉。
⑤ 专用鱼类献祭于宗庙,例如〈周颂·潜〉。
⑥ 春借田而祈社稷的作品,例如〈周颂·载芟〉。
⑦ 百谷报成的祭歌,例如〈周颂·丰年〉、〈周颂·良耜〉。
⑧ 〈周颂·丝衣·序〉引高子之言,"灵星之尸也"。
⑨ 讲武祭祀的作品,例如〈周颂·桓〉。献军歌的作品,如〈周颂·武〉。
⑩ 遍祭山川河海,例如〈周颂·时迈〉、〈周颂·般〉。

鼓钟送尸,神保聿归。诸宰君妇,废彻不迟。诸父兄弟,备言燕私。 乐具入奏,以绥后禄。尔肴既将,莫怨具庆。既醉既饱,小大稽首。 神嗜饮食,使君寿考。孔惠孔时,维其尽之。子子孙孙,勿替引之!

《诗序》:"〈楚茨〉刺幽王也。政烦赋重,田莱多荒,饥馑降丧,民卒流亡,祭祀不飨,故君子思古焉。"按照《诗序》的说法,这首诗是鉴于周幽王时期,政治混乱,民生艰困,以致四散流亡,祭祀也已荒废了,诗人以这首诗怀念古时君子祭祀时殷勤虔敬的情况。

在〈楚茨〉诗中,可观察古人祭祀的详细过程,包括酿美酒、备牛羊以祭祀,孝子贤孙们隆重地参加典礼,为的是得到有如洪天祝福,为的是天神保佑万寿无疆!前来的宾客们行事礼仪都符合法度。主管祭祀的司仪传达神意,降临人间赐给孝孙们福禄。孝子们的祭品散发着馨香,天神吃得心满意足。后来祭司传达神旨:上神已在一片馨香中陶醉,堂皇的尸神准备卸妆立起。敲响编钟恭送着尸神离席,享尽祭品的天神即将归去。众多的家臣奴仆和主妇们,赶紧撤去祭品,不敢一刻延迟。本家同宗的众叔伯兄弟们,张罗着大摆筵宴一堂欢聚。编钟鼓乐登堂入室来演奏,值此祭祀之后,大家安享祭品。直到大小老少都已醉饱,于是齐来叩头:上神非常喜欢享用这美味,衷心祝愿主人家健康长寿!全程安排非常完美又顺利,都因为全家尽心又尽力。衷心希望全家子孙万代传,不废祭祀发扬光大在千秋!

《礼记·祭义》:"君子反古复始,不忘其所由生也,是以致其敬,发其情,竭力从事,以报其亲,不敢弗尽也。"[1]人由父母所生,存

---

[1] 郑玄注,孔颖达疏:《礼记正义》:艺文印书馆,第819页。

在于天地之中,取诸万物以安生,祭礼的返本报始,即在回报天地父母之德。祭祖仪式的设计用意在:"致反始,以厚其本也;致鬼神,以尊上也;致物用,以立民纪也;致义,别上下,不悖逆矣;致让以去争也。"① 徐复观先生说:

> 周人革掉了殷人的命(政权),成为新的胜利者,但通过周初文献所看出的,并不像一般民族战胜后的趾高气扬的气象,而是《易传》所说的"忧患"意识。……这种忧患意识,实际是蕴蓄着一种坚强的意志和奋发的精神。……这种谨慎与努力,在周初是表现在"敬"、"敬德"、"明德"等观念里面。尤其是一个"敬"字,实贯穿于周初人的一切生活之中,这是直接忧患意识的警惕性而来的精神敛抑、集中,及对事的谨慎、认真的心理状态。……《尚书·无逸》:"周公曰,呜呼,自殷王中宗及高宗及祖甲及我周文王,兹四人迪哲。厥或告之曰,小人怨汝詈汝,则皇自敬德。厥愆,曰朕之愆,允若时。不啻不敢含怒。"这把敬的心理状态,反映得很清楚。因此,周人的哲学,可以用一个"敬"字作代表。周初文诰,没有一篇没有敬字。……这正是中国人文的最早出现,而此种人文精神,是以"敬"为其动力的,这便使其成为道德的性格。②

《诗经》〈雅〉、〈颂〉中的祭祀作品,几乎都是执政者的祭祀记录,诗篇的内容有一明显的共同精神——"敬"。任何人在祭祀的

---

① 郑玄注,孔颖达疏:《礼记正义》,艺文印书馆,第813页。
② 徐复观:《周初宗教中人文精神的跃动》,收录于《儒学与道德建设》,首都师范大学出版社,第104－107页。

当下，对神鬼都能表现出诚敬，以及温柔谦卑的一面。因此，祭祀的行为，隐然有"化粗戾为温柔"的强大功能。周朝统治者相信诚敬祭祀即可得到天神和祖先的庇佑，以至能长享幸福安乐的日子；那是想要稳稳抓住政权以及子孙安乐无穷尽的考虑。到了春秋时期的儒家眼里，"修身、治国、平天下"的修为顺序和淑世理想必须落实，《论语·学而》："曾子曰：'慎终追远，民德归厚矣。'"不再局限于统治阶层的自我封闭以及自我谋利的打算，而能放眼整个国家社会的文明和国民素质的提升。掌权者诚敬地祭祀，流风所至，人民也跟着拜神祭祖，温柔敦厚的社会氛围亦可借此营造出来。

## 结 论

《礼记·经解》引孔子之言："温柔敦厚，《诗》教也。"孔颖达《疏》只强调"《诗》依违讽谏，不指切事情"一端，指臣下对其君王有所劝谏时，必要以"温柔敦厚"的方式行之，其说固然无误，但其论点失之狭隘，而没有思索整本《诗经》所蕴涵的足以令人"温柔敦厚"的教化功能何在。

本篇首先试着从诗歌创作的体裁与笔法，编诗者配合君主宣扬教化的理念，以及官员所存有的淑世济民的用心加以探讨，印证《诗经》中处处可见"温柔敦厚"的诗教。诗歌可以记载历史，但相较于质朴无华的散文历史，《诗经》作品的风格悠雅，笔调柔软，内容也富涵感情。面对讽谏风气盛行的时代，臣子被规定要献诗，以及诗人在乱世容有满腔愤闷，都得锻炼出委婉讽喻的笔法，以求保全个人的身家性命，此一背景造就诗歌更具明显的温柔敦厚的特色。

其次，就诗歌内容加以分析探讨，由个人修心养性，人伦关系的和谐,感情的深化,乃至扩充到国家社会的关怀,都应符合温柔敦厚的美德要求。掌权的君主、官员们,必须本着仁慈的心性,施行德政,为造福百姓而努力。人民在乱世发出痛苦的哀号,统治者岂能不产生悲悯之心而深自反省?对于违反善良风俗、不顾礼义廉耻等行为,诗中常有挞伐之声。此外,敬祀神明及祖先,牢记先人的历史,也能发挥慎终追远,民德归厚的效果。

总结上述两大层面的探讨,《诗经》的教化对于养成温柔敦厚的特质确有强大的功效。弘扬诗教,倡自周人,中国历朝盛世皆能行之不衰。而今,面临功利主义盛行的社会,尔虞我诈的事件层出不穷,更有残忍暴力分子随处滋事,伤害无辜;民情风俗不复往日淳美,国人此刻尤须正视和落实孔子"温柔敦厚,《诗》教也"的古训,为弘扬传统诗学而努力。

## 参考书目

### 一、清朝以前著作

1. (汉)孔安国传,唐孔颖达等正义:《尚书正义》,艺文印书馆,嘉庆二十年刻本。
2. (汉)司马迁:《史记》,鼎文书局,1986年。
3. (汉)班固:《汉书》,鼎文书局,1986年。
4. (汉)许慎著,清段玉裁注:《说文解字注》,艺文印书馆,1976年。
5. (汉)毛公传,东汉郑玄笺,唐孔颖达疏:《毛诗注疏》,艺文印书馆,嘉庆二十年刻本。
6. (汉)郑玄注,唐孔颖达等正义:《礼记正义》,艺文印书馆,嘉庆二十年刻本。
7. (汉)郑玄注,唐贾公彦疏:《仪礼注疏》,艺文印书馆,嘉庆二十年刻本。
8. (汉)许慎著,清陈寿祺疏证:《五经异义疏证》,上海古籍出版社,2013年。
9. (魏)何晏注,宋邢昺疏:《论语注疏》,艺文印书馆,嘉庆二十年刻本。
10. (晋)杜预注,唐孔颖达等正义:《春秋左传正义》,艺文印书馆,嘉庆二十年刻本。

11. (宋)李樗、黄櫄:《毛诗李黄集解》,《文渊阁四库全书》第71册,商务印书馆,1981年。
12. (宋)严粲:《诗缉》,《文渊阁四库全书》,第75册,商务印书馆,1983年。
13. (宋)王应麟:《困学纪闻》,《四部丛刊广编》,第28册,商务印书馆,1981年。
14. (清)清圣祖主编:《全唐诗》,中华书局,1996年。
15. (清)清姜炳璋:《诗序补义》,《文渊阁四库全书》,第89册,商务印书馆,1981年。
16. (清)胡承珙:《毛诗后笺》,《皇清经解续编》,第7册,复兴书局,1972年。
17. (清)陈奂:《诗毛氏传疏》,《皇清经解续编》,第12册,复兴书局,1972年。
18. (清)王先谦:《诗三家义集疏》,明文书局,1988年。

二、民国以后著作(依姓氏笔画):

19. 王礼卿:《四家诗恉会归》,青莲出版社,1995年。
20. 林叶连:《诗经之学》,天空数字图书公司,2016年。
21. 徐复观:《周初宗教中人文精神的跃动》,收录于《儒学与道德建设》,首都师范大学出版社,1999年。
22. 陈奇猷:《吕氏春秋校释》,华正书局,2004年。
23. 陈子展:《诗经直解》,书林出版公司,1992年。
24. 许俊雅、简宗梧:《全台赋补遗》,台湾文学馆,2014年。
25. 黄锦鋐:《新译庄子读本》,三民书局,1983年。
26. 王长华、易卫华:《毛诗与中国文化精神》,人民出版社,2014年。

(林叶连,台湾云林科技大学汉学所,教授)

# 《诗经·十月之交》与汉代的灾异观念

陈斯怀

汉代经学大行,读经、解经、引经的风气盛极一时,五经之一的《诗经》即存在鲁、齐、韩、毛等多家传承谱系,影响深广。《小雅·十月之交》作为《诗经》的一篇,一方面因缘经典,一方面由于自身内容较为特别,在汉代受到格外的重视。与此相应,有不少学者对《十月之交》进行研究,主要体现在两个方面,一是直接以《十月之交》为讨论对象,一是《诗经》学研究将《十月之交》作为重要例子进行分析。前者关注点在《十月之交》的作者、时代、主旨、灾异现象,①后者注意的是汉代引《诗》、齐诗和诗纬理论的问题。郝丽艺的硕士学位论文《〈两汉书〉引〈诗经〉研究》对《汉书》《后汉书》征引《十月之交》的情况有详实的收集和初步讨论。② 王长华和刘明的《〈诗纬〉与〈齐诗〉关系考论》认为,翼奉《齐诗》学是《齐诗》中特立独行的一支,《诗纬》则是在翼奉的基础上进一步发展,已经逸出《齐诗》的范围。文中举翼奉的引《十月之交》以论政,以及《诗

---

① 有的研究是对毛传、郑笺、孔疏观点的发挥,也有的提出新的看法。比较重要的讨论包括赵光贤《〈诗·十月之交〉作为平王时代说》(《齐鲁学刊》1984年第1期)、《〈诗·十月之交〉应为七月之交说》(《人文杂志》1992年第5期),沈长云《〈十月之交〉日食与相关论题辨析》(《诗经国际学术研讨会论文集》1993年),关立言《〈诗·小雅·十月之交〉日食考》(《史学月刊》1996年第6期),王政《〈诗经·十月之交〉与日月食神话巫术》(《江淮论坛》2001年第2期)。

② 文中误将左雄顺帝永建初《上疏陈事》(疏中征引《十月之交》)列在安帝年间。

纬》对《十月之交》的神秘化解释为证。① 孙蓉蓉《论〈诗纬〉对〈诗经〉的阐释》认为《诗纬》解释《十月之交》时，强化了阴阳五行、灾异和君臣人事、历史进程的联系。② 任蜜林《〈诗纬〉新论》认为《诗纬》在解释《十月之交》等诗时，采用的是以阴阳灾异为主的神秘主义解释，这是《齐诗》影响的结果。③

《十月之交》在汉代与《齐诗》学和谶纬的密切关系显然已受到特别关注，但是，直接以《十月之交》为线索，考察它在汉代被怎样理解和运用，诗中的灾异因素如何在这个过程中被彰显出来，并参与到汉代的灾异观念之中，这样的论题尚未被专门提出来加以讨论，④而这正是本文拟处理的问题。通过对此问题的讨论，一方面能够把握《十月之交》与汉代灾异观念存在怎样的关联，另一方面也可以具体而微地理解《诗经》在汉代的流传情况。

一

《十月之交》这首诗主要包括四项内容：日食和地震等异常的自然现象；批评以皇父为代表的臣僚；批评女宠；作者以贤能自任，忧心国事和勤于王事。诗中明确写道："日月告凶，不用其行。四国无政，不用其良。"又说："下民之孽，匪降自天。噂沓背憎，职竞

---

① 王长华、刘明：《〈诗纬〉与〈齐诗〉关系考论》，《文学评论》2009年第2期。
② 孙蓉蓉：《论〈诗纬〉对〈诗经〉的阐释》，《求是学刊》2011年第1期。
③ 任蜜林：《〈诗纬〉新论》，《儒家典籍与思想研究》（第六辑），北京大学出版社，2014年，第285—307页。
④ 王先谦《诗三家义集疏》搜罗汉代鲁、齐、韩三家诗之说，汇集了大量汉代人对《十月之交》的征引和论说，几乎可以当作《十月之交》汉代流传考看待，特别值得重视。

由人。"①已经直接将灾异和人事联系起来,认为日食、地震等是由于现实政治出了问题,体现出灾异谴告的观念。

西汉毛亨给《诗经》作传,认为《十月之交》是"大夫刺幽王也"。在这个主旨之下,他除了训释个别词义,主要揭出几项内容:第一,日食是一种凶恶之兆,山陵与深谷的交替意指"易位"。第二,日是君道,月是臣道。第三,艳妻指褒姒。第四,皇父竟然自以为圣,所用臣僚是"贪淫多藏"之人。第五,作者身为亲属之臣,忧心不已。② 比照《十月之交》本文,毛亨的传在进一步明确诗歌所指对象之外,很重要的一点是对日食、地震、臣僚等的性质直接作出判定,点明其表达的负面意义,并且提出君道、臣道的问题,使得《十月之交》体现的灾异与现实政治中君臣的关系更加密切清晰。

东汉郑玄笺注毛诗,对毛传和《十月之交》做出更为充分又有所不同的解释。郑笺对这首诗的主旨理解与毛传相异,认为它是"刺厉王",诗中批评的"艳妻"不是毛传所说的褒姒,而是指厉王之妻。毛传对"艳妻煽方处"解释比较简略,没有专门加以强调,而郑笺对此却给予特别的注意。郑玄认为"《正月》恶褒姒灭周。此篇疾艳妻煽方处",又解释说:"厉王淫于色,七子皆用后嬖宠,方炽之时并处位。言妻党盛,女谒行之甚也。敌夫曰妻。"③他格外彰显了《十月之交》中女宠的问题,对妻党太盛造成的不良政治状况进行严厉的审视,现实政治的失序很大程度被归于厉王的沉湎女色,由此致使妻党势力独大,招致灾异。在《十月之交》和毛传中虽然存在却未被凸显的女宠乱政,在郑玄这里被专门揭举出来,成为诗歌

---

① (汉)毛亨 传,(汉)郑玄 笺,(唐)孔颖达 疏:《毛诗正义》,北京大学出版社,2000年,第854、852页。
② 《毛诗正义》,第840-854页。
③ 《毛诗正义》,第840、848页。

的焦点之一。这种变化应该与时势不同有关,西汉前期虽有吕后、窦后等干政的问题,但后妃、舅党影响政治还不是普遍而尖锐的现象,汉代后妃势力干预朝政的风气,从元帝、成帝时期开始变成异常强劲,一直到郑玄所处的东汉时期,后妃和外戚都在很大程度上影响到政局的变化。郑玄之所以格外注意《十月之交》中的女宠问题,与他的历史省思和现实体察密不可分。

尽管如此,从《十月之交》到毛传、郑笺,灾异与现实政治的关联作为主线还是一以贯之。郑玄重视的女宠现象即是引发灾异的要因,与此纠缠在一起的是君臣关系。笺注中数次论及"日月交会而日食,阴侵阳,臣侵君之象","君臣失道,灾害将起,故下民亦甚可哀","四方之国无政治者,由天子不用善人也","百川沸出相乘陵者,由贵小人也。山顶崔嵬者崩,君道坏也",等等,反复申说的都是君主用人不善,君臣失序招致灾异的问题。这里出现一项引人注意的因素,即阴阳的观念,而郑玄在笺注"十月之交,朔月辛卯。日有食之,亦孔之丑"及毛传时还说:"辛,金也。卯,木也。又以卯侵辛,故甚恶也。"①阴阳、五行的观念被郑玄引入到对《十月之交》的笺注,这是诗歌本身未曾明言,毛亨也没有做过传述的内容。以时代氛围而言,运用阴阳五行观念,以灾异论政治,这是西汉以来就流行的风气,郑玄的解释既是这种风气的体现,也是其构成环节之一。有的学者认为郑玄这类思想是受到谶纬的影响,②从存世的《诗纬》内容看,郑笺在用语和思想上确实有与纬书相一致的地方,这也是一时风气。

这里不打算讨论郑笺与谶纬的关系,而是直接观察《诗纬》如

---

① 《毛诗正义》,第 842–846 页。
② 李世萍:《郑玄〈毛诗笺〉谶纬思想析论》,《中国社会科学院研究生院学报》2009 年第 2 期。

何解释《十月之交》。① 据董治安主编《两汉全书》谶纬文献部分所收《诗纬》,针对《十月之交》的解释有五则,②另有《诗含神雾》"日之蚀,帝消"和《诗推度灾》"日蚀,君伤"这样片言只语的两句,未能确定是否针对《十月之交》而发。③ 不管是五则,还是加上疑似的两则,它们都有一个共同点——关注灾异。在灾异的语境下,《诗纬》最为关心的是君臣关系,《诗推度灾》对此有一段集中的讨论:

及其食也,君弱臣强,故天垂象以见征。辛者正秋之王气也,卯者正春之臣位。日为君,辰为臣。八月之日交,卯食辛矣。辛之为君,幼弱而不明。卯之为臣,秉权而为政。故辛之言新,阴气盛而阳微生,其君幼弱而任卯臣也。④

这是典型地以阴阳五行观念分析灾异与人事。干支与四时相

---

① 孙蓉蓉《论〈诗纬〉对〈诗经〉的阐释》认为:"以阴阳五行、灾异祸害解说《诗经》是今文诗学的基本方法,而谶纬学家又进而将那些异常的自然现象视为是神灵的启示,是对人世的谴告,《十月之交》诗篇正起着这样的一种作用。《十月之交》原本就有"天人合一"、"天人感应"的思想萌芽,到《诗纬》阐释时则突出和强化了这一点,以阴阳五行、天象自然同君臣人事、历史进展联系起来。"详见《求是学刊》2011 年第 1 期。
② 五则包括:《诗纬》"十月震电"、《诗含神雾》"烨烨震电"、《诗推度灾》"十月之交""及其食也""百川沸腾众阴进"诸条。《诗泛历枢》收有"《摘雒谣》"一则,虽是解释《十月之交》,但此则出自孔颖达为《毛诗》所作《正义》,名称应作《中候摘雒戒》,是《尚书纬》的一种。
③ 董治安主编:《两汉全书》(第三十三册),济南:山东大学出版社,2009 年,第 19042、19048 页。
④ 董治安:《两汉全书》(第三十三册),第 19047 页。

配,同时,以天干主日,以地支主辰,阴阳即在这个时间框架下运转,其中还蕴含辛金卯木的五行观念。《诗纬》以"十月之交"的"十月"是周历十月,夏历八月,八月辛卯,辛为君,卯为臣。这一天出现日食现象,是阴侵阳的表现,辛反为卯所主,反映的是君弱臣强的状况。这段话两次提到君的"幼弱",隐然有现实所指,而不止于诗歌本身对周王的批评。汉代君主权力的旁落,与不少君主在位时年纪太小关系密切,后妃和臣僚势力的扩大常得益于对年幼君主的操控。臣属权力过大,这是一种僭越。所以《诗推度灾》还说:"百川沸腾众阴进,山冢崒崩人无仰,高岸为谷贤者退,深谷为陵小临大。"①阴犯阳、小临大、贤者退,申说的都是君主未能善用人才,君臣失序的问题。

除了君臣关系,《诗纬》还揭出两个问题。《诗含神雾》解释"烨烨震电,不宁不令",认为:"此应刑法之太暴,故震雷惊人,使天下不安。"②它将灾异与具体的政事举措对应起来,直接指出导致异常的雷电现象的是刑法过于严苛暴虐。政事所涉范围很广,《诗纬》对"刑法"表现出特别的关注,这恐怕也是基于对汉代某种实况的回应。《诗纬》又写道:"十月震电,山崩水溢,陵谷变迁,民生日促。后二年,幽王为犬戎所逐。"③此处谈到"民生日促",对整个社会的生存状况给予关注,实际上也是回应了原诗中的"今此下民,亦孔之哀"。尤其要注意的是它接着写到灾异之后事情的发展,将周幽王被犬戎驱逐的下场放到灾异的语境中,建立起灾异和未来

---

① 董治安:《两汉全书》(第三十三册),第 19047 页。
② 董治安:《两汉全书》(第三十三册),第 19039 页。
③ 董治安:《两汉全书》(第三十三册),第 19034 页。此处有按语"黄奭《通纬逸书考·诗纬》辑入此篇,出处未见"。因此,这一则的来源还有待进一步追索。

人事的关联,灾异在这里已带有预言的意味。

　　以上是就汉代专门解释《诗经》的著述所作的考察,它们解释《十月之交》时在注意诗歌本文各项内容的基础上,都共同地重视灾异与人事的关系。毛传基本是就灾异和人事关系本身展开阐释,而《诗纬》和郑笺则引入了阴阳五行的观念。君臣失序是灾异语境下一以贯之的论题,与此同时,郑笺对女宠现象投以特别的关注,《诗纬》则若有所指地揭出君主"幼弱"和刑法太暴的问题。它们对灾异的理解,大体上是谴告式的,即认为灾异是对已然现实政治的感应和警示,《诗纬》稍为不同,还可看到其中预言的征兆。

## 二

　　引经据典是汉代撰述的普遍风气,《诗经》是汉代人言谈行文援据的核心经典,《十月之交》即是其中常被引及的诗篇。援引《十月之交》大体可以分为两种情况,一种是一般性引用,不直接面对具体的现实事件,一种是针对性引用,直接面向切身的具体状况。

　　一般性引用对《十月之交》内容的关注和截取显得比较宽泛灵活,有一定的随机性。《韩诗外传》《易林》《潜夫论》等书籍数次援用《十月之交》,可作为代表性的例子。它们的援引不是针对现实具体事件而发,不妨考察一下它们选取了哪些内容。

　　《韩诗外传》有三次用到《十月之交》。一是卷五讨论"君者,民之源",认为君主应该善于任用贤人,结尾引《诗》曰"四国无政,不用其良",并点出"不用其良臣而不亡者,未之有也"。① 二是卷

---

① (汉)韩婴撰,许维遹校释:《韩诗外传集释》,中华书局,2005年,第167–170页。

七写宋君将刑罚之权交给司城子罕,导致子罕劫持君主而擅权专政的局面,结尾先引《老子》"鱼不可脱于渊,国之利器不可以示人",又接以《诗》曰"胡为我作,不即我谋"。① 此处几乎已脱离诗歌大意,只引以表示宋君大权旁落之后,国人和大臣不再顾及到他。三是卷七写卫国的弘演自杀殉其君,使卫国宗庙复立,免于亡国,称赞弘演"有大功矣",引"四方有羡,我独居忧。民莫不谷,我独不敢休"作结。② 这是将《十月之交》作者忧心王事的形象移以颂美像弘演这样的行为。三次引用虽然从不同角度触及君臣问题,但都与灾异无涉。

《易林》至少有九处援引《十月之交》。由于《易林》在形式上与《周易》近似,内容是由大量简练的卦辞汇集而成,对所引诗歌没作多少解释。如《干之临》这一则的内容为:"南山昊天,刺政闵身,疾悲无辜,背憎为仇。"③前两句来自《小雅·节南山》,后两句应是变易《十月之交》的"无罪无辜,谗口嚣嚣。下民之孽,匪降自天。噂沓背憎,职竞由人"④而来。《干之临》的内容又重复见于《蒙之革》、《谦之复》、《恒之艮》,都是批评政事不善给百姓带来灾难,表示对民生的关注与同情。也有写到臣属乱政的,如《萃之蒙》和《渐之井》。前者为"置筐失笤,轮破无辅,家伯为政,病我下土",后者为"逶迤高原,家伯妄施,乱其五官"。⑤ 这是援用《十月之交》的"家伯维宰",批评小人秉政。又有《解之节》写道:"下民多孽,君

---

① 《韩诗外传集释》,第251-252页。
② 《韩诗外传集释》,第252-253页。
③ (旧题汉)焦延寿撰,徐传武、胡真 校点集注:《易林汇校集注》,上海:上海古籍出版社,2012年,第15页。
④ 《毛诗正义》,第852页。
⑤ 《易林汇校集注》,第1657、1970页。

失其常。"①既借用了"下民之孽,匪降自天",又把原诗中君主失其常则的意涵移易过来。孽是妖孽、灾害的意思,此处隐然承继了《十月之交》中的灾异因素。《晋之困》说:"东骑堕落,千里独宿,高岸为谷,阳失其室。"②后两句涉及到高下易位,阳被遮蔽的失序问题。以上各项所注意的环节各不同,但基本没有超逸出《十月之交》的文本和语境所呈现的意义。比较特别的是尚未提及的《明夷之比》,此则内容有:"深谷为陵,衰者复兴,乱倾之国,民得安息。"③"深谷为陵"在《十月之交》中是灾异的表现之一,与现实的政教不善相应,但是《易林》却将它与衰弱者兴起,老百姓得以安息联系在一起,它好像被赋予积极的意义。

《潜夫论》两次援引《十月之交》。其一见于《贤难》,彭铎对此篇主旨有扼要的概括:"此篇论蔽贤之为害,伤直道之难行。世不患无贤,而患贤者之不见察,故曰'贤难'。"④正是在讨论贤才常遭陷害,难以被察用的过程中,王符写到这么一段:"诗云:'无罪无辜,谗口嗷嗷。''彼人之心,于何不臻?'由此观之,妒媚之攻击也,亦诚工矣!贤圣之居世也,亦诚危矣!"⑤引述的是《十月之交》作者批评小人当道,自伤贤才被谗言中伤的意涵。其二见于《本政》,此篇论为政之本,君主要调阴阳,顺天心,安百姓,慎择人,其着眼点在明于选拔人才。文中谈道:"否泰消息,阴阳不并,观其所聚,而兴衰之端可见也。稷、禼、皋陶聚而致雍熙,皇父、蹶、踽聚而致

---

① 《易林汇校集注》,第1516页。
② 《易林汇校集注》,第1334页。
③ 《易林汇校集注》,第1349页。
④ (汉)王符著,(清)汪继培笺,彭铎校正:《潜夫论笺校正》,中华书局,1997年,第39页。
⑤ 《潜夫论笺校正》,第46页。

灾异。夫善恶之象,千里合符,百世累迹,性相近而习相远。"①王符认为善恶以类相聚,只要注意观察,就可以发现哪些才是可用的人才。他将《十月之交》中皇父等人一起被任用视为恶类相聚,由此导致灾异的发生。这是引述诗中任人不当,败坏政事,从而招致灾异的观念。

《汉书》也多次援引《十月之交》,方式相对复杂,既有《天文志》和《五行志》中的一般性引用,也有其他篇目班固载录他人言说的针对性引用。他人言说留待后文讨论,此处先看班固的一般性引用。《汉书·五行志》是集中反映早期灾异观念的经典文本,文中阐释鲁昭公七年"四月甲辰朔,日有食之"时,除引述《左传》记晋侯向士文伯问询"《诗》所谓'此日而食,于何不臧',何也"等内容外,更有解释说:

> 此推日食之占循变复之要也……于《诗·十月之交》,则著卿士、司徒,下至趣马、师氏,咸非其材。同于右肱之所折,协于三务之所择,明小人乘君子,阴侵阳之原也。②

这是以阴阳论灾异,认为《十月之交》中的日食指向的是所任非人,是小人在位而君子失势的体现,采用的是谴告式的灾异观。《天文志》写到五星运行、日月食与国事的关联,引及《十月之交》的"彼月而食,则惟其常;此日而食,于何不臧",又引《诗传》说:"月食非常也,比之日食犹常也,日食则不臧矣。"认为:"谓之小变,可

---

① 《潜夫论笺校正》,第 91 页。
② (汉)班固 撰,(唐)颜师古注:《汉书》,中华书局,2002 年,第 1493 – 1494 页。

也;谓之正行,非也。"①星行失度,日食月食,都是政事不善的反映。

像以上这样不直接面对具体现实事件的一般性引用,涉及的范围和内容较为宽泛,援引表现出明显的灵活性,没有聚焦在某个问题或线索上,灾异与人事的联系只是其中的一个环节。这意味着在一般性引用中,《十月之交》更多的是作为《诗经》这样的经典的一个组成部分而受到重视,它的灾异观念在各项引述中没有被特别彰显出来。

## 三

由于灾异与人事的关联是《十月之交》的一项主要内容,当汉代人直接面向切身的现实事件援引《十月之交》时,它通常是在灾异的语境中被提起,诗中的灾异观念得到特别的关注和申述。

灾异一旦出现,帝王通常要进行反省,会有所回应。汉代帝王针对灾异所颁发的诏书,有数次用到《十月之交》。汉元帝永光四年六月"日有蚀之",元帝即下诏反思自己政令不当,不得民心,斥责公卿大夫缘奸作邪,侵削百姓。诏书后半部分写道:

> 六月晦,日有蚀之。《诗》不云乎?"今此下民,亦孔之哀!"自今以来,公卿大夫其勉思天戒,慎身修永,以辅朕之不逮。直言尽意,无有所讳。②

主要述及《十月之交》中灾异给百姓带来的苦难,结合现实的

---

① 《汉书》,第1291页。
② 《汉书》,第291页。

日食,要求臣属们慎于修身,正直坦诚地进言。诏书中提到"天戒",显然是将灾异看成上天的警戒,与《十月之交》的灾异谴告观念相应。光武帝建武六年九月"日有食之",他于十月发诏书说:

> 吾德薄不明,寇贼为害,强弱相陵,元元失所。《诗》云:"日月告凶,不用其行。"永念厥咎,内疚于心。其敕公卿举贤良方正各一人;百僚并上封事,无有隐讳;有司修职,务遵法度。①

此时天下尚未平定,刘秀与隗嚣、公孙述等势力还战争不断。他引用《十月之交》关于日食的警示与现实进行照应,强调日食是因现实纷争不息,百姓流离失所而生。刘秀引出举荐人才、臣属进言、官员守职循法,以此应对日食的谴告。汉章帝建初五年二月"日有食之",章帝下诏曰:

> 朕新离供养,悠咎众着,上天降异,大变随之。《诗》不云乎:"亦孔之丑。"又久旱伤麦,忧心惨切。公卿已下,其举直言极谏、能指朕过失者各一人,遣诣公车,将亲览问焉。其以岩穴为先,勿取浮华。②

这是申述《十月之交》将日食视为严重的不良征兆的观念,尤其是现实中日食和干旱接连出现,让汉章帝感到上天灾异谴告的迫切。面对灾异,他采用的是举用贤才的应对方式。可以看到,面

---

① (南朝宋)范晔撰,(唐)李贤等注:《后汉书》,中华书局,1996年,第50页。
② 《后汉书》,第139页。

对现实发生的日食之类的自然现象，几位帝王都将之与《十月之交》的灾异观念联系起来，他们也都及时以诏书的方式予以回应。他们对灾异的理解都是谴告式的，即认为灾异是因现实的国事而生，是对已然的现实的感应和警告。应对内容上，他们都注意到要约束臣属，而东汉的两位帝王还明确提出举用人才的对策。这与《十月之交》的重视君臣关系，批评用人不当招致灾祸一脉相承。

臣属对现实中的灾异和政事也发表了各种言论，有不少征引《十月之交》以为典据。汉元帝时刘向《条灾异封事》、翼奉《因灾异应诏上封事》、汉成帝时谷永《建始三年举方正对策》、梅福《上书言王凤专擅》、汉哀帝时李寻《对诏问灾异》、汉和帝时丁鸿《日食上封事》、汉安帝时李合《因日蚀地震上安帝书》、翟酺《上安帝疏谏宠外戚》、汉顺帝时马融《延光四年日蚀上书》、汉灵帝时杨赐《蛇变上封事》等，都是典型的例子。

这些言论都有一个直接的触因，即现实中的日食、地震、大水、蛇变等灾异现象。发言者的学问渊源多与阴阳五行、灾异学说等有所关联。如，刘向撰有以阴阳五行论说灾异的《洪范五行传》。《汉书·眭两夏侯京翼李传》记翼奉"治《齐诗》……惇学不仕，好律历阴阳之占"，记李寻"独好《洪范》灾异，又学天文月令阴阳"。同书《谷永杜邺传》记谷永："其于天官、《京氏易》最密，故善言灾异。"①《后汉书·方术列传》记李合"善《河》《洛》风星"，同书《杨李翟应霍爰徐列传》记翟酺"尤善图纬、天文、历算"。② 既有现实的灾异语境，又出于深具灾异观念的士人之手，这样的言论中引及《十月之交》并特别注意其灾异因素，是较为便捷自然的事。因缘灾异而又援引《十月之交》的这些政论文字，无一例外地将女宠、君

---

① 《汉书》，第 3167、3179、3472－3473 页。
② 《后汉书》，第 2717、1602 页。

臣关系作为核心问题予以提出,现实中面临的外戚弄权和君臣失序的政治危机,与《十月之交》的灾异、女宠、君臣等相对接,构成汉代灾异观念的重要内容和表现形式。

讨论《齐诗》、《诗经》"五际"的论著大多会以翼奉为重要对象,他的《因灾异应诏上封事》很值得注意。① 上封事的背景是汉元帝时先有水灾,然后又是接连两次地震,元帝下诏求言。翼奉奏封事说自己"学《齐诗》,闻五际之要《十月之交》篇,知日蚀地震之效昭然可明"。他从阴阳、律历的角度分析了地震和水灾,指出这是"阴气盛矣"的征象。它们的发生是感应于这样的现实:

> 今左右亡同姓,独以舅后之家为亲,异姓之臣又疏。二后之党满朝,非特处位,势尤奢僭过度,吕、霍、上官足以卜之,甚非爱人之道,又非后嗣之长策也。阴气之盛,不亦宜乎!②

这是由《十月之交》的灾异与人事(女宠、君臣)相应的观念,引入阴阳律历之说,进而指向现实政治,对皇太后、皇后的家族势力过大提出批评。翼奉揭示的外戚擅权的危险,正是那个时代的士大夫普遍关注的政治现象,大约从汉元帝开始,外戚势力过大成为此后汉代政治的突出问题。此种语境下,《十月之交》成为借灾异

---

① 张峰屹《翼奉〈诗〉学之"五际"说考释》探讨了翼奉以《十月之交》为五际之要的内涵,认为《十月之交》是"五际"中的戌际,处于极阴生阳的时刻,在五际中最为关键。详见《郑州大学学报(哲社版)》2008 年第 1 期。王洪军《"天地之心"与谶纬〈诗〉学理论的会通》即认为:"翼奉重视《十月之交》的日蚀,从侧面反映了《齐诗》依据阴阳五行学说构建诗学体系的特点。"详见《文学遗产》2015 年第 6 期。

② 《汉书》,第 3173–3174 页。

论人事的恰切经典依据,它也在各种引述中与阴阳、五行等交织在一起。李寻的《对诏问灾异》也是很鲜明的例子,这是应汉哀帝关于灾异的诏问而发。文中有一段为:

> 臣闻五行以水为本,其星玄武婺女,天地所纪,终始所生。水为准平,王道公正修明,则百川理,落脉通;偏党失纲,则踊溢为败。《书》云"水曰润下",阴动而卑,不失其道。天下有道,则河出图,洛出书,故河、洛决溢,所为最大。今汝、颍畎浍皆川水漂踊,与雨水并为民害,此《诗》所谓"烨烨震电,不宁不令,百川沸腾"者也。其咎在于皇甫卿士之属。唯陛下留意诗人之言,少抑外亲大臣。①

由五行入手,继以阴阳,讨论"水"的正常与变异关乎王道国事,将现实中出现的地震水患与《十月之交》对接,从经典中援引灾异谴告的内涵,推导出现实灾异的根源在于外戚权势太重,提醒汉哀帝应该对外戚加以敛抑。当时的形势是"哀帝初立,成帝外家王氏未甚抑黜,而帝外家丁、傅新贵,祖母傅太后尤骄恣,欲称尊号"。② 可见李寻以灾异论政事有很强的针对性,而《十月之交》作为经典依据,这种情况下即成为介入现实政事的一项重要思想资源。

《汉书》将翼奉、李寻同置于《眭两夏侯京翼李传》中,并有赞语云:"汉兴推阴阳言灾异者,孝武时有董仲舒、夏侯始昌,昭、宣则眭孟、夏侯胜,元、成则京房、翼奉、刘向、谷永,哀、平则李寻、田终术。"

---

① 《汉书》,第3189页。
② 《汉书》,第3192页。

此其纳说时君著明者也。察其所言,仿佛一端。假经设谊,依托象类,或不免乎'亿则屡中'。"①班固对西汉这批推阴阳以言灾异之士有批评的意思,但概括还是大体准确的,他们确实善于将阴阳观念融入灾异中对政事积极发言,而其途径也正如班固所说,一是假借经典以立论,一是依凭现象征兆展开分析。《十月之交》通过这类人的援用和申述,深入地嵌入到汉代的灾异观念世界,并得到更加复杂丰富的阐释。

援引《十月之交》,陈说灾异,这是直接面对现实的政治言说,其效应有时相当具体真实。汉和帝永元四年,面对窦太后临政和窦宪兄弟擅权的局面,丁鸿因日食上封事,指出:"日食者,臣乘君,阴陵阳;月满不亏,下骄盈也。昔周室衰季,皇甫之属专权于外,党类强盛,侵夺主势,则日月薄食,故《诗》曰:'十月之交,朔月辛卯,日有食之,亦孔之丑。'"②这是推阴阳以论灾异,并引《十月之交》以为典据,将灾异与君臣失序相对应,为下文揭出大将军窦宪威权太盛,使得众大臣党附,招致日食,提供了重要的思想支持。丁鸿最后呼吁:"宜因大变,改政匡失,以塞天意。"③结果,丁鸿被委以重任,而窦宪被剥夺大将军身份,与他的弟弟们以自杀谢罪。

诸人引《十月之交》以论灾异与人事,首先注意到的基本都是灾异谴告,即认为灾异是对现实政事不善的感应和警戒,这就需要采取相关的措施以回应上天的责罚和提醒。如果举措得当,危机自然解除,如果应对不当,或无视灾异的出现,就会引发更为严重的后果。这种观念在董仲舒那里有很清晰的表述,他在《春秋繁露》中说:"凡灾异之本,尽生于国家之失。国家之失乃始萌芽,而

---

① 《汉书》,第 3194 - 3195 页。
② 《后汉书》,第 1265 页。
③ 《后汉书》,第 1267 页。

天出灾害以谴告之；谴告之而不知变，乃见怪异以惊骇之，惊骇之尚不知畏恐，其殃咎乃至。以此见天意之仁而不欲害人也。"①那么，灾异谴告之中，实际已含有某种预示，班固的"或不免乎'亿则屡中'"的评价即涉及对这种预示的理解。陈侃理在讨论中国古代灾异的政治文化时提出："灾异论的数术和儒学两个传统在灾异解说的模式、价值取向等方面有诸多不同，最为显著的差别是前者致力于预测吉凶，后者倾向于回溯咎责。"②汉代士人面对现实，针对性地引用和申述《十月之交》时，经常在回溯式的灾异谴告中，兼顾其预示凶兆的一面，回溯与预测并非截然分开。像翼奉、谷永、李寻等，数术背景相对浓厚，他们引述《十月之交》，对灾异的预言倾向也较为留心。李合在《后汉书》中被置于《方术列传》，数术背景尤其明显，他的《因日蚀地震上安帝书》中就谈道："臣恐宫中必有阴谋其阳，下图其上，造为逆也。"这是基于日食和地震而做出的预测，上书的最后说：

> 宜察宫阙之内，如有所疑，急摧破其谋，无令得成。修政恐惧，以答天意。十月辛卯，日有蚀之，周家所忌，乃为亡征。是时妃后用事，七子朝令。戊午之灾，近相似类。宜贬退诸后兄弟群从内外之宠，求贤良，征逸士，下德令，施恩惠，泽及山海。③

文中引《十月之交》的灾异与人事比附现实的日食和地震，既

---

① 苏舆撰，钟哲点校：《春秋繁露义证》，中华书局，2002年，第259页。
② 陈侃理：《儒学、数术与政治：灾异的政治文化史》，北京大学出版社，2015年，第175页。
③ （清）严可均校辑：《全上古三代秦汉三国六朝文》，中华书局，1999年，第733页。

看到诗歌所记灾异与妃后和臣属擅权的呼应,又揭示灾异作为后来西周覆灭的凶兆,回溯与预测几乎是并置的。以此反观现实,其灾异内涵也是如此。就回溯的一面看,李合视灾异为后党太盛等问题所致,就预测的一面看,他提出对于可疑的人事,应该及时摧破正在酝酿的阴谋。

当然,不是说所有的针对性引用关注的都是《十月之交》的灾异因素,而是以现有资料看,援引《十月之交》以论现实事件的言说主要聚焦在它的灾异上,注意其他内容的较少。像蔡邕那样两次引用《十月之交》的"不慭遗一老,俾守我王",就都没有涉及灾异问题。他在《陈太丘碑》中引大将军何进对陈寔的评价,用了"不慭遗一老,俾屏我王"(375),他在《焦君赞》中又说"不遗一老,屏此四国"。① 王先谦指出:"蔡用鲁经文,'守'皆作'屏'。"②蔡邕将《十月之交》用以批评皇父等人不留旧臣以藩卫周王的诗句,转而用来痛惜上天夺走贤能老成之人的生命,君王国事未能得到这样的人来为之效力。更有熹平三年十一月《桂阳太守周憬功勋铭》,几乎是脱离《十月之交》的语境征引其中诗句。铭文主要是歌颂周憬担任桂阳太守时,兴修水道的功德,其中写到发源于王禽山,流向安聂的水道十分险恶,有"虽《诗》称'百川沸腾,高岸为谷,深谷为陵,盖莫若斯'"③之语。这是将《十月之交》中以灾异面貌出现的自然现象,去掉其中的灾异意味,援引为对客观物象的生动描写。

---

① 邓安生:《蔡邕集编年校注》,河北教育出版社,2002年,第375、480页。

② (清)王先谦撰,吴格点校:《诗三家义集疏》,中华书局,2009年,第681页。

③ 《全上古三代秦汉三国六朝文》,第1026页。

## 结　语

《十月之交》作为《诗经》的篇章之一，早在先秦时期已被视为经典而流传。《左传》僖公十五年、昭公七年和三十二年、哀公十六年等，都有引据《十月之交》的内容。《左传》本身记载了大量的灾异现象，它对《十月之交》的引用，注意的主要是诗中的灾异问题。汉代灾异观念盛行，其重要的思想渊源之一是《春秋》，《左传》作为《春秋》学的经典，虽然要到西汉末才逐渐被士人注意，但它终究还是参与到汉代灾异观念的世界中。这对《十月之交》在汉代的流传，尤其是它的灾异观念的被认识，应该发挥了一定的作用。

但是，最为重要的还是《诗经》本身在汉代的经典地位为《十月之交》的流传提供了基础。首先是汉代人解说《诗经》时对《十月之交》进行阐释，诗中的灾异与人事的关联得到强化，并融入了阴阳五行思想。其次是汉代人的言谈行文中多次援引《十月之交》以为典据，在不直接面对具体现实事件的一般性引用中，灾异观念并未得到特别的关注，灾异观念的凸显更多的是出现在直接面向切身时事的针对性引用中。现实的灾异成为汉代人论政的契机，当他们以灾异论政时，《十月之交》得到格外的关注，诗中的灾异观念被引以为经典依据，并且在具体的讨论中得到发挥，引申出较为复杂的阴阳五行思想的内涵。

汉代人对《十月之交》的阐释和援用主要揭举的是灾异的谴告功能，即对已然的现实人事的谴责和警示，预言的功能时或存在其中，但远不如回溯式的谴告明显和重要。《十月之交》的灾异与人事相应的观念在汉代最被重视和引申的内容，是灾异与女宠的问题，妃后和外戚擅权，以及与之相连的君臣失序，构成《十月之交》与汉代灾异观念之间最为核心的传承线索。

(陈斯怀，河北师范大学文学院，副教授)

# 马融《诗》学与东汉的古文经学

李小成

马融字季长,右扶风茂陵(今陕西兴平东北)人,东汉著名经学家,为世之通儒。马融一生注书甚多,注《孝经》《论语》《诗》《周易》《三礼》《尚书》《列女传》《老子》《淮南子》《离骚》等书,不过皆已散佚,清人《玉函山房辑佚丛书》、《汉学堂丛书》都有辑录。马融另有赋颂之作,亦佚,明人张傅《汉魏六朝百三家集》辑有《马季长集》。马融对后世影响很大,唐太宗曾诏令历代先贤先儒二十二人配享孔子,其中就有马融,宋代马融被追封为扶风伯,得以从祀孔庙。马融在经学史上的崇高地位,当然这与他对古文经学的贡献密不可分。

整个两汉时期,都可以说是今古文之争,但西汉为今文经学一统天下,居于意识形态的核心,古文乃后起之秀。《汉书·艺文志》有语:"三家皆列于学官,又有毛公之学,自谓子夏所传,而河间献王好之,未得立。"①即古文未立于朝廷的博士之学官。《汉书·景十三王传》载:"献王所得书皆先秦古文旧书,《周官》《尚书》《礼》《礼记》《孟子》《老子》之属……立《毛氏诗》《左氏春秋》博士。"②《毛诗》虽不立于朝廷之学官,却立于河间之诸侯国。平帝时,王莽执政,古文学派得以扬眉吐气,《毛诗》与《古文尚书》《左传》《逸礼》皆立学官。入东汉,古文学派一度遭废,但为时很短。《后汉书·

---

① 本文为国家社科基金《马融经学佚著整理研究与阐释》成果之一。(汉)班固撰,(唐)颜师古注:《汉书》,中华书局,1962年,第1708页。
② 同上,第2410页。

章帝纪》载:八年十二月,"诏曰:《五经》剖判,去圣弥远,章句遗辞,乖疑难正,恐先师微言将遂废绝,非所以重稽古,求道真也。其令群儒选高才生,受学《左氏》《谷梁春秋》《古文尚书》《毛诗》,以扶微学,广异义焉。"①虽未见置古文博士,但重视程度已可见矣。《后汉书·贾逵传》中也讲到了章帝的这份诏书,它所引起的效应非同小可,"由是四经遂行于世。皆拜逵所选弟子及门生为千乘王国郎,朝夕受业黄门署,学者欣欣羡慕焉。"②上自皇帝都非常重视古文经学,在下的学者又竭力宣扬,尤其是《毛诗》的流行,还得力于卫宏、贾逵、马融、郑玄等四位经学大家的推动,《毛诗》才最终战胜了三家诗,得以流传于后世。

## 一、东汉《毛诗》之传授

西汉传授《诗经》的有毛亨、毛苌,时人谓亨为大毛公,苌为小毛公。二毛公《诗》用古文,鲁、齐、韩三家则用今文。到东汉班固的时候,《汉书·艺文志》载《诗》凡六家,四百一十六卷,共十四种本子,其中《毛诗》两种,一为《毛诗》二十九卷本,二为《毛诗故训传》三十卷本。

初,河间献王修学好古,于国中立毛氏《诗》博士,以毛苌为之。其后传授的脉略大致如此:据《汉书·儒林传》载:"毛公,赵人也。治《诗》,为河间献王博士,授同国贯长卿。长卿授解延年。延年为阿武令,授徐敖。敖授九江陈侠,为王莽讲学大夫。由是言《毛诗》

---

① (宋)范晔撰,(唐)李贤等注:《后汉书》,中华书局,1965年版第145页。宋徐天麟撰《东汉会要》,亦引其语,见卷二十六,选举上。

② 同上,第1239页。

者,本之徐敖。"①陈侠在汉平帝之时,被朝廷公车征说《诗》,自是《毛诗》始得列于朝廷,为置博士官。王莽篡汉,让陈侠做讲学大夫,他授《诗》于九江谢曼卿,为《诗训》。据《后汉书·儒林传》所载,东汉的卫宏就学《诗》于谢曼卿,《儒林传》言:"九江谢曼卿善《毛诗》,乃为其训。宏从曼卿受学,因作《毛诗序》,善得《风雅》之旨,于今传于世。"

东汉初建,刘秀利用谶语巩固政权,即位后,倡今文而废古文。谶纬之风影响了东汉经学的今古两派。但很快光武帝的思想发生了转变,《后汉书·光武帝纪第一》:"冬十月,还,幸鲁,使大司空祠孔子。……初起太学。车驾还宫,幸太学,赐博士弟子各有差。"②朝廷即立五经博士,再次确立今文经学在官学中的统治地位。《易》有施、孟、梁丘,《书》有欧阳、夏侯,《礼》则大小戴,《春秋》则严、颜,皆为今文之学,惟独《诗》,是齐、鲁、韩、毛,今古文并立。顾炎武言:"《后汉书·儒林传》'《诗》齐、鲁、韩、毛','毛'字为衍文。"就是说《毛诗》汉初并不太受重视,名气也不大。尚书令韩歆上疏,欲为古文《费氏易》、《左氏春秋》置博士。博士范升反对,与韩歆等展开争论,并奏《左氏》错失十四事,不可采三十一事。学者陈元上书与范升辩论,认为左丘明亲受业于孔子,其书弘美,宜立博士,书凡十余上。于是光武帝乃立《左氏》博士,诸儒议论喧哗,从公卿以下,多次在朝廷上争论,终于又被罢废。汉章帝时,贾逵作《长义》四十一条,说"《公羊》理短,《左氏》理长",极力为古文经辩护。博士李育乃作《难左氏义》四十一事,以《公羊》难逵。这是今古文经学的又一次重要争论。汉章帝赞同贾逵的主张,诏诸儒

---

① (汉)班固撰,(唐)颜师古注:《汉书》,中华书局,1962年,第3614页。
② (宋)范晔撰,(唐)李贤等注:《后汉书》,中华书局,1965年,第40页。

选高材生从逵受《左氏》、《谷梁》、《古文尚书》、《毛诗》,四经遂行于世。卫宏作《毛诗序》后,《毛诗》备受关注,一路风生水起,《后汉书·儒林传》云:"中兴后,郑众、贾逵传《毛诗》,后马融作《毛诗传》,郑玄作《毛诗》笺。"扶风贾逵景伯,于中兴之初,学《毛诗》于谢曼卿,而逵作《齐鲁韩诗与毛氏异同》,又有《毛诗杂议难》十卷,见《隋书·经籍志》,则非笃信于毛者也。独宏作《毛诗序》,善得风雅之旨。河南郑众、汝南许慎,亦治《毛诗》。但当时学者,多崇《韩故》,兼习《鲁训》。而为《毛诗传》者,则始于马融。北海郑玄,初从东郡张恭祖受《韩诗》,后事马融,致力于《毛诗》。郑玄释《毛诗》,遇其毛义隐略者,则更表明,如遇毛义不明者,则以己意而识别之,凡共二十卷,谓之曰《笺》。郑《笺》流行,《毛诗》得传,齐鲁韩三家诗逐渐不闻。但郑《笺》亦兼采韩、鲁之说,对毛义时有补缺,与《毛传》并不是完全相同的。

东汉中叶以后,古文经学压倒今文经学,著名古文经学大师如卫宏、贾逵、马融、许慎等,以学术取高官。或有门弟子几千人,势力极盛。《后汉书·儒林传》云:"范升、陈元、郑兴、杜林、卫宏、刘昆、桓荣之徒,继踵而集。于是立《五经》博士,各以家法教授。""尹敏字幼季,南阳堵阳人也。少为诸生。初习《欧阳尚书》,后受《古文》,兼善《毛诗》、《谷梁》、《左氏春秋》。""孔僖字仲和,鲁国鲁人也。自安国以下,世传《古文尚书》、《毛诗》。""卫宏字敬仲,东海人也。少与河南郑兴俱好古学。初,九江谢曼卿善《毛诗》,乃为其训。宏从曼卿受学,因作《毛诗序》,善得《风雅》之旨,于今传于世。后从大司空杜林更受《古文尚书》,为作《训旨》。时济南徐巡师事宏,后从林受学,亦以儒显,由是古学大兴。"《经典释文序录》曰:"后汉郑众、贾逵传《毛诗》。后马融作《毛诗注》,郑玄作《毛诗笺》,申明毛义,难三家,于是三家遂废矣。"①这些记载,都说明东汉古文《毛诗》学传承与发展的脉略,唯有郑玄的《毛诗笺》比较完整,其他传诗者的注解本未传于世,唯清马国翰辑得《毛诗注马氏》一卷。

  古文经学斥责今文经学附会谶纬的妖妄,强调文字训诂对于治经的重要性。为了准确释经,古文学家在文字、音韵、训诂有精深的研究,提出了一些有价值的学术观点,如刘歆以为"六书"乃造字之本,扬雄之《方言》,许慎之《说文解字》等,皆具科学性,至今仍受学者重视。马融以古学授郑玄,玄遍注群经,以古文经学为宗,兼采今文,综合而为用之,遍注群经,成为汉代经学的集大成者。至于《毛诗序》是否卫宏为之?前人多以为《大序》托名子夏,至于谁作并难确指;《小序》则以为大、小毛公为之。陆玑《毛诗草木鸟兽虫鱼疏》说:"孔子删《诗》授卜商,商为之《序》,以授鲁人曾申,申授魏人李克,克授鲁人孟仲子,孟仲子授根牟子,根牟子授赵人荀卿,荀卿授鲁国毛亨,亨作《训诂传》,以授赵国毛苌。时人谓亨为大毛公,苌谓小毛公。"《诗序》卜商为之,出自陆玑之说,后人亦多不认可,多以为非出于一时一人之手。《毛诗序》到底是谁为之?也许有孔子、卜商、荀子、孟子,也许还有汉儒毛亨、马融、贾逵、卫宏之作。只是范晔《后汉书·儒林传》云:"卫宏作《毛诗序》",其后《隋书·经籍志》又为之修订,或以为卫宏与其他汉儒将卜商、毛亨之作补益润色而成。孰是孰非,难有确论。

## 二、马融注《诗》之著录

  清顾炎武在《日知录》中笼统地提到马融注经,其卷之一《姤》

---

①  (唐)陆德明:《经典释文》,上海古籍出版社,2013年,第38页。

条云：："后汉立辟雍，养三老，临白虎，论五经，太学诸学生至三万人，而三君、八俊、八顾、八及、八厨为之称首，马、郑、服、何之注，经术为之大明。"①清代历城马国翰竹吾甫在《玉函山房辑佚书》辑《毛诗马氏注》一卷。马融本东汉大儒，遍注群经，惜其散逸，马国瀚为之辑佚，终成一卷。《隋书·经籍志》载："梁有《毛诗》十卷，马融注，亡。"唐《志》以下，不复著录。唯《正义》及《释文》引十一节，郦道元《水经注》引一节，佚说之存者，仅此而已。郑康成受业于融，笺《诗》应不师说，《正义》《释文》所引，特著其与郑义异者耳。夫一家之学，不为苟同，观季长之佚《诗》，而康成卓越之识，愈可见矣。

马融注《诗经》，今亦不存完本。《后汉书·马融列传》马融："注《孝经》《论语》《诗》《易》《三礼》《尚书》《列女传》《老子》《淮南子》《离骚》。所著赋、颂、碑、诔、书、记、表、奏、七言、琴歌、对策、遗令，凡二十一篇。"《后汉书·儒林列传》记："中兴后，郑众、贾逵传《毛诗》，后马融作《毛诗传》，郑玄作《毛诗笺》。"《隋书·经籍志》记载："梁有《毛诗》十卷，马融注，亡。"并在《诗》部总结中说道："郑众、贾逵、马融，并作《毛诗传》，郑玄作《毛诗笺》。"②新旧《唐书》的经籍志、艺文志中不见马融注《诗》的记载。南宋马端临《文献通考·经籍考》，讲到东汉《毛诗》传授，提到马融时，也只是引用了《隋书·经籍志》诗部之语，"郑众、贾逵、马融，并作《毛诗传》"，③亦未提及《毛诗马氏注》的书名。清朱彝尊《经义考》卷一

---

① （清）顾炎武撰，严文儒、戴扬本校点：《日知录》，上海古籍出版社，2012年，第68页。
② （唐）魏征、令狐德棻：《隋书》，中华书局，1973年，第916、918页。
③ （宋）马端临著，上海师范大学古籍研究所、华东师范大学古籍研究所点校：《文献通考》第九册《经籍考》，中华书局，2011年，第5296页。

百一曰:"《马氏(融)毛诗注》,《七录》十卷。佚。陆德明曰:无下帙。"①《清史稿》卷一百四十五志一百二十艺文一:"汉马融《毛诗注》一卷。"《玉函山房辑佚书》于马融注《诗》有简短的辑佚,在辑佚本前云:"《毛诗马氏注》一卷,汉马融撰,有《易传》《尚书注》并著录《隋书·经籍志》云:'梁有毛诗十卷,马融注,亡。'唐《志》已下不复着录。唯《正义》与《释文》引十一节,郦道元《水经注》引一节,佚说之存者仅此。案:郑康成受业于融,笺《诗》应本师说。《正义》《释文》所引特著,其与郑义异者耳。夫一家之说不为苟同,观季长之佚文,而康成卓越之识,愈可见矣。"②清黄奭辑《汉学堂丛书》,经解诗类有《毛诗马融注》一卷;"黄氏逸书考",马融撰《毛诗注》一卷。在《中国丛书综录》第二册子目中,其经部诗经类著录:"《毛诗马氏注》一卷,(汉)马融撰,(清)马国翰辑《玉函山房辑佚书》(娜嬛馆本、重印本、楚南书局本)。《毛诗注》一卷,(汉)马融撰,(清)黄奭辑,《汉学堂丛书·经解诗类》,《黄氏逸书考》(民国修补本、民国补刊本)"③由董治安教授主持编纂的《两汉全书》中,第21册就收录了《毛诗马氏注》,下分《毛诗国风》《毛诗小雅》《毛诗大雅》。④ 繁体竖版,本册为唐子恒整理标点,所据版本为马国翰的《玉函山房辑佚书》本。《中华大典·文学典·先秦两汉文学分

---

① (清)朱彝尊:《经义考》,中华书局,1998年(据1936年版《四部备要》缩印),第551页。

② (清)马国瀚:《玉函山房辑佚书》,广陵书社,2005年影印版,第543页。

③ 上海图书馆编:《中国丛书综录》第二册子目,上海古籍出版社,2007年,第50页。

④ 董治安主编:《两汉全书》(共36册)第21册,山东大学出版社,2009年,第12386–12388页。

册》之汉文学部二·马融,①对前人于马融事迹著录、评论,材料收集较为全面,分论述、传记、纪事、著录、艺文、杂录等方面,客观公允,而不持立场,材料丰富,偏重文学而亦及于经学,是研究马融的重要资料。《陕西通志》卷二十五文献十三西安府乡贤上,②记载了马严和其子马融,事迹均来自《后汉书》本传,亦载其注经,其中就有注《诗》,然极其简略。

古文学派的《毛诗》,在《汉书·艺文志》中为:"《毛诗》二十九卷。《毛诗古训传》三十卷。"学者们多以为古文《毛诗》在当时朝廷不立学官,只是在民间流传,其实它是在河间诸侯国立了学官的,这是《毛诗》得以流传的主要原因。西汉末年,偏好古文学派的王莽执政,古文《毛诗》才得以立于学官,并高才习《毛诗》。《后汉书·贾逵传》说:"八年,乃诏诸儒各选高才生,受习《左氏》《谷梁春秋》《古文尚书》《毛诗》,由是四经遂行于世。皆拜逵所选弟子及门生为千乘王国郎,朝夕受业黄门署,学者欣欣羡慕焉。"古文《毛诗》在东汉后来居上,广为流传,还得益于卫宏、贾逵、马融、郑玄等经学大师的推动。卫宏撰了对后世儒家文学理论影响深远的《诗序》,其贡献之大自不待言。而马融之《毛诗传》,郑玄之《毛诗笺》,几乎垄断了东汉中后期的经学,他们师徒对《毛诗》作的注释,进一步促成了《毛诗》的风行。

而清人皮锡瑞在其《经学通论》中有一条"论《毛传》不可信而明见《汉志》非马融所作",他认为《毛传》不可信,并列举了六条不可信的理由。其后并说:"顾炎武断《后汉儒林传》诗齐、鲁、韩、毛,

---

① 主编王洲明,副主编王培元、刘保贞:《中华大典·汉文学部二》(先秦两汉分典四),凤凰出版社,2008年,第388-401页。

② (明)赵廷瑞修,马理、吕柟纂,陕西省地方志办公室,总校点董健桥:《陕西通志》,三秦出版社,2006年,第1278-1279页。

毛字为衍文。《儒林传》云:三家皆立博士,赵人毛苌传《诗》,是为《毛诗》,未得立。顾氏之说是也。《儒林传》马融作《毛诗传》。何焯曰:后人据此传,云诗序之出于宏,不悟《毛传》之出于融,何也?或疑融别有诗传,亦非范氏明与郑笺连类言之矣。康成亲受经于季长,以笺为致敬亦得。案:何氏说虽有据,而《汉志》已列《毛诗诂训传》,仍当以融别有诗传为是。"①皮锡瑞之言过于牵强,理由并不充分,虽不赞成,但备其说。后人对此亦有看法,钱基博在《经学通志》中说:"东海卫宏敬仲、扶风贾逵景伯,于中兴之初,学《毛诗》于谢曼卿,而逵作《齐鲁韩诗与毛氏异同》,又有《毛诗杂议难》十卷,见《隋书·经籍志》,则非笃信于毛者也。独宏作《毛诗序》,善得风雅之旨。河南郑众仲师、汝南许慎叔重,亦稍稍治《毛诗》。然在廷诸臣,犹崇《韩故》,兼习《鲁训》。而作《毛诗传》者自扶风马融季长始也。"②郑玄在东郡时随张恭祖习《韩诗》,后来师事于马融,亦习《毛诗》,对于《毛诗》中隐略不明之处,则加以勾陈申明,遂成《笺》本,而传于后世,其中自有马融之意解,然马氏注佚失不传(虽有辑佚,仅数句而已),已难加区分。

## 三、后世辑佚所得马融之《毛诗注》

马融之《毛诗注》,在南朝的梁时尚存,之后具体在什么时候佚失不存的,文献没有明确记载,只知道在初唐魏征编撰《隋书·经籍志》之时,此书已亡佚。清人马国翰为之辑佚,仅得一卷。辑佚所据文献来源,主要是初唐陆德明的《经典释文》,其次是郦道元的

---

① (清)皮锡瑞:《经学通论》,中华书局,1954年,第19页。
② 钱基博:《经学通志》,广西师范大学出版社,2009年,第84页。

《水经注》以及孔颖达的《毛诗正义》。这里有问题,魏征修撰的《隋书·经籍志》记《马氏毛诗注》已佚,而初唐陆德明《经典释文》中又多处征引《马氏毛诗注》,二人同属初唐人,这又作何解释?其实,这里必须搞清楚的是《经典释文》的成书时间。主张成书于贞观癸卯者,有陆心源《经典释文跋》、桂馥《札朴》、段玉裁《十三经注疏释文校勘记叙》等;主张初创在陈后主至德元年癸卯,而后有所增益者,有《四库全书总目提要》及梁学昌《亭立记闻》;也有近人孙玉文、王弘治的新考,以成书在隋大业三年后,入唐之前。① 各家说法不同,作者认为《经典释文》成书时间应在陈朝,最迟应在入唐之前。这样就不至于造成《经典释文》引文与《隋书·经籍志》记载的矛盾抵牾了。

以下为《玉函山房辑佚书》中所辑到的《马氏毛诗注》残文,从中亦能见出马融注经的部分特点。

《毛诗·国风》

《周南·枓木》:南有枓木。

陆德明《经典释文》:"樛"字,马融、《韩诗》本并作枓。

枓,音九稠反。陆德明《释文》:樛《字林》九稠反,马作枓,音同。

《周南·汉广》:言刈其蒌。

蒌,蒿也。《释文》。

《邶风·绿衣》:绿兮衣兮。

展衣色赤。《释文》。

《邶风·新台》:新台有洒。

修旧曰新。《释文》于《新台》下小序下录此语而不言马融。余

---

① 《经典释文》成书时间,详见杨军,曹小云《〈经典释文〉文献研究述论》,《合肥师范学院学报》2015年7月第4期。

萧客《古经解钩沉》录此语出于新台有酒句下,题马融注,据以录之。

《卫风·硕人》:施罛濊濊。

濊,大鱼纲目大豁豁也。《释文》。

鱣鲔发发。

发,鱼着罔,尾发发然。《释文》。

《郑风·大叔于田》:抑释掤忌。

掤,犊丸盖也。《释文》。

《唐风·山有枢》:弗曳弗娄。

娄,牵也。《释文》。

《毛诗·小雅》

《节南山之什·小弁》:弁彼鸒斯。

贾,鸟也。郦道元《水泾注》卷十三《漯水》

《甫田之什·车辖》:以慰我心。

慰,安也。《释文》:《韩诗》作"以愠我心","愠,志也。"本或作"慰,安也。"是马融义。

《毛诗·大雅》

《文王之什·王文》:文王。文王受命作周也。

文王受命,九年而崩。孔颖达《毛诗正义》:刘歆作《三统历》,考上世帝王,以为文王受命九年而崩。班固作《汉书·律历志》载其说,于是贾逵、马融、王萧、韦昭、皇甫谧皆悉同之。

《生民之什·生民》:厥初生民,时维姜嫄,生民如何?克禋克祀,以弗无子。履帝武敏歆,攸介攸止。载震载夙,载生载育,时维后稷。

帝喾卜其四妃之子,皆有天下。上妃有邰氏之女曰姜嫄,而后生后稷。次妃有娀氏之女曰简狄,而生契。次妃陈锋氏之女曰庆都,生帝尧。下妃娵訾氏之女曰嫦仪,生挚。孔颖达《毛诗正义》:"以尧与契俱为訾子,《家语》、《世本》其文亦然,故毛诗为此传及《玄鸟》之传。史马迁《五帝本纪》,皆依用焉。其后刘歆、班固、贾逵、马融、服虔、王肃、皇甫谧等皆以为然。"帝喾有四妃。上妃姜嫄生后稷,次妃简狄生契,次妃陈锋生帝尧,次妃娵訾氏生帝挚。挚最长,次尧,次契。下妃三人皆已生子。上妃姜嫄未有子,故禋祀求子。上帝大安其祭祀,而与之子。任身之月,帝喾崩,挚即位而崩,帝尧即位。帝喾崩后十月而后稷生,盖遗腹子也。虽为天所安,然寡居而生子,为众所疑,不可申说。姜嫄知后稷之神奇,必不可害,故欲弃之,以著其神。因以自明,尧亦知其然,故听姜嫄弃之。《毛诗正义》云王肃引马融。

马融注《毛诗》,所辑佚到的材料很少,结合马融对其他经书的注释,可以发现有这样一个特点:重视文字训诂和名物训释。如"《周南·汉广》:言刈其蒌。马融曰:蒌,蒿也。"又如"《郑风·大叔于田》:抑释掤忌。马融曰:掤,犊丸盖也。"其实,马融注经,并不是泥古不化,也是视野开阔,亦采纳今文的说法。如马融注《易》,受到今文经学家孟喜、京房卦气说的影响就不小,《周易·乾卦》初九"潜龙勿用"句,马注:"物莫大于龙,故借龙以喻天之阳气也。初九,建子之月,阳气始动于黄泉,既未萌芽,犹是潜伏,故曰潜龙也。"(《周易马氏传》)马融以龙象征阳气,并以阳气的变化来解释"潜龙勿用",显然是受到了卦气说的影响。但是对于谶纬之风,马融等古文经学家则是极力排斥。据《后汉纪》卷十八记载:"后世争为图纬之学,以矫世取资。是以通儒贾逵、马融、张衡、朱穆、崔寔、荀爽之徒,忿其若此,奏皆以虚妄不经,宜悉收藏之。"这里的贾逵和马融,皆当时最为著名的古文经学家。而马融之著名,除了在经学上的贡献外,还与他的外戚豪族的显赫地位有关。《后汉书·列女传》云:"汝南袁隗妻,马融之女。少有才辨,融家世丰豪,装遣甚盛。"《后汉书·卢植传》亦云:"融外戚豪家,多列女倡乐于前。"《后汉书·赵岐传》说赵岐"娶扶风马融兄女。融外戚豪家,岐常鄙之,不与融相见。"明德马皇后虽去世多年,然马氏家族依然为东汉的外戚豪族。所以马融生活富裕,连讲学也讲究排场,当时位至三公而被称为"关西孔子"的杨震,仅凭俸禄,家境清贫,粗茶淡饭,出远门亦得步行。这样我们就知道为什么马融能够在东汉名重一时了。不过,由于马融的提倡与努力,东汉的学术风气确实为之一变,这也对后世的学风产生了很大影响。侯外庐主编的《中国思想通史》第二卷中对马融经学进行评价时说:"两汉经学的结束的显明的表现,就是经今古文学的合流。而时代思想的主流,则已经开始向着玄学方面潜行了。在这一点上,马融恰是这一时代思潮转捩的体现者。"①这既肯定了马融经学的贡献,同时也是对马融经学在汉晋学术演变之间的重要性给予的肯定。

东汉整个大的政治背景是利于古文发展的,当然这与朝廷的重视与提倡密不可分。安帝时,"诏选三署郎及吏人能通《古文尚书》《毛诗》《谷梁传》各一人。"②质帝时,"夏四月庚辰,令郡国举明经,年五十以上、七十以上诣太学。自大将军至六百石,皆遣子受业,岁满课试,以高第五人补郎中,次五人太子舍人。又千石、六百石、四府掾属、三署郎、四姓小侯先能通经者,各令随家法,其高第者上名牒,当以次赏进。"③灵帝时,"六月,诏公卿举能通《古文

---

① 侯外庐:《中国思想通史》第二卷,人民出版社,1957年,第328页。
② 《后汉书·安帝纪第五》,第237页。
③ 《后汉书·冲质帝纪第五》,第281页。

尚书》《毛诗》《左氏》《谷梁春秋》各一人,悉除议郎。"①在上者大力倡导,在下者必竭力附之,加之当时这些大儒的郑众、贾逵、马融、郑玄的传授和释解,尤其是作为当时经学大家的马融,在经学史上有着特别重要的地位,正如《后汉书·郑玄传》所说:"中兴之后,范升、陈元、李育、贾逵之徒争论古今学,后马融答北地太守刘瓌及玄答何休,义据通深,由是古学遂明。"可见,马融经学在东汉古文学走向兴盛的过程中确实起到了很大的作用。弟子郑玄承师之业,立足古文,并能兼融今文,广而大之,为《毛诗》作《笺》,这就夯实了《毛诗》在学术史上坚不可摧的地位。

(李小成,西安文理学院国学研究所,教授)

---

① 《后汉书·灵帝纪第八》,第344页。亦见宋徐天麟撰的《东汉会要》卷二十六,选举上。

# 论董仲舒《诗》观念

王硕民

董仲舒,广川(今河北枣强)人,西汉今文经学大师,少治《春秋》,景帝时为博士。"仲舒通五经,能持论,善属文"①,着有《春秋繁露》《董子文集》等,倡导"春秋大一统"治国理念,强调皇权天授,主张更化善治,"限民名田,去奴婢,除专杀之威"等。汉武帝举贤良文学之士,董仲舒对策:"诸不在六艺之科,孔子之术者,皆绝其道,勿使并进。"②这一观念为武帝所采纳,开此后两千余年封建社会以儒学为正统的先声,在思想史上具有划时代意义。"六艺"是董仲舒思想基础,而《诗》被置于六艺之首。董仲舒用齐诗③,说《诗》重志贵德,提出诗书序其志、诗颂显德、以诗为法、诗无达诂等一系列观点,其诗观念体现其治经的方法论,并以此为其传播儒家思想、巩固皇权政治寻找理论根据。从哲学角度研究董仲舒诗学观念学界重视不足,因此有必要深入系统研究,这对于全面深入客观地评价汉代《诗经》研究成果,深刻认识诗义,深化《诗经》研究,有效整理古代典籍,弘扬优秀传统文化具有重要意义。

---

① (汉)班固:《二十五史·汉书》卷1,上海古籍出版社,1986年,第335页。
② (汉)班固:《二十五史·汉书》卷1,上海古籍出版社,1986年,第237页。
③ (清)王先谦:《诗三家义集疏》,中华书局,1987年,第172页。

## 一、诗序其志,且长于质:贵志含情的重志观

《玉杯》在论述执政者不能以"君子知在位者不能以恶服人也"时,强调要精选"六艺"以培养人之德性,指出:"《诗》《书》序其志,《礼》《乐》纯其美,《易》《春秋》明其知。"认为诗书有序列人之心志,礼乐有纯洁美化人之心灵,易春秋有开启聪明才智之功效。进而称赞"六学皆大,而各有所长"。

先看论中之"序"。董仲舒很重视次第秩序,认为从天道的运行到社会人伦关系应是有序的。《春秋繁露》中"序"出现29次,大多数有次序、秩序、排序之意。就天的运行规律讲,"天之道,有序而时。"就天人关系讲,《立元神》:"天序日月星辰以自光,圣人序爵禄以自明。"《天辨在人》:"天下之三王随阳而改正,天下之尊卑随阳而序位。"就社会秩序讲,《度制》:"故贵贱有等,衣服有制,朝廷有位,乡党有序。"《奉本》:"礼者,继天地、体阴阳,而慎主客、序尊卑、贵贱、大小之位。"董仲舒对《春秋》解说即是重秩序的范例。观念上,《竹林》有:"春秋之序辞也,置王于春正之间。"《顺命》云:"春秋列序位,尊卑之陈,累累乎可得而观也。"实践中,《观德》分析《春秋·僖公十六年》云:"陨石于宋五,六鹢退飞,耳闻而记,目见而书,或徐或察,皆以其先接于我者序之",以此说明"其于会朝聘之礼亦犹是"的道理。在《汉书·董仲舒传》"举贤良对策"中对《春秋》"隐公元年"开篇的"春,王正月"进行比附:"《春秋》之文,求王道之端,得之于正。正次王,王次春。春者,天之所为也;正者,王之所为也。"王者只要上承天的旨意,以端正自己的行为,这就是王道的开端。春、王、正、月这四个字的排列次序都被赋予了深奥的道理。在《春秋繁露·三代改制质文》中还将此作为"王者

必改正朔,易服色,制礼乐,一统于天下"的理论依据。

在诗论上,除董仲舒的《诗》"序其志"外,其他还有"诗言志"、"诗道志"、"诗往志"等说法。《尚书·尧典》:"诗言志,歌永言。""言志"即"表达志向、思想、情怀"。《玉杯》云:"《书》著功,故长于事。"南宋蔡沈注:"心有所之谓之志,心有所之比行于言,故曰:诗言志。"①《左传·襄公二十七年》记赵文子对叔向说"诗以言志",即借《诗》表达自己的怀抱。皆以"言志"体现史书纪事特色。《管子·山权数》还有"诗者所以记物"的说法。《慎子·逸文》云:"诗往志也,书往诰也,春秋往事也。""往志",即前人用以抒发心志的。《史记·太史公自序》:"夫《诗》《书》隐约者,欲遂其志之思也。此人皆意有所郁结,不得通其道也,故述往事,思来者。"《庄子》除《天运》中"夫六经②,先王之陈迹"说法外,还有《天下》"诗以道志,书以道事"的说法。清末郭庆藩《庄子集释》疏云:"道,达也,通也。诗道情志。"陆德明释文云:"道志,音导。"③此"道"有疏导之意,展现道家重道特色。儒家著作《荀子·儒效》云:"《诗》言是,其志也。"王先谦《荀子集解》云:"是,儒之志。"④《毛诗序》则说:"诗者,志之所之也,在心为志,发言为诗,情动于中而形于言。"情志并提,赋予《诗》以真情实感的文学意趣,切中诗本质。诸此表明,不同动词与"志"搭配其含义也不相同,反映说诗人对"志"的不同关注点及其思想倾向,董仲舒认为《诗》表达心志与《春秋》同样讲究

---

① 宋人注:《四书五经》,北京市中国书店,1985年,第10页。
② (清)王先谦:《诸子集成·庄子集解》卷3,上海书店影印,1986年,第95页。
③ (清)郭庆藩:《新编诸子集成·庄子集释》,中华书局,1985年,第462页。
④ (清)王先谦:《诸子集成·荀子集解》卷2,上海书店影印,1986年,第84-85页。

秩序的。从董仲舒用诗看,在其中探寻上天意志、先王之德等方面较为突出。《玉林》引《小雅·小宛》"弛其文德,洽此四国";《玉英》引《大雅·丞民》"德辀如毛";《郊语》《郊事对》分别引《大雅·抑》"有觉德行,四国顺之";"无德不报"等。这是典型的《诗》"序其志"例证,意在倡导治国理政重在德治。

《诗》学中的"四始"之说即是认识诗编排重次序的最好证明。《史记·孔子世家》:"《关雎》之乱以为《风》始,《鹿鸣》为《小雅》始,《文王》为《大雅》始,《清庙》为《颂》始。"《诗大序》认为《风》"一国之事,系一人之本";《雅》"言天下之事,形四方之风","言王政之所由废兴也"。《颂》"美盛德之形容,以其成功告于神明者也"。"是谓四始,《诗》之至也。"孔颖达疏引郑玄《答张逸》云:"四始,《风》也,《小雅》也,《大雅》也,《颂》也。此四者,人君行之则为兴,废之则为衰。"还有"《周南》《召南》正始之道,王化之基"的评语。治《齐诗》的匡衡论《关雎》云:"后夫人之行不侔天地,则无以奉神灵之统而理万物之宜","可以配至尊而为宗庙主,纲纪之首,王教之端也"①,亦明此为"慎始"之义。

因此,董仲舒称"六学皆大"。有的理解"大"为重要、大法。②除此,其中"大"还有完美、博大的意思,先秦典籍中"大"多次出现。《易·乾》象辞有:"大哉!乾元,万物资始,乃统天。""大"是对自然伟力的夸饰。老子亦云:"有物混成,先天地生。寂兮寥兮,独立而不改,周行而不殆。可以为天下母。吾不知其名,字之曰道,强

---

① (汉)班固:《二十五史》卷1,上海古籍出版社,1986年,第309页。
② 张世亮,钟肇鹏,周桂钿译注:《春秋繁露》,中华书局,2012年,第36页。

名之曰大。"①这是以"大"对天地剖判之前,混然寂寥、循环往复而无终始、产生天地万物根源之"道"的概括。《论语》有"大哉,尧之为君也,巍巍乎,唯天为大,唯尧则之。"这是以"大"对尧君完美人格的赞誉。这些意义的"大",并非形容实体、空间范围,而是用以对自然与社会运行规律的认识,或对人、对事、对物及其相互作用所达到完美境地的夸饰,已转化为哲学概念。《诗经》中多有此意。《椒聊》有"硕大无朋",《笺》:"大,谓德美广博也。"②"大"在《春秋繁露》中频繁出现,大多有完美博大精深之义。《楚庄王》云:"然则春秋义之大者也,得一端而博达之。"《玉杯》云:"故屈民而伸君,屈君而伸天,春秋之大义也。""大义",指《春秋》的微言大义。《竹林》云:"推恩者远之为大,为仁者自然为美。"这就将"大"与"美"直接融而为一。

不但董仲舒认为诗有完美的意思,而且早期子夏也认为《诗》有"大"的特点,云:"诗之于事也,昭昭乎若日月之光明,燎燎乎如星辰之错行,上有尧舜之道,下有三王之义。"子夏自以为得诗旨。但孔子斥其仅见皮毛而已:"然子以见其表,未见其里";"窥其门不入其中,安知其奥藏之所在乎"③。汉代其他治诗者也有此认识。韩婴借子夏之名论《关雎》时,慨叹:"大哉!《关雎》之道也,万物所系,群生之所悬命也。"④以为《关雎》所表达的是尽善尽美境界。不仅《关雎》蕴涵如此之"大",其他篇亦如此。《诗大序》也认为"正得失,动天地,感鬼神,莫近于《诗》。先王以是经夫妇,成孝敬,

---

① (清)魏源:《诸子集成·老子本义》卷3,上海书店影印出版,1986年,第19页。
② (清)王先谦:《诗三家义集疏》,中华书局,1987年,第421-422页。
③ (汉)韩婴:《四库全书·韩诗外传》,上海书店,1982年,第256页。
④ (汉)韩婴:《四库全书·韩诗外传》,上海书店,1982年,第382页。

厚人伦,美教化,移风俗"①。这里虽然没有直接用"大"来涵盖诗中之美,但却蕴含着赞美之意。

至此,"《诗》《书》序其志"与"六学皆大"之深蕴不言而喻。

同时,董仲舒在《玉杯》中还提出了"诗道志,故长于质;礼制节,故长于文"之说。质,本质、真情,相对于"文"而言。《神灭论》:"形者神之质。"还有事物的特性、本性、本质、性质之意。《史记·乐书》:"中正无邪,礼之质也。"质,还可指人的朴实、朴素单纯的本性、真情实感。《论语·雍也》:"质胜文则野,文胜质则史;文质彬彬,然后君子。"志与质有何关系?《玉杯》云:"春秋之论事,莫重于志。"进而说:"缘此以论礼,礼之所重者,在其志,志敬而节具,则君子予之知礼;志和而音雅,则君子予之知乐;志哀而居约,则君子予之知丧。故曰非虚加之,重志之谓也。"志的作用如此之大,就是因为"志为质,物为文"。这里将心志、思想理解为本质,将物质、存在理解为形式,过于强调心志的作用。质与文实际上是内容与形式的关系,二者要紧密结合,进而补充:"文着于质,质不居文,文安施质;质文两备,然后其礼成";如果文质失衡,"不得有我尔之名";如果俱不能备,而偏行之,"宁有质而无文,虽弗予能礼,尚少善之;有文无质,非直不予,乃少恶之"。基于此董仲舒认为:"然则春秋之序道也,先质而后文,右志而左物";"春秋之好微与,其贵志也"。从认识论上讲,将心志、精神看做是存在的本质,心即存在,这对于理解董仲舒附会思维方式及其思想产生的根源很有帮助,同时表明董仲舒已认识到诗具有表达真实情感的一面。所以,《春秋繁露》在不同语境下引诗,不仅用以表达"胸怀大志",而且也寄托复杂情感。如《楚庄王》叙述鲁国公子庆父之乱,鲁危殆亡,齐桓

---

① 杨伯峻:《论语译注》,中华书局,1980年,第61页。

公与鲁并无亲戚而使鲁安定,鲁人感激齐而痛恨晋,引《小雅·小宛》:"宛彼鸣鸠,翰飞戾天。我心忧伤,念彼先人。明发不昧,有怀二人。"其中感恨交集,为此断言"人皆有此心也"。

## 二、取其一美,不尽其失:既美且刺的显德观

董仲舒的另一诗观念是诗颂"显德"。《身之养重于义》说:"先王显德以示民,民乐而歌之以为诗,说而化之以为俗",认为《诗》是古代圣王用明德昭示人民,人民快乐了便作诗歌颂他。圣人感天动地、变化四时,就是施展义大的缘故,人受感动而能变化,教化才能普及,人才不犯法,刑罚才不用,尧舜之功德即如此。《周颂·敬之》"示我显德行"就是这个意思。《汉书·董仲舒传》记载,武帝欲为"万事之统",闻"大道之要,至论之极"。董仲舒以贤良对答:至于宣王,思昔先王之德,兴滞补弊,明文武之功业,周道灿然复兴,"诗人美之而作,上天佑之,为生贤佐,后世称诵,至今不绝。"认为《烝民》是赞颂"夙夜不解,行善之所致"的。

当然,《春秋繁露》也认为《诗》中也有不求全责备的内容。楚臣司马子反出使宋国,未经国君同意,擅自做主与宋国媾和,有人对此有异议。《竹林》解说:《春秋》之道有常有变,变用于变的场合,常用于不变的场合,各有其规范,互不相妨害。还称赞子反的作为,"一曲之变,独修之意也",富有创新意味。比如,目惊而体失其容,心惊而事有所忘,这是人的本能;应懂得触目惊心的原理,"取其一美,不尽其失"。《邶风·谷风》"采葑采菲,无以下体"即此意。子反至宋,闻人相食,大惊而哀之,不意宋国竟如此,因此心骇目动,而违常礼。礼本来就是汇聚仁德而成。《尧舜不擅移汤武不专杀》论述"其德足以安乐民者,天予之,其恶足以贼害民者,天

夺之"时,引"殷士肤敏,祼将于京,侯服于周,天命靡常"①,就是讲"天之无常予,无常夺"道理的。《毛传》:"肤,美;敏,疾也。"孔颖达疏引王肃曰:"殷士有美德,言其见时之疾,知早来服周也。"《郊语》在回答为何不能废除天子祭天的"郊礼"时说:"周为而为之,所不为而勿为,是与圣人同实也",引《大雅·假乐》"不愆不忘,率由旧章",并阔论:"旧章者,先圣人之故文章也,率由者,有循从之也,此言先圣人之故文章者,虽不能深见而详知其则,犹不知其美誉之功矣。"《循天之道》论述"德莫大于和,而道莫正于中"时说,"中者,天地之美达理也,圣人之所保守也",认为"不刚不柔,布政优优"即赞"中和"之美。

《诗》同样有"刺"义。《基义》说,凡物必有合,有美必有恶,有顺必有逆,有喜必有怒,有寒必有暑,有昼必有夜。《同类相动》云:"美事召美类,恶事召恶类。"《汉书》载:董仲舒在对武帝策问时,以周室衰时为例,卿大夫不讲究礼义而急于求利,失去谦让之度而有争田之讼。诗人疾而刺之,曰:"节彼南山,惟石岩岩,赫赫师尹,民具(俱)尔瞻。"②做官人心向仁义,人民自然就爱好仁义,风俗也就趋向善良;做官的人好利,人民就不正直,风俗也就败坏。《诗》有"刺"义也是符合《诗》本义的。如《魏风·葛屦》:"维是褊心,是以为刺。"《小雅·节南山》:"家父作诵,以究王讻。"诗人用"赋"法直抒胸臆。再如《小雅·巷伯》"寺人孟子,作为此诗。凡百君子,敬而听之",旨在警戒惊醒。《周颂·小毖》"予其惩,而毖后患",意在惩前毖后。像《陈风·株林》虽未出现"刺"字,但是通篇在讥刺陈国君臣乱伦之事,应该受到严厉批评与谴责。编诗人将它们列

---

① (清)王先谦:《诗三家义集疏》,中华书局,1987年,第826页。
② (汉)班固:《二十五史·汉书》卷1,上海古籍出版社,1986年,第236页。

入诗集中来,主要作为反面教材,以警世人。这些既是《诗》所反映的实情,也是编诗人的理念,也恰为董仲舒说《诗》提供了依据。

"美""刺"说《诗》是汉儒说诗的一大特点。《说文》:"刺,直伤也。"引申用尖锐话语批评别人,如讥刺、刺邪、刺戒等。刺比谏更为尖刻直截了当,被刺者的错误在初露端倪时就被尖锐地指出来,以便及早改正。《白虎通·谏诤篇》云:"纤微未见于外,如《诗》所刺也。"若过恶已著,民蒙毒螫,天见灾变,事白异露,"作诗以刺之,幸其觉悟也"。反复强调诗刺的作用。《汉书·艺文志》"六艺之文"也说:"龟厌不告,《诗》以为刺。"颜师古说这里引的就是《小雅·小旻》中的"我龟既厌,不我告犹",云:"言卜问烦数,媒嫚于龟,龟灵厌之,不告以道也。"意思是说,过于繁琐,亵渎了神龟,神龟厌恶了。此可与《春秋繁露》参看。

《春秋繁露》还认为《诗》有"谏"义。《必仁且智》论"谴之而不知,乃畏之以威"时引《周颂·我将》"畏天之威",以强调"圣主贤君尚乐受忠臣之谏,而况受天谴也"。《五行相生》云:"微谏纳善,防灭其恶。"《白虎通·谏诤篇》指出:"谏,间也,因也,更也,是非相间革更其行也。"这是因为"人怀五常",臣所以谏君目的在于:"尽忠纳诚也。"讽谏者,智也,患祸之萌,深睹其事,未彰而讽告,此智之性。谏,就是对君主、尊长等,以委婉言辞善意规劝,尽忠竭诚,拾遗补缺。《周礼·司谏》注:"谏,犹正也。以道正人行。"

### 三、诗文正直,报德赐福:以诗为法的诗法观

董仲舒认为《诗》与《春秋》一样可以为"天下法"。这里旗帜鲜明地将《诗》与国家法制紧密联系在一起,是董仲舒诗论上的又一新见。《楚庄王》曰:"春秋尊礼而重信,信重于地,礼尊于身。"有

何根据？宋国伯姬坚守礼节而死于大火中，齐桓公坚守诚信而丢失土地，"春秋贤而举之，以为天下法。"实际上，董仲舒是在倡导要以《春秋》中的礼、信"为天下法"。

除此而外，董仲舒还提出为政要以《诗》为天下法，因为《诗》与《春秋》同样含有重"礼"的内容。这是《祭义》在论述行祭礼时要对鬼神敬畏诚信时提出的。明白了祭祀的意义，才能重视祭祀活动，要像孔子说的那样："祭神如神在。"祭祀神灵如侍奉活人，恭恭敬敬。因而圣人对于鬼神，敬畏而不欺骗，相信而不放任，敬奉而不依赖。所有这些都是《诗》中说的："嗟尔君子，毋恒安息，静共尔位，好是正直，神之听之，介尔景福。"①于是阐发："恃其功，报有德也，幸其不私与人福也"；正直者得福，不正者不得福，"此其法也"。因此，"以诗为天下法矣，何谓不法哉"！因为诗文辞正直，一唱三叹，教化深入。孔子早就赞叹《诗》之奥妙："书之重，辞之复。呜呼！不可不察也，其中必有美者焉！"

而践行《诗》中之法要有"至诚之心"，执政者要加强自身修养，怜爱百姓，品行正直，以身作则，做至诚之君，这样才能得到上天恩惠。董仲舒引诗用意在劝诫执政者施行德治。《郊事对》以周公为典范，"周公继文武之业，成二圣之功，德渐天地，泽被四海，故成王贤而贵之"，引《大雅·抑》"无德不报"，提倡君王重德，才能延绵祖业，恩福泽润百姓。弘扬德治思想在《春秋繁露》中随处可见。《身之养重于义》说，圣人事明义，以照耀其所暗，故民不陷。如汤受命而王，"作《濩乐》，制质礼以奉天"；文王受命而王，"作《武乐》，制文礼以奉天"；武王受命，则"作《象乐》，继文以奉天"；周公

---

① （清）王先谦：《诗三家义集疏》，中华书局，1987年，第745页。

辅成王受命,"作《汋乐》以奉天"。① 这里把诗乐舞等艺术创作与天授王权、礼乐奉天联系起来,有助于对"以《诗》为天下法"的理解。董仲舒以为,《诗》承载着君王德行,具有极高的权威性与合理性,无疑应做后人学习与效法的典范,以此正言、达意,实现政治理想。

在实践中,《诗》同样可以作为法律依据。杜佑《通典》卷六十九载董仲舒曾断一桩棘手的案子:某甲养子杀人有罪,某甲得知,将养子藏匿。当如何处置?董仲舒断:养子,虽非己出,而其父子关系谁也改变不了,便引《小雅·小宛》云:"螟蛉有子,蜾蠃负之。"又引《春秋》之义,父为子隐。"甲宜匿乙,而不当坐。"当时法律规定,藏匿犯人理应当坐,但甲为养子隐情不报,系出人伦之情,因此董仲舒断某甲不当坐。在董仲舒心目中,《诗》不仅在思想意识上具有熏陶作用,而且在执法过程中也有权威性。《郊语》强调德行对于淳风化俗之重要时引《大雅·抑》:"有觉德行,四国顺之。"王者之德行于世,则四方莫不响应风化。所以说,"悦于庆赏,严于刑罚,疾于法令"。

## 四、天意难见,从变从义:诗无达诂的治诗观

晋人责难《春秋》"子"的称谓不符合春秋之法。《精华》解答:"所闻《诗》无达诂,《易》无达占,《春秋》无达辞。""达",本义为道路畅通。《说文》:"达,行不相遇也。"《广雅》:"达,通也。"引申为明白、通晓、通达事理之意。《虞书》:"达四聪。"柳宗元《送薛存义

---

① 张世亮,钟肇鹏,周桂钿译注:《春秋繁露》,中华书局,2012年,第227页。

序》:"有达于理者,得不恐而畏乎?""诂",以今言释古语。《说文》:"诂,训故言也。"《毛诗·关雎》诂训传疏:"诂者,古也。古今异言,通之使人知也。"《后汉书·桓谭传》注:"诂,训故言也。"达诂,即肯定确切的解释。"诗无达诂",即《诗》没有完全符合本义的训说。

"《诗》无达诂",主要是就整篇诗旨而言的,由于对诗旨理解的歧义,影响到对篇中章句理解的不同。从先秦对《诗》义的认识看,无论是在理论上还是在实践上,就存在同一诗篇或诗句在不同典籍中不同理解的现象。董仲舒这一提法是对先秦诗论的传承与创新。一方面可以看出董仲舒是个思想灵活的智者。《诗》《易》《春秋》难"达"其本义,理解经义就要"从变从义,而一以奉人"①。这种灵活思维在其他篇章中还有体现。《正贯》揭示:幽隐之人与事并非深不可测,只要接近他们就能发现其中的奥秘,"而后万变之应无穷者,故可施其用于人,而不悖其伦矣。"又说:"故明于情性,乃可与论为政。"另一方面践行了断章取义的理论。《春秋繁露》引诗不在本义,而是为阐发自己思想,根据所需取诗句字面义,以诗强调、证实自己的观点。春秋时期,这种用《诗》方法已成风气,《左传·襄公二十八年》就有"赋《诗》断章,余取所求焉"的说法,为学界所熟知。断章取义,"借他人酒杯,浇自己块垒",所引诗义因人、因事而异。曾异撰《纺授堂文集》卷五《复曾叔祈书》称"左氏引《诗》,皆非《诗》人之旨",所以说"《诗》无达诂"。如《韩诗外传》将《诗》句编为故事,便脱离诗本义。卢文弨《抱经堂文集》卷三《校本〈韩诗外传〉序》所谓"《诗》无定形,读诗者亦无定解"。宋王应麟《困学纪闻》卷三说:董仲舒的"诗无达诂",就是孟子的"不以

---

① 张世亮,钟肇鹏,周桂钿译注:《春秋繁露》,中华书局,2012年,第97页。

文害辞,不以辞害志"。

诗无达诂,就治学态度讲不够严谨科学,从训诂学角度看不足取。《春秋繁露》说《诗》、用《诗》共32处,其中《国风》2篇2次,《小雅》7篇8次,《大雅》9篇18次,《颂》3篇3次,逸诗1次。引《诗》以《雅》《颂》为主,雅颂许多诗义较为明确,书中用诗义大部分还是符合本义的,仅部分为我所需,离开本义。《竹林》与《度制》同引《邶风·谷风》:"采葑采菲,无以下体。"前者引用以说"取其一美,不尽其失";后者说"君子不尽利以遗民",利益不能一人尽占。两处取义截然不同。《魏风·伐檀》本是愤怒抨击剥削者不劳而获的,但像"彼君子兮,不素餐兮"极富讽刺意味的诗句,却被认为歌颂不劳而获的"君子""先其事,后其食",是不会尸位素餐的,①从而化"刺"为"美"。

董仲舒并非不能"达诂"有意回避探究诗本义,而是今文经学家的治经观念与风格。其一,今文学家训说"经"义是为了迎合统治者的政治需要,表达个人的见解,尤其是带有一定的政治目的。其二,《诗》距离遥远,诗人究竟表达何思想情感,除诗中明确提到外,其他确实难以明断其本义。其三,诗的意境具有朦胧性,接受者应有不同理解。明谢榛《四溟诗话》说:凡作诗不宜逼真,如朝行远望,青山佳色,隐然可爱,其烟霞变幻,难于名状。"远近所见不同,妙在含糊",即意境朦胧之美。沈德潜《唐诗别裁·凡例》也说:读诗者心平气和,"况古人之言,包含无尽,后人读之,随其性情浅深高下,各有会心。"比如好《晨风》而慈父感悟,讲《鹿鸣》而兄弟同食,斯为得之。最后,从天人哲学看,《春秋繁露》深刻理解诗人不易,抒发了"知天,诗人之所难"之同感。《天地阴阳》在论述天人

---

① 张世亮,钟肇鹏,周桂钿译注:《春秋繁露》,中华书局,2012年,第321页。

关系时指出:"《春秋》举世事之道,夫有书天,之尽与不尽,王者之任也。"引诗云:"天难谌斯,不易维王。"①谌,毛诗作"忱",韩诗作"谌"。《毛传》训:"忱,信也。"此诗本义是说天道变化无常难以信赖,君王确实不容易。自古以来人们不断受到自然灾害,从没停止过对天的探究、认识。从早期的《易》到汉代的《史记》无不将"知天"作为重要内容。《尚书·咸有一德》就有"天难谌,命靡常"之说。《诗》中出现不少有关"天"的诗句,尤其在《雅》《颂》中很多,这些诗篇反映了人们对"天"的敬畏、顺从、歌颂,或是慨叹、埋怨,说明当时人们对天的认识是朦胧、模糊的。汉代司马迁写《史记》一个重要目的是"究天人之际"。《春秋繁露》认为,"天意难见也,其道难理",要观天道,知天意,顺天志。因此,"王者不可以不知天,知天,诗人之所难也"。为君王者不易就是天难知。知天,对于诗人来说也不易,但是诗人却懂得知天的方法,即能"观天志,得天道"。② 天意难知体现在《诗》中,因此诗义难明。这正是对"诗无达诂"的照应,回答了前人一直在探讨的问题。

"诗无达诂",是董仲舒适意发挥《诗》义乃至其他经典的思维方式,成为一种诗观念并对后世产生很大影响。作为用诗方法早已被许多学人所接受,"诗无达诂"被认作文学鉴赏中的差异性。《永乐大典》卷九〇七《诗》所录南宋刘辰翁之子刘将孙作王安石《唐百家诗选序》云:"古人赋《诗》,独断章见志。固有本语本意若不及此,而触景动怀,别有激发。"其中"别有激发",即在诗鉴赏中因人而有不同的感悟。王夫之《姜斋诗话》所说"作者用一致之思,读者各以其情而自得"更为一语中的。

---

① 《诗·大雅·大明》。
② 张世亮,钟肇鹏,周桂钿译注:《春秋繁露》,中华书局,2012年,第650页。

## 五、综论

《汉书》载,董仲舒在对策推行大一统学术思想时指出,"今师异道,人异论,百家殊方,指意不同",处在上位的人君不能掌握统一的标准,"法制数变,下不知所守"。为此要断绝"诸不在六艺之科,孔子之术者"之道,灭息邪辟之说,"然后统纪可一,而法度可明,民知所从矣"![1] 从其《诗》观念与实践看,董仲舒治经在实用,将以《诗》为首的"六艺"视为治国理政的法典,为需要有时竟致牵强附会,将天人比附在一起。董仲舒赋予《诗》以哲学意蕴,贵志重德,以诗证诗、以诗证事、以诗证志,以阐发其政治思想为要旨。这些对诗义的理解产生一定影响。深入系统研究董仲舒诗观念,可以看出其思维方式与认识论根源,同时对于全面深入认识汉代《诗经》研究成果,深化《诗经》研究具有重要意义。

(王硕民,解放军汽车管理学院,教授)

---

[1] (汉)班固:《二十五史·汉书》卷1,上海古籍出版社,1986年,第237页。

# 汉四家《诗》说异同谫论*

陈锦春

汉代自申培创《鲁诗》学派、辕固创《齐诗》学派、韩婴创《韩诗》学派,各被汉王朝立为博士官。三家《诗》传承有自,说亦各殊。然清代《诗经》今文学家往往以为三家大同,而与毛大异。如魏源《诗古微·齐鲁韩毛异同论上》云:"三家遗说,凡《鲁诗》如此者,韩必同之;《韩诗》如此者,鲁必同之;《齐诗》存什一于千百,而鲁、韩必同之。苟非同出一原,安能重规迭矩?"①皮锡瑞《诗经通论》以《史记·儒林列传》云《韩诗传》"其语颇与齐鲁间殊,然其归一也",推论说:"可见鲁、齐、韩三家《诗》大同小异。惟其小异,故须分立三家。若全无异,则立一家已足,而不必分立矣。惟其大同,故可并立三家。若全不同,则如《毛诗》大异而不可并立矣。"②魏、皮二氏之说是否成立呢? 下面,我们试从四家《诗》与先秦儒家《诗》学观的关系及四家《诗》解异同比较来略加探讨。

众所周知,先秦儒家《诗》学思想对后世影响很大,尤以孔子、孟子、荀子为代表。《论语》所载孔子称《诗》、论《诗》共18处,反映出了孔子对《诗》的主要认识和基本态度,主要表现在4个方面:

---

\* 本文为教育部人文社会科学研究青年基金项目《晚清民国诗经学嬗变研究》(项目批准号:14YJC51003)阶段性成果之一。

① (清)魏源:《诗古微》上编之一,何慎怡校点、汤志钧审订,岳麓书社,1989年,第161页。

② (清)皮锡瑞:《诗经通论》,皮锡瑞:《经学通论》,中华书局,2003年,第24页。

其一,肯定《诗》思想内容的"无邪"纯正,且符合中庸之道。如《为政篇》说:"诗三百,一言以蔽之,曰'思无邪'。"①《八佾篇》评《周南·关雎》云:"乐而不淫,哀而不伤。"②其二,强调《诗》的现实政治意义和教化作用。如《子路篇》云:"诵《诗》三百,授之以政,不达;使于四方,不能专对;虽多,亦奚以为?"③《季氏篇》云:"不学《诗》,无以言。"④《阳货篇》云:"《诗》,可以兴,可以观,可以群,可以怨。迩之事父,远之事君;多识于鸟兽草木之名。"⑤可见孔子特别强调《诗》为现实政治服务及其增饰文采、博识通才的教化功能。其三,引诗、解诗着眼于实用,不无"断章取义"的做法。如《子罕篇》记孔子用"不忮不求,何用不臧"赞赏仲由"衣敝缊袍,与衣狐貉者立,而不耻"的操行。⑥ 这两句诗出自《邶风·雄雉》,据《毛诗序》,则《雄雉》是刺卫宣公淫乱不恤国事之诗。而孔子引《诗》赞赏仲由,可见只是使用诗句的表面意思,并不关涉全诗大义。其四,善于用礼解《诗》。如《八佾篇》载子夏问孔子"巧笑倩兮,美目盼兮,素以为绚兮"这三句《诗》文是什么意思,孔子回答说:"先有白色底子,然后画花。"而子夏质以"礼产生于仁之后吗",受到孔子的表扬,认为子夏启发了自己。⑦ 这里孔门弟子解《诗》联系上礼,显然也是断章取义,自由联想,反映了孔门解《诗》的一个方向。廖名春通过分析上海博物馆藏战国楚简《孔子诗论》中的《木瓜》、"宾赠"、《大田》、《鹿鸣》诸诗说,指出早在毛亨、郑玄之前,春秋战

---

① 杨伯峻:《论语译注》,中华书局,2004年,第11页。
② 《论语译注》,第30页。
③ 《论语译注》,第135页。
④ 《论语译注》,第178页。
⑤ 《论语译注》,第185页。
⑥ 《论语译注》,第95页。
⑦ 《论语译注》,第25页。

国时期的孔子已经运用"以礼说《诗》"这一方法。① 廖氏的结论与《论语》所载契合,可见是符合事实的。

孔子对《诗》三百的认识和态度,在学术史上留下了深远的影响。董治安先生指出,《毛诗序》"声言诗之'发乎情,止于礼义',强调'上以风化下,下以风刺上'的作用,和'经夫妇,成孝敬,厚人伦,美教化,移风俗'的《诗》教效果,究其本,实导源于孔子"。②《汉书·儒林传》载《鲁诗》家王式为昌邑王师,在昌邑王废后被问责"师何以亡谏书",王式答曰:"臣以《诗》三百五篇朝夕授王,至于忠臣孝子之篇,未尝不为王反复诵之也;至于危亡失道之君,未尝不流涕为王深陈之也。臣以三百五篇谏,是以亡谏书。"③王式以《诗》为谏书,反映了汉儒以《诗》为现实政治服务的学术精神,显然在很大程度上也是汲取了孔子的《诗》学思想。

孟子是孔子之后最接近《诗》世之人,他的《诗》学观点多被汉代学者接受。尤其是《孟子·万章上》提出的"以意逆志"说和《万章下》提出的"知人论世"说,对后世考辨诗文史实,以史证《诗》的方法具有重要启发作用。陈桐生认为孟子是汉代今文经学的先驱,对西汉今文经学作出了特殊贡献,主要表现在 5 个方面,即孟子关于孔子作《春秋》的说法奠定了儒家经学独尊的理论基础,孟子某些观点有助于西汉今文经学走向体系化,孟子关于知人论世、以意逆志的说《诗》方法对汉初今文《诗》学多有启示,孟子通经致用的精神为汉代今文经学家所继承,孟子的某些学术观点多为西

---

① 廖名春:《上博〈诗论〉简"以礼说〈诗〉"初探》,《中国诗歌研究》2003 年 6 月,第 142 – 148 页。
② 董治安:《漫论孔子与六经》,董治安:《先秦文献与先秦文学》,齐鲁书社,1994 年,第 215 页。
③ (汉)班固撰、(唐)颜师古注:《汉书》卷八十八,中华书局,1997 年,第 3610 页。

汉今文经学所吸取。① 孟子的学术思想对后世影响很大,如《齐诗》创始人辕固与黄生在汉武帝面前论汤武革命,他说:"夫桀、纣荒乱,天下之心皆归汤、武,汤、武因天下之心而诛桀、纣,桀、纣之民弗为使而归汤、武,汤、武不得已而立,非受命为何?"②其所持的观点正与《孟子·梁惠王下》所云"贼仁者谓之贼,贼义者谓之残.残贼之人谓之一夫。闻诛一夫纣矣,未闻弑君也"相似。③ 不过,陈氏只看到孟子与今文经学的关系,而忽略了孟子与《毛诗》学派的关系,却难免有失偏颇。宋欧阳修《诗本义·序问》云:"今考《毛诗》诸《序》,与孟子说《诗》多合。"④又《诗本义·麟之趾》论云:"孟子去《诗》世近,而最善言《诗》。推其所说诗义,与今《序》意多同。"⑤王承略先生《论诗序的主体部分可能始撰于孟子学派》考察出《孟子》用《诗》的文本与《毛诗》最为接近,而毛传在解《诗》时把《孟子》视为最重要的立说根据和材料来源,有直接抄录《孟子》原文、节取《孟子》大意、采用《孟子》字词训诂等形式,且《毛诗序》在大意和学术思想上多与《孟子》相合或相通,⑥坚确地说明了孟子与《毛诗》学派必然存在着联系。

  荀子是战国时期的最后一个大儒,他在书中多次称《诗》、论《诗》,对汉代《诗》学思想具有特别的影响。《汉书·儒林传》和

---

  ① 陈桐生:《孟子是西汉今文经学的先驱》,《汕头大学学报》(人文科学版)2000年第2期,第44-50页。又陈桐生:《论孟子对西汉今文经学的特殊贡献》,《孔子研究》2001年第2期,第56-63页。
  ② (汉)班固撰、(唐)颜师古注:《汉书》卷八十八,第3612页。
  ③ 杨伯峻:《孟子译注》卷二,中华书局,2003年,第42页。
  ④ (宋)欧阳修:《诗本义》卷十四,刘心明、杨纪荣校点,《儒藏精华编》第24册,北京大学出版社,2008年,第150页。
  ⑤ (宋)欧阳修:《诗本义》卷一,第7-8页。
  ⑥ 王承略:《论诗序的主体部分可能始撰于孟子学派》,《诗经研究丛刊》第3辑,学苑出版社,2002年,第137-158页。

《楚元王传》都说《鲁诗》的创始人申培曾师从浮丘伯,而浮丘伯是荀子的弟子。可见《鲁诗》出自荀子,当无疑义。陆玑《毛诗鸟兽草木虫鱼疏》书后附四家《诗》授受源流,及《经典释文序录》于徐整下引"一说",皆云《毛诗》经卜商六传至荀卿,然后传给大毛公。唐孔颖达、清陈奂对《毛诗》出自荀子之说都深信不疑。汪中《荀卿子通论》则不仅认为《鲁诗》、《毛诗》、《左传》、《谷梁传》、大小戴《礼记》等是出自荀子,而且以《韩诗外传》引荀子说《诗》达44次,故将《韩诗》视作《荀子》之别子。① 刘师培《群经大义相通论》有《毛诗荀子相通考》,承汪氏之说而采《荀子》引《诗》论《诗》22条,其述《诗》总义者8条,《诗》章句14条,与《毛诗》相较,而"荀义合于《毛诗》者十之八九","其不合者,即《鲁诗》、《韩诗》之说"。② 按:汪、刘二说虽辩,然除《鲁诗》出自荀子确有根据外,《毛诗》虽也甄录荀子诗说,但"自谓子夏所传",自然不出于荀子。至于《韩诗外传》,其著述体例即以丛抄《荀子》等先秦、汉初著作为主,很难说其学统即出自荀子。不过,《鲁诗》出自荀子,而韩、毛多采录荀子的《诗》解,也说明了荀子的《诗》学观对于汉儒的影响。故徐复观说:"西汉在武帝以前,荀子的影响甚大则确是事实,西汉经学与荀子有各种关连,则是可以推论而得的。"③这是较为切近事实的论断。

总之,孔子、孟子、荀子以来的儒家《诗》学思想对汉代四家《诗》具有重要的影响,四家解《诗》时多接受先秦儒家《诗》学观,故其《诗》解当不无相同或相似之处。全十四家《诗》在字词训诂、

---

① (清)汪中:《荀卿子通论》,汪中:《述学·补遗》,戴庆钰、涂小马校点,辽宁教育出版社,2000年,第77-80页。
② 刘师培:《群经大义相通论》,刘师培:《清儒得失论》,中国人民大学出版社,2006年,第78页。
③ 徐复观:《中国经学史的基础》,徐复观:《徐复观论经学史二种》,上海书店出版社,2005年,第34页。

诗篇顺序、诗篇章旨等理解上的差异,正是四家分立的原因之一。魏、皮二氏将三家《诗》说几乎完全等同,而将三家与《毛诗》完全对立的说法,恐怕并非确论。

## 一、《毛诗》与三家《诗》说解的相同之处

《毛诗》与三家《诗》在说解方面有相同或相通之处,试从字词训诂、名物典制、篇章旨意等方面举例说明。

1.《毛诗》有与三家字词训诂相同者,如《小雅·六月》"元戎十乘",毛传:"元,大也。夏后氏曰钩车,先正也。殷曰寅车,先疾也。周曰元戎,先良也。"①《史记·三王世家》"虚御府之藏以赏元戎",集解:"《诗》云:'元戎十乘,以先启行。'韩婴《章句》曰:'元戎,大戎,谓兵车也。车有大戎十乘,谓车缦轮,马被甲,衡扼之上尽有剑戟,名曰陷军之车,所以冒突先启敌家之行伍也。'"②此处毛、韩二家并训"元"为"大",是训诂相同。不过在解释名物时,毛着重于元戎的历史演变,韩着重于其本身的形制,二家之说适可互补,相依为用。

又如《大雅·绵》"周原膴膴",毛传:"膴膴,美也。"③《经典释文》出"膴膴",云:"音武,美也。《韩诗》同。"④是毛、韩并以"膴膴"为"美",训诂相同。

---

① (汉)郑玄笺、(唐)孔颖达疏:《毛诗正义》卷一之二,影印原世界书局缩印《十三经注疏》本,上海古籍出版社,1997年,第425页。
② (汉)司马迁撰,(宋)裴骃集解、(唐)司马贞索隐、(唐)张守节正义:《史记》卷六十,北京:中华书局,1997年,第2109页。
③ (汉)郑玄笺、(唐)孔颖达疏:《毛诗正义》卷一六之二,第510页。
④ (唐)陆德明:《经典释文》卷七,影印国家图书馆藏宋元递修本,上海古籍出版社,1985年,第350页。

也有《毛诗》训诂与三家看似不同,实则其义相通者,如《周南·螽斯》"宜尔子孙,绳绳兮",毛传:"绳绳,戒慎也。"本于《尔雅·释训》"绳绳,戒也"之训。《玉篇·糹部》引《韩诗》云:"绳绳,敬貌也。"王先谦引顾震福云:"韩说'敬貌','敬'当读为'警'。《常武》'既敬既戒',《夏官·序官》注作'既儆既戒'。《隶仆》注释文:'儆,字又作警。'古'警'与'敬'通。笺云:'敬之言警也。'《释名》:'敬,警也。恒自肃警也。'《说文》:'警之言戒也。从言,从敬,敬亦声。'《系传》云:'《礼》曰:"先鼓以敬戒。"敬戒即警戒。'《下武篇》'绳其祖武',传:'绳,慎也。'《管子·宙合篇》:'故君子绳绳乎慎其所先。'《汉书·礼乐志》'绳绳意变',应劭注:'绳绳,敬谨更正意也。'韩训'绳'为'敬',与毛训'戒慎'义同。"①顾氏引《大雅·常武》、《周礼》郑玄注、《释名》、《说文》、《管子》、《汉书》等证明《韩诗》"敬"通"警","警"与"戒"其义又相通,是《韩诗》之训看似与毛别,实则二者相通。

又如《唐风·有杕之杜》"彼君子兮,噬肯适我",毛传:"噬,逮也。"②本于《尔雅·释言》。《经典释文》云:"《韩诗》作'逝',逝,及也。"③王先谦引陈乔枞云:"毛于《邶诗》'逝不古处'云'逝,逮',次章'逝不相好'云'不及我以相好',是训'逝'为'逮',训'逮'为'及',义皆展转相通。此诗'噬'即'逝'之借字。"④这里毛、韩文本用字看似不同,实则相通;其训诂看似不同,实则也辗转相通。

---

① (清)王先谦:《诗三家义集疏》卷一,王承略、陈锦春等校点,《儒藏精华编》第36册,北京大学出版社,2014年,第36页。
② (汉)郑玄笺、(唐)孔颖达疏:《毛诗正义》卷六之二,第366页。
③ (唐)陆德明:《经典释文》卷五,第265页。
④ (清)王先谦:《诗三家义集疏》卷八,第404–405页。

2.《毛诗》有与三家释名物典制相同或相通者,如《周南·卷耳》"采采卷耳,不盈顷筐",毛传:"顷筐,畚属,易盈之器也。"①《经典释文》引《韩诗》说:"顷筐,欹筐也。"②所谓欹筐,即前后筐沿有高低之别,容易盛满的竹器。毛从物品本身的属性言,韩从其外形言,二者实则相通。顷筐究竟为何物,至今已难以确考,大概与孔子观于鲁桓公之庙的欹器相似,欹器"虚则欹,中则正,满则覆",③顷筐是否也是如此,不得而知。但据毛、韩之解,大体可以知晓顷筐的形制、功用等。

3.《毛诗》述《诗》旨有与三家相同者,如《汉书·匡张孔马传》载《齐诗》学者匡衡奏议云:"臣窃考《国风》之诗,《周南》、《召南》被贤圣之化深,故笃于行而廉于色。郑伯好勇,而国人暴虎;秦穆贵信,而士多从死;……晋侯好俭,而民畜聚;太王躬仁,邠国贵恕。"④今校以《毛诗序》,其《周南》、《召南》分属于周公、召公,"《关雎》、《麟趾》之化,王者之《风》,故系之周公","《鹊巢》、《驺虞》之德,诸侯之《风》也,先王之所以教,故系之召公",⑤周公为圣人,召公为贤人,二《南》为《诗》之正风,多颂后妃、夫人之德,与《齐诗》"被贤圣之化深",故笃行廉色之说相合。《郑风·大叔于田》序云:"刺庄公也。叔多才而好勇,不义而得众也。"其诗曰:"袒裼暴虎,献于公所。将叔勿狃,戒其伤女。"⑥正与"郑伯好勇"之说相合。《秦风·黄鸟》序云:"哀三良也。国人刺穆公以人从死,而

---

① (汉)郑玄笺、(唐)孔颖达疏:《毛诗正义》卷一之二,第277页。
② (唐)陆德明:《经典释文》卷五,第208页。
③ 参见《荀子·宥坐篇》,梁启雄:《荀子简释》,中华书局,2009年,第386页。
④ (汉)班固撰、(唐)颜师古注:《汉书》卷八十一,第3335页。
⑤ (汉)郑玄笺、(唐)孔颖达疏:《毛诗正义》卷一之一,第272页。
⑥ (汉)郑玄笺、(唐)孔颖达疏:《毛诗正义》卷四之二,第337页。

作是诗也。"①其诗极言奄息、仲行、针虎三人从秦穆公而死之情形,亦与"士多从死"之说合。《唐风·山有枢》序云:"刺晋昭公也。不能修道以正其国,有财不能用,有钟鼓不能以自乐。"其诗曰:"子有衣裳,弗曳弗娄。子有车马,弗驰弗驱。宛其死矣,它人是愉。"毛传:"国君有财货而不能用,如山隰不能自用其财。"②正是刺其吝啬积财而不知使用,与"晋侯好俭,而民畜聚"之说相近。太王即周文王之祖古公亶父,《大雅·绵》毛传:"古公处豳,狄人侵之。事之以皮币,不得免焉;事之以犬马,不得免焉;事之以珠玉,不得免焉。乃属其耆老而告之曰:'狄人之所欲,吾土地。吾闻之,君子不以其所养人而害人,二三子何患无君?'去之,逾梁山,邑乎岐山之下。豳人曰:'仁人之君,不可失也。'从之如归市。"③与"太王躬仁,邠国贵恕"之说相合。

又如《魏风·硕鼠》,《毛诗序》云:"刺重敛也。国人刺其君重敛,蚕食于民,不修其政,贪而畏人,若大鼠也。"桓宽《盐铁论·取下篇》云:"周之末涂,德惠塞而嗜欲众,君奢侈而上求多,民困于下,怠于公乎,是以有履亩之税,《硕鼠》之诗是也。"王符《潜夫论·班禄篇》云:"履亩税而《硕鼠》作。"④一般认为桓宽为《齐诗》说,王符为《鲁诗》说。桓、王二氏述《硕鼠》的创作来由相同,而毛以为"刺重敛",桓以为"君奢侈而上求多",其说实则相同。

又如《秦风·渭阳》,《毛诗序》云:"康公念母也。康公之母,晋献公之女。文公遭丽姬之难,未反而秦姬卒。穆公纳文公,康公时为太子,赠送文公于渭之阳,念母之不见也,我见舅氏,如母存

---

① (汉)郑玄笺、(唐)孔颖达疏:《毛诗正义》卷六之四,第373页。
② (汉)郑玄笺、(唐)孔颖达疏:《毛诗正义》卷六之一,第261-262页。
③ (汉)郑玄笺、(唐)孔颖达疏:《毛诗正义》卷一六之二,第509页。
④ (清)王先谦:《诗三家义集疏》卷七,第386页。

焉。及其即位,思而作是诗也。"《后汉书·马援传》李贤注引《韩诗》云:"秦康公送舅氏晋文公于渭之阳,念母之不见也,曰:'我见舅氏,如母存焉。'"刘向《列女传》云:"秦穆姬者,晋献公之女,贤而有义。穆姬死,穆姬之弟重耳入秦,秦送之晋,是为晋文公。太子䓨思母之恩,而送其舅氏也。作诗曰:'我送舅氏,至于渭阳。何以赠之?路车乘黄。'君子曰:慈母生孝子。"①一般认为刘向所习为《鲁诗》,则毛、韩、鲁所说《渭阳》诗旨相同。

此外,蔡邕《独断》所载《周颂》31 章之序,②大都可与《毛诗序》相证合。一般认为蔡氏为《鲁诗》学,我们通过考察《陈留太守胡公碑》及《隶释》所载刘宽门生碑,可知蔡邕也学习《韩诗》。③ 不过,无论蔡氏《独断》所载是《鲁诗》还是《韩诗》,都与《毛诗序》所说诗旨相近。

以上仅就《毛诗》与三家《诗》说解的内容而言,可知四家在字词训诂、名物典制、诗篇旨意等方面有诸多相同或相通之处。另一方面,四家在解《诗》时基本上都继承先秦儒家《诗》说,遵循以美刺说《诗》、比附史实、以礼说《诗》等方法。

汉儒普遍用美刺说《诗》,是把《诗》当作切于时事的教化工具。朱东润统计《毛诗序》中明确标示"美""刺"二字者,其中《风》诗160 篇,美诗17 篇,刺诗78 篇;《小雅》74 篇,美诗4 篇,刺诗45 篇;《大雅》31 篇,美诗7 篇,刺诗6 篇。合而言之,《风》、《雅》诗265 篇,美诗28 篇,刺诗129 篇。是《风》、《雅》诗中以美刺论诗者占到

---

① (清)王先谦:《诗三家义集疏》卷九,第431 页。

② (东汉)蔡邕:《独断》,影印扫叶山房石印本,杭州:浙江古籍出版社,1998 年,第 952 – 953 页。按:王先谦《诗三家义集疏》移录《独断》时文字多有脱落,特别是章句字数脱落尤多。

③ 陈锦春、王承略:《韩诗学派习易学者考》,《周易研究》2012 年第 4 期,第 28 页。

6成,而刺诗又是美诗的4倍多。①

不仅如此,《毛诗序》还有言"嘉"者,如《大雅·假乐》"嘉成王";有言"乐"者,如《小雅·南有嘉鱼》"乐与贤";有言"劳"者,如《小雅·四牡》"劳使臣之来"。凡言"嘉"、"乐"、"劳"之诗,大抵都近于美诗。而《毛诗序》亦有言"恶"者,如《召南·野有死麇》"恶无礼";有言"怨"者,如《邶风·击鼓》"怨州吁";有言"疾"者,如《陈风·东门之枌》"疾乱";有言"责"者,如《邶风·旄丘》"责卫伯";有言"戒"者,如《秦风·终南》"戒襄公"。凡言"恶"、"怨"、"疾"、"责"之诗,皆为刺诗;凡言"戒"之诗,则是近于刺诗。而《毛诗序》也有言"诱"者,如《陈风·衡门》"诱僖公";有言"诲"者,如《小雅·鹤鸣》"诲宣王";有言"规"者,如《小雅·沔水》"规宣王";有言"劝"者,如《召南·殷其靁》"劝以义";有言"哀"者,如《秦风·黄鸟》"哀三良"。及有言"惧"、言"闵"、言"伤"、言"悔"、言"忧"、言"思"等之诗,虽然不是直接讥刺,但是大半带有讽意。故朱东润说:"要之果据《毛序》而论,总诗之美刺与夫类似美刺者言之,《风》、《雅》二百六十五篇之诗,十可尽其八九,而刺诗为尤众。"②

此外,《颂》诗全为美诗,而《周南·关雎》赞"后妃之德",显然也是美诗。因此,可以说《诗》三百几乎都关涉美刺。

不仅《毛诗》如此,三家《诗》也一样。如上述王式、匡衡所言,都是以美刺说《诗》。以王先谦《诗三家义集疏》所搜辑论,《鲁诗》《国风》诗旨可考者51篇,其中美诗10篇,刺诗16篇;《小雅》26篇,美诗4篇,刺诗18篇;《大雅》10篇,美诗6篇,刺诗1篇。《齐

---

① 朱东润:《诗心论发凡》,朱东润:《诗三百篇探故》,上海古籍出版社,1981年,第100页。
② 朱东润:《诗心论发凡》,朱东润:《诗三百篇探故》,第101－102页。

诗》《国风》诗旨可考者52篇,其中美诗9篇,刺诗14篇;《小雅》20篇,美诗5篇,刺诗8篇;《大雅》8篇,美诗2篇。《韩诗》《国风》诗旨可考者32篇,其中美诗10篇,刺诗8篇;《小雅》7篇,美诗1篇,刺诗1篇;《大雅》5篇,美诗2篇,刺诗1篇。① 王氏虽然是搜罗亡佚,得其大意,但是三家《诗》也以美刺说《诗》,则确为事实。程廷祚《清溪集·诗论十三》"再论刺诗"节云:"汉儒言《诗》,不过美刺二端。"②程氏此论,确乎抓住了汉人说《诗》的要害。

推原四家以美刺说《诗》的缘由,不外乎两点,其一,诗本为言志之作,诗中存在忧、乐、哀、愁等情志。不论其是以采诗还是献诗的方式达于上听,其目的都是为了反映民情,以便在上者观察风俗。因此,《诗》从一开始就不是纯粹的文学作品,而是具备有政治讽喻功能的。其二,孔子以前,如《左传·襄公二十九年》载吴季札观乐,实则已经以美刺说《诗》。自孔子以来,文教下移,而孔子更强调《诗》为现实政治服务。汉代学者承继先秦儒家的《诗》学观,虽然师说或有不同,但大都以美刺说《诗》,符合当时的学术传统。

以美刺言《诗》是先秦以来的说《诗》传统,而以史附《诗》、以礼说《诗》,则是以美刺说《诗》的两个重要纲目。考证诗篇的史实,分辨其中是否合乎礼的要求,便可以进行赞美或讽刺。

以史附《诗》,《左传》、《国语》多有记载。如《左传·隐公三年》云:"卫庄公娶于齐东宫得臣之妹,曰庄姜,美而无子,卫人所为赋《硕人》也。"杨伯峻谓此处"赋"与"闵二年《传》之'许穆夫人赋《载驰》'、'郑人为之赋《清人》',文六年《传》之'国人哀之,为之

---

① 赵茂林:《两汉三家诗研究》,巴蜀书社,2006年,第379-380页。
② (清)程廷祚:《清溪集》卷二,民国三年蒋氏慎修书屋排印《金陵丛书》本。

赋《黄鸟》',皆创作之义"。①《左传》所载就是考证诗篇的创作情况,而被《毛诗序》所遵用。《国语·周语中》引《小雅·常棣》"兄弟阋于墙,外御其侮",称为"周文公之诗",②也是考证诗篇作者及其时代的说《诗》方法。《毛诗序》云:"燕兄弟也。闵管、蔡之失道,故作《常棣》焉。"郑笺云:"周公吊二叔之不咸,而使兄弟之恩疏,召公为作此诗,而歌之以亲之。"吕祖谦引董逌之说云《韩诗序》:"《夫栘》,燕兄弟也。闵管、蔡之失道也。"③毛、韩皆承《国语》而来,郑笺更为详细。

除传世文献外,出土文献中也常见这种以史说《诗》的例子。如上海博物馆藏楚竹书《孔子诗论》第15简言"及其人,敬爱其树,其保厚矣。《甘棠》之爱,以邵公",④第24简言"以荏菽之古也,后稷之见贵也",⑤实际上是从《诗》文内容出发,诗文本身反映出了当时的历史情况,故言《诗》者不能不有所及。

又如《清华大学藏战国竹简》中《耆夜》篇有云:

> 武王八年,征伐耆(黎),大戡之。还,乃饮至于文太室。毕公高为客,召公保奭为夹,周公叔旦为主,辛公詻甲为位,作策逸为东堂之客,吕尚父命为司正,监饮酒。王夜爵酬毕公,作歌一终曰《乐乐旨酒》:"乐乐旨酒,宴以二公。纴夷兄弟,庶民和同。方壮方武,穆穆克邦。嘉爵

---

① 杨伯峻:《春秋左传注》,中华书局,2006年,第30-31页。
② 上海师范大学古籍整理研究所校点:《国语》,上海古籍出版社,1998年,第45页。
③ (清)王先谦:《诗三家义集疏》卷十四,第527页。
④ 于茀:《金石简帛诗经研究》,北京大学出版社,2004年,第200页。按:图版参于氏所影印复制者,文字参考裘锡圭、李学勤、胡平生等诸家隶定。
⑤ 《金石简帛诗经研究》,第222页。

速饮,后爵乃从。"王夜爵酬周公,作歌一终曰《赭乘》:"赭乘既饬,人服余不肯。但士奋甲,殹民之秀。方壮方武,克燮仇雠。嘉爵速饮,后爵乃复。"周公夜爵酬毕公,作歌一终曰《赑赑》:"赑赑戎服,壮武赳赳。谧精谋猷,欲德乃救。王有旨酒,我忧以辞。既醉又侑,明日勿慆。"周公又夜爵酬王,作祝诵一终曰《明明上帝》:"明明上帝,临下之光。丕显来格,歆厥禋盟。于……月有盈缺,岁有歇行。作兹祝诵,万寿无疆。"周公秉爵未饮,蟋蟀跃降于堂,[周]公作歌一终曰《蟋蟀》:"蟋蟀在堂,役车其行。今夫君子,不喜不乐。夫日□□,□□□忘(荒)。毋已大乐,则终以康。康乐而毋忘(荒),是惟良士之方方。蟋蟀在席,岁聿云莫。今夫君子,不喜不乐。日月其迈,从朝及夕。毋已大康,则终以祚。康乐而毋荒,是惟良士之惧惧。蟋蟀在舍,岁聿云□。□□□□,□□□□,□□□□(从冬及夏)。毋已大康,则终以惧惧。康乐而毋荒,是惟良士之惧惧。"①

这一则文献记载了《乐乐旨酒》、《赭乘》、《赑赑》、《明明上帝》、《蟋蟀》等诗的创作情况,其中,周公作《蟋蟀》一事颇有疑义。就传世文献引《诗》称《诗》而言,如果述及《诗》篇名,其下则一般不会再接诗文;如果引述诗文,则一般也较少出现《诗》篇名。《诗》在春秋战国时期属于经典文献,传世文献几乎没有出现过引《诗》称《诗》于《诗》篇名后直接诗文的情况。这里赋诗,皆《诗》篇名后直接诗文,在文献著录形式上确实迥异于传世文献,需要引起注

---

① 清华大学出土文献研究与保护中心:《清华大学藏战国竹简(壹)》,上海文艺出版(集团)有限公司、中西书局,2010年,第150页。

意。且同为"作歌一终",《乐乐旨酒》、《辖乘》、《㬥㬥》、《明明上帝》皆只有一章,而《蟋蟀》却有三章。是否前四诗接近《周颂》,而《蟋蟀》属于《国风》?《蟋蟀》于《毛诗》属《唐风》,《孔丛子·记义》载孔子论《诗》云:"于《蟋蟀》,见陶唐俭德之大也。"①《毛诗序》以为刺晋僖公"俭不中礼",桓宽《盐铁论·通有篇》、张衡《西京赋》及薛综注并以为"刺俭",②是《毛诗》与三家说略同。清华简体现出战国人用春秋以来考证诗篇创作年代及作者的方式解《诗》,而其说则显然与四家《诗》解都不同。

四家以史解《诗》,其例甚多。如《毛诗》《周南》属之周公,《召南》属之召公。除此之外,其他风雅颂三体之《诗》,其明确标示诗作背景系于何时何人者,《国风》84篇,《小雅》58篇,《大雅》28篇,《周颂》5篇,《鲁颂》4篇,共179篇,合二《南》诗25篇,凡204篇。其中《小雅》美刺宣、幽二王之作占了大半,《鲁颂》全部颂扬僖公。这204篇《序》在解释诗旨时都意存美刺,也可以看出以史说《诗》与以美刺说《诗》的关系。

又如《召南·甘棠》,《毛诗序》云:"美召伯也。召伯之教明于南国。"《汉书·王贡两龚鲍传》载《韩诗》学者王吉云:"昔召公述职,当民事时,舍于棠下而听断焉,是时人皆得其所,后世思其仁恩,至虖不伐甘棠,《甘棠》之诗是也。"③郑笺曰:"召伯,姬姓,名奭,食采于召,作上公,为二伯,后封于燕。此美其为伯之功,故言伯云。"④毛之召伯,即韩之召公,是毛、韩皆以《甘棠》为美召公之诗。

---

① 傅亚庶:《孔丛子校释》卷一,中华书局,2011年,第54页。
② (清)王先谦:《诗三家义集疏》卷八,第389页。
③ (汉)班固撰、(唐)颜师古注:《汉书》卷七十二,第3058页。
④ (汉)郑玄笺、(唐)孔颖达等疏:《毛诗正义》卷一之四,第287页。

又如《小雅·六月》，《毛诗序》："宣王北伐也。"《汉书·匈奴传》云："宣王兴师命将，征伐猃允，诗人美大其功。"《汉书·韦玄成传》引刘歆议文云："周室既衰，四夷并侵，猃允最强，至宣王而伐之，诗人美而颂之曰：'薄伐猃狁，至于太原。'"蔡邕《谏伐鲜卑议》文："啴啴推推，如霆如雷。显允方叔，征伐猃狁，荆蛮来威。故称中兴。"又曰："周宣王命南仲、吉甫攘猃狁，威蛮荆。"①一般以班固《汉书》为《齐诗》学，而韦玄成、蔡邕为《鲁诗》学，是毛、鲁、齐说并以《小雅·六月》为宣王时诗。

此外，四家以礼说《诗》者也不少。如《小雅·湛露》，《毛诗序》云："天子燕诸侯也。"《易林·屯之鼎》云："《湛露》之欢，三爵毕恩。"《讼之恒》、《同人之离》同。又《讼之既济》云："白雉群雏，慕德贡朝。《湛露》之恩，使我得欢。"②一般认为《易林》是《齐诗》学，则毛、齐天子燕诸侯之说同。

综上所述，《毛诗》与三家《诗》并非完全的对立，四家都承先秦儒家《诗》学观而来，都把《诗》当作切于现实政治的教化工具，以美刺说《诗》，着重考证诗篇史实，分析其社会行为是否符合礼的标准，在训释字词、解释名物、揭示诗篇旨意等方面有相同或相通之处。

## 二、《毛诗》与三家《诗》说解的不同之处

《毛诗》与三家《诗》说尽管有诸多相同相通之处，但是《毛诗》和三家《诗》毕竟属于不同的学派，毛为古文经学，三家为今文经

---

① （清）王先谦：《诗三家义集疏》卷十五，第569页。
② （清）王先谦：《诗三家义集疏》卷十五，第563页。

学,四家师承各异,不仅所用《诗》的文本不同,在解经思想上也存在许多不同之处。

《汉书·艺文志》并不把《毛诗》的文本视作古文经,不过《毛诗》与三家《诗》在用字上确实有着较大的差别,历代研究《诗经》的学者都注意到了这一点,如郑玄注"三礼",往往标示《诗》家异文,唐陆德明《经典释文》也注意罗列《韩诗》与《毛诗》的异文。自宋王应麟《诗考》首开后世《诗经》辑佚之途,清代研究四家异文的著述渐多,如李富孙《诗经异文释》16卷、黄位清《诗异文录》3卷、陈乔枞《诗经四家异文考》5卷、陈玉树《毛诗异文笺》10卷等。陈乔枞《诗经四家异文考》成于《三家诗遗说考》后,采辑较为详备。其例一般首标《毛诗》篇名,下列辑佚所得诗文异文,然后注明出处,并作简要考证。如《毛诗·关雎》"左右芼之",顾野王《玉篇》引《诗》曰"左右覒之";①《毛诗·桃夭》"桃之夭夭",《说文·木部》"枖"字下引《诗》曰"桃之枖枖",又《女部》"䄎"字下引《诗》曰"桃之䄎䄎"。②

汉代训诂一般随文为训,异文的出现必然导致产生训解差异。四家《诗》也由文字上的差异,进而产生文字词语、名物典制、诗篇主旨等解释上的差异。试举例言之。

1.《毛诗》字词训诂有与三家《诗》不同者,如《齐风·还》"子之还兮",毛传:"还,便捷之貌。"③《经典释文》云:"《韩诗》作'嫙',嫙,好皃。"④《汉书·地理志》云:"临淄名营邱,故《齐诗》

---

① (清)陈乔枞:《诗经四家异文考》卷一,影印湖北省图书馆藏清道光刻本,《续修四库全书》经部第75册,上海古籍出版社,2002年,第465页。
② (清)陈乔枞:《诗经四家异文考》卷一,第468页。
③ (汉)郑玄笺、(唐)孔颖达疏:《毛诗正义》卷五之一,第349页。
④ (唐)陆德明:《经典释文》卷五,第255页。

曰:'子之营兮,遭我虖巙之闲兮。'"颜师古注:"《齐国风·营》诗之词也。毛作还,齐作营。之,往也。巙,山名也。言往适营邱而相逢于巙山也。巙字或作猲,亦作巏。"①这里《毛诗》作"还",训"便捷貌";《韩诗》作"嫙",训"好皃","皃"与"貌"通;《齐诗》作"营",训为地名营邱。是毛、韩、齐三家异解。

又如《小雅·节南山》"节彼南山",毛传:"节,高峻貌。"②《经典释文》引《韩诗》云:"视也。"③对于毛、韩异解,陈奂云:"《玉篇》:'巀,山高陵也。''陵'乃'峻'之误。'节'读与'巀'同。……韩探下文'民具尔瞻'立训。"④陈氏引《玉篇》为证,又分析《韩诗》立训的方法,其说盖是。

2.《毛诗》解释名物典制有与三家《诗》不同者,如《周颂·丝衣》"鼐鼎及鼒",毛传:"大鼎谓之鼐,小鼎谓之鼒。"⑤《说文·鼎部》"鼐"字下引《鲁诗》说云:"鼐,小鼎。"⑥毛、鲁异说,陈奂云:"《鲁诗》家盖以上句先羊后牛,本句又先鼐后鼒,则鼐鼎为载羊之鼎,遂有此说。"⑦

又如罍制,许慎《五经异义》云:"《韩诗》说:'金罍,大夫器也。天子以玉,诸侯、大夫皆以金,士以梓。'《毛诗》说:'金罍,酒器也,

---

① (清)王先谦:《诗三家义集疏》卷六,第353页。
② (汉)郑玄笺、(唐)孔颖达疏:《毛诗正义》卷一二之一,第440页。
③ (唐)陆德明:《经典释文》卷六,第307页。
④ (清)陈奂:《诗毛氏传疏》卷十九,王承略、陈锦春校点,《儒藏精华编》第33册,北京:北京大学出版社,2009年,第489页。
⑤ (汉)郑玄笺、(唐)孔颖达疏:《毛诗正义》卷一九之四,第603页。
⑥ (汉)许慎撰、(宋)徐铉校定:《说文解字》卷七上,影印清陈昌治刻本,中华书局,2003年,第143页。
⑦ (清)陈奂:《诗毛氏传疏》卷二十八,第878页。

诸臣之所酢。人君以黄金饰尊，大一硕，金饰龟目，盖刻为云雷之象。"①又云："今《韩诗》说：一升曰爵，爵，尽也，足也。二升曰觚，觚，寡也，饮当寡少。三升曰觯，觯，适也，饮当自适也。四升曰角，角，触也，饮不能自适，触罪过也。五升曰散，散，讪也，饮不能自节，为人所谤讪也。总名曰爵，其实曰觞。觞者，饷也。觥亦五升，所以罚不敬。觥，廓也，所以着明之貌，君子有过，廓然明着，非所以饷，不得名觞。古《周礼》说：'爵一升，觚二升，献以爵而酬以觚，一献而三酬，则一豆矣。食一豆肉，饮一豆酒，中人之食。'《毛诗》说：'觥大七升。'"②这里关于罍饰及其制度，毛、韩异解；关于觥的容量，毛、韩也异说。

又如许慎《五经异义》云："今《诗》韩、鲁说，驺虞，天子掌鸟兽官。古《毛诗》说，驺虞，义兽，白虎黑文，食自死之肉，不食生物，人君有至信之德则应之。《周南》终《麟趾》，《召南》终《驺虞》，俱称嗟叹之，是麟与驺虞皆兽名。谨按：古《山海经》、《邹子书》云'驺虞，兽'，说与《毛诗》同。"③关于驺虞，《毛诗》说与《山海经》、《邹子书》相同，而与《韩诗》、《鲁诗》说不同。

又如关于圣人感天而生，许慎《五经异义》云："《诗》齐鲁韩、《春秋公羊》说：圣人皆无父，感天而生。《左氏》说：圣人皆有父。"④《毛诗》于《大雅·生民》、《商颂·玄鸟》皆以为圣人有父，说与《左传》同，而与三家《诗》别。

3.《毛诗》揭示诗篇主旨与三家《诗》有不同者，如《周南·关

---

① （清）陈寿祺：《五经异义疏证》卷上，曹建墩校点，上海古籍出版社，2012年，第9页。
② （清）陈寿祺：《五经异义疏证》卷上，第11页。
③ （清）陈寿祺：《五经异义疏证》卷下，第223页。
④ （清）陈寿祺：《五经异义疏证》卷下，第168页。

雎》,《毛诗序》云:"后妃之德也。"是以为正风美诗。《汉书》匡衡上疏,《仪礼·乡饮酒礼》、《燕礼》郑玄注,《易林·小畜之小过》、《后汉书》荀爽对策,《韩诗外传》五等以《关雎》为美诗,而《史记·十二诸侯年表叙》、《儒林传叙》等以其为周道缺、周道衰而作,刘向《列女传·魏曲沃负篇》、扬雄《法言·孝至篇》、王充《论衡·谢短篇》、袁宏《后汉纪》杨赐上书、《后汉书·杨赐传》与《皇后纪论》、应劭《风俗通义》、张超《诮青衣赋》等皆以为刺康王。① 三家或以《关雎》为美诗,或以为刺诗,与《毛诗》不尽相同。

又如《邶风·式微》,《毛诗序》云:"黎侯寓于卫,其臣劝以归也。"刘向《列女传·贞顺篇》云黎庄公夫人不见答于夫,傅母劝归,夫人辞谢,唱和以表贞壹之志。《易林·小畜之谦》云"隔以岩山,室家分散",王先谦云:"'室家分散',即谓夫妇分离。此齐义,与鲁合。所云'隔以岩山',当是黎侯不悦夫人,迁置别所,故傅母恐其已见遣,而诗有'中路'、'泥中'之语也。"②《易林》与毛说不同,王氏云齐、鲁诗义相合,其说或是。

综上所述,《毛诗》与三家《诗》除存在大量异文外,在字词训释、名物典制、篇章大义等方面也存在着种种不同。四家《诗》在解说上存在如此多的异说,主要有两个原因,其一,《毛诗》与三家《诗》师承不一,各相传授,并行不悖;其二,《毛诗》与三家《诗》在发展的过程中吸收了不同的学术思想和成果,体现出不同的学术品格,展现出各自的特点。《毛诗》质古简朴,不事冗说。三家立为学官后,学术地位得到很大的提高,博士弟子为二千石、大夫、郎、掌故者甚多,其学者甚至多被选作教授皇帝。在发展过程中,三家

---

① 王礼卿:《四家诗恉会归》卷一,第1册,华东师范大学出版社,2009年,第120–124页。

② (清)王先谦:《诗三家义集疏》卷三上,第166页。

注意吸收阴阳五行及谶纬等学说,竞相腾说,形成各自的风格。

需要注意的是,东汉末年,郑玄先通《韩诗》,后习齐、鲁,而笺《诗》以毛为主,融会四家。此种学术取向,与四家诗解旨趣本来相近,不过在具体释义上略有差别不无关系。三家《诗》虽亡,得《毛诗笺》而可略观其一二,亦正在于此。魏源、皮锡瑞等过分夸大三家《诗》与《毛诗》的差别,积极弥缝三家《诗》内部的异解,对于厘清汉代四家《诗》说的真确事实,恐怕不过固守今文经学之见,难为持平公论。

(陈锦春,曲阜师范大学文学院中国语言文学流动站博士后)

# 诗纬"五际"本事考论

孙海龙

经学是汉代政治文化和学术思想的核心,而纬书又是非常独特的一种解经文字。清人陈乔枞《诗纬集证·序言》:"夫顺阴阳以承天道,原性情以正人伦。经明其义,纬陈其数。经穷其理,纬究其象。纬之于经,相得益彰。"[1]"义"与"数","理"与"象"相辅相成,"相得益彰"更说明汉代纬书是经学中极其重要的一环。东汉时其谶纬学极盛,竟以《七经纬》为"内学",原有经书为"外学",纬书的地位俨然高过了经书。所谓谶纬简言之,"谶"就是预言之义,"纬"就是解释经书的辅助性撰述。依现在辑佚所得的纬书来看,其内容都很晦涩难懂,而且谶纬往往比附历史成为统治者改朝换代的工具。所以魏晋以后,数遭禁毁,几成绝学。表现最为明显的就是《诗纬》,从书名来看诗纬有三种《诗含神雾》《诗泛历枢》《推灾度》,但文字只是只言片语,不成体系,而最为核心的内容便是关于四始、五际、六情论述,其中"五际"说,非常晦涩难懂,但细考其中的相关内容,却隐述了一段汉初的历史史实。

## 一、诗纬"五际"说

《诗纬》包括三种,《诗含神雾》《诗推灾度》《诗泛历枢》,其中《诗泛历枢》主要讲了历、律的关系,及四始、五际的作用,孙毂《古微书·诗泛历枢》:"贲居子曰:凡历生于律,律生于声,声生于诗,则诗之为历根枢,固矣。作历者三统四分皆知取诸《易》,取诸《春秋》,而了不及《诗》,岂知诗之有四始、五际亦如《易》之有九问,《春秋》之有十端,而泰否升沉皇王篆运动必关焉,则其谓之泛历枢,非爽也。"[2]通过一系列神秘的推衍,把"诗之四始、五际"与"泛历枢"相联系,这当然是汉代谶纬之学的产物。但其中,诗纬的"四始、五际、六情"就记载在《诗·泛历枢》中,但原书早已亡佚,其佚文靠《毛诗正义》得以保存下来。《毛诗正义·诗大序》:"是谓四始,诗之至也"。孔疏:

> 案《诗纬·泛历枢》云:"《大明》在亥,水始也。《四牡》在寅,木始也。《嘉鱼》在巳,火始也。《鸿雁》在申,金始也。"与此不同者,纬文因金木水火有四始之义,以《诗》文托之。又郑作《六艺论》,引《春秋纬·演孔图》云:"《诗》含五际、六情"者,郑以《泛历枢》云,午亥之际为革命,卯酉之际为改正。辰在天门,出入候听。卯,《天保》也。酉,《祈父》也。午,《采芑》也。亥,《大明》也。然则亥为革命,一际也;亥又为天门,出入候听,二际也;卯为阴阳交际,三际也;午为阳谢阴兴,四际也;酉为阴盛阳微,五际也。其六情者,则《春秋》云"喜、怒、哀、乐、好、恶"是也。《诗》既含此五际六情,故郑于《六艺论》言之。[3]

这便是《诗纬》的"四始"、"五际""六情"。诗纬的"四始"与毛诗大序所讲的"四始"不同,但这里不作详论。而"五际"说,也有不同的说法。"五际"最早见于《汉书·翼奉传》:"《易》有阴阳,《诗》有五际,《春秋》有灾异,皆列终始,推得失,考天心,以言王道之安危。"[4]这也能表明西汉时期已有了"五际"之说,而且把"五际"与"阴阳"和"灾异"并举也可说明"五际"也有"推得失","言王道之安危"的劝谏作用。《汉书》这段话孟康注:"《诗内传》:五际、卯、酉、午、戌、亥。阴阳终始际会之岁,于此则有变改之政。"[5]这里的《诗内传》,前辈学者认为是辕固《齐诗内传》,即使不是辕固所作,也可以明显看出是早期的"五际"之说。应召注:"君臣、父子、兄弟、夫妇、朋友"[6]这又是另一种五际之说。这三种是基本上可以认为是汉代人所讲的"五际"之说。到了清代考据学发达,清人如迮鹤寿、黄以周、孔广森等对"五际"都有解读,但基本上都是在五际、六情、十二律、阴阳学的范围内进行推论,都没有做实。这里不再赘言,还是应该重新从汉人提出的"五际"说入手,先把三种说法列表格如下:

| 五际 | 内容 | 喻意(隐含之意) | 所配诗篇目 |
|---|---|---|---|
| 诗内传 | 卯、酉、午、戌、亥 | 阴阳终始际会之岁,于此则有变改之政。 | |
| 应召 | 君臣、父子、兄弟、夫妇、朋友 | 君臣、父子、兄弟、夫妇、朋友 | |
| 诗纬 | 亥、亥、卯、午、酉 | 革命;天门出入候听;阴阳交际;阳谢阴兴;阴盛阳微 | 《大明》《天保》《祈父》《采芑》 |

从表格来看,显而易见,诗纬的"五际"说最为全面,最为详细。再从时间上看,前两种都可能产生于西汉时期,比较简略,而诗纬的"五际"说则是谶纬大兴以后的东汉,所以附会的更多,而且还配有诗篇。从内容上来对比,三者有不同,曹建国《诗纬二题》[7]一文以为,诗纬的"五际"与齐诗的"五际"(前两种)是旧瓶装新酒的关系,是内涵完全不同的两种东西。这个观点从另一个方面说明了"五际"之说的不断发展变化,应召涉及到了人情五伦,而诗纬和

《诗内传》可能更倾向于国家政治,产生这种情况的原因就是从阴阳学说到谶纬学说,都有比附历史,借古讽今,以成干政之能事的作用。所以根据不同的劝谏情形和不同的政治需要,"五际"之说就可能不同。《汉书·翼奉传》:"臣奉窃学《齐诗》,闻五际之要《十月之交》篇,知日蚀、地震之效昭然可明,犹巢居知风,穴处知雨,亦不足多,适所习耳。"[8]《十月之交》这首诗借日食、月食、地震等自然灾害来揭示政治黑暗和幽王无道。翼奉也正是借古时的灾异来影射当时的政治,以到劝谏的目的。这里还涉及到了配诗问题,通过翼奉学习《齐诗》也可知《齐诗传》即上文所引《诗内传》的"五际"说中配诗中有《十月之交》这首诗,但这并不一定是诗纬"五际"说所配之诗,诗纬"五际"明文表明所配诗篇只有四首,而且合情合理,这一点下文有详论。有学者在没有文献根据的情况下把《十月之交》加入了诗纬的"五际"说配诗之中也是不可取的,反而使其更难理解。由上所论,诗纬的"五际"不仅阐述更全面,而且自成体系,有讽谏的作用,而且有独自隐含的本事。

## 二、诗纬"五际"本事考

根据上文《毛诗正义》所引的诗纬"五际"说,可以分成三层列于下:

> 午亥之际为革命,卯酉之际为改正。辰在天门,出入候听。
> 卯,《天保》也。酉,《祈父》也。午,《采芑》也。亥,《大明》也。
> 然则亥为革命,一际也;亥又为天门,出入候听,二际

也;卯为阴阳交际,三际也;午为阳谢阴兴,四际也;酉为阴盛阳微,五际也。

以上第一段为"五际"说的总纲,第二段为所配之诗,第三段为"五际"的隐喻之义。

首先要明确"五际"之义,《说文》:"际,壁会也。"段注:"两墙相隔之缝也。引申之凡两合皆曰际。"[9]在这段文字中,出现了多用于古代纪时的地支名,如亥、卯、午、酉,因此"际"字表时间,当解为前后相接的一段时间。"际"字表一段时间古文献中非常常见,可以说是常用语。比如:《史记·秦始皇本纪》:"秦之先伯翳,尝有勋于唐虞之际,受土赐姓。"[10]那么在这里,"五际"当理解为五个时间段。就这一点来说,"五际"为重要的时间,前人也有所论述,但往往与阴阳、十二律等配合,属阴阳说范畴。甚至上推至几十年、上百年[11],都没有从真实的汉代历史角度加以实证。既然"五际"为五个重要的时间段。那么亥、亥、卯、午、酉则可以认为是五个干支纪年法纪年的简写,当然干支也可以纪月、日,甚至纪时辰,但纪月、日和时辰则与五际的隐义不合。那亥、亥、卯、午、酉到底是记哪一年呢?这就要看一际"亥为革命"。《周易正义·革》:"天地革而四时成,汤武革命,顺乎天而应乎人。革之时大矣哉!"疏:"夏桀、殷纣凶狂无度,天既震怒,人亦叛亡,殷汤、周武聪明睿智,上顺天命,下应人心,放桀鸣条,诛纣牧野,革其王命,改其恶俗,故曰:'汤武革命,顺乎天而应乎人。'计王者相承,改正易服,皆有变革。"[12]因此革命就是改朝换代,汉人谈及革命当然指的就是汉高祖刘邦建立汉王朝的历史。汉代纪年,汉高祖元年(前206年)是乙未年,与"亥"不合。这里要明确的是虽然汉代记年是从这一年开始,但刘邦此时只是称王,还远远没有完成"革命"即改朝换代。直到汉高祖五年(前202年)刘邦灭项羽,取得军事上的决定性胜利,才基本完成"革命"。而这一年正是己亥年与一际中的"亥"合。因此,"亥为革命,一际也"讲的就是汉高祖五年(前202年)刘邦打败项羽,建立汉王朝,统一天下历史事件。《汉书·高帝纪》:"五年冬十月汉王追项羽至阳夏南……十二月,围羽垓下。"[13]再看"一际"所配之诗《大明》,《大明》是讲周朝开国的历史的诗,最后两章都是描写的是牧野大战,"殷商之旅,其会如林,矢于牧野,维予侯兴。""牧野洋洋,檀车煌煌,驷騵彭彭。"这几句都表现了牧野大战的恢宏雄壮。牧野之战是周武王伐商的决定性一战,此战大胜之后,可以说武王完成了"革命",而刘邦灭项羽的垓下之战与牧野之战的性质几乎相同,都是决定性的战役,因此配诗用《大明》非常贴切。据此再看"二际"也为"亥",就清楚了"二际"也是指汉高祖五年(前202年)即己亥年。因为是同年所发生之事,故而只需配诗一首便可,所以五际所配诗只为四首,不必再强加其他诗篇。在这里"亥又为天门,出入候听"需结合上文"辰在天门,出入候听"来看,这里可能有一处文字之误。《后汉书·郎𫖮传》:"《诗汜(泛)历枢》曰:卯酉为革政,午亥为革命,神在天门,出入候听。"李贤引宋均注云:"神,阳气,君象也。天门,戌亥之间,乾所据者"[14]对比"辰在天门"与"神在天门"两句,虽然"辰在天门"引自郑玄《六艺论》,但这是孔疏中转引的,现在并没有《六艺论》的原文,后世其他引文也都是转引自孔疏的这段话,转引时可能有误,反倒是根据《后汉书》的原文与宋均的注均作"神"字更为可靠些。那么"神"宋均解为"君象",当指高祖刘邦,"天门"解为"乾所据者",当暗指皇位或天下。退一步讲,即便在这里并不是字误,结合上下文,以"辰"字来解的话,意义也相通。《论语·为政》:"子曰:'为政以德,譬如北辰,居其所而众星共之。'"朱子注:"北辰,北极,天之枢也。"[15]又上文所引《郎𫖮传》:"言北辰王者之宫也"[16],用"北辰"来比喻为政的王者,也正与宋均注相通。而且为十二地支的"辰"也属龙。用龙来比喻帝王,更是不需多言。因此"辰(神)在天门,出入候听"就可以对应理解为,刘邦在此年登基称帝,《汉书·高帝纪》:"二月……汉王即皇帝位于氾水之阳。尊王后曰皇后,太子曰皇太子,追尊先媪曰昭灵夫人。"[17]这里要明确的一点就是,汉初以十月为岁首,灭项羽在前一年的十二月,刘邦即位是在转年的二月,但两者所发生的时间同为:汉高祖五年。所以"一际"和"二际"都是指汉高祖五年(前202年)己亥年,只不过"亥为革命,一际也",侧重讲垓下之战打败项羽,取得了军事上的决定性胜利,为统一天下铺平了道路,达成了真正的"革命"。而"亥又为天门出入候听,二际也"侧重讲汉高祖刘邦登基称帝,正式建立统一的汉王朝,此为真正的据"天门"。两际同配一首诗《大明》,正是用周朝开国的这段历史来隐述汉高祖刘邦建汉。

"三际"为"卯",当指汉高祖九年,即公元前198年癸卯年。分析"阴阳交际"的隐义,首先其中的"阴阳",阴喻女,阳喻男,这在中国古代易学思想里是很常见的。而在三际和四际中都有"阴阳"出现,再根据一际中的史实综合分析,阴当指皇后吕雉,而阳当指汉高祖。"阴阳交际"当指群臣贺未央宫的建成。《汉书·高帝纪》:"九年冬十月,淮南王、梁王、赵王、楚王朝未央宫。置酒前殿,上奉玉卮为太上皇寿,曰:始大人常以臣亡赖,不能治产业,不如仲力。今某之业所就孰与仲多?殿上群臣皆称万岁,大笑为乐。"[18]未央宫是中国历史上著名宫殿,也是西汉王朝最主要的宫殿。西汉政令由此而出,未央宫几乎可说是西汉的政治中心。而且在未央宫里发生了很多中国历史的大事。其中就有吕后未央宫杀韩信之事。所以"阴阳之际"即阴阳交汇之时,借未央宫的建成,来颂扬高祖统一建国的伟业,也暗示了日后吕后政治上的崛起。三际所配之诗为《天保》,毛序:"下报上也。君能下下以成其政,君能归美以报其上焉。"郑笺:"下下,谓《鹿鸣》至《伐木》,皆君所以下臣也。臣亦宜归美于王,以崇君之尊而福禄之,以答其歌。"[19]这是臣下作诗颂扬君王之诗,"天保定尔,亦孔之固""天保定尔,俾尔戩谷""天保定尔,以莫不兴"这几句都是颂扬君主能建立强大巩固的政权,使国家百事兴旺。在这里配《天保》一诗,用于群臣"置酒前殿"贺未央宫的建成也十分贴切。

"四际"为"午",当指汉高祖十二年,即公元前 195 年丙午年。有了上面的论述,再分析"阳谢阴兴"之义便容易理解了。"谢",可解为逝去之义。《楚辞·九章·橘颂》:"愿岁并谢,与长友兮。"王逸注:"谢,去也。言己愿与橘同心并志,岁月虽去,年且衰老,长的朋友,不相远离也。"洪兴祖补注:"《说文》云:谢,辞去也。此言己年虽与岁月俱逝愿长与橘为友。"[20]在这里"谢"字就可理解为年龄已逝。由上文,"阳"指汉高祖刘邦,而刘邦也正是卒于此年,与"阳谢"正合。刘邦在位十二年,《史记》《汉书》都有详细记载。虽然刘邦卒于此年,但这年刘邦击败英布军,《汉书·高帝纪》:"十二年冬十月,上破布军于会缶"[21]并作了著名的《大风歌》,"安得猛士兮守四方",表达了希望国家的军事强大的心愿。"阴"指吕后,"阴兴"则暗示吕后权力越来越大,已成为实际的掌权者。《汉书·高帝纪》:"吕后与审食其谋曰:'诸将故与帝为编户民,北面为臣,心常鞅鞅,今乃事少主,非尽族是,天下不安。'以故不发丧。"[22]为帝王发丧乃是国家至大之事,吕后却能一人决断,可见其权力之大。"四际"所配诗为《采芑》,毛序:"宣王南征也。"[23]这首诗是赞颂周王朝南征得胜之诗,正是暗指刘邦打败英布得胜归来的史实。所以这里配诗为《采芑》尚可。

"五际"为"酉",当指汉惠帝三年,即公元前192年己酉年。"阴盛阳微"中的"阴"仍指吕后,因汉高祖已崩,故在这里"阳"指的是汉惠帝刘盈。此时吕后已专权,刘盈作了七年有名无实的皇帝便早早死去,而吕后在刘盈死后又执政了八年,前前后后一共十五年,西汉都是在吕后的统治之下。所以"阴盛阳微"就是汉惠帝微弱而吕后权力日盛之义。五际所配之诗为《祈父》,这是一首边关战士哀怨斥责祈父之诗。郑笺:"祈父之职,掌六军之事,有九伐之法。"[24]祈父,也就是统领军队的大司马。而此年中有一件大事,《汉书·匈奴传》:"孝惠、高后时,冒顿浸骄,乃为书,使使遗高后曰:'孤偾之君,生于沮泽之中,长于平野牛马之域,数至边境,愿游中国。陛下独立,孤偾独居。两主不乐,无以自虞,愿以所有,易其所无。'高后大怒,召丞相平及樊哙、季布等,议斩其使者,发兵而击之。樊哙曰:'臣愿得十万众,横行匈奴中。'问季布,布曰:哙可斩也!前陈豨反于代,汉兵三十二万,哙为上将军,时匈奴围高帝于平城,哙不能解围。天下歌之曰:'平城之下亦诚苦,七日不食,不能彀弩。'今歌吟之声未绝,伤痍者甫起,而哙欲摇动天下,妄言以十万众横行,是面谩也。"[25]由此可见配诗《祈父》中所刺的祈父,正是暗指樊哙,而诗句:"胡转予于恤"郑笺:"谓见使从军,与羌戎战于千亩而败之时也。"[26]即指樊哙败于匈奴,不能解平城之围。

最后来看这两句:"午亥之际为革命,卯酉之际为改正。"(这里的"午"当指甲午年,即公元前207年正是秦朝军事主力溃败之时)这两句就是"五际"的总纲,概括了"五际"说的主要思想,即"革命"与"改正","革命"由上文指汉高祖刘邦统一天下,建立汉王朝的史实。而"改正"是治理天下,稳固、兴盛汉王朝之义。所谓"改正"即"革政"(由上文《后汉书》作"卯酉为革政,午亥为革命")指的就是改变秦王朝暴政,实施休养生息的无为而治之策,"正"就与相对秦朝暴政而言。由"革命"到"改正"也正是汉初统治者由夺天下到治天下的一系列政治、军事的历史大事,所以这两句话应为"五际"的总纲。

综上所述,诗纬"五际"说的本事就是讲述了汉高祖刘邦夺取天下,建汉称帝一直到吕后专权等一系列汉初重大的历史事件。

## 三、诗纬"五际"为借古讽今的劝谏之言

通过上述对诗纬"五际"说本事的考证,可以看出诗纬"五际"为借古讽今之言。《诗三百》的诗篇中怨刺诗占了相当大的比例。而这个特点到了汉代更使儒生把《诗三百》作为"谏书"来用。《诗大序》:"上以风化下,下以风刺上,主文而谲谏,言之者无罪,闻之者足以戒,故曰风。"[27]而毛诗小序更是以美刺论诗为纲,不光是毛诗,而且汉代四家诗都是如此。东汉谶纬极盛,经学与谶纬不断结合以干预朝政。在光武帝之后,国事日衰,在这样的大背景下,儒生们追忆汉朝开国的历史,西汉的强盛,借古讽今以达到劝谏的目的,是很合理的事,也是很重要的事。汉代统治者特别相信阴阳、灾异、谶纬等学说,所以历代儒生都以这些学说作为干政和劝谏的依凭。比如董仲舒上疏就用到了天人感应学说,而翼奉上疏则用到了灾异学说,而这些都是谶纬思想的来源。到了东汉前后几个皇帝又十分相信谶纬,于是纬书大量增加,此时用谶纬进行干政和劝谏可能是最好的一种方法。因此结合上文所论诗纬"五际"本事,高祖刘邦建立汉朝,打下了江山,而吕后统治时期又很好地承接了汉朝的发展。《汉书·高后纪》:"赞曰:孝惠、高后之时,海内得离战国之苦,君臣俱欲无为,故惠帝拱己,高后女主制政,不出

房闼,而天下晏然,刑罚罕用,民务稼穑,衣食滋殖。"[28]可见对其评价之高。而这也正是"五际"总纲,"午亥之际为革命,卯酉之际为改正"所表达的内容。反观东汉光武以后,便逐渐走向衰落,所以诗纬"五际"说通过其中的隐义,也应该起到借古讽今的作用,劝谏东汉皇帝应该像高祖和吕后那样治理天下。

结论:诗纬"五际"说作为借古讽今的劝谏之言,有非常独特的表达方式,和完整的体系,十分隐晦地讲述了汉高祖刘邦夺取天下,建汉称帝一直到吕后专权等一系列重大的历史事件。

**参考文献:**

[1] 陈乔枞:《诗纬集证》,《续修四库全书》本,上海古籍出版社,2002年,第77册,第761页。

[2] 孙毂:《古微书》,《景印文渊阁四库全书》本,台湾商务印书馆,1986年,第194册,第978页。

[3] 孔颖达等:《毛诗注疏》,上海古籍出版社2013年,上册卷第一,第24页。

[4] 班固:《汉书》,中华书局1962年,第3172页。

[5] 同上,第3173页。

[6] 同上,第3173页。

[7] 曹建国:《诗纬二题》,《文学遗产》,2010年第5期。

[8] 班固:《汉书》,中华书局,1962年,第3173页

[9] 段玉裁:《说文解字注》,浙江古籍出版社,2012年,第736页

[10] 司马迁:《史记》,中华书局,1959年,第276页

[11] 孔广森的《经学卮言·十月之交朔日辛卯》说:"其法以卅年管一辰。……今据阳嘉二年上推,延光三年甲子为戌仲之始,前卅年而永元六年入酉仲,又前卅年而永平七年入申仲,又前卅年而建武十年入未仲,又前卅年而元始四年入午仲,是王莽革命之际也。又前二百九年,得高祖元年乙未入亥仲二年矣。又前五十年,而得周亡之岁在酉季二年乙巳,上距殷周革命辛卯之岁七百九十四年。"华东师范大学出版社2010

年 75 页。——但像这样的肆意推衍已经完全脱离了"五际"说的内容,实不可取。

[12]孔颖达等:《周易正义》,北京大学出版社,1999年,第203页。

[13]班固:《汉书》,中华书局,1962年,第49-50页。

[14]范晔:《后汉书》,中华书局,1965年,第1066页。

[15]朱熹:《四书章句集注》,中华书局,2010年,第53页。

[16]范晔:《后汉书》,中华书局,1965年,第1063页。

[17]班固:《汉书》,中华书局,1962年,第52页。

[18]同上,第66页。

[19]孔颖达等:《毛诗注疏》,上海古籍出版社,2013年中册,第828页。

[20]洪兴祖:《楚辞补注》,中华书局,2009年,第155页。

[21]班固:《汉书》,中华书局,1962年,第74页。

[22]同上,第79页。

[23]孔颖达等:《毛诗注疏》,上海古籍出版社,2013年中册,第913页。

[24]同上,第959页。

[25]班固:《汉书》,中华书局,1962年,第3755页。

[26]孔颖达等:《毛诗注疏》,上海古籍出版社,2013年中册,第960页。

[27]孔颖达等:《毛诗注疏》,上海古籍出版社,2013年上册卷第一,第16页。

[28]班固:《汉书》,中华书局,1962年,第104页。

# 《琴操》歌《诗》引《诗》考论

王娜

　　《琴操》是现存收录曲目数量最多的琴曲题解专著,保存了大量汉代及以前的琴曲歌辞,在扬雄《琴清英》仅存五则且多题解而无歌辞的情况下,堪称乐府琴曲歌辞的鼻祖,具有重要的音乐史和文学史价值。然而,作为琴学著作,为何以《诗经》中的《鹿鸣》等五篇作为歌诗五曲?《琴操》与《诗经》存在着什么样的关系?为何以"河间"来命名杂歌等一系列与《诗》学密切相关的问题,一直以来没有引起学界应有的关注。本文不揣浅陋,在全面甄别《琴操》版本、文本基础上,立足东汉后期的政治文化背景,试为推说,以期对相关问题有所推进。

## 一、《琴操》歌诗五曲选录标准

　　今传本《琴操》均题作者为蔡邕,主要有七个版本,两个系统①。学界通常认为平津馆本(属读画斋本系统)为善本②,王小盾

---

① 吉联抗、王小盾等考订今本《琴操》为七个版本、两个系统:商务印书馆《丛书集成初编》本(此本王小盾作"阮元《宛委别藏》本")、《平津馆丛书》本、《读画斋丛书》本、杨宗稷编《琴学丛书》本、邵武徐氏刊本、王谟《汉魏遗书钞》本;两个系统为读画斋本系统(王小盾认为《平津馆丛书》本属此系统)、遗书钞本系统。(吉联抗《琴操(两种)》",人民音乐出版社,1990年版,第2页;王小盾 余作胜《从〈琴操〉版本论音乐古籍辑佚学》,《音乐研究》,2011年第3期,第55页)。

② 逯钦立"(《琴操》以平津馆本为最善"(《先秦汉魏晋南北朝诗》,中华书局,1983年版,第299页);刘跃进"此书(《琴操》)刊本以孙星衍《平津馆丛书》本为最优"(刘跃进《中古文学文献学》,江苏古籍出版社,1997年版,第238页);曹道衡等"众多辑本中,以孙星衍《平津馆丛书》本为最优"(曹道衡 刘跃进《先秦两汉文学史料学》,中华书局,2005年版,第396页)。

等从辑佚学角度对读画斋本和遗书钞本两个系统进行辨析,得出遗书钞本具有更高价值[①]。但关于《琴操》的作者,读画斋本认为蔡邕所作;遗书钞本则前后抵牾,文内将《琴操》归于晋孔衍名下,辑佚正文前却题"汉陈留蔡邕撰"。本文认为《琴操》系蔡邕首次整理编撰,因所辑为汉及以前琴曲,并非成于一时,后在流传过程中经层累加工,至清代顾修《读画斋丛书》和王谟《汉魏遗书钞》出现了传本不同的状况,即同意作者为蔡邕说。关于善本问题,本文暂存而不论,以通行平津馆本为蓝本,对照遗书钞本展开问题的讨论。

《琴操》收录歌诗五曲(遗书钞本作诗歌五曲)、12操、九引、河间杂歌21章凡47篇。其中"歌诗五曲"标题均取自《诗经》,依次为《鹿鸣》、《伐檀》、《驺虞》、《鹊巢》和《白驹》,与今传本毛诗《鹊巢》、《驺虞》、《伐檀》、《鹿鸣》、《白驹》顺序大为不同。就题解内容来看,不同于毛诗小序,而与鲁诗的题解几乎完全相同。《琴操·鹿鸣》与《伐檀》伤贤者隐避,《驺虞》与《白驹》叹周道衰微礼义废弛,分别秉承了鲁诗讲经"贤人遭贬"与"政衰始于衽席"的两大主题,而迥异于毛诗《鹿鸣》、《驺虞》"燕群臣嘉宾"和"仁如驺虞,则王道成"之"美"。《琴操·伐檀》与《白驹》所刺与毛诗刺贪、刺宣王亦不相同,体现出鲁诗鲜明的批判现实精神。《琴操·鹊巢》阙文。《琴操》题解的渊源问题厘清后,新的问题随之产生,"诗三百"中,《琴操》为何选此五首?是只选了这五首还是另有散佚之作?又是以什么标准来选录《诗经》五歌诗的?单从鲁诗与毛诗的解诗对照中很难找到答案,故《琴操》五歌诗的选录标准问题一直以来鲜有人问津。事实上,这是解开蔡邕用诗标准的关键问题。

---

① 王小盾,余作胜:《从〈琴操〉版本论音乐古籍辑佚学》,《音乐研究》,2011年第3期,第35页。

先来看五歌诗之"五"。因宋以后《琴操》原书已佚,解决这一问题,需要从清代《琴操》两个系统的收录入手。读画斋本虽然影响大、流传广,但底本不明,被作为《琴操》原本一说并不可取,故只能从遗书钞本和其他类书引文中寻找线索。遗书钞本注诗歌五曲皆为《初学记》引《琴操》原文,并辑《大周正乐》、《文选》注所引。再考《初学记》、《太平御览》等类书,发现存有《琴操》"五歌"篇目线索①,可知《琴操》收录歌诗数量为"五"当不谬。

再来看五歌诗的选取问题。分两种情况,一种是蔡邕从汉代八篇可歌的雅乐中选取了五篇②;另一种是从"诗三百"中选取了五篇③。因对第一种的选取标准包含在第二种之中,故本文对第二种予以讨论,即蔡邕如何在鲁诗和用乐双重标准下从《诗经》中选取的歌诗五篇。从选取范围来看,出自"小雅"和"召南"各两首、"魏风"一首,无"大雅"与"颂"诗。同为蔡邕所著的《独断》则全部选用"颂"诗。究其原因,笼统来说,主要有两方面:一方面与"风"、"雅"、"颂"的美刺功能不同有很大关系,《两汉三国学案》言"夫《诗》有'颂'、有'雅'、有'风',惟'颂'则有美无刺,若'雅'则已美刺居半矣,若夫十五国之'诗',大抵皆刺诗也。"④因"大雅"与"颂"多为"美"诗,故《琴操》不录;另一方面,与五歌诗的用乐关系

---

① 《初学记》卷十六"乐部下·琴第一"与《太平御览》卷五百七十八"乐部十六·琴中"均引"《琴操》曰:古琴曲有诗歌(《太平御览》作歌诗)五曲"。

② 《大戴礼记》卷十二"投壶第七十八"载"凡雅二十六篇;其八篇可歌——歌鹿鸣、狸首、鹊巢、采蘩、采蘋、伐檀、白驹、驺虞"。((汉)戴德撰:《大戴礼记》,中华书局,1985年,第206页。)

③ 周仕慧认为歌诗五曲"可能是'弦诗三百'的遗续"。(周仕慧:《琴曲歌辞研究》,北京大学出版社,2009年版,第25页。)

④ (清)唐晏:《两汉三国学案》卷五,中华书局,1986年,第211页。

更为密切。

五歌诗的选录,看似无章可循,仔细分析会发现,标题与内容取舍都有一定原则,都体现出蔡邕作为诗学传人的编撰思想。有学者认识到"蔡邕对《鹿鸣》的解题,并非对《鲁诗》派诗说的简单沿袭,他对歌诗五曲的解说应该有另外的一个标准"。并认为"琴曲创作中对古代雅乐的最重要的借鉴之一在于题目,即用雅乐古题命名琴操雅乐,这就是汉代出现了以《鹿鸣》、《伐檀》、《驺虞》、《白驹》、《鹊巢》为代表的歌诗系列琴曲的原因"。① 对于《琴操》五歌诗解释筚路蓝缕,然而未作出进一步详细说明。本文认为《琴操》五歌诗的选录标准,主要遵循以下几个方面:

其一选取《诗经》中以吉兽为标题的"刺"诗,以祥鸟为标题的"美"诗。《琴操》五歌诗中有题解的四首皆为"刺"诗,有目无辞的《鹊巢》,平津馆本标"鹊巢阙",遗书钞本辑《文献通考》曰:"鹊巢者,邵国男悦贞女而作也"。考四家诗,毛诗作"夫人之德也",王先谦言"三家诗无异义"。合勘此二者,是知《琴操》与四家诗都解《鹊巢》为"美"诗。

《诗经》多言鸟兽草木虫鱼之名,以鸟兽命名的篇目并不少见。以兽为例,标题与兽有关的诗有《兔罝》、《麟之趾》、《羔羊》、《野有死麕》、《相鼠》、《有狐》、《兔爰》、《卢令》、《硕鼠》、《驷驖》、《狼跋》、《鹿鸣》、《四牡》、《白驹》、《无羊》、《駉》、《羔裘》(三首)19篇。其中《相鼠》、《有狐》、《硕鼠》、《狼跋》之兽均为凶兽或害兽;《兔罝》、《兔爰》中的狡兔、《卢令》中的黑色猎狗亦不属吉兽;《野

---

① 赵德波:《蔡邕〈琴操·鹿鸣〉考论》,《学术交流》,2010年第3期,第142、145页。

有死麇》之"麇"为吉兽,但鲁诗解诗为少女怀春①;《驷驖》、《四牡》中的马,前者鲁诗说同毛序"美襄公也",后者泛指多匹马,鲁诗义不存;《麟之趾》之麟为吉兽,但考诗义,鲁诗当为美诗②;《驹》之"白驹过隙"为肥马,鲁诗说当为颂僖公;《羔羊》、《无羊》、《羔裘》之"羊"虽为吉兽,但鲁诗说《羔羊》"美召公",《无羊》同毛序"宣王考牧也",皆非刺诗。《羔裘》(三首)较为特殊,分别见于郑风、唐风和桧风,鲁诗说均为刺诗,但三诗字数句数并不相同,《郑风·羔裘》和《桧风·羔裘》为三章四言诗,《唐风·羔裘》为两章杂言诗,对琴曲来说难以通过标题固定曲式段落,故《琴操》不取。《鹿鸣》、《白驹》二首,在鲁诗中都是以"吉兽"为标题的"刺"诗,故被蔡邕纳入《琴操》歌诗的选材范围。《鹊巢》的选取标准与《鹿鸣》、《白驹》类似,从《诗经》18篇标题与鸟相关的诗中,选取以"祥鸟"为标题的"美"诗。

其二根据用乐需要,在"风"与"小雅"中选取句式灵活富于变化的歌诗。《琴操》五歌诗呈现出杂言居多、二三四章不等、每章三四六八九句不等的特点,取决于蔡邕因"乐"制宜的选取标准。《诗经》多为三章四言句式,其中章法句式最为灵活最富于变化的是《魏风》。七首《魏风》中,使用到了两章与三章、一字句至八字句、设问与感叹、一韵到底与隔句韵等。其中,《伐檀》三章,每章九句,分别为五、六、六、四、七、四、八、四、四言,每章由陈述、疑问、感叹三种句式构成。从语言角度上看,生动活泼、错落有致。从音乐角

---

① 鲁诗说"春女感阳则思","'感阳则思'与'怀春'义合"。见《诗三家义集疏》,第112页。
② 《诗三家义集疏》载《麟之趾》韩说"美公族之盛",毛序"关雎之应也"认为"虽衰世之公子,皆信厚如麟趾之时也",鲁诗未见异义,"麟之角"句鲁说"麟似麇,一角而戴肉,设武备而不害,所以为仁也",故鲁诗《麟之趾》当为美诗。

度上看，前三句、中间四句和后两句分别为一个大乐句①，字句丰富多变但章与章之间回环往复。因此，《魏风·伐檀》被蔡邕纳入《琴操》。《驺虞》的选取亦如此，《诗经》二南中共四首唱和式作品，其中《周南·汝坟》和《召南·殷其靁》为一唱一和式，《周南·麟之趾》和《召南·驺虞》为一唱众和式。《麟之趾》三章，《驺虞》两章，两章三句的乐曲，对于射礼来说简洁易施②，是雅乐中最为短小精悍的曲目，故蔡邕将之选入琴曲五歌诗。

其三以《小雅》二篇为"始"、"终"，将歌诗顺序进行颠倒性重组。五歌诗在毛诗中的顺序为《鹊巢》、《驺虞》、《伐檀》、《鹿鸣》、《白驹》，《琴操》则为《鹿鸣》、《伐檀》、《驺虞》、《鹊巢》、《白驹》，很容易让人以为此为鲁诗排序。但有学者依据《汉石经集存》考鲁诗排序，发现"《鲁诗》、《毛诗》不仅绝大多数篇次相同，而且绝大多数的章次、章数也是相同的"③，具体到这五篇，并未出现鲁诗与毛诗排序不同的问题。根据学界已基本达成共识的《诗经》产生年代，二雅产生在先，知五歌诗并非按产生年代排序，可见为《琴操》撰者或辑者有意为之。《琴操》原本已佚，又很容易让人以为两种辑本是根据所引篇目先后排定的次序。考《太平御览》引《大周正乐》所载曲目顺序为《伐檀》、《鹿鸣》、《驺虞》、《白驹》，除所缺的《鹊巢》外，与《琴操》五歌诗顺序并不相同，可知并非辑者按所引篇目先后排定。由《太平御览》和《初学记》所引《琴操》歌诗五曲（《初学记》作诗歌五曲）"一曰鹿鸣，二曰伐檀，三曰驺虞，四曰鹊

---

① 因《诗经》曲谱失传，本文从曲辞搭配构成角度进行分析，根据《诗经》每章之间的意群进行乐句划分。
② 射礼奏《狸首》、《驺虞》，但《狸首》为逸诗，说明蔡邕选取时考虑诗的章句用乐，故取《驺虞》。
③ 赵茂林：《〈鲁诗〉、〈毛诗〉篇次异同原因考辨》，《孔子研究》，2016年第1期，第128页。

巢,五曰白驹",可知以《鹿鸣》始《白驹》终的顺序为《琴操》所固有,即撰者所为。蔡邕精通音律,在其"积累思惟二十余年"上奏的《十意·乐意》中将汉乐分为"四品"①,又是《鲁诗》传人,对五歌诗的选取与排列自然不会随意为之。因而,确立了《琴操》以《小雅·鹿鸣》始,《小雅·白驹》终,再根据用乐情况将《诗经》次序颠倒的排列方式。

概言之,蔡邕将吉兽祥鸟标题和用乐作为五歌诗选录的基本原则,采取以《小雅》两篇为始终,将歌诗顺序进行颠倒性重组和从"风"与"小雅"中选取句式灵活富于变化的歌诗的方式,综合考虑《诗经》与汉代八篇可歌的雅乐,最终确定了《鹿鸣》、《伐檀》、《驺虞》、《鹊巢》、《白驹》五篇作为《琴操》五歌诗。

## 二、《琴操》引诗类型

除五歌诗全部出自《诗经》之外,《琴操》12 操、九引、21 杂歌均不同程度地引用《诗经》。为便于讨论,列表如下:

| | 《琴操》歌辞 | 所引《诗经》 |
|---|---|---|
| 操 | 《将归操》<br>翱翔于卫,复我旧居。<br>从吾所好,其乐只且。 | 河上乎翱翔《郑风·清人》<br>齐子翱翔《齐风·载驱》<br>羔裘翱翔《桧风·羔裘》<br>其乐只且。《王风·君子阳阳》 |

---

① (清)严可均:《全上古三代秦汉三国六朝文·全后汉文》卷七十,中华书局,1958 年,第 859 页。

续表

| | 《琴操》歌辞 | 所引《诗经》 |
|---|---|---|
| 操 | 《猗兰操》<br>习习谷风,以阴以雨。<br>之子于归,远送于野。<br>逍遥九州岛,<br>无所定处。 | 习习谷风,以阴以雨。《邶风·谷风》<br>之子于归,远送于野。《邶风·燕燕》<br>河上乎逍遥《郑风·清人》<br>羔裘逍遥《桧风·羔裘》<br>于焉逍遥《小雅·白驹》<br>靡所定处。《大雅·桑柔》 |
| | 《龟山操》<br>手无斧柯,奈龟山何? | 既破我斧,又缺我斨。《豳风·破斧》<br>伐柯如何?匪斧不克。《豳风·伐柯》 |
| | 《越裳操》<br>于戏嗟嗟,非旦之力,<br>乃文王之德。 | 嗟嗟臣工,敬尔在公。《小雅·臣工》<br>文王之德之纯。《周颂·维天之命》 |
| | 《拘幽操》<br>遂临下土,在圣明兮。 | 日居月诸,照临下土。《邶风·日月》 |
| | 《岐山操》<br>迁邦邑兮适于岐。<br>烝民不忧兮谁者知?<br>嗟嗟奈何,予命遭斯。 | 率西水浒,至于岐下。《大雅·绵》<br>居岐之阳,在渭之将。《大雅·皇矣》<br>天生烝民,有物有则。《大雅·烝民》<br>天生烝民,其命匪谌。《大雅·荡》<br>嗟嗟臣工,敬尔在公。《小雅·臣工》 |
| | 《履霜操》<br>履朝霜兮采晨寒。 | 纠纠葛屦,可以履霜?《魏风·葛屦》<br>纠纠葛屦,可以履霜?《小雅·大东》 |
| | 《雉朝飞操》<br>雉朝飞,鸣相和,<br>雌雄群游于山阿。 | 雉之朝雊,尚求其雌。《小雅·小弁》<br>雄雉于飞,泄泄其羽。《邶风·雄雉》<br>雉鸣求其牡。《邶风·匏有苦叶》 |

续表

| | 《琴操》歌辞 | 所引《诗经》 |
|---|---|---|
| 引 | 《贞女引》<br>菁菁茂木,隐独荣兮。 | 菁菁者莪,在彼中阿。《小雅·菁菁者莪》<br>有杕之杜,其叶菁菁。《唐风·杕杜》 |
| | 《思归引》<br>涓涓泉水,流反于淇兮。<br>有怀于卫,靡日不思。 | 毖彼泉水,亦流于淇。<br>有怀于卫,靡日不思。《邶风·泉水》 |
| 河间杂歌 | 《思亲操》<br>陟彼历山兮崔嵬。<br>河水洋洋兮青泠,<br>深谷鸟鸣兮嘤嘤。 | 陟彼崔嵬,我马虺隤。《周南·卷耳》<br>河水洋洋,北流活活。《卫风·硕人》<br>伐木丁丁,鸟鸣嘤嘤,出自幽谷。<br>《小雅·伐木》 |
| | 《霍将军歌》<br>载戢干戈,弓矢藏兮。<br>与天相保,永无疆兮。 | 载戢干戈,载櫜弓矢。《周颂·时迈》<br>天保定尔。万寿无疆。《小雅·天保》 |
| | 《怨旷思惟歌》<br>秋木萋萋,其叶萎黄,<br>有鸟爰止,集于苞桑。<br>志念幽沉,不得颉颃。<br>翩翩之燕,远集西羌。<br>高山峨峨,河水泱泱。<br>父兮母兮,道里悠长。<br>呜呼哀哉,忧心恻伤。 | 葛之覃兮,施于中谷,维叶萋萋。<br>《周南·葛覃》<br>有杕之杜,其叶萋萋。《小雅·杕杜》<br>桑之未落,其叶沃若。<br>桑之落矣,其黄而陨。《卫风·氓》<br>黄鸟于飞,集于灌木。《周南·葛覃》<br>凤皇于飞,翙翙其羽,亦集爰止。<br>《小雅·卷阿》<br>鴥彼飞隼,其飞戾天,亦集爰止。<br>《小雅·采芑》<br>肃肃鸨行,集于苞桑。《唐风·鸨羽》<br>燕燕于飞。颉之颃之。《邶风·燕燕》<br>翩翩者鵻,载飞载止,集于苞杞。<br>《小雅·四牡》 |

续表

| 《琴操》歌辞 | 所引《诗经》 |
|---|---|
| | 翩彼飞鸮,集于泮林。《鲁颂·泮水》<br>瞻彼洛矣,维水泱泱。<br>　　　　　《小雅·瞻彼洛矣》<br>父兮母兮,畜我不卒。《邶风·日月》<br>於乎哀哉。维今之人,不尚有旧。<br>　　　　　《大雅·召旻》<br>忧心忡忡。《召南·草虫》<br>忧心殷殷。《大雅·桑柔》<br>忧心烈烈。《小雅·采薇》 |

　　从引诗篇目所占各类的比例来看,操类引诗最多,十二操中除有题解无辞的3篇与《别鹤操》之外,8篇都直接或间接引诗。杂歌类引诗最少,平津馆本11篇有歌辞的杂歌中,仅3篇引诗。从引诗范围来看,涉及"风"、"雅"、"颂"诸体,其中直接摘句的以"风"诗为多,引"雅"、"颂"多采用取词或取意方式,并且很大一部分引诗都在两首或两首以上,呈现出形式多样、意象密集的特点。具体而言,主要有以下四种类型:

　　**第一,摘句型**。所谓摘句,即所用诗句直接摘自《诗经》原句。如《将归操》"其乐只且"摘自《王风·君子阳阳》;《猗兰操》"习习谷风,以阴以雨"和"之子于归,远送于野"分别摘自《邶风·谷风》和《邶风·燕燕》;《思归引》"有怀于卫,靡日不思"摘自《邶风·泉水》;《霍将军歌》"载戢干戈"摘自《周颂·时迈》;《怨旷思惟歌》"集于苞桑"摘自《唐风·鸨羽》,"父兮母兮"摘自《邶风·日月》,"呜呼哀哉"摘自《大雅·召旻》。摘句型引诗体现出《诗经》对琴曲歌辞的直接影响,同时,也反映出《诗经》在汉代的传播盛况。

**第二，取词型**。所谓取词，即从《诗经》中选取带有固定特征的词汇或意象。取词型又分为两种情况。一种情况是取《诗经》中反复出现的具有词源性质的词汇，如《岐山操》"烝民不忧兮谁者知？"取自《大雅·烝民》"天生烝民，有物有则"，《大雅·荡》和《周颂·思文》也使用到"烝民"一词："天生烝民，其命匪谌"、"立我烝民，莫匪尔极"。"烝"即"众"，"烝民"一词自《诗经》起成为衡量君王之德的固定称谓，《岐山操》使用"烝民"意在凸显文王的仁恩恻隐；《将归操》"翱翔于卫，复我旧居"中的"翱翔"一词，在《诗经》中出现三次，分别为《郑风·清人》、《齐风·载驱》和《桧风·羔裘》，用来指人的出游、游逛。《将归操》所述本事见于《史记·孔子世家》，歌辞所言"翱翔于卫，复我旧居"指的是孔子居卫"不得用"而西见赵简子的经历，《史记》载孔子"乃还息乎陬乡，作为《陬操》以哀之"①，未见此操之辞，当为蔡邕所作；《猗兰操》中"逍遥"一词取自《郑风·清人》"河上乎逍遥"，蔡邕《青衣赋》亦有"河上逍遥"句，《桧风·羔裘》与《小雅·白驹》中也使用到"逍遥"一词，与"翱翔"同指人出游、游逛。另一种情况是从《诗经》四字句中取两到三个关键字或两两拆开加入新词重组，前者如《猗兰操》"无所定处"取自《大雅·桑柔》"靡所定处"，两句意义完全相同；《拘幽操》"遂临下土，在圣明兮"取自《邶风·日月》"日居月诸，照临下土"；《怨旷思惟歌》"志念幽沉，不得颉颃"取自《邶风·燕燕》"燕燕于飞，颉之颃之"，"高山峨峨，河水泱泱"取自《小雅·瞻彼洛矣》"瞻彼洛矣，维水泱泱"。后者如《思亲操》"陟彼历山兮崔嵬"、"河水洋洋兮青泠"、"深谷鸟鸣兮嘤嘤"分别取自《周南·卷耳》"陟彼崔嵬，我马虺隤"、《卫风·硕人》"河水洋洋，北流活活"和《小雅·伐木》

---

① （汉）司马迁：《史记》卷四十七，中华书局，1982年，第1926页。

"伐木丁丁,鸟鸣嘤嘤,出自幽谷"。从《琴操》娴熟的引诗成句技巧来看,若非极其熟悉《诗经》,很难做到取词构句驾轻就熟,反映出文人对琴曲歌辞的加工痕迹。

**第三,取意型**。所谓取意,指从《诗经》中选取具有典型特征的诗句进行加工创造。如《履霜操》"履朝霜兮采晨寒"取意《魏风·葛屦》与《小雅·大东》"纠纠葛屦,可以履霜?""葛屦"即用麻、葛等制成的鞋,《士冠礼》载夏用葛屦,冬用皮屦,因葛屦贱皮屦贵,魏俗至冬犹谓葛屦可以履霜,喻其贱,故"履霜"用来指称贫贱困苦的生活状态,具有典型象征意义。《履霜操》即取意于此,以履朝霜、采晨寒两组动作描述伯奇遭谗后艰辛的流浪生活;《思归引》"涓涓泉水,流反于淇兮"取意《邶风·泉水》"毖彼泉水,亦流于淇",《泉水》一诗四家诗均解为"卫女思归",《思归引》取《诗经》卫女思归主题,将"嫁于诸侯,父母终,思归宁而不得"的情节换为卫女嫁邵王,未至而王薨,被太子拘于深宫,思归不得,援琴而作歌的情节,以流入卫地的淇水代表思归,成为《诗经》中的典型象征;《霍将军歌》"弓矢藏兮"、"与天相保,永无疆兮"分别取意《周颂·时迈》"载櫜弓矢"与《小雅·天保》"天保定尔"、"万寿无疆","櫜"指的是收藏盔甲弓矢的袋子,"载櫜弓矢"与上句"载戢干戈"都用来指代收起武器,《霍将军歌》取意于此,并直言收藏弓矢,表明战争获胜。"与天相保,永无疆兮"与《小雅·天保》祈福意义相同,即战争获胜后祈盼国家永远安宁,切合霍将军援琴而歌的本义。可见,《琴操》取意型引诗,都是在对《诗经》主旨深刻理解的基础上概括提炼而成,其中的伯奇遭谗、卫女思归、霍将军得胜而歌,都是民间广为流传的故事,在不断演变中增加了歌辞部分,反映出琴曲歌辞既有民歌成分,又有文人自觉创作成分,在长期传唱过程中形成了层累型文本形态。

第四，整合型。所谓整合，指所引的诗句并非直接出自一首诗，而是对具有同类意象的诗句进行重组。整合型和取意型有时交叉存在，但各自有所侧重，整合型的突出特征在于整合两首或两首以上的诗。如《龟山操》"手无斧柯，奈龟山何？"是对《豳风·破斧》"既破我斧，又缺我斨"和《豳风·伐柯》"伐柯如何？匪斧不克"斧柯意象的整合，用来指称权柄；《岐山操》"迁邦邑兮适于岐"整合《大雅·绵》"率西水浒，至于岐下"与《大雅·皇矣》"居岐之阳，在渭之将"，取《大雅》中文王迁邦于岐的诗句，表周人开国之不易；《雉朝飞操》"雉朝飞，鸣相和，雌雄群游于山阿"整合《小雅·小弁》"雉之朝雊，尚求其雌"、《邶风·雄雉》"雄雉于飞，泄泄其羽"和《邶风·匏有苦叶》"雉鸣求其牡"，取雉鸟朝雊，雌雄鸣声相和双飞之意；《怨旷思惟歌》"秋木萋萋，其叶萎黄"整合《周南·葛覃》"葛之覃兮，施于中谷，维叶萋萋"、《小雅·杕杜》"有杕之杜，其叶萋萋"与《卫风·氓》"桑之未落，其叶沃若。桑之落矣，其黄而陨"，以萋萋之木和萎黄之叶对比，衬托离开故土之久。"爰止"一词在《诗经》中特指鸟停在树上，《小雅·卷阿》"凤皇于飞，翙翙其羽，亦集爰止"和《小雅·采芑》"鴥彼飞隼，其飞戾天，亦集爰止"都是此意，"有鸟爰止，集于苞桑"整合了《诗经》中的黄鸟、凤皇、飞隼等飞鸟意象，表远别故土，栖息他乡之意。"翩翩之燕，远集西羌"也是对飞鸟意象的整合，取自《小雅·四牡》"翩翩者雏，载飞载止，集于苞杞"和《鲁颂·泮水》"翩彼飞鸮，集于泮林"，同样表远离故土，所栖之远，契合昭君远嫁思念故土之情。整合型引诗较之前三种类型，文人加工创作成分更为明显，显示出这部分歌辞作者对《诗经》的理解程度之深，非一般人所可比。

从《琴操》引诗来看，琴曲歌辞并非《直斋书录解题》和《古歌谣及乐府》所认为的"辞皆鄙俚"、"无一首不滥俗恶劣"之作①。相反,至少从《琴操》中的琴曲歌辞来看,有相当一部分不但文质相间,还兼具叙事与抒情双重特性,符合人物身份特征,其对《诗经》的直接或间接引用体现出歌辞作者深厚的诗学底蕴,如谢榛《四溟诗话》评价《越裳操》"止三句,不言白雉,而意自见,所谓大乐必易是也"②,胡应麟称赞《霍将军歌》"典质冠冕,雍然盛世之音"、"雄丽浑成,真大将军语"③。我们认为,对《琴操》歌辞不能一概而论,其多引《诗经》,反映出民间传唱与义人加工的合流,作为汉及以前四言诗与骚体诗的汇集,对于研究四言与骚体诗的嬗变、五言诗的形成均具有重要意义。

## 三、河间杂歌与河间之关系

在《琴操》"歌诗五首"、"十二操"、"九引"及"河间杂歌二十一章"47篇琴曲歌辞中,有琴辞者25篇,共13篇引诗,占总数的一半强。其中"河间杂歌二十一章"有琴辞者11篇,依据平津馆本仅3篇引诗,占总数的27%。即便加上遗书钞本"河间杂歌"的另2篇引诗④,占到总数的38%,与其几乎占《琴操》一半篇目的比例相

---

① 《直斋书录解题》卷十四著录:"《琴曲词》一卷,不知作者,凡十一曲,辞皆鄙俚。"((宋)陈振孙:《直斋书录解题》,上海古籍出版社,1987年版,第401页);梁启超言"《琴操》所录歌辞,无一首不滥俗恶劣"(梁启超:《中国之美文及其历史》,东方出版社,1993年,第12页)。
② (明)谢榛:《四溟诗话》卷一,中华书局,1985年,第1页。
③ (明)胡应麟:《诗薮》外编卷一,中华书局,1958年,第127页。
④ 《麦秀之歌》"彼狡童兮,不与我好兮"引《郑风·狡童》"彼狡僮兮,不与我言兮";《宁戚饭牛歌》其三"出东门兮历石班"引《郑风·出其东门》"出其东门,有女如云"。

比,显得甚少。对于以汉代《诗经》重要传播基地——"河间"命名的杂歌来说,为什么反而引诗数量最少、比例最小?《琴操》为何以"河间"作为"杂歌"的修饰语?

以往的研究注意到了河间杂歌收录的琴曲较为驳杂和两个版本《琴操》此部分文字差异较多的问题,对由引诗状况所凸显出来的"河间"与"杂歌"的关系问题关注较少。《河间杂歌的名称释义及文化探源》一文从河间与琴曲的关系出发探讨杂歌与河间之渊源,认为"蔡邕在杂歌之前冠以河间之名,是基于对河间献王和河间国乐人在汉代琴曲发展上的重要作用,及河间国本身独特的文化政治地位的综合考虑。"①但蔡邕作为严格讲究师法、家法的鲁诗传人,对于东汉末年被立为官学的毛诗发源地河间带有如此浓厚的兴趣似乎说不过去,况且从"河间杂歌"引诗数量较少的情况来看,"河间"与"杂歌"是否直接相关尚存在很大疑问。自河间献王时起对《诗经》有意识的保存和传播,使河间形成了浓郁的传诗诵诗风气,王长华师即认为河间献王"对《诗经》的保存和传播,直接影响了《毛诗》学派的产生和《毛诗》日后的传播以及在学术界发挥的作用"②。与"操"和"引"的高比例引诗相比,"杂歌二十一章"仅3篇的引诗比例显然与河间浓郁的《诗经》传播氛围不相称。那么蔡邕为何又以"河间"来命名呢?

从句式构成来看,有歌辞的11篇杂歌中,纯四言5篇,纯骚体3篇,四言中多带"兮"字的3篇。其中《信立退怨歌》平津馆本与遗书钞本差异较大,平津馆本为四言带"兮"字句式,遗书钞本为去

---

① 赵德波:《河间杂歌的名称释义及文化探源》,《学术论坛》,2013年第5期,第169、175页。

② 王长华、易卫华:《汉代河间儒学与〈毛诗〉》,《河北师范大学学报》(哲学社会科学版),2004年第6期,第54页。

掉"兮"字的七言诗。可见，杂歌21章中，骚体诗的比例并不小。在河间献王刘德的提倡下，河间地区对《诗经》四言体的熟悉和运用程度必然高于楚辞，如果杂歌出自河间，对于长期生活在陈留和吴会地区的蔡邕来说，杂歌部分亲自收集的可能性不大，而应当是献王刘德广采以献朝廷之作。毛诗在河间国率先被列于官学，使之渐渐从民间走向庙堂，在这个自下而上的传诗过程中，四言体当为河间地区的常用诗体，杂歌引诗少、多骚体的状况与河间传诗氛围显得格格不入。因此，我们大胆推测"杂歌"并非出自"河间"，其命名另有玄机。

从"河间杂歌二十一章"引诗本身来看，平津馆本引诗的3篇分别为《思亲操》、《霍将军歌》和《怨旷思惟歌》。尽管对各曲辞成书年代说法不一①，但整部《琴操》中最能确定为汉代所作的是《霍将军歌》与《怨旷思惟歌》。这两篇的本事与汉代具有划时代意义的事件——对匈奴的"战"与"和"密切相关。前者为霍去病抗击匈奴获胜后志得意满援琴而歌所作，后者为王昭君作为和亲使者远嫁匈奴思乡而作，反映出汉代琴曲歌辞创作取材于重大历史事件的倾向。这一线索提示我们应当从更广阔的时代背景中探寻以"河间"命名之因。

蔡邕所生活的东汉后期，河间国地位突出。桓、灵二帝都从河间之地被迎入京登基，使得河间成为两位皇帝的故乡。有学者认为"东汉诸帝具有浓厚而自觉的帝乡意识"、"一系列文学文化活动

---

① 逯钦立认为"除《鹿鸣》等五歌诗为《诗经》时外，十二操九引河间杂弄二十一章等，皆两汉琴家拟作"（逯钦立：《先秦汉魏晋南北朝诗》，中华书局，1983年版，第299页）；王运熙认为《琴操》所收的琴曲"除《琴引》、《霍将军歌》、《怨旷思惟歌》等为秦汉时作外，其余大抵为先秦旧曲"（王运熙：《乐府诗述论》，上海古籍出版社，2014年，第293页）。

因此随之展开"、"中国历史上特有的帝乡文学现象由此形成"①，受此影响，对帝乡加以称颂成为很多文学作品的重要内容，如张衡《南都赋》对光武帝故乡南阳的称颂，其中还描写到光武帝的帝乡情结"帝王臧其擅美，咏南音以顾怀"。班固、马融、张衡等常随皇帝巡行故乡，作赋颂以献，大都成为赋史上的名篇。在帝乡意识作用下，东汉诸帝都非常关照帝乡，表现为寻访乡贤，命帝乡文士撰写"一代大典"《汉记》（《东观汉记》）等，使得帝乡在东汉文人视野中承载了重要的政治意义，与之相关的文学艺术创作成为时代风尚。南阳"帝乡"作为开国皇帝故乡的专称，首见于东汉，并被载入正史。与之相应，"河间"作为两位天子的故里，在桓、灵期间具备了类似"帝乡"的特殊政治意义，蔡邕一生最主要的活动时间，正是桓灵时期。因此，以"河间"为杂歌名称，以显尊贵和重视程度，恐怕是蔡邕出于政治需要的选择，而不是出于河间献王和河间国乐人在汉代琴曲发展上的重要作用。关于这一点，《河间杂歌的名称释义及文化探源》一文也意识到"蔡邕将其称为'河间杂歌'反映出他对桓、灵两位天子出生地的重视和偏爱，对那里有一种特殊的感情"、"蔡邕《琴操》专列'河间杂歌'也是对天子故里的颂扬"②。

《东观汉记》载"桓帝好音乐，善琴笙"，《太平御览》载灵帝多才艺，"善鼓琴，吹洞箫"，可见两位皇帝对琴与琴曲兴趣浓厚，并且都好新奇异闻。《后汉书·蔡邕列传》载"初，（灵）帝好学，自造《皇羲篇》五十章，因引诸生能为文赋者。本颇以经学相招，后诸为尺牍及工书鸟篆者，皆加引召，遂至数十人。侍中祭酒乐松、贾护，

---

① 刘德杰：《论东汉皇帝的帝乡意识及帝乡意识下的文学活动》，《文学评论》2012年第3期，第85页。
② 赵德波：《河间杂歌的名称释义及文化探源》，《学术论坛》2013年第5期，第169页。

多引无行趣势之徒,并待制鸿都门下,憙陈方俗间里小事,帝甚悦之,待以不次之位。"①从灵帝的创作动机看,《皇羲篇》不像是"匡国理政"、"义尚光大"的大赋,而是类似赋颂羲皇的神异故事。对侍中祭酒所引无行趣势之徒"陈方俗间里小事"甚悦,并"待以不次之位",显示出灵帝对市井异闻的喜好。《琴操》多选取明主贤臣故事或各地奇闻异事,以题解加曲辞的方式呈现,反映出蔡邕对桓灵二帝所好的投合,以"河间"命名也是借东汉皇帝的帝乡意识以引起重视,提升琴曲地位。

蔡邕师胡广,习鲁诗,其政治薪向在于"以胡广为标榜,希冀追步胡氏,以洞达汉制、才富学赡而统领政学二坛"。② 表现在,为"正定六经文字",主持刊刻熹平石经,造成"其观视及摹写者,车乘日千余两,填塞街陌"③的盛况,轰动一时;多次上书言事,内容涉及内政外交各个方面,《全后汉文》辑其奏疏26篇,其中包括《上封事陈政要七事》等封事,汉代奏疏都不封口,奏陈秘密事项才贴上封条,可见蔡邕参政意识、事功精神之强烈。据《后汉书》载蔡邕被征入仕,并非因其经学或文学成就,而是因"善弹琴"。因此,在其干政过程中,除利用上书等方式劝谏皇帝之外,还仿刘向《新序》、《说苑》、《列女传》等取圣主贤臣贞妇遗闻轶事以戒天子的方式,以自身"妙操音律"的特长,借桓、灵二帝对琴曲的爱好以及古琴在汉末的地位,作《琴操》以美德行,刺衰乱。将所选取的较为驳杂的杂歌二十一章冠以"河间",便是出于引起帝乡情结下皇帝注意的目的。

---

① (南朝·宋)范晔:《后汉书》卷六十下,中华书局,1965年,第1991–1992页。
② 顾涛:《熹平石经刊刻动因之分析——兼论蔡邕入仕》,《史林》,2015年第2期,第30页。
③ (南朝·宋)范晔:《后汉书》卷六十下,中华书局,1965年,第1990页。

故此,窃以为,《琴操》"河间"与"杂歌"并无曲辞渊源关系。引诗数量少,四言诗与骚体诗几乎平分秋色,以及东汉帝乡意识下文人对天子故里的高度重视,种种迹象表明"河间"与"杂歌"并无直接关系,而是蔡邕出于政治需要的选择。

## 四、余论

蔡邕作为鲁诗传人,不仅在主持刊刻的熹平石经中以鲁诗为底本,还以鲁诗作为《琴操》撰写题解和引诗的依据。鲁诗严谨的学风、精要简约的解经体系和一批潜心经典、崇尚气节、淡泊名利的传人的传承[①],使鲁诗在东汉一度成为显学,在今文经学中居于主导地位。然而,其在东汉末年被毛诗后来居上,除了马融、郑玄等经学大师对毛诗的鼎力推崇之外,恐怕还与其经学传人思想转变的自身原因有很大关系。汉末政局的变迁,党锢之祸对陈蕃等鲁诗传人的重创,以及"东京之末,节义衰而文章盛,自蔡邕始"[②]的状况,促使鲁诗走向式微。蔡邕习鲁诗而不以鲁诗学派传人之气节立身的相互龃龉,恐怕是鲁诗内部思想体系瓦解,走向衰颓的重要原因之一。

(王娜,河北科技大学,副教授)

---

① 据王承略考证,"《鲁诗》宗师在东汉可考者凡十七人,他们或高居相位,或隐处山林,社会地位纵然不同,但大都崇尚气节,志操卓绝,出仕者每有政绩,在野者亦获声誉。"(王承略《论两汉〈〈鲁诗〉学派》,《晋阳学刊》,2002年第4期,第74页。)

② (清)顾炎武著,黄汝成集释:《日知录集释》卷十三,上海古籍出版社,2014年,第754页。

# 异文视角下的汉代《诗经》文本书写初探
## ——以《诗·邶风·谷风》异文为例

叶铸漩

习习谷风,以阴以雨。黾勉同心,不宜有怒。采葑采菲,无以下体。德音莫违,及尔同死。

行道迟迟,中心有违。不远伊迩,薄送我畿。谁谓荼苦,其甘如荠。宴尔新婚,如兄如弟。

泾以渭浊,湜湜其沚。宴尔新婚,不我屑以。毋逝我梁,毋发我笱。我躬不阅,遑恤我后。

就其深矣,方之舟之。就其浅矣,泳之游之。何有何亡,黾勉求之。凡民有丧,匍匐救之。

不我能慉,反以我为仇,既阻我德,贾用不售。昔育恐育鞫,及尔颠覆。既生既育,比予于毒。

我有旨蓄,亦以御冬。宴尔新婚,以我御穷。有洸有溃,既诒我肄。不念昔者,伊余来墍。

这里所给出的是《邶风·谷风》一诗的《毛诗》原文。然而,在现存所能看到的汉代其他三家《诗》中这首诗的某些用字甚至语句是有着不同的。王先谦《诗三家义集疏》中在"黾勉同心,不宜有怒"一句后注曰"《韩》'黾勉'作'密勿',云密勿,僶俛也。《鲁》'黾勉'亦作'密勿'";在"采葑采菲,无以下体。德音莫违,及尔同死"之后注"《韩》'体'作'礼'";在"不远伊迩,薄送我畿"句后注曰"《鲁》'迩'作'尔'";"泾以渭浊,湜湜其沚"句后注曰"三家'沚'作'止'";"宴尔新婚,不我屑以"句后注"《鲁》'以'亦作

'已'";"我躬不阅,遑恤我后"句后注"三家'躬'作'今','遑'作'皇'。";"何有何亡,黾勉求之。凡民有丧,匍匐救之。"句后注"《鲁》、《齐》'匍匐'亦作'扶服'。《鲁》'救'亦作'捄'";"不我能慉"句后注曰"三家作'能不我畜'"①另外,在《阜阳汉简〈诗经〉研究》中关于这首诗也有一些异文。"……以阴以雨。黾勉同心,"一句,《阜阳汉简》作"以阴以雨,汤没同心";"中心有违"《阜阳汉简》作"有韦";"薄送我畿"《阜阳汉简》作"送我幾";"宴尔新昏"《阜阳汉简》作"燕尔新";"无逝我梁"《阜阳汉简》作"毋懠我";"就其深矣,方之舟之,就其浅矣,泳之游之"《阜阳汉简》作"就亓深诶,放之州之,就亓浅";"既阻我德"《阜阳汉简》作"既沮我直"②。因为三家诗散轶和阜阳汉简残篇的现实,所以上述的异文只能显示出诗篇中某些诗句在比对时出现的异文。然而,从《诗三家义集疏》所搜集的异文情况来看,在至少两家出现与《毛诗》不同时,其所异写的结果都是相同的(如:《韩》'黾勉'作'密勿',云密勿,俛俛也。《鲁》'黾勉'亦作'密勿';三家'沚'作'止'),由于三家诗现在都是辑佚而得,故以《诗三家义集疏》的体例来看,其所记录的当是现存所能看见的所有三家诗记录。由此,我们可以认为,三家诗的诗歌文本原文应当是一致的。而上文所提到的《阜阳汉简诗经》异文则与三家和《毛诗》都有不同,所以,三家诗、《阜阳汉简诗经》以及《毛诗》就诗歌文本原文而言,是三个不同的诗歌文本。同时,通过对上述内容的总结我们还可以看到,异文的形式当概括为"音形相近"和"语序的错乱"两类,而对这两类线索的考察则可以大致揭示

---

① (清)王先谦撰,(今人)吴格点校:《诗三家义集疏》卷三上,中华书局,1987年,第169—179页。

② 胡平生、韩自强:《阜阳汉简诗经研究》"释文",上海古籍出版社,1988年,第5页。

出汉代《诗经》的书写状况。

《谷风》一诗中"音形相近"的异文分别出现在"黾勉"、"体"、"迩"、"沚"、"以"、"躬"、"遑"、"匍匐"、"救"、"违"、"畿"、"宴"、"逝"、"方之舟之"、"既阻我德"(这里以《毛诗》文字列出)一些地方,其范围几乎遍布全诗。"黾勉",在三家诗作"密勿",《阜阳汉简》作"汤没"。案,《说文黾部》黾,蛙黾也;又《说文力部》勉,强也。该诗"黾勉同心,不宜有怒"句后"毛传"云"言黾勉者,思与君子同心也"。其后郑笺亦有云"所以黾勉者,以为见谴。怒者,非夫妇之宜"。① 又陆德明《毛诗音义》上言"黾勉,本亦作'僶',莫尹反。黾勉,犹勉勉也。"如此,则"黾勉"二字当在连用时才会具有《谷风》一诗中的意义,而对于其本义,诗中的使用显然是假借。然而,这一词语在三家诗却呈现为"密勿",而在《阜阳汉简》那里则显示为"汤没"。显然,在原诗篇同一上下文语境没有变化的情况下,这种写法上差异的所指自然是一样的,也就是说《毛诗》、三家诗、《阜阳汉简》三处"黾勉"(《毛诗》)所要表达的意义是完全相同的。换句话说,三处"黾勉"之间是可以随意调换的。根据唐作藩先生《上古音手册》"黾,阳部、明母、上声;勉,元部、明母、上声;密,质部、明母、入声;勿,物部、明母、入声;汤,物部、明母、入声;没,物部、明母、入声"②从这里可以清晰看到,三家诗所言的"密勿"与《阜阳汉简》中的"汤没"的语音之间元音以舌位极为接近而存在旁转的关系,其发音于上古音而言是极其相似的;而《毛诗》的"黾勉"二字所属韵部以现代语音学来看,"黾"和"密"、"汤"的韵母舌位皆靠前,所不同的只是舌位高低和口型的圆展,故可以判断"黾"和

---

① (唐)孔颖达疏:《毛诗正义》卷二——二(阮元校勘《十三经注疏》本),中华书局,1980年,第303页。
② 唐作藩编著:《上古音手册》(增订本),中华书局,2013年。

"密"当为阳入对转,而"黾"与"汩"则是通过"密"的对转;"勉"与"勿"、"没"的韵部关系,当是以"黾勉"的旁转为基础实现的对转。由此可以发现,"黾勉"与"密勿"、"汩没"之间就韵部而言,其发音是具有着相似性的。另外,三处"黾勉"的语音学数据还显示,它们的声纽(声母)是完全相同的。综合以上从声韵两个层面所做的分析来看,"黾勉"与"密勿"、"汩没"之间的发音在汉代是非常接近的,故它们在理论上可以相互换用。考《汉书·刘向传》"密勿从事"后颜师古注"密勿,犹黾勉从事也。"《后汉书·胡广传》"密勿夙夜"李贤注曰"密勿,俛勉",又《后汉书·班固传》"密勿之辅"后李贤注"密勿,犹黾勉也"①。然而,"汩"字《楚辞·招隐士》"罔兮汩"洪兴祖补注曰:"汩,潜藏也。"《史记·屈原贾生列传》"汩深潜以自珍"裴骃集解引徐广曰"汩,潜藏也"。是汉代及汉前的"汩"字都作"潜藏"解;而"没"字《说文》云"沉也"。考察其相关训诂成果,并无有近似"黾勉"义,且在所见传世两汉及先秦文献中并未见到"汩没"二字连用的语例,所以,《阜阳汉简》中"汩没"二字的出现可以认定为是由于声音接近而产生的异写。从上引的语例文献来看,《汉书》、《后汉书》之类的正史所引用的文献中更多地使用了"密勿",而"汩"字单独出现的先秦或汉代文献时,从现在所能见到的文献来看,大都出于个体创作的作品中,这暗示了三家诗在"列入学官"之后文本状况和《诗经》文本所可能存在的个体书写状况。

  根据上文,三家诗将"体"写作"礼"。案,"体"上古音为脂部、透母、上声,"礼"脂部、来母、上声。"来母"与"透母"皆为舌音,又韵部相同,故其上古发音相近。《大戴礼记补注·卫将军文子》"说之一义而观诸体"后孔广森补注"体,礼也"。《易章句坤文言》"正

---

① 语例见 宗福邦、陈世铙、萧海波主编:《故训汇纂》宀部,商务印书馆,2003年,第584页。

位居体"后焦循章句曰"体犹礼也"。又,《春秋左传诂·定公十五年》"死生存亡之体也"后洪亮吉引《广雅》诂曰"礼,体也"。《战国策·齐策三》"孟尝君令人体貌而亲郊迎之"后姚宏注曰"体,一作礼"。是,上古时"体"、"礼"二字互训,且有互用成例。①"迩"三家诗作"尔"。二字上古音皆为"脂部、日母、上声",故其发音完全相同。考《晏子春秋音义·外篇第七》"言发于尔,不可止于远也"孙星衍音义曰"尔、迩同"。《尚书集注音疏·盘庚》"予不畏戎毒于远尔"后江声集注音疏曰"尔、迩音谊同。"又《仪礼正义·燕礼》"尔卿,卿西面北上,尔大夫"胡培翚正义引敖氏云》:"古文尔、迩通。"②案《说文·㸚部》尔,丽尔,犹靡丽也。《辵部》又云:"迩,近也。"③是二字仅音同,为假借。"沚"三家诗作"止"。"沚"、"止"上古音皆为之部、章母、上声,是"沚、止"同音。然而现有传世文献的训诂成例唯此诗三家诗文本"以沚为止",是当同音假借。"不我屑以"三家诗以"已"为"以"。清人王引之《经传释词》引郑玄注礼记曰:"'以'与'已'字本同。"④《大戴礼记补注·子张问入官》"即知其以生有习"孔广森补注曰"以,已也"。《墨子闲诂·杂守》"烽火以举"孙诒让闲诂云"以、已同。"《墨子闲诂·非儒下》"夫忧妻子以大负絫"后孙诒让闲诂"以,与已同。""以、已"上古音皆为"之部、喻母、上声"。另,本句《孟子·公孙丑》赵注引《诗》为"不我屑

---

① 语例见宗福邦、陈世铙、萧海波主编:《故训汇纂》骨部,商务印书馆,2003年,第2559页。

② 语例见宗福邦、陈世铙、萧海波主编:《故训汇纂》爻部,商务印书馆,2003年,第1392页。

③ (汉)许慎撰(宋)徐铉校定:《说文解字》,中华书局,2013年,第64页、第35页。

④ (清)王引之撰:《经传释词》,上海古籍出版社,2014年,第5页。

已"①,是先秦时代二字已有互用成例,且二字当为音义相同。"我躬不阅,遑恤我后"三家诗以"躬"作"今","遑"作"皇"。案上古音"躬"为冬部、见母、平声,"今"为侵部、见母、平声,然考训诂成例,只有三家诗以"今"为"躬"的通用案例。二字声纽相同,韵部差别较大,而能有这种通用情况出现,当是"一声之转"的结果。这种结果暗示了它们的发音在某种情况下确实能够相似。至于句中的"遑"与"皇",袁梅《诗经异文汇考辨证》认为二字为今古文。② 考上古音,二字皆为"阳部、匣母、平声"。《说文》许文有"皇"字,而"遑"为新附字,非许文明矣。是《说文解字》成书时,只有"皇"未有"遑",故从其时间出现上来说,二字当为古今,但非训诂学意义上的"古今字"。《故训汇纂》引《经籍纂诂补遗·阳韵》:"孟子滕文公下:则皇皇如也。《文选》注作'则遑遑如也'。"③是以,"遑"字当于东汉许慎之后的时代出现是非常明白的。但不可否认的一点是,"皇"和"遑"的发音在上古是相同的。"何有何亡,黾勉求之。凡民有丧,匍匐救之。"一句中三家诗将"匍匐"写作"扶服","救"写作"捄"。《礼记·檀弓下》云"孔子闻之曰'善哉觊国乎!《诗》云:凡民有丧,扶服救之。……'"案,依《汉书·艺文志》"礼古经"条后有"《记》百三十一篇。七十子后学者所记也"④。又《四库全书总目》"戴圣又删大戴之书为四十六篇,谓之小戴记。汉末,马融遂传小戴之学。融又益《月令》一篇、《明堂位》一篇、《乐记》

---

① 袁梅:《诗经异文汇考辨证》谷风,齐鲁书社,2013年,第53页。
② 袁梅:《诗经异文汇考辨证》谷风,齐鲁书社,2013年,第53页。
③ 语例见宗福邦、陈世铙、萧海波主编:《故训汇纂》白部,商务印书馆,2003年,第1526页。
④ (汉)班固撰:《汉书》,中华书局,1962年,第1709页。

一篇合四十九篇云云"①。与今本《礼记》相合。故,先秦时"匍匐"已有写作"扶服"的成例。考其上古发音"匍匐"为"'鱼部、并母、平声'和'职部、并母、入声'";"扶服"为"'鱼部、并母、平声'和'职部、并母、入声'",由此这两个异文之间发音完全相同,当判定为同音假借。而"救"、"捄"二字皆为"幽部、见母、去声",且《汉书董·仲舒传》"捄溢扶衰"颜师古注曰"捄,古救字。"考《说文》二字,本义毫无联系,故汉代时二字当为借用。"中心有违"《阜阳汉简》作"韦"。"违"和"韦"皆为"微部、匣母、平声"。《故训汇纂》引清人刘逢禄《尚书今古文集解酒诰》"薄违农父"句注"《白氏六帖》、《群经音辨》作'韦'。"②则中唐前当有二字通用成例。但是,汉代以致先秦时期传世文献中并未见有通用成例,而阜阳汉简的出土却使二字异体互用在汉代成为可见的现实。"畿"和"幾"。案,《礼记大学》"邦畿千里"陆德明《经典释文》云"畿,又作幾"。考"畿"上古音为"微部、群母、平声","几"为"微部、见母、平声",且"群母"与"见母"皆是牙音,故它们的发音极为相似。"宴尔新婚"《阜阳汉简》作"燕"。《诗经异文汇考辨证》云:"《释文》'宴,本又作燕。'山井鼎《考文》:古本作'燕'。"③又,《论语·述而》"子之燕居"陆德明释文曰"燕,郑本作宴",《尔雅释训》"宴宴粲粲"陆德明释文"燕,字又作宴"。是二字古本通用。案,上古音"宴"为元部、影母、去声,"燕"为元部、影母、平声,则二字声韵全同。至于"毋逝我梁"《阜阳汉简》作"懲"。案,"懲"《说文》"高也,一曰极

---

① (清)阮元校刻:《十三经注疏礼记正义》四库全书总目提要,中华书局,1980年,第1221页。

② 语例见宗福邦、陈世铙、萧海波主编:《故训汇纂》辵部,商务印书馆,2003年,第2305页。

③ 袁梅:《诗经异文汇考辨证》谷风,齐鲁书社,2013年,第53页。

也,一曰困劣也。从心带声"。《集韵·祭韵》"逝,或作遳"。《说文》"遳,去也,从辵带声",是"憖"、"遳"音同,然未见"憖"、"遳"借用成例。考"逝"古为"月部、禅母、长入声","憖"古为"月部、定母、长入声",古"定母"与"禅母"皆为舌音,因此,二字发音极近。《阜阳汉简》的异文给出了二字借用的成例。

《毛诗》"就其深矣,方之舟之,就其浅矣,泳之游之"句在《阜阳汉简》为"就亓深诶,放之州之,就亓浅"。案,《清华简》"尹至"有"汤曰'各,女亓又吉志'"后释文"亓"作"其"①,是"亓"当"其"古字明矣,且二字皆为"之部、群母、平声";"矣、诶"二字,案清人王引之《经传释词》"'矣'在句末,有为起下之词者,若《诗·汉广》曰'汉之广矣,不可泳思。江之永矣,不可方思。''矣'字皆起下之词"②。本诗中言"就其深矣,方之舟之"句法同,故"矣"当"起下之词"。《说文》云"矣,语已词也"。是"矣"当为语词。"诶",《说文》云"可恶之辞"。《汉书韦贤传》"勤诶厥生"后颜师古注:"诶,叹声。"《经传释词》言:"《大戴礼少闲篇》'公曰:嘻'卢辩注曰'嘻,叹息之声。'……《魏册》作'诶',……并字异而义同。"③则"矣"、"诶"皆当为语词,虽未见"诶"有"矣"字"起下之词"的语法功能,但性质的相同却使二者具有可以通用的可能。考二字古音,"矣"为"之部、匣母、上声""诶"为"之部、晓母、平声","匣母"与"晓母"皆为喉音,故二字发音极近。句中的"方"与"放",案《故训汇纂》引《国语·楚语下》"不可方物"董增龄的正义云"汉郊祀志'方'作'放'",另同书所引《管子小问》"桓公方春三月观于野"一

---

① 清华大学出土文献研究与保护中心编,李学勤主编:《清华大学藏战国竹简(壹)》,中西书局,2110年,第128页。
② (清)王引之撰:《经传释词》矣,上海古籍出版社,2014年1月。
③ (清)王引之撰:《经传释词》诶,上海古籍出版社,2014年1月。

句洪颐煊的集校"尧典:方命圮族"在《汉书·傅喜传》和《朱博传》中则被写成"放命"①如此,则汉代"方、放"二字确实可以互用。考二字上古音"方"为"阳部、帮母、平声","放"为"阳部、帮母、去声",由此,二字的发音可以认定是极其相似的。至于"州"和"舟",唯有《故训汇纂》所引《诸子平议·荀子二》中"偶然乃举太公于州人而用之"句后的俞樾案语"州人,当从《韩诗外传》作舟人"一例。②案《汉书·艺文志》有《韩外传》六卷"。又《四库全书总目提要》"自《隋志》以后,即较《汉志》多四卷,盖后人所分也"。那么,根据俞樾的案语,"州"、"舟"通用在汉代当属事实。另,二字的古音皆为"幽部、章母、平声",故《阜阳汉简》所出现的异文,当是同音借用。另外,《毛诗》中"既阻我德"的"阻、德"在《阜阳汉简》中也被写作"沮、直"。考孔颖达《礼记正义·儒行》"沮之以兵"后孔氏疏云:"俗本'沮'或为'阻'字。"《尔雅义疏·释丘》"水出其后,沮丘"郝懿行义疏曰:"《释名》'沮丘'作'阻丘'。"是阻、沮二字汉时可通用,且其中或有俗语背景。案,阻古音为"鱼部、庄母、上声"而沮为"鱼部、精母、去声",上古声纽中"庄母、精母"都是牙音,故二字的发音极为相近;而《故训汇纂》引《逸周书·谥法》"柔德考众曰静"的朱右曾集训校释曰"柔德考众,当依《魏书·源怀传》作'柔直考终','直'作'德','终'作'众',并古文假借"。③ 故,古文"直"、"德"二字可通,又直为"职部、定母、入声",德为"职部、端母、入声","端、定"二母皆为舌音,是"直、德"发音

---

① 语例见宗福邦、陈世铙、萧海波主编:《故训汇纂》方部,商务印书馆,2003年,第988页。
② 语例见宗福邦、陈世铙、萧海波主编:《故训汇纂》巛部,商务印书馆,2003年,第652页。
③ 语例见宗福邦、陈世铙、萧海波主编:《故训汇纂》彳部,商务印书馆,2003年,第765页。

极近。

全诗中异文有关语序问题的只有"不我能畜"一句,此句三家诗作"能不我畜"。袁梅《诗经异文汇考辨证》"不我能畜"条下言"'能不我畜'句法与《日月》篇,'宁不我顾'类似。故从《说文》所引,作'能不我畜'"。① 又《毛诗·卫风·芄兰》"虽则佩觿,能不我知",是《毛诗》中"不我能……"与"能不我……"两种结构皆存。案《汉书·艺文志》有《毛诗》二十九卷,是汉时上述两种语序的不一致是同时存在的。

从上文的考察来看,《邶风·谷风》一诗的异文情况,总体来说并非仅仅存在于某一特定的诗句,而特定诗句所呈现的异文又有着写法上较大的差异。通过上述的比较分析,"音形相近"的一类异文中,虽然有假借字、异体字、古今字的现象,但它们的发音是相近甚至是相同的,这就暗示了汉代《诗经》书写过程中,以发音相同或相近为基础的用字是具有随意性的;而"语序的错乱"一类异文,其语法结构的相异不仅存在于《毛诗》与三家诗之间,而且也存在于《毛诗》内部,这表明"语序的错乱"在不影响表达的前提下,是汉代普遍存在的一种语言状况。如此,则从以上的分析可以认定,汉代《诗经》文本的书写是具有一定随意性的,且这种随意性中暗示了官方统一书写模板的缺位。然而,作为汉代儒者们解释对象的《诗经》诗歌文本自然出现于解释性文字之前,故它们的重新书写应当是在汉代初年。按照《史记·儒林列传》"(及高皇帝诛项籍后)……然尚有干戈,平定四海,亦未暇遑庠序之事也。孝惠、吕后时,公卿皆武力有功之臣。孝文时颇征用,然孝文帝本好刑名之言。及至孝景,不任儒者,而窦太后又好黄老之术,故诸博士具官

---

① 袁梅著:《诗经异文汇考辨证》,齐鲁书社,2013年,第53—54页。

待问,未有进者"①。又《汉书·艺文志》"……凡三百五篇,遭秦而全者,以其讽诵,不独在竹帛故也"②。由是,汉中央政府在立国之初并没有重用儒者的事实,也未对儒家相关典籍进行统一编辑和管理。而秦火之后《诗经》文本的重新文本化过程则是以讽诵书写为基础的地方行为。案,《汉书·景十三王传》"(河间献王)从民得善书,必为好写与之,留其真,加金帛赐以招之。繇是四方道术之人不远千里,或有先祖旧书,多奉以奏献王者,故得书多,与汉朝等。是时,淮南王安亦好书,所招致率多浮辩。"《淮南衡山济北王传》也说:"淮南王安为人好书,……招致宾客方术之士数千人,作为《内书》二十一篇,《外书》甚众,又有《中篇》八卷,言神仙黄白之术,亦二十余万言。"③由是,则汉初文献的收集和整理写作的"地方化"非常普遍。这一现实也给出了汉初《诗经》文本重新文本化的一个背景,这也从侧面证明了上文异文随意性的出现与《诗经》文本书写的"非统一化"(地方化)有关。

上文的考察中"音形相近"和"语序错乱"现象虽然在共同语书写的背景下是一个显而易见的存在,但《邶风·谷风》一诗中的异文情况以及《汉书·艺文志》中"……凡三百五篇,遭秦而全者,以其讽诵,不独在竹帛故也"一句话使得上述二个现象可能存在另外一种背景。据游汝杰《汉语方言学教程》"方言历史研究"中所言"《晋书·乐志》'《白纻舞》:案舞辞有中袍之言。纻本吴地所出,宜是吴舞也。晋《徘歌》又云:皎皎白纻,节节为双。吴音呼绪为纻,疑白纻即白绪也。'今案:纻字属鱼部澄母;绪字属鱼部邪母,中

---

① (汉)司马迁撰:《史记》儒林列传,中华书局,1959年,第3117页。
② (汉)班固撰:《汉书》卷三十,中华书局,1962年,第1708页。
③ (汉)班固撰:《汉书》卷五十三、卷四十四,中华书局,1962年,第2410页、第2145页。

古皆属语韵"①。《晋书》所记为古汉语方言中的常态。在这一常态中，以声音相近而异文当是其中较为突出的特点；而"语序的不同"也以其语法要素的身份存在于历时及共时的各语言体中，这其中也包括古方言。案，《汉书·艺文志》云"汉兴，鲁申公为《诗》训故，而齐辕固、燕韩生皆为之传"，同书《景十三王传》"河间献王德……立《毛氏诗》"是三家所本一致而传释不同，《毛诗》所本当另有底本；《阜阳汉简诗经》以出于西汉汝阴侯墓而为又一写本。那么，三者《诗经》文本实为不同地域内写手（儒者）依据讽诵内容所写，其间的差异自然也会因为方言而不可避免。上述《邶风·谷风》一诗异文所体现出的明显随意性虽然指出了汉初《诗经》的书写时没有一个官方统一的模板，但《毛诗》、三家诗、《阜阳汉简》三者《诗经》文本书写的各成体系却使我们有理由认为三个《诗经》文本的写本可能是参入了三地写手（儒者）以各自方言因素为基础的书写活动的。

由此我们可以得出结论，汉代《诗经》文本的重新书写是在一个没有官方统一模板的背景下，可能由各地写手（儒者）以方言为基础的"地方化"书写，而这一重新书写活动的发生则是发生在秦火之后的汉代初期。

（叶铸漩，武汉大学文学院，博士）

---

① 游汝杰著：《汉语方言学教程》，上海教育出版社，2004年9月，第151页。

## 考古学与《诗经》研究

## 清华简《楚居》所见"求女"发微
—— 兼及《汉广》《蒹葭》二诗的主题

韩高年

清华大学出土文献研究中心《清华大学藏战国竹简（壹）》有一篇《楚居》，记录楚人先祖的传说，以及楚先世诸王迁都的情况及原因。整理者认为是一篇类似于传世《世本》的《居篇》的文献，故定名为《楚居》。释文公布后，也有的研究者认为属于《世本》中的"帝系"或"世"一类的文献。还有的学者发现《楚居》"是以楚公楚王的谱系为经，以居处迁徙为纬的综合体。在叙述楚公楚王的世系时，及于求偶经历、配偶长相、生育过程等；在叙述居处迁徙时，及于都城改造、都城改名、迁徙原因等。其中还涉及楚、亦示、郢的得名由来。楚的得名具有传奇色彩，亦示的得名不乏调侃意味，只有郢的得名比较平实近真。楚、亦示、郢是三个重要的楚文化符号，王公谱系和居处迁徙是正史中核心的部分。毫无疑问，《楚居》内容是楚史的主体内容。"因此，"颇疑《楚居》即《梼杌》的部分内容，或者是在《梼杌》的基础上创作而成的。"这些意见对于深入揭示《楚居》的内涵及发掘相关学术信息具有重要的启发意义。笔者在此基础上研读《楚居》等篇，也有若干愚得，愿写出来求教于方家。

一

《楚居》中所见的季连和鬻熊"求女"的记载反映了楚民族早期比较盛行的抢夺婚及"野合"习俗。《楚居》的确是记载楚之先祖的迁徙的,但从中也透露出楚人早期的一些习俗,如婚俗。其中说:

季连初降于隈山,抵于穴穷,前出于乔山,宅处爰波,逆上汌水,见盘庚之子,处于方山,女曰妣隹,秉兹率相,詈胄四方。季连闻其有娉,从,及之盘,爰生䴏伯、远仲,游徜徉,先处于京宗。穴酓迟徙于京宗,爰得妣列,逆流哉水,厥状聂耳,乃妻之,生侸叔、丽季。丽不从行,溃自胁出,妣列宾于天,巫并戈 赅其胁以楚,抵今日楚人。

上引这一段简文中记录了楚人先祖季连与盘庚之女妣隹之间、穴酓(穴熊,即鬻熊)与妣列之间成婚的事迹,颇为引人注目。据《世本·帝系》"陆终娶于鬼方氏之妹,谓之女嬇,生子六人……六曰季连,是为芈姓。季连者,楚是也。"季连为陆终之第六子,《世本》早佚,今传辑本未见季连求偶与成婚的记载。《史记·楚世家》:"附沮生穴熊,其后中微,或在中国,或在蛮夷,弗能纪其世。周文王之时,季连之苗裔曰鬻熊。鬻熊子事文王,蚤卒。"《大戴礼记·帝系》亦记其事,惟误其名作"内熊"。二书对鬻熊的婚事亦未有记载。上引清华简《楚居》中有关季连、鬻熊的文字提供的信息较《世本》及《楚世家》要详细,鄙见以为其中所述的是楚人早期的"野合"婚姻习俗。简文中言季连"逆上汌水,见盘庚之子,处于方山,女曰妣隹,秉兹率相,詈胄四方。季连闻其有娉,从,及之盘,爰生绎伯、远仲",整理者认为这几句是说季连逆洲水而上,遇到盘庚之女,居于方山,名字叫作佳(据整理者的意见,"妣"字当作"祖妣"之"妣",表明此为楚人追述之辞),这位叫"佳"的女子,具有仁慈柔顺之品质,她美丽娴静,四方闻名。季连一见,当然很是爱慕佳,但听说她已经有婚约,但他不甘心,一直追赶佳,到了盘,终于见到了佳,如愿以偿地赢得了佳的芳心,后来生下了两个孩子。简文的叙述虽然相当隐晦,但仍然透露了与抢婚或野合婚相关的信息。第一个信息是简文中说"季连闻其有甹","甹",整理者释为"媒聘",意谓已经有婚约,所言极是。简文强调季连既知"佳"与他人已有婚约在前,却仍因恋其美貌而不舍,是为了表明他们的结合并不合乎"媒聘"之礼,而是另有隐情。其次,简文说季连"从"佳,"从"字整理者释为"追赶"也很正确。"从"常与军事行动有关。如《左传·僖公二十八年》:"楚子入居于申,使申叔去谷,使子玉去宋,曰:'无从晋师!'"此处"从"意谓派兵追击。这样后文的"及之盘"也就有了着落。所谓"及之盘",也就是一直追赶到盘这个地方,终于追上了妣佳,也就是季连实施抢婚成功。后来"穴酓(鬻熊)"得其妻"妣列",赵平安认为"'得'通常表示得到,'得'后面跟人时往往表示掳获的意思。从'爱得妣列'这种表述看,鬻熊之于妣列,很像是'匪寇婚媾',即劫夺婚,抢老婆。"赵先生的看法很有道理,不过除赵先生提出的"得"这个证据外,还有一些证据也表明鬻熊实施了抢夺婚。《楚居》记述在"爱得"之后,又说"厥状聂耳",《山海经·海外北经》有"聂耳之国","为人两手聂其耳",注曰:"言耳长,行则以手摄持之也。"实则不然。《楚居》中描述鬻熊见到妣列时,"厥状聂耳",当是说她因受到突如其来的惊吓而双手捂着耳朵的情形。此外,鬻熊也是"逆流哉水",与前述季连之"从"妣佳相同。通过以上两个补充的证据来看,鬻熊也是通过实施抢婚而与妣列缔结的婚约。

中国上古时代存在着抢婚的习俗,陈顾远将其概括为"掠"、"师"、"夺"、"劫"四种形式。所谓"掠婚",即掠取。陈氏以为《说文》"礼,娶妇以昏时,故曰婚",即"娶妇必以昏者,当系古代劫略妇女,必乘妇家不备,而以昏时为便,后世沿用其法,遂以昏礼为名"。所谓"师婚",即是"于战争中得其妻妾"。如"周幽王伐有褒而娶褒姒","晋献公伐骊戎而娶骊姬"等即是。所谓"夺婚"就是以武力强夺强娶他人妻妾。"春秋时,卻犫聘于鲁,求妇于声伯,声伯夺施氏妇以与之,与夫为子娶妻而自娶之,若卫宣、楚平之类,皆系其例。"所谓"劫婚",就是"或因徒贪他人妻女之色而然,或因门第之隔不易得妻逼而如此"。春秋时"郑人游贩于归晋途中,遭逆妻者而夺之,以馆于邑"等即是。求之先秦典籍,《周易·屯卦》卦爻辞六二:"屯如邅如,乘马班如。匪寇,婚媾;女子贞不字,十年乃字。"六四:"乘马班如,求婚媾。"上六:"乘马班如,泣血涟如。"还有《睽卦》上九:"睽孤,见豕负涂,载鬼一车,先张之弧,后说之弧,匪寇,婚媾。往遇雨,则吉。"梁启超、刘师培、吕思勉、郭沫若、余永梁等学者都认为是描写抢婚习俗的材料。

在楚民族发展的早期,也盛行着这种在今天看来似有些野蛮粗鄙的习俗,到后来楚人迈入文明社会的门槛,民族意识趋于强烈时,这种习俗就逐渐被赋予神话色彩,而加以美化。而民族的早期记忆不会消失,会借助神话或传说的形式代代相传。这恰如周民族史诗《大雅·生民》之述姜嫄"履迹生子"、殷商民族之史诗《玄鸟》叙述"天命玄鸟,降而生商"及简狄吞卵有孕而生商人之事。

## 二

专家们考证,《楚居》中的"郻山"即《山海经·中山经》内"中次三经"的騩山,又称大騩之山,也即今河南新郑、密县一带的具茨山。"洀水"就是《水经注》中的均水,《汉书·地理志》作钧水,上中游即今河南西南部之淅川,下游即会合淅川以下的丹江,是汉水的支流。"京宗"就是景山,《中山经》言"荆山之首曰景山。"《诗·商颂·殷武》:"陟彼景山,松柏丸丸。"景山在山东境内。穴熊所妻之"妣",可能出自生活于随州随枣走廊的厉山氏部落,春秋时的厉国即其后裔。可见《楚居》中季连与妣隹、穴熊与妣的结合,反映了季连、穴熊时代楚人已由江、汉流域活动至山东一带,与殷商通婚。《诗经·周南·汉广》本是产生于江、汉流域的诗,写"汉有游女",君子求之,似还存有《楚居》所述楚人早先婚俗的古意。诗中言:

> 南有乔木,不可休思。汉有游女,不可求思。汉之广矣,不可泳思。江之永矣,不可方思。
> 
> 翘翘错薪,言刈其楚。之子于归,言秣其马。汉之广矣,不可泳思。江之永矣,不可方思。
> 
> 翘翘错薪,言刈其蒌。之子于归,言秣其驹。汉之广矣,不可泳思。江之永矣,不可方思。

《诗序》说这首诗表现了周文王"德广所及。文王之道,被于南国,美化行乎江汉之域,无思犯礼,求而不得也。"意思是说《汉广》所咏之事,是江汉之间南国的君子见"汉有游女",心虽思慕,但不非礼以求之。然而,王先谦《诗三家义集疏》谓:"此章乔木、神女、江汉三者，皆兴而比也。"三家诗皆以诗中所写的"游女"为汉水女神。诗之首章是以汉水女神的传说起兴。诗人正是借此传说以引起下文对"君子"爱而不得之痛苦的抒写。清代学者冯登府解释此诗说："汉女，游神，说本三家，为曹植《洛神赋》之祖。"正是此意；著名学者闻一多解说此诗，也是从诗中"游"字本义为"浮行水上"入手，认为三家诗之说可信，并进一步指出"三家皆以游女为汉水之神，即郑交甫所遇汉皋二女。郑交甫事未审系何时代，然足证汉上实有此传说。游女既为水神，则游之义当为浮行水上，如《洛神赋》云'凌波微步，罗袜生尘'之类。诗曰：'汉有游女，不可求思'，下即继之曰'汉之广矣，不可泳思。江之永矣，不可方思。'夫求之必以泳以方，则女在波上，审矣。"由此可见，《汉广》所述，与《楚居》两位楚人之祖先循水而"求女"，并最终与其成婚的情节极其相似。季历所求为"秉慈善相，历游四方"的"游女"，这不是一般的游女；鬻熊所求则为"厥状聂耳"、能"宾于天"的"神女"。

另外，《楚居》篇中所叙述的两次"求女"的具体细节，也与《秦风》中的《蒹葭》一诗十分相似，二者之间亦似存在某种内在的关联。为论述方便，兹引原诗如下：

蒹葭苍苍，白露为霜。所谓伊人，在水一方。溯洄从之，道阻且长；溯游从之，宛在水中央。

蒹葭萋萋，白露未晞。所谓伊人，在水之湄。溯洄从之，道阻且跻；溯游从之，宛在水中坻。

蒹葭采采，白露未已。所谓伊人，在水之涘。溯洄从之，道阻且右；溯游从之，宛在水中沚。

在充满了尚武气概的《秦风》中出现《蒹葭》这样温婉浪漫而又

空灵的诗篇,不能不说是一个奇迹!但以往学者说解此诗,多未中的。《诗序》以为这首诗的主题是"刺襄公也,未能用周礼,将无以固其国也。"说诗刺秦襄公,没有根据。朱熹《诗集传》认为诗"言秋水方盛之时,所谓彼人者,乃在水之一方,上下求之而皆不可得。然不知其何所指也。"现当代解《诗》者多以为诗中的"伊人"是女性,则这是一首表现爱而不得之痛的情诗。比较而言,还是朱子的解说比较稳妥,诗中主人公苦苦追寻的"伊人"忽远忽近,不可企及,带有神秘的色彩。日本学者家井真认为《蒹葭》也是歌咏水神的诗。考虑到这很有可能是秦人早期居于陇右时的诗,故诗中的"水"应当为"西汉水"。汉水发源于今天水西南,而早期秦人正居住在这里。《蒹葭》所描述的"水",正是汉水。所以"伊人"可能与《汉广》中的"游女"相同,都是指汉水之女神。

　　诗中的主人公为求女而"溯洄从之"、"溯游从之"的方式,与《楚居》中季连为追求妣隹"逆上汌水",而后又"从及之盘",以及鬻熊"逆流哉水"而求妣列的方式极为相似。这种内在的关联,应当不是巧合,而是同一种习俗的反映。上文已言及,《楚居》中的"汌水",学者们认为就是《水经注》中的均水,《汉书·地理志》作钧水,上中游即今河南西南部淅川,下游即汇合淅川以下的丹江,流入汉水。也就是说,《楚居》中季连"求女"之地所在的汌水,是汉水的支流。《汉广》《蒹葭》二诗,虽分属《诗经》的《周南》和《秦风》,但都产生于汉水流域,楚人自西周以来,长期在江、汉流域经营,因此其远祖的传说也必然会在其地广为流传。另外,秦人最初也居于东方,殷商末年始迁至西北,或许他们早就熟悉这种习俗。所以《汉广》《蒹葭》二诗,曲折地反映出上古时代,尤其是楚人早期这种特别的婚俗,若非清华简《楚居》面世,二诗的本义终将淹没无闻了。

由上文的论述来看,《楚居》将其两代祖先进行掠夺婚的史实描述得充满了神话色彩与浪漫气息,而《汉广》《蒹葭》二诗的作者,则不仅以抢婚习俗的变形——"邂逅相遇"为题材,同时也得其传神之笔。无论从这一风俗本身来说,还是从《楚居》作者对这一风俗的"改写"来说,都体现了春秋时代自称为"蛮夷"的楚人,实际上从来也没有离开过华夏文化的现实空间和历史语境。

## 三

《楚居》中的"求女"现象,作为一种"原型"记忆,在后世楚人的文学作品中仍有精彩的表现!战国末期,屈原离谗忧讥,报国无门,发愤抒情而创作了旷世奇葩《离骚》。这首诗是诗人在现实和想象的世界里穿行,可称得上是一次"精神的旅行"、"心灵的遨游"!诗的本尾有一段写他在"叩帝阍"而未果的情况下"求女"的情形:

......
朝吾将济于白水兮,登阆风而绁马。
忽反顾以流涕兮,哀高丘之无女。
溘吾游此春宫兮,折琼枝以继佩。
及荣华之未落兮,相下女之可诒。

吾令丰隆乘云兮,求宓妃之所在。
解佩纕以结言兮,吾令謇修以为理。
纷总总其离合兮,忽纬繣其难迁。
夕归次于穷石兮,朝濯发乎洧盘。

保厥美以骄傲兮,日康娱以淫游。
虽信美而无礼兮,来违弃而改求。

览相观于四极兮,周流乎天余乃下。
望瑶台之偃蹇兮,见有娀之佚女。
吾令鸩为媒兮,鸩告余以不好。
雄鸠之鸣逝兮,余犹恶其佻巧。
心犹豫而狐疑兮,欲自适而不可。
凤皇既受诒兮,恐高辛之先我。
欲远集而无所止兮,聊浮游以逍遥。

及少康之未家兮,留有虞之二姚。
理弱而媒拙兮,恐导言之不固。
世溷浊而嫉贤兮,好蔽美而称恶。
……

以上一节主要写了诗人的三次求女,即求宓妃、求有娀之佚女、求有虞之二姚。为什么作者在上叩帝阍无果之后突然写到"求女"呢?王逸《离骚序》以为"《离骚》之文,依《诗》取兴,引类譬谕。故……宓妃佚女,以譬贤臣;虬龙凤凰,以托君子……"是说"求女"表达了诗人寻求贤者的意愿。后之学者多从此说。游国恩在前人研究的基础上指出:"此节(自朝济白水至蔽美称恶)复设言求女,以隐喻求通君侧之人也。夫屈子国之宗臣,一再窜逐,哀故都之日远,冀一反之何时,欲呼籲而无门,复叩阍而见拒,岂遂甘默默以毕世乎?故此下文又欲于举朝溷浊之中,求一二可为关说通事者,以冀反乎故都,图谋补救,此诚孤臣之苦心,抑亦文章之幻境也。"

(《离骚纂义》,中华书局1980年版,第294页)则以为"求女"曲折地表达了屈原希望寻求朝中之人代为疏通,劝说怀王收回成命,使自己回朝效力的愿望。以上两种结论,都是从"比兴"的诗歌创作手法的运用方面进行分析,而笔者以为,伟大诗人的"言说",都是在他所拥有的文化语境下借助于其先辈的"言说"。换句话说,某种比兴关系在创作中的运用,其中包含着基于民族文化心理记忆的内在选择性,不是随意的。揭示《离骚》"求女"的真意,固然首先要考虑比兴的因素,同时也还要从特定的比兴比如"求女"的来源上说起,方能得其正解。

比较两个文本可知,《离骚》中的"求女"情节与《楚居》存在着明显内在关联和继承性。

(韩高年,西北师范大学文学院,教授)

# 论《诗经》的歌诗亲缘衍生传统

孙世洋

在《诗经》、楚辞、乐府等入乐歌诗作品中间,普遍存在较多具有近似特征或部分相似因素的篇目。例如《诗经》中有多组同题且内容相近的诗篇,在屈原的不同作品以及屈原与宋玉的作品之间,都不难发觉有相似的片段与内容,在传世的乐府作品中,通过拟篇、拟题等方式出现的拟乐府作品,更是屡见不鲜。

出现这些有近似因素的作品,可能有较为复杂的多种原因。《诗经》《楚辞》时代,直接反映其现象成因的资料很罕见,有必要作些深入研究。而汉代以来的拟乐府传统不仅发达,同时也有较完备的相关记述,对此则展现较充分。大体而言,一定程度的改写或时时出现的自觉拟作,是导致产生这种作品现象的重要原因。

这些相关篇目在传播与创作过程中先后衍生出来,无论其仿拟近似程度极高,还是有所参照依循但相似因素较弱,作品之间都存在着"亲缘"式的联系,可将这类作品概称为"亲缘衍生作品"。这类现象不是特别受关注,但其中蕴含有丰富的诗歌发展史细节过程,并反映着某些具有普遍性的歌诗艺术规律。本文即尝试以《诗经》为例,通过解析贯穿在亲缘衍生作品间的历史线索,尝试探查《诗经》时代歌诗创作与传播的部分历史概况,并对歌诗亲缘衍生方式的文学特点作初步分析。

# 一、清华简、《诗经》同题《蟋蟀》诗的亲缘衍生关系及相关认识

亲缘衍生关系主要存在于有相似因素的相关作品之间,在《诗经》中可以辨识出有多组这样的作品。特别有趣的情况是,原本在《诗经》中来看是独一无二的原创诗篇,因为新见出土文献中有与之相关的先前亲缘作品面世,从而揭示了其本是衍生作品的事实。这篇作品正是《唐风》中的《蟋蟀》,其同题亲缘作品载录在清华简《耆夜》篇中。

## 1. 同题《蟋蟀》之间的历史与文本关系

《耆夜》篇记述周武王八年伐耆(黎)得胜,在文王太室行饮至礼,详记武王君臣饮酒作诗的篇句内容,共计有五首,周公在最后"作歌一终曰《蟋蟀》"。原简诗文篇首"蟋蟀"二字下标有重文符号,明确示意这首诗取"蟋蟀"二字为题。简书《蟋蟀》诗的研究价值正如李学勤先生所言:

> 这篇诗与传世《诗经》的《唐风》首篇《蟋蟀》,不仅标题相同,内容也显然彼此有着关系。在出土的古文字材料里,发现这样与《诗经》相关的实例,是非常特殊罕见的。①

两篇《蟋蟀》整体十分相似,而细节上又有颇多差异,以下分别

---

① 见《论清华简〈耆夜〉的〈蟋蟀〉诗》,李学勤,《中国文化》2011年第1期。

引录原文。

### 清华简《蟋蟀》

蟋蟀在堂,役车其行(休)。今夫君子,不喜不乐。夫日□□,□□□忘(荒)。毋已大乐,则终以康。康乐而毋荒,是惟良士之方方。

蟋蟀在席,岁矞员(云)莫。今夫君子,不喜不乐。日月其迈,从朝及夕。毋已大康,则终以祚。康乐而毋荒,是惟良士之惧惧。

蟋蟀在序,岁矞员□(逝)。□□□□,□□□□。□□□□□,□□□□。毋已大康,则终以惧。康乐而毋荒,是惟良士之惧惧。

### 《唐风·蟋蟀》

蟋蟀在堂,岁聿其莫。今我不乐,日月其除。无已大康,职思其居。好乐无荒,良士瞿瞿。

蟋蟀在堂,岁聿其逝。今我不乐,日月其迈。无已大康,职思其外。好乐无荒,良士蹶蹶。

蟋蟀在堂,役车其休。今我不乐,日月其慆。无已大康,职思其忧。好乐无荒,良士休休。

如《耆夜》所记,简书《蟋蟀》作于周初宗周,依《毛诗序》则《唐风·蟋蟀》作于西周后期晋国,《毛诗序》称:"《蟋蟀》,刺晋僖公也。俭不中礼,故作是诗以闵之,欲其及时以礼自虞乐也。"晋僖公(侯)在位年代大致时当共和、宣王时期。

这样来看,两篇《蟋蟀》是产生于不同的时代地域条件,有不同创作背景与目的的不同作品。但是对《耆夜》与《毛诗序》所述,今人因有所不信而另有颠覆性见解。例如认为清华简《蟋蟀》是据《诗经》中的《蟋蟀》编改，在战国中期托名周公撰作而成①。相反的，也有认为《诗经》中的《蟋蟀》，不过是周初《蟋蟀》篇的版本变体②。

总的来看，出现这类见解，主要是在《耆夜》与《毛诗序》之间有所依违取舍，而不能平衡的同时加以采信。其实无论否定的是《耆夜》还是《毛诗序》，双方见解在研究的正确性上，都不见得比对方占有更多优势。例如，如果认为简书《蟋蟀》是战国时期依《唐风·蟋蟀》编改而来，则事关清华简《耆夜》的内容真伪以及文献形成根源等问题，而这是另一项需要给予长期专门研讨的研究课题。可见，这类见解每每建立在众多推断之上，其中涉及一系列尚未得到确解的相关研究前提，因而难以成为定论。

从研究实际来看，对于《耆夜》以及《毛诗序》所记史事，不应仅因怀疑便加以简单否定。而且，从诗篇本身的文本特点出发，通过深入的多方面文本分析，两篇《蟋蟀》的时代先后关系宛然可见，正与《耆夜》《毛诗序》所述的作品时代顺序可相印证。

李学勤先生通过比较分析用韵、共通诗句、句式结构等方面的异同特点，认为：

> 简文与《唐风》两篇《蟋蟀》既然有这样的不同，其成篇的时期和地域应该有较大的距离。从《唐风》一篇显然的比简文规整看，简文很可能较早，经过一定的演变历程

---

① 见《论清华简中的〈蟋蟀〉》，曹建国，《江汉考古》2011年第2期。
② 见《清华简〈蟋蟀〉与今本〈蟋蟀〉对比研究》，黄怀信，《诗经研究丛刊》第23辑。

才演变成《唐风》的样子。①

黄怀信先生撰文详尽研讨了这一问题,结论为:

> 从简书《蟋蟀》可以有今本《蟋蟀》,而由今本《蟋蟀》不可以有简书《蟋蟀》。所以,简书之《蟋蟀》必是今本即《唐风·蟋蟀》之前身,《唐风·蟋蟀》必是简书之诗之改造。②

以这些研究为基础,本文同等采信《耆夜》与《毛诗序》所述,认为比较可取的见解为:清华简《蟋蟀》是周初作品,《唐风·蟋蟀》则是对之加以依仿、改编,在晋国僖侯时代时当西周后期产生出来,这两篇近似度较高的同题歌诗作品,其间存在着典型的亲缘衍生关系。

### 2. 以同题《蟋蟀》为例看亲缘衍生的理论含义及其歌诗创新导向

以具有代表性的同题《蟋蟀》为例,我们可以观察到亲缘衍生诗篇的某些规律性特点。这类歌诗作品在音乐形式、文本要素等不同层面,存在着不同程度的参照、仿拟、依循事实,在传播与创作过程中如同"亲缘"关系一般先后衍生出来。

这种作品关系有必要与口述文学中的"套语"现象相区分。"套语"理论侧重广泛分析大范围口述作品中的相同局部形态或结

---

① 见《论清华简〈耆夜〉的〈蟋蟀〉诗》,李学勤,《中国文化》2011 年第 1 期。
② 见《清华简〈蟋蟀〉与今本〈蟋蟀〉对比研究》,黄怀信,《诗经研究丛刊》第 23 辑。

构,亲缘衍生关系关注的则是经由模仿、借鉴等文学撰作方式衍生出来的整体作品,作品之间的时代先后顺序较明确,属于一种文学史中的作品发展现象。此外,亲缘型作品现象,有时会被混同于神话学、民俗学或叙事学上的"母题"现象,但"母题"这个概念,更侧重指向文学内容上的某种类型化重复现象,亲缘式作品的产生则并非是以模仿或类型化为目标,而是一种创作衍生现象,本质上体现的是一种文学创新导向。

以同题《蟋蟀》为例,对比两篇《蟋蟀》的语言形式特点,不难发现《唐风·蟋蟀》全然来自于对周初《蟋蟀》篇的改写,不过更重要的是,这种改写意在衍生出另一篇新的作品。

在辨识其间由依仿或改作导致的作品亲缘衍生特点时,发生在两篇《蟋蟀》之间的语言形式、主题内容上的有价值变化,同样引人注目。

**一是编改令《唐风·蟋蟀》形式更显规则简约,体现了周代诗乐艺术日趋成熟规范的发展方向。**

例如简书《蟋蟀》诗句以四字为主,最后两句交错运用五、七言句,《唐风·蟋蟀》则通篇四言。可以推想在乐曲层面,《唐风·蟋蟀》的编曲应是有意遵从经典的四言诗乐基本形式。此外,二诗首句同是"蟋蟀在□"句式,简书《蟋蟀》三章依次为"在堂"、"在席"、"在序",应是周公亲见蟋蟀"骤降于堂"的写实情景,而《唐风·蟋蟀》三章皆为"蟋蟀在堂",已不似写实,应是仅作发端起兴之用的一种意象情景。

比较而言,简书《蟋蟀》有触景即兴作诗独有的表现生动、情景真实之感,而《唐风·蟋蟀》则形式高度典则,体现了在礼乐文化规范下,追求法度统一的意识。

**二是借助旧篇的经典理念,通过巧妙调整令《唐风·蟋蟀》转**

生出新的主旨命题,对晋地的时代文化有深远反映。

总体来看,两篇《蟋蟀》的主题发生了微妙的转向。尽管二诗结语之句"康乐而毋荒"与"好乐无荒"实际相同,但是全篇的观点重心却落在不同方面,简书重在"毋荒",而《唐风》则旨在有条件地肯定"好乐"。

清华简《蟋蟀》作于周初,这时小邦周历经艰辛发展,伐耆(黎)取得历史性胜利,但仍在建国中途,周公于众人"不(丕)喜不(丕)乐"皆大欢喜之际,却表现出了深远的忧患意识,诗中观点鲜明的"毋已大乐,则终以康"、"康乐而毋荒"等句,再三申述的正是保持戒惧于"大乐"之时的主张。

《唐风·蟋蟀》编改的匠心,则表现在虽然归本于周初《蟋蟀》提出的"康乐而毋荒"思想,但观点表达得尤其辩证。诗中一开始直率主张要及时行乐("今我不乐,日月其除"),随后即提醒要秉持忧患态度("无已大康,职思其忧"),最终还是总结为"好乐无荒"的节制思想。因为先后表述的观点不尽一致,《唐风·蟋蟀》的主旨有些不易把握,自古以来颇多争议,这根源于其在如何对待"乐"的问题上,既要选边肯定,又要采取调和的态度避免偏颇,真可谓用心良苦。上博简《诗论》称:"《蟋蟀》知难。"很可能指的就是《唐风·蟋蟀》在立意上的煞费苦心,以及显得有些暧昧复杂的"好乐"态度。

《唐风·蟋蟀》观点上的曲折表达,有其深远复杂的文化与历史根源。《唐风》素来被认为表现的是唐尧古俗的艺术风格,《左传·襄公二十九年》记季札观乐,有对《唐风》的评述:

> 为之歌《唐》,曰:"思深哉!其有陶唐氏之遗民乎?不然,何其忧之远也?非令德之后,谁能若是?"

所指当包括《唐风·蟋蟀》篇。近来文献价值渐受认可的《孔丛子·记义》篇载孔子语：

于《蟋蟀》，见陶唐俭德之大也。

与季札所见略同，对具有俭德、忧思等特征的陶唐文化均持称道态度。但《盐铁论·通有》载：

孔子曰："不可大俭极下，此《蟋蟀》之所为作也。"

《唐风·蟋蟀》则又被认为是对"大俭极下"风俗的批评，那么，陶唐古俗的"俭德之大"是否也有可能受到批评呢？其实，以周人的礼乐文化标准来衡量，所谓的"陶唐俭德之大"很可能无异于"大俭极下"，是所谓世异时移使然。

《毛诗序》称《唐风·蟋蟀》刺晋僖侯"俭不中礼"，实质揭示的应该是——当时晋地之"俭"俗与周人之"礼"制存在矛盾。《礼记·乐记》："夫乐者，乐也，人情之所不能免也。""乐"本是周代礼乐文化的固有之义，《毛诗序》述《唐风·蟋蟀》之作旨在主张"以礼自虞乐"，其中体现的即是这种积极的礼乐精神。晋僖侯墓已于山西曲沃北赵发现，墓中出土有器主为晋僖侯的一组盨、一件铺，据其铭文甚称"湛乐"、"旨食"可见，晋僖侯不可谓为"俭不中礼"，似与《毛诗序》不符。但综观《毛诗序》前后所述《蟋蟀》诗的文化背景，重心不在"俭不中礼"，重心是在"欲其及时以礼自虞乐"，这意味着晋僖侯时期的文化主流，实际正在由陶唐古俗的"俭不中礼"，向周人的"以礼自虞乐"转变，铭文反映的有可能是发生在晋僖侯时期的礼制文化改良结果。

总的来看，《唐风·蟋蟀》标志着晋地在西周后期，发生着深层的文化转变，显示着地方陶唐旧俗与周代礼乐正统文化的取合趋势,而其与周初《蟋蟀》的文本衍生关系,也影响、制约着其思想观点的表述,两方面原因共同造成了《唐风·蟋蟀》在主旨与表达上的复杂状况。可以说,在当时,这首诗无论从辞句、声曲等形式,还是主题思想,都表现出了歌诗以及时代地域文化在西周后期的新发展,《唐风·蟋蟀》在文学上已获得了独立的新生命。

**3.《诗经》中的同题亲缘衍生作品及其研究价值**

发现清华简《蟋蟀》诗的意义更在于,我们由之找到了一个了解周代歌诗传统的新入口,其与《唐风·蟋蟀》诗存在着的亲缘衍生关系,使得《诗经》中的同类亲缘型作品整体提升了研究价值,因而对在《诗经》中占有一定数量的亲缘衍生作品,有必要给予更多关注。

题目相同或实际相同是这类作品的基本特点,在《诗经》中的这类篇目共有八组十九篇:《鄘风·柏舟》、《邶风·柏舟》、《桧风·羔裘》、《郑风·羔裘》、《唐风·羔裘》、《唐风·扬之水》、《王风·扬之水》、《郑风·扬之水》、《小雅·杕杜》、《唐风·杕杜》、《唐风·有杕之杜》、《小雅·谷风》、《卫风·谷风》、《唐风·无衣》、《秦风·无衣》、《小雅·黄鸟》、《秦风·黄鸟》、《郑风·叔于田》、《郑风·大叔于田》。

除了题目相同之外,在章曲、语辞、句式结构、情感内容等方面,通过比照上述这些相关同题作品,可以发现它们之间有不同程度的相同或者相似因素①。这些具近似特点的同题作品,绝大多数都需经由仿制、依循等歌诗衍生方式,才能产生出来,这决定了有关作品之间的各类近同特点,据此能够确认它们属于亲缘性作品。总体来看,同题应是判断亲缘衍生诗篇的一个有效标志。

---

① 详见《〈诗经·国风〉同名歌诗用相同曲调演唱考论》,李炳海:《文艺研究》2008 年第 1 期。

在这些作品中，潜在保存着《诗经》时代歌诗传统发展历程的丰富信息。

首先，在《诗经》丰富多样的作品整体当中，这类同题作品标志鲜明、一致特征明显，从文本特点来看，它们共同成为在《诗经》中，占有数量优势地位的突出作品群体；而在其余的诗篇范围当中，则难以发现这种有统一、鲜明文本特征的诗篇群体。有理由认为，它们应是体现了《诗经》时代歌诗历史的某些重要事实。

其次，一定的数量存在，足以表明这类作品的产生，有可能代表着《诗经》时代歌诗发展中的一种常态，亦即歌诗作品在较长的历史时期中，经由有效传播，往往会有仿拟、编改出来的亲缘衍生作品产生。形成亲缘作品系列，应是《诗经》时代歌诗作品生成与传播的重要现象之一，下文对此有集中说明。

再次，统一以同题为标志，而且亲缘特征明显，这些共性标志着这些作品的创制应是在遵循着一定的规则，它们实际是客观存在于《诗经》中的一个歌诗小传统。集中研讨这些同题亲缘作品，可以借由这一歌诗小传统表现出来的某些发展规律，而间接触摸到《诗经》时代歌诗发展的历史脉搏。

总的来看，亲缘作品之间的衍生现象，是以有效的歌诗传播、流传为基础才会出现。歌诗作为周代礼乐、诗乐文化的一个重要方面，其中的亲缘衍生作品关联着当时文化交流、诗歌传播、声曲创制、礼乐制度等诸多方面的历史状况，可以为相关研究提供有价值的参考信息。

## 二、《诗经》时代的歌诗亲缘衍生传统及相关歌诗发展状况

《诗经》中的同题诗篇现象，根源于周代歌诗的亲缘衍生方式，

是归属在《诗经》时代歌诗大传统中的特殊小传统。《诗经》中现存有数量较充分的十九篇同题诗篇,通过比较系统的综合研讨,对这个周代歌诗小传统的基本状况,可以有比较充分的了解。从目前掌握的情况来看,尽管这类作品在《诗经》中数量有限,但是,其所体现的亲缘衍生方式在周代歌诗的历史实际中,却有着广泛而又重要的影响。

### 1. 歌诗亲缘衍生方式的流行与《诗经》编成的去取原则

以同题《蟋蟀》诗为代表,可见亲缘作品之间有着较为明显的某些相似特征。两篇《蟋蟀》在语辞上高度近同,如果从较为宏观粗阔一些的角度来看,它们近乎可以被视为是"相同"的作品。这种具有"重复"性因素的亲缘衍生诗篇,在《诗经》时代可能曾经有大量存在。

> 《史记·孔子世家》:"古者诗三千余篇,及至孔子,去其重……三百五篇孔子皆弦歌之。"

这段记载,引生了"孔子删诗"这一公案,对于其中"古者诗三千余篇"的记述一直存有争议。徐正英先生据清华简《周公之琴舞》篇所记成王九诗被"九去其八"仅取首篇入《诗经》(即《周颂·敬之》篇),推想由"三千余篇"到"三百五篇",这种"十分去九"的所谓"删诗"比例,是可能存在的。徐先生并总结见于出土与传世文献中的各类"逸诗",于《诗经》外共计已得一百六十八篇,可见《诗经》未收录的诗篇为数不少。[①] 综合而论,《史记》所记的古诗"三千余篇",应当所言不虚。

---

① 见《清华简〈周公之琴舞〉与孔子删〈诗〉相关问题》,徐正英:《文学遗产》2014年第5期。

至于在"去其重"范围中的诗篇,徐先生概略言之认为可能是"既去重复篇目,又去相同内容"①,实际在这部分诗篇中,应当包括大量的高近似度亲缘衍生型作品,由古诗"三千余篇"这一作品总量来看,被"去其重"的亲缘型诗篇,其数量可能相当之大。

尽管从《诗经》内部来看,现存八组十九篇亲缘型诗篇,在《诗经》的作品总量中,并不占很大比例。但是,如果考虑到《唐风·蟋蟀》这一实例,则有必要注意这样的可能性,即《诗经》中的某些其他诗篇,可能也有与之相关的亲缘作品,但因"去其重"而没有被收入在《诗经》之中,它们还有待被发现。

已经失落的亲缘衍生型诗篇,毕竟大多难以再如清华简《蟋蟀》篇这样失而复得。但是,散落在各类文献中的"逸诗",有的还可以证实其本是来自于与《诗经》诗篇有关的亲缘衍生作品。

《论语·子罕》:"'唐棣之华,偏其反而。岂不尔思?室是远而。'子曰:'未之思也,夫何远之有?'"

其中所引"唐棣之华"四句不见于《诗经》。"唐棣之华"即"常棣之华",《小雅·常棣》开篇四句为:"常棣之华,鄂不韡韡。凡今之人,莫如兄弟。"如果以《诗经》中同题亲缘诗篇首句基本相同为例证,那么《论语·子罕》中的这句逸诗,很可能正是来自于《小雅·常棣》的亲缘诗篇。确实曾有与《小雅·常棣》内容颇为相近的亲缘诗篇存在,《左传》与《国语》实则共同记载了这一事实。

《国语·周语》:"周文公之诗曰:'兄弟阋于墙,外御

---

① 同上注。

其侮。'"

《左传·僖公二十四年》:"召穆公思周德之不类,故纠合宗族于成周而作诗曰:'常棣之华,鄂不韡韡,凡今之人,莫如兄弟。'其四章曰:'兄弟阋于墙,外御其侮。'"

两处引文中的诗句均见《小雅·常棣》,但《国语》与《左传》对作者的指认却一为周文公一为召穆公,一直以来这令人颇感费解。现在可以看清,《左传》与《国语》中提到的并不是同一篇作品,而是有部分诗句相同、作者分别为周文公与召穆公的两篇亲缘作品。据《毛诗序》:"《常棣》,燕兄弟也。闵管、蔡之失道,故作《常棣》焉。"所谓"闵管、蔡之失道",这更切合周文公平定"管蔡之乱"的历史事迹,因此《小雅·常棣》之作可系于周文公,那么,《论语·子罕》中的"唐棣之华"四句逸诗,有可能就是来自于召穆公依仿《小雅·常棣》而作的衍生诗篇,惜乎其诗没有被收录在《诗经》当中。

另有《论语·八佾》篇载子夏引逸诗"巧笑倩兮,美目盼兮,素以为绚兮"三句。仅前两句见于《卫风·硕人》,后一句不见《诗经》,这也有可能是引自与《硕人》篇有亲缘关系的另一诗篇。

总体来看,歌诗亲缘衍生现象,在各方面都留有确切的痕迹,而且实际作品数量较大,因而有理由认为,在《诗经》时代,其本是具有一定普遍性的歌诗传统现象。但是在《诗经》结集时,却明显对这些诗句较多重复的亲缘诗篇,在收录上给予了较大程度的限制,由此造成了亲缘衍生诗篇的实际存量,与收录到《诗经》中的部分,在数量上成反比。

以两篇同题《蟋蟀》为例来看,亲缘作品衍生的基本方式,主要是借用成篇,稍加变改以适应新的事境,这种简易的方式最易产生大量类同度颇高的作品。可以想象,亲缘作品的部分重复性,对于

《诗经》的编选来说是需要加以处理的突出问题。

将《诗经》中的类似同题诗篇,与两篇近似度颇高的《蟋蟀》诗比较来看,最终保存在《诗经》中的这些具备亲缘联系的作品,都是经历有比较大的改创已彼此自成面目,从而作为具有独立价值的经典作品,才被保存在诗文本系统之内。以《诗经》("诗三百")揆之于"古者诗三千余篇",转而令我们注意到,《诗经》中的诗篇在内容与形式上,确实是尽可能地避免了简单类同现象,这应是经由精审删选才始得成。

而两篇近似度较高的《蟋蟀》,则不宜同时出现在《诗经》之中,两相比较,幸运的是《唐风·蟋蟀》。从另一个角度来看,尽管《诗经》的编选要尽可能避免有重复性因素的作品,但仍然保存下来一定数量的亲缘性作品,可见这种以仿拟为基础、在仿拟中加以新变的歌诗传统方式有多么强大。

《诗经》的编选,不单是要避免诗篇的简单重复、芜杂冗繁,而更是要容纳尽可能丰富、多样的诗篇类型,以确保其对周代诗乐文化所具有的广泛代表性。保存在上博简《诗论》中的"诗犹旁门"说[1],反映了周代诗乐文化特别重视包容多元、广阔诗歌内容的开明思想,这意味着只有内容独特、更具创新价值的作品,才更容易受到青睐,《诗经》的编选结集,正是贯彻了这种进步的文学导向。

**2. 歌诗亲缘衍生传统及作品传播的时代地域基本概况**

总的来看,《诗经》这一极具代表性的作品系统,对周代歌诗历史的基本发展状况,有较为全面、有效的反映,其中的同题诗,对了解周代歌诗亲缘衍生传统最具代表性。

---

[1] 见《上博简〈诗论〉"诗犹旁门"说本义综辨——兼论其多元并包的开明诗学观》,孙世洋:《古籍整理研究学刊》2012年第5期。

**(1)考察范围的设定及其研究可行性**

本文对歌诗亲缘衍生传统概况的分析,选定《诗经》中的同题亲缘诗这一系统,这一系统有两方面的代表性。

一是在《诗经》这一具总结性的作品考察范围中,可以忽略那些没有收集在《诗经》中的其他亲缘性作品,因为《诗经》对周代歌诗具有有效的代表性。

二是共同存在于《诗经》中的同题诗篇,亲缘特征确切,有统一的同题标志,应属于周代标准的亲缘衍生作品形式,在亲缘衍生作品中最具代表性。

因为这两方面原因,《诗经》中的同题亲缘诗,对于了解周代歌诗亲缘传统以及相关的传播、创作情况而言,实际是一个极为有效的统计考察范围。

清华简《蟋蟀》,以及从《论语》可推知的与《小雅·常棣》、《卫风·硕人》有亲缘联系的"逸诗"作品等,不直接计入统计考察范围。因为这些不在《诗经》范围中的亲缘型诗篇,其发现有偶然性,另外也不属于《诗经》这一有效的代表作品范围,只作辅助参考。

有关亲缘作品衍生关系的研讨,作品的断代系年是研究基础。本文对作品时代的断限统一采信有完备体系的《毛诗序》系年①,

---

① 关于具体诗篇的主题及产生时代,在《毛诗序》之外每多异见,但就文献阐释的历史与学理顺序而言,《毛诗序》等早期经学传述不仅居前,而且更可证实其具有重要参考价值。本文对有关诗篇的认知一致采用《毛诗序》,也可以由此确立一个比较客观统一的立论依据,以限制、降低出于研究需要而出现的在诗篇阐释上的主观倾向性。在本文中,《毛诗序》提示的亲缘作品衍生时代顺序与关系,与同期政治、文化、歌诗发展水平等时代状况有良好印证,保证了本研究的有效性。因行文及论文篇幅原因,有关诗篇的《毛诗序》解说内容,本文不加繁复引证,具体可参见《毛诗正义》、冯浩菲《郑氏诗谱订考》等。

以保证系年的参考标准具备客观性与统一性。

研讨的可行性在于,在一组亲缘作品之间,时代后出的衍生作品(《郑风》中的《叔于田》《大叔于田》同为平王时期作品,属特殊的同题创作,可从宽一同计入后起衍生诗篇),是当时存在歌诗亲缘衍生活动的直接证明。对周代歌诗亲缘衍生传统及其历史进程的探查,可以主要通过综合分析《诗经》同题诗中,后起衍生作品出现的年代时点与数量频率,来勾勒其在特定历史时期中的大体状况。

(2)周代歌诗亲缘衍生传统的时代发展

在《诗经》现存的这19首同题亲缘衍生型作品中,后起衍生诗篇有12篇,这些诗篇代表着当时确切存在的歌诗亲缘衍生活动。依时代先后,看特定历史时期中的同题诗篇在12篇衍生歌诗总体中所占的数量比率,可以了解特定历史时期中歌诗亲缘衍生活动的活跃与兴盛程度。

经过比较分析,可见周代的歌诗亲缘衍生传统,明确地分为三个重要发展时期。

宣王时期见有一篇,占8%,为奠定期。平王时期有诗六篇,占50%,为盛行期。平王以后的全部时期共五篇,占42%(桓王、庄王、僖王每王时代仅存一篇,占比均为0.8%,最后见于惠王时期有两篇,占16%),整体属于延续期。篇目详情可见文后所附《〈诗经〉同题亲缘作品时代邦域情况概览表》。

A.奠定期——西周后期宣王时代

在夷王时期的《邶风·柏舟》之后,《鄘风·柏舟》出于宣王时期,是《诗经》中可知最早的同题衍生作品,标志着当时歌诗亲缘衍生方式的存在甚或是成熟,由之可将宣王时期断为歌诗亲缘衍生传统的奠定期。与其大致同期衍生出现的《唐风·蟋蟀》,以及前述《左传》所记系出周公《小雅·常棣》的召穆公之诗,足以与之共同见证"宣王中兴"时期"兴正礼乐"的宏大时代背景。一般来说，在礼乐制度成熟稳定、对前代歌诗作品传承郑重有序的形势下，特别易于出现由模仿、沿袭方式创生的亲缘衍生作品。

B. 承前启后的盛行期——东周初期平王时代

《诗经》中的同题亲缘衍生作品，平王时期的数量最多。较多的亲缘诗篇在这个时期相续产生，体现的不仅是当时亲缘衍生传统的兴盛，更是整个诗乐、歌诗活动的活跃。同在平王时代，就有《王风·扬之水》继稍早的《唐风·扬之水》而起，郑国有《叔于田》、《大叔于田》皆因共叔段而作，显示了平王时期歌诗创制的蓬勃活跃状况。能够在较短时期内就衍生出亲缘作品，表明此时的歌诗传播与创作活动，整体正处于高速、高效的历史时期。

平王时期的同题亲缘作品衍生活动，还可以分为承前与启后两个方面。

承前出现的衍生诗篇有继周初《小雅·杕杜》而起的《唐风·杕杜》，另有《郑风·羔裘》、《唐风·羔裘》两篇先后继夷王时期的《桧风·羔裘》而起。周初以及夷王时期的作品，历经了西周后期的动乱与播迁，在东周初期相继出现其亲缘衍生诗篇，这反映了西周以来的诗乐、歌诗传统在平王时期有着良好的传承态势。

此外，同在平王时期，在《唐风·扬之水》之后稍晚即有《王风·扬之水》，而到了庄王时期，又衍生出《郑风·扬之水》篇；另有，在平王时期衍生出现《唐风·杕杜》之后，僖王时期又再次衍生出实际同题的《唐风·有杕之杜》。以同题诗篇的这种情况来看，平王时期的歌诗作品，对后代产生的影响也较为深远。

总体来看，平王时期的同题亲缘诗篇现象尤为丰富，这可能与当时特殊的时代历史状况有关。经历西周变乱之后，王室在东周的重建，不仅为周人在文化上带来新生式的繁荣，而且还有可能整体出现回光返照式的辉煌景象。郑玄称平王"迁于成周,欲崇礼于诸侯",平王在位五十年的大多时间里,当时的周室王权以及邦国秩序还拥有比较良好的状况,在这种形势下,礼乐、诗乐文化以及歌诗的创制,也相应会有较好的发展。

C.延续期——平王之后的春秋前期

平王之后的春秋时代,《诗经》中的衍生诗篇共计五篇,桓王、庄王、僖王时期各有一篇,依次是《卫风·谷风》、《郑风·扬之水》、《唐风·有杕之杜》,襄王时代在《秦风》中见有《黄鸟》、《无衣》两篇。可见在平王之后的诸王时代,亲缘衍生作品时有出现,尽管数量比平王时代要少,但是歌诗亲缘衍生传统仍保持不绝如缕的较好延续。

**(3)亲缘衍生传统中的周代歌诗传播大势**

亲缘衍生现象,实质上同时也是一种歌诗传播活动。在漫长的历史时期中,以歌诗传播活动为基础,如前述,衍生创作活动随着历史变迁有着不同的发展状况,与此同时,亲缘作品也记录下了当时的歌诗传播状况,特别是存在于《诗经》不同部类、不同"国风"之中的同题亲缘衍生作品,它们提示了客观存在着的跨地域歌诗传播活动。

值得注意的是,客观存在于《诗经》中的这些同题诗,其间的跨域亲缘衍生关系,对当时歌诗传播状况的反映,是较为准确可信的。因为主要是依据《诗经》本身的作品邦域分部以及诗篇题目,就可以得出基本的推断,所以,对《诗经》时代的歌诗传播研究而言,同题亲缘诗是一个较为可靠有效的研究层面,能够提供有价值的研究信息。

由这些同题作品,可以发现周代歌诗传播的以下几点历史现象。

**A.宗周雅诗传统是衍生作品的较强源头之一**

宗周时期的三篇《小雅》作品《杕杜》、《黄鸟》、《谷风》,在晋、卫、秦等地都有同题衍生作品出现,可见周人的歌诗传统在后世有良好传承,并且确实有着较广泛的跨区域影响力。

B. 在两周之际及平王时期,晋国居歌诗传播枢纽地位

在总数十九的同题亲缘诗中,晋国《唐风》有五篇,占比为26%,数量最多。在歌诗传播方面,晋国有以下特点:

一是重传承、拥有源远流长的歌诗传统,并且创作活跃。在晋地,由周初《小雅·杕杜》,先后衍生出《杕杜》、《有杕之杜》两篇亲缘作品,体现出对宗周作品的有序传承,并且有较强的自主艺术创生能力。

二是周、晋之间歌诗传播及编创关系密切,晋国与周王室保持着歌诗传播交流的良好状态。在传承宗周作品并据以衍生亲缘作品之外(《杕杜》同题系列),平王时期,还转而影响到成周的歌诗创作,如《唐风·扬之水》时间较早,此后才有《王风·扬之水》。

三是交流活跃,有输出倾向,对郑国、秦国有确切影响。如继《唐风·无衣》之后,始有秦风《无衣》;继《唐风·扬之水》有《王风·扬之水》,在庄王时期又有《郑风·扬之水》。

可见,晋国是春秋前期《诗经》诗乐传统的重要中心,不仅自身活动活跃、自成体系,同时又与其他国家有着良好的传播与交流活动,堪称东周早期歌诗传播的枢纽国家,这显然与两周之际以来晋国政治作用的重要以及邦交的活跃有关。

C. 郑、卫两国是晋国之外的次级歌诗交流传播活跃地区

邶、鄘、卫三卫地域出现亲缘衍生方式较早,在宣王时期便有衍生诗篇出现(《鄘风·柏舟》)。此外,幽王时期宗周的《小雅·谷风》,于春秋前期的桓王时代,在卫地衍生出亲缘作品,即《卫风·谷风》。《郑风》有多篇亲缘衍生作品,郑与晋、成周都有着良好的歌诗交流活动,以在晋、成周、郑三地先后出现的《扬之水》诗最具代表性。

D. 以周王室为中心，同题亲缘诗的跨域传播情况与东周邦国历史大势极为一致

总的来看，这些不同地域之间的同题歌诗衍生现象，为我们勾勒出了周代歌诗跨地域传播的基本大势。而反映在同题亲缘诗之间的周代歌诗传播态势，则与当时的历史大势、邦域关系，一致得令人惊讶。东西周易代之际以及东周早期，晋国、郑国、卫国均是与王室关系密切并且发挥着重要作用的国家。《左传·隐公元年》载周桓公语于周桓王："我周之东迁，晋、郑焉依。"《国语·周语》载富辰谏周襄王语："郑武、庄有大勋力于平、桓，我周之东迁，晋、郑是依。"晋、郑、卫三国夹辅王室的勤王之功，向为周人所称道，史籍记载的这种以王室为纽带的密切关系，与在《唐风》、《王风》、《郑风》以及《小雅》与《卫风》之间交错出现有多篇同题亲缘衍生诗的现象，完全一致。这应该既不是巧合，也不可能是出于文献的有意造作，而应是对历史实情的一种客观自然呈现。

## 余 论

《诗经》作品的来源与收集过程，是一个重要而又尚不能得到确解的问题。无论所谓的"采诗"、"献诗"是否存在或者有怎样程度的存在，仅就《诗经》同题诗篇在不同时代、不同邦域之间的衍生现象来看，当时歌诗较大范围的传播、交流活动是确切、有效存在的，而这种传播过程，确实与春秋时期的地缘政治、邦国关系有着密切的联系。对同题亲缘衍生传统的探索，也为《诗经》作品来源与搜集问题的研究，提供了新的探查线索。

本文的初步研讨表明，由同题亲缘诗解析出的歌诗亲缘衍生传统，虽然仅是周代歌诗文化的一脉小传统，但对当时的礼乐、诗

乐文化大传统状况,有着较好、有效的反映,可以有这样的合理看法——歌诗亲缘衍生传统,是周代礼乐、诗乐文化中的重要现象。

对于《诗经》中的同题亲缘作品现象,还可以结合其他相关资料与研究,借以揭示《诗经》时代歌诗的更多事实,本文对此仅能作初步的有限探索,至于这些亲缘衍生诗篇在艺术、文学上的丰富表现以及作品衍生的类型方式等问题,都还有待给予更多研讨。

**附表:**

### 《诗经》同题亲缘作品时代邦域情况概览表

|  | 《蟋蟀》 | 《柏舟》 | 《羔裘》 | 《扬之水》 | 《杕杜》 | 《(大)叔于田》 | 《谷风》 | 《无衣》 | 《黄鸟》 |
|---|---|---|---|---|---|---|---|---|---|
| 周初 | (耆夜) |  |  |  | 《小雅》 |  |  |  |  |
| 夷王 |  | 《邶风》 | 《桧风》 |  |  |  |  |  |  |
| 厉王 |  |  |  |  |  |  |  |  |  |
| 宣王 | 《唐风》 | 《鄘风》 |  |  |  |  |  |  | 《小雅》 |
| 幽王 |  |  |  |  |  |  | 《小雅》 |  |  |
| 平王 |  |  | 《郑风》《唐风》 | 《唐风》《王风》 | 《唐风》 | 《郑风》《郑风》 |  |  |  |
| 桓王 |  |  |  |  |  |  | 《卫风》 |  |  |
| 庄王 |  |  |  | 《郑风》 |  |  |  |  |  |
| 僖王 |  |  |  |  | 《唐风》 |  |  | 《唐风》 |  |
| 惠王 |  |  |  |  |  |  |  |  |  |
| 襄王 |  |  |  |  |  |  |  | 《秦风》 | 《秦风》 |

**注**:上表横向排列同题诗篇的题目名称,纵向排列同题亲缘作品之间的时代先后顺序(以周王年代先后为序),表中所示是同题作品所在的不同《诗经》部类即邦域分部情况,加框所示为时间上相对后起的衍生作品。

(孙世洋,东北师范大学文学院,副教授)

# 香港中文大学文物馆藏战国简拾诗＊

胡 宁

2001年公布的香港中文大学文物馆所藏简牍,有战国零简十枚,经饶宗颐先生考证,其中一枚(编号1)所载当为《缁衣》残句,② 一枚(编号2)所载当为《周易·睽卦》六三爻残辞。③ 其他八枚残简的内容虽能释读,无从知其归属。笔者认为其中有两枚简所记当是诗中语句,兹述论如下:

## 一、简4:……解于时,上帝熹之,乃无凶戕……

陈松长先生以"解于时"为一句,训"解"为"解除",举《包山楚简》"由攻解于累襘"、"由攻解于襘与兵死"为据,认为"时"通作"旹",即《说文》所言"天地五帝所基止","解于时"即"解除于旹"。④ 按"累襘(盟诅)"与"襘(诅)及兵死"都是所要解除的对

---

＊ 国家社科基金后期资助项目"楚简诗类文献与诗经学要论丛考"[16FZS047]阶段性成果。

② 饶宗颐:《缁衣零简》,《秦汉史论丛》第七辑,1998年。

③ 饶宗颐:《在开拓中的训诂学——从楚简易经谈到新编〈经典释文〉的建议》,台湾《第一届国际训诂学研讨会论文集》,1997年。

④ 陈松长编著:《香港中文大学文物馆藏简牍》,香港中文大学文物馆,2001年,第13页。

象,①而"畤"是祭祀上帝的祭坛,为地点,似不相符合,《包山楚简》卜祷简中表示解除,恒以"攻解"连言,除上二例外,尚有:

思(使)攻解于人愚(偶)。【198】
由(使)攻解于不殇(辜)。【217】
由(使)攻解于戠(岁)。【238】
由(使)攻解于水上与溺人。【246】
由(使)攻解于日月与不辜。【248】
命攻解于渐木立。【250】②

"攻解于"后都是鬼神之名,③并无"解于某地"的用例。按此简上端残,疑"解"上当有"不"字,原以"不解于时"为一句,《国语·周语上》:"民用莫不震动,恪恭于农,修其疆畔,日服其镈,不解于时,财用不乏,民用和同。"徐元浩曰:"解,古懈字。"④《诗经·大雅·假乐》有诗句:"不解于位,民之攸塈。"郑笺:"不解于其职位,民之

---

① 曾宪通先生认为"盟诅""殆指主盟诅之神灵",参见氏著:《包山卜筮简考释(七篇)》,收入《第二届国际中国古文字学研讨会论文集》,1993年10月。"兵死"即《淮南子·说林》"兵死之鬼",指战死者的鬼魂。

② 刘信芳:《包山楚简解诂》,艺文印书馆,2003年,第209、215、240、241、250页。方括号内为原简编号。

③ "人偶",刘信芳先生说:"即木偶、土偶之类,盖攻解本属巫术,而古代巫师攻解多以土木偶以代鬼怪。""渐木",刘信芳先生认为即"建木","其神名'立',故称'渐木立'。"参见氏著《包山楚简解诂》,第250页。"不辜"即冤死鬼,"岁"即太岁,"溺人"即溺死鬼。"水上"与"溺人"并称,疑指水神。"日月"与"不辜"并称,疑指异常天象,《诗经·小雅·十月之交》:"日月告凶,不用其行。"《郑笺》释"告凶":"告天下以凶亡之征也。"

④ 徐元浩:《国语集解》,中华书局,2002年,第21页。

所以休息由此也。"①"不解于位"的"解"也是"懈"之本字。"不解于时"指不懈怠于农时，故下文言"乃无凶祲（祀）"。

"熹"，当通作"喜"。《诗经·小雅·彤弓》"中心喜之"，《毛传》："喜，乐也。"②《诗经·大雅·皇矣》："上帝耆之，憎其式廓。"马瑞辰曰："《传》：'耆，恶也。'（毛本作'老也'，误）……瑞辰按：《广雅》：'䛐，怒也。'《玉篇》：'耆，怒诃也。'《广韵》：'䛐，诃怒也。'怒、恶义同。《传》盖以耆为䛐之借字，故训为恶。《说文》无䛐字，古盖止借作耆耳。又按耆从旨声，旨、责二字双声。《广雅》：'怒，责也。''讀，怒也。'责与怒皆恶也，以声为义，则耆字亦得训恶耳。《笺》训为老，失之。"③胡承珙《后笺》："《传》意盖谓夏殷之政不得人心，致使四国惧而各谋所居，于是上帝恶之。"④"喜"、"恶"正是一对反义词。甲骨卜辞中，上帝有"令雨"、"令凤（风）"等与农业密切相关的权能，还能直接决定年成。⑤周人的农业思想中也有上帝崇拜的成分，清华简《系年》首章记载了周武王"作帝籍，以登祀上帝天神，名之曰千亩"之事，⑥亲耕帝籍是周王例行的重大仪式活动，《国语·周语上》载虢文公之言，详论此制度。⑦《诗经》

---

① （清）阮元校刻：《十三经注疏·毛诗正义》卷十七，中华书局，1980年，第541页上栏。

② （清）阮元校刻：《十三经注疏·毛诗正义》卷十一，第422页上栏。

③ （清）马瑞辰：《毛诗传笺通释》卷二十四《大雅·文王之什》，中华书局，1989年，第840页。

④ （清）胡承珙：《毛诗后笺》卷二十三《大雅文王之什》，黄山书社，1999年，第1279页。

⑤ 参见朱凤瀚：《商周时期的天神崇拜》，《中国社会科学》1993年第4期。

⑥ 清华大学出土文献研究与保护中心编、李学勤主编：《清华大学藏战国竹简（贰）》，中西书局，2011年，第136页。

⑦ 徐元浩：《国语集解》，第15–21页。

中,《周颂·臣工》是"戒农官之诗",其中有:"于皇来牟,将受厥明。明昭上帝,迄用康年。"朱熹注:"然麦亦将熟,则可以受上帝之明赐,而此明昭之上帝,又将赐我新畲以丰年也。"①《大雅·云汉》是"宣王忧旱"之诗,②篇中四呼"上帝"。

"祏"字,饶宗颐先生认为"即禩字",是"祀"的或体,③甚是。"凶祀"犹言"凶年"。"乃无凶祀"句式类似《老子》"则无败事"④、《逸周书·大戒解》"乃无谋乱"⑤。《尚书·盘庚上》:"若农服田,力穑,乃亦有秋。"⑥"乃无凶祀"与"乃亦有秋"意旨相似。

此三句的最后一个字分别是"时"、"之"、"祀",皆之部字,第二句第三个字"熹(喜)"也是之部字。《诗经》中押之部韵的诗篇很多,以"喜"、"祀"为韵脚的有《小雅·大田》等。以"祀"、"时"为韵脚的有《小雅·楚茨》、《大雅·生民》等。⑦故无论"之"字是否入韵,都是句句押韵的。

综上所述,此简所载,四字一句,句句押韵,用语、用韵与《诗经》中雅诗接近,可以认定为诗的一部分。

---

① (宋)朱熹:《诗集传》卷十九,中华书局,1958年,第228页。
② 《春秋繁露·郊祀之六十九》:"周宣王时,天下旱,岁甚恶,王忧之,其诗曰:'倬彼云汉……'宣 王自以为不能乎后稷,不中乎上帝,故有此灾。"((汉)董仲舒著、(清)凌曙注:《春秋繁露》卷十五,中华书局,1975年,第514-515页。)
③ 饶宗颐:《楚帛书新证》,收入饶宗颐、曾宪通编著《楚帛书》,香港:中华书局香港分局,1985年,第65页。
④ (魏)王弼注,楼宇烈校释:《老子道德经注校释》,中华书局,2008年,第166页。
⑤ 黄怀信、张懋镕、田旭东撰:《逸周书汇校集注》卷五,上海古籍出版社,1995年,第606页。
⑥ (清)阮元校刻:《十三经注疏·尚书正义》卷第九,第169页中栏。
⑦ 《诗经》用韵情况,可参考王显《诗经韵谱》,商务印书馆,2011年。

## 二、简6：䣜言则㤶，舀民隹（维）怿，不欲……

"䣜"字，陈松长先生据《说文》及段玉裁注，认为是"醇"之本字，①可从。"醇言"即醇厚之言。㤶字右半即"竺"字，朱德熙先生曾著文考之甚详。② 陈松长先生认为通作"笃"或"𩚵"，③当从前者，《诗经·周颂·维天之命》："骏惠我文王，曾孙笃之。"《毛传》："成王能厚行之也。"④"笃"是"厚行"之义；《论语·泰伯》："君子笃于亲，则民兴于仁。"邢昺《疏》："言君能厚于亲属，则民化之，起为仁行，相亲友也。"⑤"笃"是厚待之义。"醇言则笃"的"笃"也是用为动词，义为厚待、厚遇。与"醇言则笃"句式类似的，《诗经》中有两处：《小雅·雨无正》："听言则答，谮言则退。"《大雅·桑柔》："听言则对，诵言如醉。"此二者皆讥刺统治者拒谏喜谀，⑥"醇言则

---

① 陈松长编著：《香港中文大学文物馆藏简牍》，第14页。
② 朱德熙：《古文字考释四篇·释竺》，收入氏著：《朱德熙古文字论集》，中华书局，1995年，第152-153页。
③ 陈松长编著：《香港中文大学文物馆藏简牍》，第14页。
④ （清）阮元校刻：《十三经注疏·毛诗正义》卷第十九，第584页上栏。
⑤ （清）阮元校刻：《十三经注疏·论语注疏》卷第八《泰伯第八》，第2486页上栏。
⑥ "听言则答，谮言则退"，马瑞辰曰："听有顺从之义，'听言'对'谮言'而言，正谓顺从之言。《广韵》：'谮，毁也。''毁，谤也。'古以谏言为谤言，古尧有诽谤之木，谮言即谤言也。言凡百君子莫肯用直谏，盖以王好顺从而恶谏谮，闻顺从之言则答而进之，闻谮毁之言则退而不答。听言则答，则进之可知；谮言则退，则不答可知。互文以见义。""听言则对，诵言如醉"，马瑞辰曰："《说文》：'听，聆也。''从，相听也。'《广雅》：'听，聆，从也。'听言谓顺从之言，即誉言也。《说文》：'诵，讽也。'《楚语》：'倚几有诵训之谏。'又曰：'使工诵谏于朝。'诵言即讽谏之言也。诗言贪人好誉而恶谏，闻誉言则答，闻谏言则如醉。"见《毛诗传笺通释》卷二十、二十六，第626、973页。

笃"则是褒义的,《论语·先进》:"论笃是与。"①与此意旨相近。

"舀",陈松长先生认为当读为"慆",训为"喜","《左传·昭公元年》:'非以慆心也。'本简之'舀',其意与此同,在句中当用作使动用法,即'使民舀(慆)'之义。"②甚是。整句则是意动用法,以"慆民"为"怿"也。《诗经》中类似句式如《大雅·板》:"价人维藩,大师维垣。大邦维屏,大宗维翰。怀德维宁,宗子维城。"③《大雅·桑柔》:"稼穑维宝,代食维好。"④《大雅·烝民》:"柔嘉维则。"⑤典籍中与"慆民维怿"意旨相近的表述,见于《尚书》。《康诰》:"汝亦罔不克敬典乃由,裕民惟文王之敬忌;乃裕民曰:'我惟有及',则予一人以怿。"于省吾先生读"裕"为"欲",顾颉刚、刘起釪《尚书校释译论》从之,将这几句译为:"我们要人民常想到文王的爱憎——他所要做的和所反对的,要人民都能自己说愿意追随文王的遗教,那我就高兴了。"⑥还有《梓材》:"肆王惟德用,和怿先后迷民,用怿先王受命。"屈万里先生说:

> 肆,《尔雅·释诂》:"故也。"怿,悦也;义见《诗·板》毛传。先,谓导其先。
>
> 后,谓护其后。义参《诗·绵》毛传。迷民,迷惑之民众。下怿字,一作斁(见《释文》及《书》古文训)。《说文》:"斁……一曰终也。"孙氏《注疏》解此句云:"用终先

---

① 朱熹注:"言但以其言论笃实而与之。"(《四书章句集注》卷六,中华书局,1983年,第128页。)
② 陈松长编著:《香港中文大学文物馆藏简牍》,第15页。
③ (清)阮元校刻:《十三经注疏·毛诗正义》卷第十七,第550页上栏。
④ (清)阮元校刻:《十三经注疏·毛诗正义》卷第十八,第559页中栏。
⑤ (清)阮元校刻:《十三经注疏·毛诗正义》卷第十八,第568页中栏。
⑥ 顾颉刚、刘起釪:《尚书校释译论》,中华书局,2005年,第1361页。

王所受大命。"是也。①

都有使民和悦、以民众之乐为乐的意思。

这两句从句式来看,应是诗句。因为仅存两句,无法详论用韵情况。第一句末一字为"笃",是觉部字;第二句末一字为"怿",是铎部字,尾音相同而主要元音相近,则这两句视为觉铎合韵,亦未尝不可。又,"醇言则笃","醇"与"笃"义近;"惛民维怿","惛"与"怿"义近。是一种语言上的特色,值得关注。

以上所述两枚楚简的内容,很可能是逸诗零句。尽管与雅诗更为接近,其用语、意旨也与《尚书》或《逸周书》中的某些语句相通,所以也不能完全排除其为逸《书》零句的可能性。需要说明的是,先秦时期"诗"与"书"并没有严格的界限,墨子引《诗》《书》中语,往往皆称之为"先王之书",《兼爱下》引"周诗曰":"王道荡荡,不偏不党。王道平平,不党不偏。"见于《尚书·洪范》,则又是以"诗"称书,孙诒让说:"古《诗》《书》亦多互称,《战国策·秦策》引《诗》云'大武远宅不涉',即《逸周书·大武》篇所云'远宅不薄',可以互证。"②《吕氏春秋·慎大览》引《周书》曰:"若临深渊,若履薄冰。"见于《诗经·小雅·小旻》,也是称诗为书之一例。张怀通先生曾讨论过这种情况,认为诗、书在当时存在彼此兼容的关系,经常可以相互转化。③ 考虑到这一层面,笔者认为将这两枚简的内容称为"诗句"是可以的。

这两枚简所记的内容都是诗句,是诸子著作中引诗,还是独立的记诗文献的一部分,则无从考索了。近年出土的战国简牍,这两

---

① 屈万里:《尚书集释》,中西书局,2014年,第173页。
② (清)孙诒让:《墨子闲诂》卷五,中华书局,2001年,第124页。
③ 张怀通:《〈逸周书〉新研》,中华书局,2013年,第40-41页。

类文献都有,前者如《缁衣》,简1即其残编,有引诗的内容;后者则如上博简《逸诗》、清华简《耆夜》、《周公之琴舞》、《芮良夫毖》等。① 无论原本归属于哪一类,简4、简6所记诗句都是不见于今本《诗经》的逸诗的一部分。较多逸诗的出现,是战国简牍带给学界的"新景观"之一,对于先秦诗学、诗史等领域的研究提供了新材料和新启发,港中大所藏这两枚简的内容,亦应归入先秦逸诗残篇,从用语上看,当属雅诗。诗句的思想内容,简4与农业相关,简6与纳谏治民相关,是探究先秦农业思想史和政治思想史的新材料。陈松长先生在《香港中文大学文物馆藏简牍》卷前介绍中说:

> 战国简虽仅十枚,且又多是残简,其内容尚无法系联,但很珍贵的是,它们大都是文献类的楚简。现已可考的是一枝《缁衣》简和一枝《周易》简。……另外八枝虽还不能落实其文本所自,但随着战国简的不断出土和上海博物馆所藏楚简的整理出版,可能会逐渐显示这几枝残简的价值和意义。②

笔者不揣浅陋,在此文中就两枝简的文本性质和思想内容作了一些尝试性的探讨,希望能作为引玉之砖,促进对这些战国简史料价值的发掘和利用。

(胡宁,安徽师范大学历史与社会学院,副教授)

---

① 参见:马承源主编:《上海博物馆藏战国楚竹书(四)》,上海古籍出版社,2005年;清华大学出土文献研究与保护中心编,李学勤主编:《清华大学藏战国竹简(壹)》、《清华大学藏战国竹简(叁)》,中西书局,2010、2012年。
② 陈松长编著:《香港中文大学文物馆藏简牍》,第5页。

# 曲沃晋侯墓发现的诗经学意义[*]

于文哲

《诗经》是儒家最重要的经典之一,诗经学也是学术研究史上的显学。《诗经》研究历经两千余年的发展,取得了多方面的巨大成绩,尤其是20世纪,由于新的学术理念与范式的引进与应用,使《诗经》研究突破了传统的局限,在理论与方法方面取得了重要的进展。到了本世纪,《诗经》研究在理论思维与研究方法方面的创新已经显现出后继乏力的趋势,对传世文献竭泽而渔式的整理与研究也很难取得新的突破。要推动《诗经》研究的进一步发展,解决历史上长期存在的研究难题,仅仅依靠理论的创新和传世文献的整理,仅仅依靠对《诗经》作品文本本身的研究显然已不能从根本上解决问题。在这种情况下,出土文献所提供的资料在很大程度上解决了这一难题。自20世纪王国维先生确立"二重证据法"研究范式后,甲骨文、金文资料,特别是20世纪70年代以来不断出土的简帛等出土文献不断为《诗经》研究提供重要的材料,极大地推动了《诗经》研究的发展,不但提供了重要的《诗经》作品异文、前所未见的逸诗作品等,也引发了对《诗经》文本的成书、体制、功用等一系列问题的重新认识。值得注意的是,对"二重证据法"的理解不应过于狭隘,其所涉及的出土文献不仅包括了甲骨文、金文、简帛等文字文献,也应包括遗址、墓葬、器物等非文字的考古材料,

---

[*] 本文为山西省姚奠中国学教育基金"曲沃晋侯墓的发现与《诗经》研究"(项目编号:2015GX07)阶段性成果之一。

这些非文字文物材料属于广义的出土文献,同样可以用来与传世文献相印证,与文字文献一起推动《诗经》研究的新进展。

晋南地区不但是《诗经》作品孕育与繁荣的重要土壤,也为《诗经》研究提供了重要的出土文献支撑。自1979年以来,北京大学考古学系与山西省考古研究所组织的考古工作者在山西省曲沃县的曲村—天马遗址、北赵晋侯墓地遗址、羊舌墓地遗址展开了持续近30年的考古发掘,陆续发现并确定了西周时期几乎所有晋侯的墓葬,出土了带有铭文的青铜器近百件之多,引发了古典学界的强烈轰动,包括欧美汉学界在内的考古学、历史学、古文字学、文献学界都参与到相关的热烈讨论之中,掀起了一轮研究热潮,为西周的历史与文化研究拓展出一片全新的领域。① 可以相信,在今后一个相当长的时期内,曲沃晋侯墓葬仍将引发持续的关注,成为新的学术热点和学术生长点,对包括《诗经》研究在内的整个古典学界产生深刻的影响。曲沃晋侯墓所提供的材料,对《诗经》研究中一些长期困扰人们,聚讼两千余年仍得不到解决的历史疑案,具有深刻的启示意义。将《诗经》文本与晋侯墓地出土文献对比互证,可以证实或推翻前人的一些判断和假设,为《诗经》研究提供新线索和新思路,为《诗经》研究的深入开展创造条件。遗憾的是,这一堪称

---

① 关于晋侯墓葬的具体发掘情况,可参见北京大学考古系、山西省考古研究所《1992年春天马—曲村遗址墓葬发掘报告》(《文物》1993年第3期)、《天马—曲村遗址北赵晋侯墓地第二次发掘》(《文物》1994年第1期)、《天马—曲村遗址北赵晋侯墓地第三次发掘》(《文物》1994年第8期)、《天马—曲村遗址北赵晋侯墓地第四次发掘》(《文物》1994年第8期)、《天马—曲村遗址墓葬北赵晋侯墓地第五次发掘》(《文物》1995年第7期)、北京大学考古文博院、山西省考古研究所《天马—曲村遗址北赵晋侯墓地第六次发掘》(《文物》2001年第8期);关于晋侯墓葬研究的基本情况,可参见上海博物馆《晋侯墓地出土青铜器国际学术研讨会论文集》(上海书画出版社2002年)、谢尧亭《晋侯墓地研究述评》(《文物世界》2009年第3期、第4期)等。

世纪之交我国考古、历史学研究的一次重大突破,却没有引起古典文学研究界的足够重视,较少受到文学研究者的关注,许多从晋侯墓葬中出土的与《诗经》研究相关的材料还未得到应有的重视与利用,其所具有的重要的文学史价值还未得到深入发掘,在该领域存在着较为广阔的研究发展空间。① 本文即着眼于此,试图将出土文献与文学研究相结合,以曲沃晋侯墓地出土的实物与 81 件有铭青铜器铭文作为间接的文学研究史料,结合传世典籍与相关出土研究材料,具体分析曲沃晋侯墓地的发现对解决《诗经》研究史上有关《唐风》与《魏风》的重大疑难问题,以及其对研究西周时期今日晋南地区的地域文学、文化的发展状况和特征所具有的重要意义,这既可以丰富我们对《诗经》的全面认识,也可以拓展和推动晋南地域文学、文化研究的深入开展,具有多重的学术意义。

在《诗经》研究史上,历代学者关于《唐风》《魏风》的讨论主要集中在晋、魏诗的名称与地望,晋、魏文化渊源与特征,《唐风》《魏风》作品题旨等几个方面,本文拟利用晋侯墓地出土的文献资料,从这三个方面入手展开相关探讨。

---

① 自 1979 年晋侯墓地发掘资料陆续公布以来,相对于大量发表的考古、历史、文字学研究,从文学角度出发的研究论文堪称凤毛麟角。据笔者的搜检所及,只有江林昌先生发表的《晋侯墓地与夏墟、晋都、唐风》(《考古发现与文史新证》,中华书局 2011 年)可以认作唯一的从文学角度研究晋侯墓地的论文。此外,李学勤先生的《论清华简〈耆夜〉的〈蟋蟀〉诗》(《中国文化》2011 年春季号)、张启成先生的《〈诗经·唐风〉新探》(《贵州文史论丛》2001 年第 3 期)都在论文中利用了晋侯墓地出土的相关实物作为论证资料。虽然总体来看相关论文数量较少,但以上这些论文所作思考、探讨无疑均具有重要的开拓意义。

## 一、《唐风》《魏风》的命名与地望问题

历代《诗经》学者对"唐风"何以名"唐"以及"唐""晋"地望问题存在较大争议,历史上聚讼纷纭,莫衷一是。对于"唐风"为何不名"晋风",毛传《小序》解释说:"此晋也,而谓之唐,本其风俗,忧思深远,俭而有礼,乃有尧之遗风焉";朱熹《诗集传》解释说:"其诗不谓之晋而谓之唐,盖仍其始封之旧号耳"。按照这种解释,"唐"是传说中五帝之一唐尧立国的故地,西周开国之初,周公灭唐,成王封其弟叔虞于唐,叔虞之子燮父迁于晋水,唐由是改名晋;称晋诗为唐风,是因为晋地保存了唐尧时代的淳朴民风,有沿用旧号,追本唐尧遗风之意。但对于"唐"在何时、因何种原因改称"晋",历史上存在较大争议,而这一争议产生的根源在于对唐、晋的地理位置存在较大争议。自东汉班固、郑玄开始,学者们多认为晋国国都曾多次大范围迁徙,而晋国的初封地在今日晋中地区的太原。如班固《汉书·地理志》认为:"(太原郡)晋阳,故《诗》唐国,周成王灭唐,封弟叔虞",认为晋国的初封地在太原晋阳;郑玄《诗谱》也认为唐地在太原晋阳:"唐者,帝尧旧都之地,今日太原晋阳,是尧始居此,后乃迁河东平阳。成王封母弟叔虞于尧之故墟,曰唐侯,南有晋水,乃叔虞子燮为晋侯。其封域在《禹贡》冀州太行、恒山之西,太原、大岳之野。"班、郑的这种观点影响甚大,成为历史上的主流认识,杜预、郦道元、朱熹、陈奂、雷学琪等都持此说。同时,历史上也存在着晋都晋南的观点,司马迁在《史记·晋世家》中最早提出"唐在河、汾之东"的说法,但影响力远不能与前者相比。这两种不同说法同时存在给人们的认识带来很大的混乱,对《诗经》和《唐

风》研究造成严重的困扰。①

自20世纪70年代以来,由北京大学考古学系与山西省考古研究所组织的考古工作者在山西省曲沃县的曲村—天马遗址、北赵晋侯墓地遗址、羊舌墓地遗址展开了持续近30年的考古发掘,彻底推翻了有关晋国初封地的传统认识。在近30年的考古发掘中,陆续发现并确定西周时期几乎所有晋侯的墓葬,确认了《史记·晋世家》所载西周时期全部九代晋侯,包括第一代晋侯燮、第二代武侯宁族、第三代成侯服人、第四代厉侯福、第五代靖侯宜臼、第六代釐侯司徒、第七代献侯籍、第八代穆侯费王、第九代文侯仇等九代晋侯及其夫人的墓葬。这一事实,可以推断晋国的都邑就在曲沃附近,终于彻底解决了这一历史疑难。除墓葬外,出土的实物也提供了重要证据。如晋侯墓中出土的文王玉环,其上"文王卜曰:我及唐人大战贾人"的铭文,为晋国初封的地理位置提供了重要证据,说明"唐"的地理位置正在晋南,而非晋中的太原地区。② 特别是晋侯墓出土的《廿八祀簋铭》"王命唐伯侯于晋",更可说明"唐"与"晋"应是同一个地方,"晋"由"唐"而来,其国都自西周初年开始三百余年未曾迁徙,《唐风》的地域就在以曲沃一带为中心的晋南地区,从而在历史上首次真正解决了这一历史疑难问题。邹衡先生因此指出:"晋自叔虞封唐,至孝侯徙翼十二侯,又武公代晋至

---

① 这两种不同说法同时存在给人们的认识带来很大的混乱,如今日影响较大的程俊英《诗经译注》认为:"唐在今山西中部太原一带地方,即翼城、曲沃、绛县、闻喜等地区"。"山西中部太原一带"与"翼城、曲沃、绛县、闻喜地区",一南一北,相距700里。

② 李学勤先生释读"文王卜曰:我及唐人大战贾人",证明唐、贾二国均在今日晋南地区,环上文字系西周初年唐人所刻,周公灭唐,玉环遂为周人及其后的晋人所得。见李学勤《文王玉环考》,饶宗颐主编《华学》第1期,中山大学出版社,1995年。

景公迁新田九公,历时共370年,皆立都于绛,即史学家所称之故绛,亦即今翼城县与曲沃县交界之天马-曲村遗址。"①毫无疑问,西周晋都的确定不但具有重要的历史学意义,对于《诗经》研究同样具有重要意义,不但否定了历史上关于晋都太原的传统主流观点,也最终确定了《唐风》诗歌的诞生之地,这对于《诗经》和《唐风》研究都是一个重大的推进。由此,一系列相关问题都可以获得解决。《汉书·地理志》评价晋南地理环境对《唐风》《魏风》的影响说:"河东土地平易,有盐铁之饶,本唐尧所居,《诗》风《唐》、《魏》之国也。其民有先王遗教,君子深思,小人俭陋,故《唐》诗《蟋蟀》、《山枢》、《葛生》篇皆思奢俭之中,念死生之虑。"从地理上看,晋南地区在自然环境上属于多山少林、耕地狭小、土地贫瘠的地区,自古就有节俭的生活习俗,加之处于周边少数民族的包围之中,战争频繁发生,这决定了晋人"思奢俭之中,念死生之虑"的忧患意识,以及"职思其居"、"好乐无荒"的勤俭性格倾向。反映在《唐风》中,表现为抒发忧思感伤情绪的作品占据了大多数,悲凉凄怆成为作品的风格基调。由于晋国僻处远离西周政治核心地区的晋南,在西周时期仅为等级较低的甸服小国,如《左传·桓公二年》载晋大夫师服之言:"今晋,甸侯也,而建国,本既弱也,其能久乎?"按照西周时期的分封制度和等级制度,晋国诸侯虽为周之同姓近亲,在等级制度森严的西周社会中却处于较低的地位,受制于严格的等级制的礼制规定,普遍具有相对较节俭的生活作风。但过度的节俭,又往往导致吝啬与贪婪的守财奴性格,《唐风》中的《山有枢》等作品讥刺的就是这一类"甚啬爱物,俭不中礼"的国君。此外,由于《唐风》地望的确定,《采苓》一诗中言及的"首阳之巅"也

---

① 邹衡:《论早期晋都》,《文物》1994年,第1期。

可以得到更准确的理解，历史上出现的五种关于"首阳"位置的争论也可以就此平息。因此，联系晋南的地域特征，可以有助于我们更好地理解《唐风》作品的思想和文化内涵。

对于《魏风》的地望及唐、魏关系问题，历史上也存在争议。《汉书·地理志》和郑玄《诗谱·魏谱》均认为魏为"在晋之南河曲"的姬姓侯国，春秋初期为晋献公所灭。而苏辙《诗集传》、朱熹《诗集传》则根据《魏风》中出现的"公行"、"公路"、"公族"皆为晋国官职，因而怀疑"魏风"是晋地之诗，怀疑《魏风》实际上也是《唐风》的一部分。晋侯墓的发现以及近年来在晋南地区陆续发现的一系列西周国族，如浮山县的桥北村商人遗址、平陆县张店镇虞城遗址、绛县横水倗氏墓地、翼城大河口墓地，等等，说明西周时期的晋南地区存在着众多独立的国族，而晋国的势力范围仅限于今日曲沃、翼城一带汾浍之间的狭小地域内。作为西周初期受封的姬姓晋、魏二国，虽然晋国在献公之世最终灭掉魏国，尽有其地，但在西周时期，晋国显然还无能力支配魏国，晋、魏应属两个独立的侯国。由于与晋国的地理位置接近，魏国的自然环境、生活条件以及民俗、民风与晋国大体接近，朱熹《诗集传》说魏地"其地陋隘而民贫俗俭"。只不过与晋国相较，魏国更加弱小，随时都有亡国的危险，郑玄《诗谱》说魏国"其与秦、晋邻国，日见侵削，国人忧之"。《魏风》的作品，大多是在严重的危机意识作用下产生的，作品中充满了政局动荡、恐惧不安的心灵忧患，以及对当政统治者贪婪聚敛的不满和讥刺。确定《魏风》与《唐风》的关系，对我们认识《魏风》作品的思想内涵与文学特色具有重要意义。

## 二、《唐风》《魏风》的文化渊源与特征问题

《左传·定公四年》载:"分唐叔以大路、密须之鼓、阙巩、姑洗，怀姓九宗，职官五正。命以《唐诰》而封于夏虚，启以夏正，疆以戎索。"晋国所在的唐地，原本是戎狄民族活动杂居的地区，分封给唐叔虞后，采用了"启以夏正，疆以戎索"的灵活的分类治理策略，即以夏代行之有效的政策治理周人，而以戎狄原来实行的政策治理戎狄等部族。同时，该地区又是上古时期唐尧部族活动的地方，遗留着古老的风俗习惯。《左传·襄公二十七年》载春秋时期吴季札观乐，评论唐地音乐说:"思深哉! 其有陶唐氏之遗民乎? 不然，何忧之远也。非令德之后，谁能若是!"因此，《诗经》学者多注意到《唐风》、《魏风》与晋南尧舜文化乃至与北方戎狄文化之间的关系，而对其与宗周王室之间的关系关注不够。晋国地处唐尧故地，同时陷于戎羌民族的包围之中，文化上表现为多民族文化交融互渗的特征，其中最显著的文化特征是宗周文化。晋侯墓地表现出的文化特征主要有唐尧文化、宗周文化，及北方戎狄文化等三种文化类型。在三种文化传统之中，宗周文化对晋国的影响显然更为根本，这从晋侯墓出土的大量具有宗周文化特征的青铜器，以及这些器物所反映的与宗周文化近似的风俗习惯、宗教观念就可得到证明。近来清华简文献《耆夜》载有周公所作《蟋蟀》一篇，与《唐风》中的《蟋蟀》相比较，仅在个别词语及顺序方面存在一些差别，二者的基本内容大致相同，这更说明在宗周与晋国之间存在的密切关系。始终处于各戎羌民族的包围之中的现实环境，以及经常性的安全问题和战争威胁，迫使晋国不断加强军事实力，同时也造成了晋国好战尚武的社会风气，晋国军队以善战骁勇闻名于诸侯间。

在各诸侯国中,晋侯追随周王参与军事行动最多。晋侯墓地出土的《违嬴铭》、《晋侯铜人铭》(厉侯或靖侯时期)①、《晋侯苏钟铭》②等金文文献提醒我们,作为与宗周同姓的晋国,从第一代晋侯燮父开始,均以服从周室、兴兵勤王作为首要职责,先后参与了昭王时期的南伐荆楚、厉王时期的东伐淮夷、平王时期的平叛东迁等几次较大的战役。铸造于楚都丹阳的楚公逆编钟出现在晋穆侯墓中,也很可能与晋楚之间的战争有关,很可能是晋侯对楚战争的战利品。③ 特别是《晋侯苏钟铭》三百五十字,详细叙写了晋侯苏随从周王讨伐东夷的激烈战斗过程,从中可以清晰地感受到战争的残酷、激烈,显示了晋国君主和将士在作战中的勇敢和顽强,以及周王对于晋国军队的依赖和信任。这种情况发展到西周后期,晋国更成为周王室严重依赖的力量,晋文侯甚至左右了周王的废立,晋

---

① 这件青铜跪坐人像有铭文 21 字,记载了晋侯与淮夷之间的战争,以及晋侯擒获淮夷君王的过程,此晋侯很可能是晋厉侯。参见苏芳淑、李零《介绍一件有铭的"晋侯铜人"》,上海博物馆《晋侯墓地出土青铜器国际学术研讨会论文集》;李学勤《晋侯铜人考证》,中国文物学会等《商承祚教授百年诞辰纪念文集》,文物出版社 2003 年。

② 晋侯苏钟一般认为铸造于西周宣王或厉王时期,钟铭反映了发生在今山东西南部地区的一场重要军事战役,晋侯参与了周王组织的这一次规模较大的东征淮夷的战役,周王与晋侯配合,最终取得了战争的胜利。全文分三段,详细叙写了晋侯参战的全过程,有时间、地点、人物、战斗过程、战后周王对晋侯赏赐的仪式、赏赐器物的内容,等等,全文要素齐备,脉络分明,语言简洁,重点突出,文笔劲健,气象开阔,不但是重要的历史文献,同时也堪称出色的文学叙事作品,反映了西周时期晋国文学所达到的成就。关于此铭的具体探讨参见李学勤等《晋侯苏钟笔谈》,《文物》1997 年第 3 期;马承源《晋侯苏钟》,《上海博物馆集刊》1996 年第 7 期。

③ 楚公逆编钟出土于晋侯墓中,一般认为可能是出于楚王的馈赠,或晋楚交战,楚国失败后为晋国获得。见李学勤:《论楚公逆编钟》,《文物》,1995 年第 2 期。

国也从一个偏远的甸服小国发展为军事大国,最终成为春秋诸侯国中最大的霸主。

晋侯墓地出土的铜器铭文对我们了解《唐风》中的征役诗,进而对了解晋文化的"尚武"特征以及战争对当时社会下层民众生活带来的影响具有重要意义。这种频繁的军事行动反映在《唐风》作品中,便是《蟋蟀》《鸨羽》《陟岵》等作品中充满了下层人民"役车其休"、"王事靡盬"的感叹。频繁的战争造成人民生活的困苦与不安,《葛生》小序称:"刺晋献公也,好攻战,则国人多丧矣",郑《笺》:"夫从征役,弃亡不反,则其妻居家而怨思"。《葛生》一诗表现了丈夫从军身亡,妻子睹物思人,对亡夫的思念与哀伤的痛苦心境:"角枕粲兮,锦衾烂兮,予美亡此,谁与独旦!"《鸨羽》小序称:"刺时也。昭公之后大乱五世,君子下从征役,不得养其父母,而作是诗也",方玉润也认为该诗"刺征役苦民"。在这首诗中,作者苦于无休止的战争和劳役,无法回乡从事农业生产,担忧年迈的父母无人照顾,在万般无助的情况下,痛苦绝望地对上天发出了悲惨的呼告:"王事靡盬,不能艺稷黍,父母何怙?悠悠苍天,曷其有所!""王事靡盬,不能艺黍稷,父母何食?悠悠苍天,曷其有极!"频繁的战争造成了青壮人口的减少,对下层人民的生活造成了严重影响,《杕杜》反映了人民失去亲人、流离失所的感伤痛苦情绪。《唐风》作品深刻揭露了战争给人民带来的痛苦,反映了晋国民众受困于战争的悲惨处境。

与《唐风》近似,《魏风》同样表现了魏国人民因战争而遭受的痛苦。相比于晋国,魏国只是一个小国,与大国相邻,随时有亡国之忧,战争的负担也就更为沉重,下层人民的生活也更加困苦。如《陟岵》一诗,据毛传小序:"孝子之行役也,思念父母也。国迫而数侵削,役乎大国,父母兄弟离散,而作是诗也。"郑玄笺:"役乎大国者,为大国所征发。"该诗表现魏国的青年被邻近"大国"征发外出征战,思念家人的痛苦心情。作品没有直接描写征人对家人的思念,而是通过想象家人对征人的思念来做反衬:"行役夙夜必偕,上慎旃哉,犹来无死!"将频繁的战争使魏国下层普通民众深陷苦难的现实揭露得淋漓尽致。晋、魏诗中的所谓"思奢俭之中,念死生之虑","忧思深远"特色的形成,不能不说与下层民众的战争苦难有着重要关联。

## 三、《唐风》《魏风》具体作品的写作题旨问题

经史互证是传统的《诗经》研究方式,以毛诗《小序》为代表的传统观点,多附会历史情节以解《唐风》,将全部作品均视作针对历代晋国国君(始自僖公终于献公)的政治讽刺诗或政治赞美诗。①毛传的这种解诗方法,宋代以来已招致诸多《诗经》研究者的批评,现代研究者更提出了许多有力的证据,晋侯墓地的出土文献也再

---

① 《唐风》12 篇,按照《诗小序》的说法,《蟋蟀》"刺晋僖公也,欲其及时以礼自虞乐也",《山有枢》"刺晋昭公也,不能修道以正其国,有财不能用,有钟鼓不能以自乐,有朝廷不能洒扫,政荒民散,将以危亡,四邻谋取其国家而不知,国人作诗以刺之也",《扬之水》"刺晋昭公也,昭公分国以封沃,沃强盛,昭公微弱,国人将叛而归沃焉",《椒聊》"刺晋昭公也,君子见沃之盛强,能修其政,知其蕃衍盛大,子孙将有晋国焉",《绸缪》"刺晋乱也,国乱则婚姻不得其时焉",《杕杜》"刺时也,君不亲其宗族,骨肉离散,独居而无兄弟,将为沃所并尔",《羔裘》"刺时也,晋人刺其在位,不恤其民也",《鸨羽》"刺时也,昭公之后,大乱五世,君子下从征役,不得养父母不中礼,故作是诗以闵之,其父母而作是诗也",《无衣》"美晋武公也,武公始并晋国,其大夫为之请命乎天子之使,而作是诗也",《有杕之杜》"刺晋武公也,武公寡特,兼其宗室,而不求贤以自辅焉",《葛生》"刺晋献公也,好攻战,则国人多丧矣",《采苓》"刺晋献公也,献公好听谗焉"。

一次证实了古今学者质疑毛传的合理性。

以《唐风》的首篇《蟋蟀》为例。对于《蟋蟀》，汉代的四家无异义，都以"刺俭"来解说，认为作品是对俭吝的晋僖公的讥刺。晋僖公即《左传》中的晋僖侯、《史记》中的晋釐侯。毛传谓：《蟋蟀》"刺晋僖公也，俭不中礼，故作是诗以闵之，欲其及时以礼自虞乐也"；据《盐铁论·通有》所载齐诗之说，亦认为"君子节奢刺俭，俭则固。孔子曰：'大俭极下'，此《蟋蟀》所为作也"；《史记·晋世家》："当周公召公共和之时，成侯曾孙僖侯甚啬爱物，俭不中礼，国人闵之，《唐》之变风始作"；郑玄《诗谱·唐谱》亦曰："当周公、召公共和之时，成侯曾孙僖侯甚啬爱物，俭不中礼，国人闵之，唐之变风始作。"除《蟋蟀》外，据《文选·西京赋》薛综注引"鲁诗"的观点，亦以《山有枢》为"刺晋僖公不能及时以自娱乐"。然而从具体作品中，读者却很难感受到讽刺之意，《蟋蟀》诗中的"蟋蟀在堂，岁聿其莫。今我不乐，日月其除""蟋蟀在堂，岁聿其逝。今我不乐，日月其迈"等句，虽然一定程度上表现了作者对光阴易逝的感叹，以及由此萌发的及时行乐的思想意识，但作者随即以"无已大康，职思其居。好乐无荒，良士瞿瞿""无已大康，职思其外。好乐无荒，良士蹶蹶"等句，表现了拒绝沉沦，自我警戒的意识，传达了作者以"良士"为榜样，戒骄戒躁、节制谨慎、积极进取的精神面貌和人生态度，全诗的格调和讥刺"俭不中礼"无法联系。近日清华大学入藏的战国竹简《耆夜》，其中也有一篇同名作品，通过比较这两篇《蟋蟀》可知，虽然简本与传世本在个别词语及顺序方面存在一些差别，但二者的基本内容几乎完全一致，均表现出戒骄戒躁、节制谨慎、珍惜时间等积极的思想意识，更可以确证《唐风·蟋蟀》的主旨绝非"刺俭"。晋侯墓地出土的金文文献也有助于我们了解《蟋蟀》的诗旨。据专家考证，晋僖公即晋侯墓出土金文铭文中的"晋侯对"。据 M1 大墓出土的《晋侯对盨铭》《晋侯对铺铭》显示,"晋侯对"经常"田狩湛乐于原隰"、"旨食大燔"。李学勤先生认为,"田狩湛乐于原隰"中的"湛乐"可参照《诗经》的《常棣》"和乐且湛","湛"可通"沈",即《抑》"荒湛于酒"、《墨子·非命下》中的"内湛于酒乐"的意思;"旨食大燔"中的"旨食"即美食,"燔"即烤肉,铺是用以盛肉类的食器,"将两篇特异的铭文结合起来,不难看出晋僖公绝不是俭啬的人,而是耽于逸乐,爱好田游和美味的豪奢贵族"。① 更可证传统的有关晋僖公"俭不中礼"的说法是完全错误的。从晋侯墓的整体情况看,西周时期的晋侯所享有的等级地位较低。以礼器等级为例,据《仪礼》《礼记》的记载,七鼎六簋和五鼎四簋是大夫一级的规制,三鼎二簋是士在特定场合使用的礼器规制。从晋侯墓出土的情况看,西周时期晋侯们使用五鼎四簋的礼器规制,其礼器等级仅为卿大夫或下大夫;晋侯夫人则使用三鼎二簋的礼器规制。按照周代的分封制度和等级制度,晋国仅属于甸服小国,属于较低的社会等级。但是这并不等于说,晋侯的生活就一定是节俭的。《国语·晋语一》说:"晋之方,偏侯也,其土又小,大国在侧,虽欲纵惑,未获专也"。在这样的现实条件下,不是晋侯们不想过奢侈享乐的生活,而是西周时期晋国较严峻的物质条件,以及当时严格的等级制度的限制,决定了晋侯们只能被迫过着相对节俭的生活,这从晋僖公墓出土的《晋侯对盨铭》、《晋侯对铺铭》就可以清楚地看出。因此,毛诗序说晋国士人刺晋僖公"俭不中礼,故作是诗以闵之,欲其及时以礼自虞乐也",显然是没有可信性的。

---

① 《晋侯对盨铭》文:"惟正月初吉庚寅,晋侯对作宝尊及盨,其用田狩湛乐于原隰,其万年永宝用。"《晋侯对铺铭》文:"惟九月初吉庚寅,晋侯对作铸尊铺,用旨食大燔,其永宝用。"参见李学勤《论清华简〈耆夜〉的〈蟋蟀〉诗》,《中国文化》2011 年第 33 期第 7—10 页。

在《魏风》中，类似《诗小序》对《蟋蟀》的解释更是触目皆是。如对于描写农家女缝制衣物劳动的《葛屦》，小序称："刺褊也。魏地狭隘，其民机巧趋利，其君俭啬褊急，而无德以将之。"对于描写采摘劳动场景的《汾沮洳》，小序称："刺俭也，其君俭以能勤，刺不得礼也。"对于表现士人讥刺时政的《园有桃》，小序认为："刺时也。大夫忧其君，国小而迫，而俭以啬，不能用其民，而无德教，日以侵削，故作是诗也。"郑玄认为该诗表现的是"魏君薄公税，省国用，不取于民，食园桃而已"，这种说法尤其令人感觉不可思议。以魏国近邻倗国的情况为例。绛县横水倗国墓地出土了倗国国君倗伯的大量礼器，其中出土的青铜礼器组合为三鼎二簋。倗国仅为一蕞尔小国，属于戎狄族的怀姓诸侯，其国君尚且钟鸣鼎食，而作为武王克商后分封的同姓诸侯国，魏国国君居然节俭到"食园桃而已"，可见《诗小序》等对《诗经》题旨的很多解说是不足信据的。

李学勤先生认为："一项考古文物上的重大发现，不在于发现了什么金银玉器，而在于这个发现能够改变我们对于一个历史时期或者一个民族、一个地区的历史文化的看法，这才是重大发现。"[1]晋侯墓的发现，丰富和拓展了我们对西周时期晋南地区的历史文化状况及文学发展情况的认识，在很大程度上改变了我们对《诗经》中涉及《唐风》《魏风》作品所持的传统的观点，可称得上是一项真正意义上的"重大发现"。晋侯墓地出土文献不但提供了重要的历史学资料、考古学资料，也具有重要的文学史价值，在该领域存在着较为广阔的研究发展空间。如果能够将出土文献与文学研究相结合，充分利用考古学、文字学、历史学的最新研究成果，从文学角度对其进行全面深入的研究，既可以丰富我们对《诗经》的

---

[1] 吕庙军、李学勤：《重写中国学术史何以可能——关于"出土文献与古史重建"问题的对话》，《历史教学问题》，2015年第4期。

全面认识，也可以拓展和推动相关研究的深入开展，具有多重的学术意义。相信随着晋侯墓地研究的不断深入开展以及相关文献资料的陆续公布，会有更多高质量高水平的研究成果产生，必将对《诗经》研究产生重要的推动作用。

（于文哲，山西师范大学学报编辑部，副编审）

[夏传才先生纪念专辑]

# 追悼夏传才先生诗词选

### 回忆夏传才老先生
宋昌基(韩国诗经学会会长)
先导耕种诗经田,毕生培养供诗材。
学者感谢其辛劳,世人颂扬其传才。

### 敬悼夏会长传才先生
林中明(美国牡丹诗会会长)
诗经三百三千载,夏公传诗传英才。
无邪斋里有为士,三立不朽天下怀。

### 踏莎行·悼夏传才教授
黄志辉(香港珠海学院)
春色依然,哲人不复,雀莺不鸣春雷暴。
忆当年夜半歌声,惜今日断弦终曲。
冷对荣华,笑看宠辱,独行兀立难从俗。
菁菁者莪乐传才,载沉载浮诗文续。

### 痛悼夏公
陈战峰(西北大学中国思想文化研究所)
一代文献唱大风,几代学人受教中。
身历沉浮千般苦,神传高远万物空。

诗经独探开新卷,文道并发越旧笼。
此去瑶台陪老友,冯翁霍公夏先生。

## 悼夏老传才先生

刘生良(陕西师范大学文学院)

惊悉我中国诗经学会创始人和卓越领导者夏老先生骤然仙逝,深为悲恸。草拟小诗一首,聊表哀忱。

忽闻燕赵报噩音,三秦草木亦含悲。
精研诗经成大家,创建学会是元勋。
道德学术传四海,诗章文采启后昆。
不意初春遽归去,音容宛在恩惠深。

## 追忆夏老

贾学鸿(扬州大学文学院)

初遇夏老于港城,儒生侠气有义情。
同生燕赵慷慨地,念吾先师在心中。

## 悼夏传才先生

张强(淮阴师范学院)

忽报先生驾鹤归,燕山呜咽水云颤。
早年怀抱冲天志,问道求真遭斥谴。
鼙鼓声声征战急,旌旗一举汇群彦。
解颐析义胜匡鼎,雅颂高风日月炫。

## 悼夏传才先生

李世萍(廊坊师范学院)

惊闻诗经学会老会长夏传才先生逝世,为诗一首,叹惋唏嘘,沉痛追思。

苦尽甘来轻荣辱,钟爱诗经著等身。
古道热肠广交游,传承文化费苦心。

## 痛悼夏师

纳秀艳(青海师范大学文学院)

燕赵初春风满地,摧煞嘉木万树悲。
潇潇易水寒波起,荡荡长空暗云飞。
念我夏师多磊落,滋兰树蕙令德巍。
冷眼看尽人间事,潜心诗经布春晖。
纵有伤心千千万,莫将师愿化成灰。
拟展素笺撰心字,懿范学风我辈追。

## 丁酉年正月初九闻夏传才先生噩耗为诗悼之

李小成(西安文理学院国学研究所)

平生研经育英才,桃李文章满乾坤。
诗经盛会开创功,话语春风扶后昆。
忽然不见登仙台,儒林星坠化诗魂。
帝招学宗德音存,燕赵痛失一斯文。

## 雨霖铃·深切悼念夏传才先生

李彦锋(河北师院中文九一级学生)

虽寒尤悭,正回春序,忽悉师殁。凭窗北望燕地,持书再睹,知闻真切。泪眼强睁忍下,竟难自宣泄。抒郁郁、悲屈连天,好似方晴又飞雪。

庠门四载琼珍撷,最难忘、选讲诗新说。蒹葭白露秋水,情溢处、语多灵黠。料想当时,多半、吾侪着实顽劣。实可惜、兰桂幽香,只晓闻沈屑。

## 金缕曲·敬挽思无邪斋主人夏传才先生

江合友(河北师范大学文学院)

耆宿仙游去。怅幽燕、星沉大野,骤倾维柱。绛帐人空沂滨静,木铎清音谁主？幸德业、千秋可数。草创诗经研究史,更群伦领袖声名著。得道者,自多助。

千难万险平生路。算身经、农场监狱,思无邪处。重展旌旗催征骑,恩怨东流不顾。耽铁砚、寒毡酷暑。四海播传三曹注,又庠序广种芝兰树。追往事,泪如雨。

# 夏传才与香港地区《诗经》研究
## ——以香港中国文学学会为考察中心

(香港)马辉洪

## 一、引言

夏传才,1924年生于安徽亳州,是中国著名学者、诗经学权威,先后出版《诗经研究史概要》(1982年)、《诗经语言艺术新编》(1988年)、《十三经概论》(1998年)、《思无邪斋诗经论稿》(2000年)、《二十世纪诗经学》(2005年)等多部具广泛影响力的学术著作,以及主编多套大型《诗经》研究丛书如《诗经要籍集成》(初编)(共四十二卷,2002年初版,2015年修订版)、《诗经要籍集成》(二编)(共四十卷,2015年出版)、《诗经研究丛刊》(2001年创刊,至今共出版二十八辑,前二十五辑由夏传才主编)、《诗经学大辞典》(上下册,2014年出版),历任河北师范大学教授、香港广大学院讲座教授、日本宫城女子大学社会科学研究所特聘研究员、中国作家协会会员、全球汉诗总会名誉理事、中国诗经学会顾问、中国屈原学会顾问、日本诗经学会顾问,在国内外有杰出贡献的国家级学者,经国务院批准获政府特殊津贴。1993年,夏传才创办了"中国诗经学会",团结国内外《诗经》学者,大力推进全球诗经学的发展。他一直关注香港地区的《诗经》研究,在《二十世纪诗经学》一书中特辟《〈诗经〉研究在香港》一节,回顾了饶宗颐、潘重规、左松超、李家树等诸位香港学者的《诗经》著述,总结了香港地区《诗经》研究的成果。①此外,夏传才曾有意在香港设立中国诗经学会的工作组或工作委员会,②最后以"香港中国文学学会"为联络点,③推动香港地区的《诗经》研究。香港中国文学学会于1998年5月成立,创办人为已故香港诗人、学者丁平(1922至1999年)。本文首先回顾夏传才与丁平相识逾半世纪的交情,然后阐述香港中国文学学会在《诗经》研究方面的工作,借此反映夏传才与香港地区《诗经》研究的关系。

## 二、丁平与香港中国文学学会

丁平,原名宁靖,又名艾莎、沙莎。1922年生于广东肇庆。抗战期间,丁平从军并参加"粤北大战"及"长沙二次会战"。1941年在韶关及桂林随李金发、胡风、李广田学习创作新诗及散文,以及洪深、欧阳予倩学习写作剧本。抗战时期,桂林是西南大后方的文化中心,聚集大批文化人,丁平与当时的青年作者黄崖、碧原、刘夜

---

① 夏传才《〈诗经〉研究在香港》,收入夏著《二十世纪诗经学》,学苑出版社,2005年,第377-381页。
② 夏传才曾表示:"本会(中国诗经学会)将视继续发展的规模,为在香港特别行政区工作方便,拟考虑设立工作组或香港工作委员会。"见《香港十位会员入会》,《中国诗经学会会务通讯》第十一期(1998年6月),第5页。
③ 沈舒(马辉洪)《遗忘与记忆——夏传才谈丁平》,《文学人》第26期(2015年5月),第32-35页。

曲、李若川等自发组成抗战诗歌工作队，①满街张贴艾青、胡风和丁平写的"街头诗"，进行抗敌文艺宣传活动。②这些短小、通俗的"街头诗"一般贴在街头、村庄的墙上，类似贴标语，"用以团结人民、鼓舞人民，坚持抗战。"③同年，丁平一口气出版了13000行叙事长诗《在珠江的西岸线上》（桂林七月杂志社）、散文集《漓江曲》（桂林文化服务社）、论文集《文学新论》（桂林文化服务社）和剧本《中华民族万岁》（桂林文化服务社）四本著作，创作激情喷薄而出。当时，夏传才正身处桂林，虽然仍是"毛头小伙子"，"但已是全国抗敌文协会员，与丁平有面识之缘，因各有工作，未曾交往，但知其人其事"④，对丁平"热情、好学、勤恳、乐于助人"的态度，以及对新诗的酷爱留下深刻的印象。⑤丁平离开桂林后，辗转到中山大学进修，取得文学士及教育硕士。1950年代旅居新、马、台、港、澳各地，1960年代定居香港，长期从事文教工作，集诗人、学者、文学活动家、编辑多重身份于一身，历任香港诗人协会副会长、世界华文诗人协会副会长兼秘书长、香港中国文学学会会长，先后出版千行长诗《南陲线上》（澳门青年书局，1955年）、《现代小说写作研究》（香港海山图书公司，1983年）、《中国文学史》（台北黎明文化公司，1984

---

① 1956年，丁平写下《诗卡一束——圣诞、新年寄战斗中的文友，和迷失了的亡魂。》一诗，追怀多位抗战时期的文友，在后记中他提及："现在，黄崖工作于马来亚，碧原远居北美，夜曲和若川至今下落不明。战时同在桂林从事新诗创作的（诗队伍），居港的就只我一人了"。见丁平《诗卡一束——圣诞、新年寄战斗中的文友，和迷失了的亡魂。》，收入丁著《萍之歌——丁平诗集》（香港：香港中国文学学会，2009年），第90-99页。

② 夏传才《丁平走了》，收入丁平著《萍之歌——丁平诗集》（香港：香港中国文学学会，2009年）。

③ 同注②。
④ 同注②。
⑤ 同注②。

年)、《散文、小说写作研究》(台北黎明文化公司,1984年)、《中国现代文学作家论》(香港明明出版社,1986年)等多部著作。①

夏、丁二人桂林别后,匆匆五十余载,分处中、港二地,音讯隔绝,未复得见。半世纪后一次偶然的聚会,再次把二人的缘分重新接合起来。一九九六年,夏传才应台湾中央研究院邀请,前往演讲。回程过港期间,香港诗人协会会长蓝海文设宴款待,夏传才在宴会上重遇丁平,他形容二人:"由于相隔半个多世纪,都非昔时容貌,我也早就不用当年的化名,正是重逢而不相识。面对这位与我年岁相当的(新交),隐约地觉得,他的热情、勤恳和发自内心的对他人的关助之心,那神态,对我又似曾相识。"② 1996年7月,中国诗经学会理事会肯定丁平在《诗经》学术研究和国际文化学术交流的贡献,推举他为名誉理事,正式成为中国诗经学会在香港的联络人。1997年8月,丁平应中国诗经学会的邀请,率团参加在桂林举行的"第三届《诗经》国际学术研讨会",并当选研讨会主席团成员,又获邀主持论文发表会,交流《诗经》研究的经验。丁平在研讨会开幕式上表达了今后加强大陆和香港交流的愿望,并欢迎大陆同行来港访问。③会议期间,大会安排参会者游览漓江,饱览桂林山水。丁平在游船上凭栏远望,与夏传才共同追忆起抗战期间在漓江西岸的工作,以及当日抗战诗歌工作队的旧事。这当下二人才赫然发觉,彼此原来是50多年前相识的文友,如今得以相见,谈及昔日往事,恍如隔世。

---

① 丁平的文教工作详见马辉洪《遗忘与记忆——丁平老师逝世十周年记》,《城市文艺》第四卷第十一期(2009年),第37-37页。
② 同①。
③ 丁平《开幕式上的讲话》,收入中国诗经学会编《第三届诗经国际学术研讨会论文集》(香港:天马图书有限公司,1998年),第18-19页。

1998年5月16日,丁平注册成立香港中国文学学会,其宗旨清楚说明:"中国文学的历史源远流长,文学遗产之丰硕,早获国际肯定,影响幅员,既深且远。本会是香港特别行政区从事中国文学工作者的一个纯文学团体,不分种族、肤色、性别、宗教和政治信仰,凡从事中国诗歌、散文、小说和剧本之创作、研究、翻译,或文学史、文学理论、文学批评的著述者,都可参加。"①而香港中国文学学会的使命在于:"竭力汇集在香港及大陆、台湾、海外之中国文学工作者的智慧与经验,共同担负中国文学的继往开来之民族使命。"②夏传才指出丁平以香港中国文学学会的名义联系海峡两岸的文化和文学组织,通过对中国文学的学习和研究,开阔学生的视野,以及开拓他们的活动空间。③1998年11月,丁平接受切除胃癌手术。在康复期间,丁平坚持率领学生参加1999年98月4日至8日在济南举行的"第四届《诗经》国际学术研讨会",这是他第二次也是最后一次参会。他不仅再次当选为主席团成员及获邀主持论文发表会,并发表论文《香港大专校院中文系建立〈诗经〉单元课程争议》。会议期间,丁平获颁"第一届学术研究成果评奖"的"颖南杯"及"特别荣誉奖",④表扬他"一生从事诗歌创作、研究和教学工作,在香港培养文学工作者,也为(中国诗经学会)发展了一批香港会员。"⑤1999年11月2日,丁平因病辞世,享年77。丁平逝世后,香港中国文学学会由跟随他18年的学生何江显接任会长一职,除了主持会务,亦继续推进与两岸文学团体的联系。丁平逝世至今十

---

① 《"香港中国文学学会"会章(1998年5月16日)》第1节。
② 《"香港中国文学学会"会章(1998年8月16日)》第2节。
③ 《"香港中国文学学会"会章(1998年8月16日)》第2节。
④ 《中国诗经学会第一届特别荣誉奖名单》,《中国诗经学会会务通讯》第十五期(1999年9月),第9页。
⑤ 同注3。

七年，香港中国文学学会每届都组团参加《诗经》研讨会，从未间断，一直恪守丁平创会时鼓励会员积极参与两岸文学活动的初衷。

## 三、香港中国文学学会：《诗经》研究

夏传才曾经在访问中指出香港中国文学学会"积极参与诗经学会的活动，有人提交的论文有水准，帮助收集在香港的研究资料有贡献"①，充分肯定香港中国文学学会在《诗经》研究方面的工作。大致而言，香港中国文学学会的《诗经》研究工作可分为"发表论文"、"组织讲座"、"编纂资料"三部分，阐述如下：

**1. 发表论文**

从"第三届《诗经》国际学术研讨会"至今，香港中国文学学会成员共发表了六篇论文，分别为第三届李玉梅《〈诗经〉梦境所透视的中国文化精神》、第四届丁平《香港大专校院中文系建立〈诗经〉单元课程争议》和李玉梅《闻一多〈诗经〉研究与诠释学》、第五届李玉梅《徐渭解读兴观群怨》和钟洁芝《香港中学的〈诗经〉教学》，以及第七届马辉洪《从宗教、政治到伦理——论孔子对〈诗经〉天命观的接受与转化》，下面逐一简述这些论文的主旨。

李玉梅的论文《〈诗经〉梦境所透视的中国文化精神》在桂林举行的"第三届《诗经》国际学术研讨会"（1997年8月4至9日）上发表，从《小雅·斯干》和《小雅·无羊》二诗所描述的梦境中，提出"礼者养也"和"男尊女卑"两种蕴含中国传统文化的价值观念。②

---

① 《"香港中国文学学会"会章（1998年8月16日）》第2节。
② 李玉梅《〈诗经〉梦境所透视的中国文化精神》，收入中国诗经学会编《第三届诗经国际学术研讨会论文集》（香港：天马图书有限公司，1998年），第834–842页。

丁平的论文《香港大专校院中文系建立〈诗经〉单元课程争议》和李玉梅的论文《闻一多〈诗经〉研究与诠释学》在济南举行的"第四届《诗经》国际学术研讨会"(1999年8月4至8日)上发表,前者倡议以《诗经》为研习对象,在"大专校院中文系建立一项独立科目,并成为中研所一项重要研究课题",又以《魏风·硕鼠》为例作为中文系高年级单元科目的教学素材;①而后者以诠释学的理论,从"诗具普遍性"、"先见而无限"、"(游戏)之转化"三个角度审视闻一多《诗经》研究的成果。②大会高度评价李玉梅的论文,并认为她的论文"参考国外《诗经》学研究取向,印证中国学者的学术成果,以梦论《诗经》是一个独特的新视角",向她颁发"第一届学术研究成果评奖"之论文奖。③

李玉梅《徐渭解读兴观群怨》和钟洁芝的论文《香港中学的〈诗经〉教学》在张家界举行的"第五届《诗经》国际学术研讨会"(2001年8月6至11日)上发表,前者以"承传意义"和"审美意义"两个角度重新审视徐渭解读"兴观群怨"的意义和理解;④而后者从香港中学课程、考试和未来发展三方面探讨香港的《诗经》教学情况,

---

① 丁平《香港大专校院中文系建立〈诗经〉单元课程争议》,收入中国诗经学会编《第四届诗经国际学术研讨会论文集》(学苑出版社,2000年),第128—132页。
② 李玉梅《闻一多〈诗经〉研究与诠释学》,收入中国诗经学会编《第四届诗经国际学术研讨会论文集》(学苑出版社,2000年),第529—546页。
③ 《中国诗经学会第一届学术研究成果评奖获奖名单》,《中国诗经学会会务通讯》第15期(1999年9月),第6页。
④ 李玉梅《徐渭解读兴观群怨》,收入中国诗经学会编《第五届诗经国际学术研讨会论文集》(学苑出版社,2002年),第202—292页。

论文结语指出《诗经》教学在香港的前景是乐观的。①

马辉洪的论文《从宗教、政治到伦理——论孔子对〈诗经〉天命观的接受与转化》在南充举行的"第七届《诗经》国际学术研讨会"(2006年8月4至7日)发表,以《诗经》为切入点,分别从宗教、政治、伦理三个角度,厘清孔子天命观念中的继承与创新,从而分析孔子如何接受与转化《诗经》中的天命观念。②

从上述六篇论文,可以大略归纳出两项特点:一、丁平、钟洁芝二人的论文分别从大专、中学的层面,论述香港地区的《诗经》教学,反映二人重视《诗经》对青年人的培养和推动;二、李玉梅的论文善用西方20世纪文学和文化理论的资源,如伽达默尔(Hans-Georg Gadamer)的诠释学、姚斯(Hans Robert Jauss)的接受美学、克罗齐(Benedetto Croce)的美学理论等,重新探讨和评价《诗经》及其研究,进而开拓《诗经》研究的视野。

## 2. 组织讲座

1998年5月9日,夏传才应丁平邀请,担任香港大学专业进修学院文学创作高级课程文学专题讲座的主讲嘉宾,③题目为"关于

---

① 香港中国文学学会《香港中学的〈诗经〉教学》,收入中国诗经学会编《第五届诗经国际学术研讨会论文集》(学苑出版社,2002年),第644-657页。本论文发表时署名"香港中国文学学会",执笔人为钟洁芝。

② 马辉洪《从宗教、政治到伦理—论孔子对〈诗经〉天命观的接受与转化》,收入《诗经研究丛刊》第十四辑(2008年),第18-37页。

③ 夏传才这次访港后,发表了《香港绝句》七首,其中有一首写给丁平,诗题为《致丁平》:"白发如霜情意长,丁平老友热心肠。君诗读后如酒醉,万里犹闻紫荆香。"见夏传才《香港绝句》之《致丁平》,《中国诗经学会会务通讯》第十二期(1998年9月),第8页。

新诗和旧诗的创作问题",①内容分为"(新诗)和(旧诗)"、"继承和革新"、"新诗的成绩和现在面临的问题"、"旧体诗词的复苏和面临的困难"、"简短的结语"五部分。②夏传才在讲座中首先回顾中国以文字书写的诗歌传统,并精辟地指出"用现代汉语写作、打破过去一切句式韵律限制的自由诗,与用古时通用的语言写作的、有严格格律的传统格律诗,其区别只是艺术形式(结构和语言)不同,是诗体问题。"所以,他认为用"新体诗"和"旧体诗"来区分这两类诗体更符合科学精神。③夏传才特别指出20世纪关于新体诗和旧体诗的争论,主要分为两个阶段,其一为"五四"运动新文学运动期间完全排斥旧体诗,其二为20世纪80年代起许多新体诗晦涩难懂,而旧体诗作者大为兴盛,对新体诗多所不满。夏传才认为"新体诗、旧体诗只是体裁不同,诗的新旧之分不在体裁而在内容,诗之优劣也在于内容和艺术。我认为选用何种体裁是诗人的自由,我们主张诗创作的题材、体裁、艺术风格的多样化,百花齐放,自由竞争。"④夏传才掷地有声的见解,无疑为缠扰了一个世纪的新旧体诗论争画上了圆满的句号。

---

① 《夏传才赴港讲学》,《中国诗经学会会务通讯》第11期(1998年6月),第5页。另,夏传才有一首七绝纪念这次讲学:"讲题纵使不迎时,情意相融若旧知。漫道新潮拜金地,炎黄儿女全爱诗。"见夏传才《香港绝句》之《香港大学市区中心讲演》,《中国诗经学会会务通讯》第12期(1998年9月),第8页。
② 演讲在香港大学专业进修学院市区中心举行,发言稿见夏传才《关于新诗和旧诗的创作问题》,《河北学刊》第22卷第1期(2002年1月),第90－96页。
③ 同上。
④ 演讲在香港大学专业进修学院市区中心举行,发言稿见夏传才《关于新诗和旧诗的创作问题》,《河北学刊》第22卷第1期(2002年1月),第90－96页。

2000年12月23日,夏传才应香港中国文学学会邀请作了演讲,题目为"《诗经》的再评价"。① 2000年是跨进新世纪的一年,正是回顾过去,展望将来的最好时机。夏传才在短短两小时的讲座中从四方面谈到《诗经》再评价的问题:一、《诗经》是一部什么书? 二、为什么要研究《诗经》? 三、《诗经》艺术经验还值得借鉴吗? 四、《诗经》研究的题目做完了吗? 夏传才一方面总结前人对这些问题的看法,另一方面提出他独到的见解。要言之,夏传才认为"《诗经》是中国古代由口头文学转化为书写文学的第一部诗歌集",提供了从社会学、历史学、语言学等各种角度探讨的原始素材,无论是艺术方法、技巧,或者是创作精神,都值得当代诗人借鉴,而且有待我们开展多元的、全方位的、多层面的研究。②夏传才为香港中国文学学会主持的两次讲座,博古通今,深入浅出,与会者深受启发,获益良多。

3. 编纂资料

2009年11月29日至12月1日,夏传才以中国屈原学会顾问的身份,到深圳参加"楚辞学国际学术讨论会暨中国屈原学会第十三届年会",香港中国文学学会多位代表前往深圳拜访。会面期间,夏传才谈到收录中国内地诗经研究成果的《二十世纪诗经研究文献目录》(寇淑慧编)已出版多时,③提出编纂香港地区的诗经研究文献目录的构思。由于香港出版物在香港以外地区流通不广,

---

① 2000年,夏传才应邀到汉城出席国际诗经大会,在大会上以《〈诗经〉的再评价》为题发言;同年应香港大学和香港中国文学学会邀请作了同题演讲。见夏传才《后记》,收入夏著《二十世纪诗经学》(学苑出版社,2005年),第393页。另,发言稿见夏传才《关于〈诗经〉再评价的几个问题》,《社会科学战线》2001年第2期。

② 同上。

③ 寇淑慧编:《二十世纪诗经研究文献目录》,学苑出版社,2001年。

一般目录索引著录不多,以致香港地区《诗经》的研究成果难于收集,因此夏传才委托香港中国文学学会秘书长马辉洪执行此事。经过大半年的努力,马辉洪在"第九届诗经国际学术研讨会"(2010年8月1日至4日)向夏传才提交了《香港地区〈诗经〉研究目录索引(1950至2009)》,其后收入《诗经研究丛刊》第二十一辑。①《香港地区〈诗经〉研究目录索引(1950至2009)》不仅收录在香港地区出版或发表的《诗经》研究成果,还收录普及著作,借此反映《诗经》在香港地区的研究及传播情况;至于文献类型方面,分为译注本、专著、博硕士论文、期刊论文四类。②无独有偶,台湾学者林庆彰在《人文中国学报》(2010年9月号)发表了《香港近五十年〈诗经〉研究述要》,③其后又扩展为《香港近六十年〈诗经〉研究文献目录——附:澳门研究〈诗经〉篇目》,在《中国文哲研究通讯》(2010年12月号)发表。④这些学术著述反映了香港地区的《诗经》研究成果不仅受到中国内地学界的关注,也同样受到台湾学者的青睐。

2012年10月,中国诗经学会出版了《中国香港、台湾地区诗经研究文献目录(1950至2010)》一书,⑤香港部分由马辉洪把《香港地区〈诗经〉研究目录索引(1950至2009)》的条目补充至2010年,台湾部分由《二十世纪诗经研究文献目录》主编寇淑慧负责。由于

---

① 马辉洪:《香港地区〈诗经〉研究目录索引(1950至2000)》,收入《诗经研究丛刊》第21辑学苑出版社,2011年,第340-416页。

② 期刊论文部分参考邝健行、吴淑钿编:《香港中国古典文学研究论文目录(1950至2000)》,上海古籍出版社,2005年。

③ 林庆彰:《香港近五十年〈诗经〉研究述要》,《人文中国学报》第16期,2010年,第383-430页。

④ 林庆彰:《香港近六十年〈诗经〉研究文献目录——附:澳门研究〈诗经〉篇目》,《中国文哲研究通讯》第20卷第4期,2010年,第167-192页。

⑤ 马辉洪、寇淑慧编著:《中国香港、台湾地区诗经研究文献目录(1950至2010)》,学苑出版社,2012年。

两位编者先后独立编订香港和台湾地区的文献目录,导致编辑体例上的差异,引起学界对此书的回响。台湾学者郭明芳认为此书既有"项目著录详细"、"互著别裁之例"、"了解《诗经》研究"的特色,亦有"检索系统"、"体例不一"、"时间断限"、"失收条目"的不足。总的来说,他认为:"本编作为台、港《诗经》研究目录,固然仍有许多不尽完备之处,但它仍足以反映台、港地区《诗经》研究情况与使用者在检索上的便利。"①台湾学者何淑苹对《中国香港、台湾地区诗经研究文献目录(1950至2010)》的批评与郭明芳大略相同,但亦指出"本书最大价值当在促进两岸资讯流通",并"考量推广流传的便利性、读者对售价的接受度与参考需求等因素,则本书作为专经目录,化繁为简,帙短价廉,便于购置案头,随手翻查,其实用价值确足肯定。"②虽然两位学者皆认为《中国香港、台湾地区诗经研究文献目录(1950至2010)》有其不足之处,但也同时肯定此书对台、港地区《诗经》研究的价值和贡献。

## 四、结语

从1950年到2010年的60年间,香港地区出版了31部《诗经》译注本和29部《诗经》学术专著,还有31篇《诗经》博硕士论文、

---

① 郭明芳:《彰显台港〈诗经〉研究,填补〈诗经〉目录一隅——马辉[宏](洪)、寇淑慧著〈中国香港、台湾地区诗经研究文献目录(1950至2010)〉》,《东海大学图书馆馆讯》第154期,2014年,第64-69页。

② 何淑苹:《民国以来海峡两岸〈诗经〉工具书编纂之回顾与展望》,《古典文献与民俗艺术集刊》第2期,2013年,第137-163页。

210篇《诗经》期刊论文,①学术著述不少,有待全面回顾,深入探讨,以及总结成果。本文以"香港中国文学学会"为考察中心,指出夏传才与丁平及香港中国文学学会的关系,并从发表论文、组织讲座、编纂文献三方面阐述香港中国文学学会的《诗经》研究成果,旨在为将来全面探讨夏传才与香港地区《诗经》研究的关系提供一砖一瓦,填补空白之用。

(马辉洪,香港中国文学学会)

---

① 马辉洪《中国香港地区诗经研究文献目录(1950至2010)》,收入马辉洪、寇淑慧编著《中国香港、台湾地区诗经研究文献目录(1950至2010)》,第1-24页。

# 夏传才著作目录

(台湾)李丽文

## 夏传才小传

**夏传才**(1924－2017),诗人、学者、经学家。籍贯安徽亳县(今亳州市),1924年11月15日出生于贫苦家庭,幼年丧母,父以临时工为生。14岁从军,参与台儿庄会战,获胡宗南将军资助,保送甘肃天水国立第五中学。平时喜创作,早期在沦陷区,处于秘密工作状态,有些作品临时取个笔名发表,写诗多用夏穆天这个笔名,也用过夏天①、暮天、罗克、尚继愚等笔名,1946年以后用本名发表。1940年3月15日,发表第一篇新诗《麦丛里的人群》,载于《甘肃民国日报》副刊。1943年,创作600行长诗《孤岛夜曲》。1944年6月,另一首长诗《在北方》,刊登于上海《文潮》杂志。1945年,毕业于北京师范大学中文系。1946年,担任《中原日报》特派记者。1950年,任职江苏《工商日报》及上海火星出版社编委。1952年起,在大学任教,曾任北京师范大学、河北天津师范学院、四川师范大学等校教授,兼任香港大学广大学院讲座教授、日本宫城学院女子大学特聘研究员。一生历经23年的监禁与流放,伤痛黄金岁月的虚度,不忍才力付流水,乃积极从事文学研究。关于文学评论,

---

① 见朱宝梁编:《20世纪中文著作者笔名录》(桂林市:广西师范大学出版社,2002年),第1394页。《20世纪中文著作者笔名录》记载道:"XIA, CHUAN CAI 夏传才(1924－　)Xia, Tian 夏天。"可见"夏天"是夏传才先生的笔名之一。

主张应评论具重大价值之作品,才能一同传世。《诗经》为中华文化之元典,必代代相传,故特别专注于《诗经》之研究①。1982年,由中州书画社出版的《诗经研究史概要》,为其第一本研究《诗经》的专书。毕生致力于《诗经》学之研究与推广,功绩卓著,贡献良多。曾任中国诗经学会会长、河北省诗词协会副会长、河北省经学协会副会长、河北省文学学会顾问、全球汉诗总会名誉理事、中国作家协会会员、中国作家协会会员、世界华文文学学会名誉顾问、中国屈原学会顾问、燕赵诗词协会顾问、蓝叶诗社顾问、香港中国文学学会顾问、香港大学专业进修学院高级文学创作课程讲座教授、日本宫城女子大学客座研究员、日本诗经学会顾问等。诗集有《七十前集》《双贝集》《思无邪斋诗钞》等;学术著作有《诗经研究史概要》《诗经语言艺术》《思无邪斋诗经论稿》《论语趣谈》《诗词入门:格律、作法、鉴赏》《中国古代文学理论名篇今译》(上、下)等;校注有《曹操集注》《曹丕集校注》等;主编有《中国现代文学名篇选读》(上、下)《文学名篇选读》《中国古典诗词名篇分类鉴赏辞典》等。

# 一、专　著

## (一) 经学

### 1. 诗经研究史概要

郑州市　中州书画社　290页　1982年9月

---

① 根据陈荣富、洪永珊主编:《当代中国社会科学学者大辞典》浙江大学出版社,1990年,第622页;及高增德主编:《中国现代社会科学家大辞典》书海出版社,1994年,第579页。两书均记载夏传才主要研究"重点是《诗经》"。

(1)关于《诗经》研究的基本问题

(2)《诗经》和孔子的关系

(3)孟子说诗与荀子传诗

(4)汉学《诗经》研究的斗争和发展

(5)《毛诗正义》和汉学《诗经》研究的终结

(6)从《文心雕龙》到唐代诗人论《诗经》

(7)宋学《诗经》研究中的几个问题

(8)元明学术的空疏和伪《诗传》

(9)清代《诗经》研究概说

(10)鲁迅论《诗经》

(11)胡适和古史辨派对《诗经》的研究

(12)郭沫若对《诗经》研究的贡献

(13)闻一多——现代《诗经》研究大师

(14)《诗经》研究重要书目暨版本举要

**2. 诗经研究史概要**

台北市　万卷楼图书公司　352 页　1993 年 7 月

(1)关于《诗经》研究的基本问题

(2)《诗经》和孔子的关系

(3)孟子说诗与荀子传诗

(4)汉学《诗经》研究的斗争和发展

(5)《毛诗正义》和汉学《诗经》研究的终结

(6)从《文心雕龙》到唐代诗人论《诗经》

(7)宋学《诗经》研究中的几个问题

(8)元明学术的空疏和伪《诗传》

(9)清代《诗经》研究概说

(10)鲁迅论《诗经》

(11)胡适和古史辨派对《诗经》的研究

(12)郭沫若对《诗经》研究的贡献

(13)闻一多——现代《诗经》研究大师

(14)《诗经》研究重要书目暨版本举要

**3. 诗经研究史概要(增注本)**

北京市　清华大学出版社　282页　2007年6月

(1)关于《诗经》研究的基本问题

(2)《诗经》和孔子的关系

(3)孟子说诗与荀子传诗

(4)汉学《诗经》研究的斗争和发展

(5)《毛诗正义》和汉学《诗经》研究的终结

(6)从《文心雕龙》到唐代诗人论《诗经》

(7)宋学《诗经》研究中的几个问题

(8)元明学术的空疏和伪《诗传》

(9)清代《诗经》研究概说

(10)鲁迅论《诗经》

(11)胡适和古史辨派对《诗经》的研究

(12)郭沫若对《诗经》研究的贡献

(13)闻一多——现代《诗经》研究大师

(14)《诗经》研究重要书目暨版本举要

**附录:**

(1)评夏传才《诗经研究史概要》(许树棣)

(2)名著研究史的研究(王学泰)

(3)评夏传才《诗经研究史概要》(日本·大野圭介)

(4)夏传才先生《诗经》研究述评(林祥征)

(5)胡适《诗经》研究再评价——与夏传才先生商榷(孙雪霞)

(6)《诗经研究史概要》评述(洪湛侯)

(7)夏传才对现代《诗经》学的思考与贡献(陈文采)

(8)用现代学术体系开启诗经学史研究——《夏传才〈诗经〉研究综述》第四章(张亚欣)

**4. 诗经语言艺术**

北京市　语文出版社　185页　1985年4月

(1)《诗经》的语言

(2)四言和杂言

(3)重章迭唱

(4)迭字迭句和双声迭韵

(5)自然韵律

(6)论赋的艺术

(7)说比的艺术

(8)说兴的艺术

(9)言志与美刺

(10)《毛诗大序》论析

(11)论《诗经》中的民族史诗

(12)《诗经》中的五篇民族史诗今译

(13)中国古代第一次文艺论争

**5. 诗经语言艺术**

台北县中和市　云龙出版社　225页　1990年10月

(1)《诗经》的语言

(2)四言和杂言

(3)重章迭唱

(4)迭字迭句和双声迭韵

(5)自然韵律

(6)论赋的艺术

(7)说比的艺术

(8)说兴的艺术

(9)言志与美刺

(10)《毛诗大序》论析

(11)论《诗经》中的民族史诗

(12)《诗经》中的五篇民族史诗今译

(13)中国古代第一次文艺论争

**6. 诗经语言艺术新编**

北京市　语文出版社　207页　1998年1月

(1)《诗经》的语言

(2)《诗经》的诗体

(3)重章迭唱

(4)迭字迭句

(5)自然韵律

(6)略说"六艺"

(7)论"赋"的艺术

(8)说"比"的艺术

(9)说"兴"的艺术

(10)"言志"与"美刺"

(11)论《诗经》中的民族史诗

后记

**7. 十三经概论（上册、下册）**

台北市　万卷楼图书公司　612页　1996年6月

(1)经和经学

(2)《周易》

(3)《尚书》

(4)《诗经》

(5)三礼

(6)《春秋》三传

(7)《论语》

(8)《孝经》

(9)《尔雅》

(10)《孟子》

附录

**8. 十三经概论**

天津市　天津人民出版社　434 页　1998 年 2 月

(1)经和经学

(2)《周易》

(3)《尚书》

(4)《诗经》

(5)三礼

(6)《春秋》三传

(7)《论语》

(8)《孝经》

(9)《尔雅》

(10)《孟子》

**9. 十三经讲座**

桂林市　广西师范大学出版社　406 页　2006 年 10 月

(1)经和经学

(2)《周易》

(3)《尚书》

(4)《诗经》

(5)三礼

(6)《春秋》三传

(7)《论语》

(8)《孝经》

(9)《尔雅》

(10)《孟子》

**10. 论语趣读**

石家庄市　花山文艺出版社　389 页　2000 年 8 月；台北市　台湾先智出版事业公司　393 页　2002 年 11 月；台北市　金银树出版文化公司　393 页　2005 年

(1)孔子其人其书

(2)《论语》论学习

(3)《论语》论天命鬼神

(4)《论语》论仁

(5)《论语》论品德修养

(6)《论语》的政治思想

(7)《论语》论教育

(8)日常生活中的孔子

后记

**11. 思无邪斋诗经论稿**

天津市　南开大学出版社　260 页　1995 年 6 月

(1)先秦《诗经》研究的几个问题

(2)论宋学《诗经》研究的几个问题

(3)周人的开国史诗和古史问题

(4)论西周的颂歌

(5)试论郭沫若对《诗经》研究的贡献

(6)胡适和古史辨派对《诗经》的研究

(7)评中国古代第一次文艺论争

(8)再谈《毛诗序》和关于《毛诗序》的争论

(9)燕赵——《诗经》流传和研究的故乡

(10)邶墉卫辨

(11)关于荀子传《诗》的问题

(12)也谈《诗经》与民歌

(13)读平心先生《略说〈周易〉与〈诗经〉的关系》

(14)帕利-劳德理论与《诗经》研究

(15)学《诗》札记九题

(读《鹤鸣》、也说《蘀兮》、《宛丘》存疑、说《兔爰》、《有狐》浸议、从《狡童》和《褰裳》读说《诗》、《隰有苌楚》的歂解、《桧风·羔裘》不是爱情诗、《板》的忠谏思想)

(16)《诗经》语言研究的三个问题

(17)关于《诗经》研究的通信

("温柔敦厚"的诗教及其他、标新立异与学风、关于《轻易绕不过去》)

(18)继往开来,加强合作,把《诗经》学提高到新水平

(19)《诗经研究史概要》序

(20)张松如先生《商颂研究》序

(21)关于成立中国诗经学会的论证报告

(22)跋

**12. 思无邪斋诗经论稿**

北京市　学苑出版社　573页　2000年9月

**初编**

(1) 先秦《诗经》研究的几个问题

(2) 论宋学《诗经》研究的几个问题

(3) 论清代《诗经》研究的继承和革新

(4) 周人的开国史诗和古史问题

附:《诗经》中五篇民族史诗今译

(5) 论西周的颂歌

(6) 评中国古代第一次文艺论争

(7) 再谈《毛诗序》和关于《毛诗序》的争论

(8)《毛诗大序》——先秦至汉代儒家诗论的总结

(9) 燕赵——《诗经》流传和研究的故乡

(10) 邶鄘卫辨

(11) 关于荀子传《诗》与阜阳汉简《诗经》

(12) 也谈《诗经》与民歌

(13) 读平心先生《略说〈周易〉与〈诗经〉的关系》

(14) 帕利-劳德理论与《诗经》研究

(15)《诗经》语言研究的三个问题

(16) 关于《诗经》研究的通信(三则)

(17) 张松如先生《商颂研究》序

(18) 继往开来,加强合作,把《诗经》学提高到新水平——首届诗经国际学术研讨会开幕词

(19) 学《诗》札记九题

(20) 初编旧版原跋

**二编**

(1) 略述国外《诗经》研究的发展

(2) 国外《诗经》研究新方法论的得失

(3) 现代诗经学的发展与展望

(4) 诗经学四大公案的现代进展

(5) 20世纪《诗经》研究的发展

(6) 面向世界面向未来面向现代化

(7) 元代经学的社会历史背景和程朱之学的发展

(8) 评《诗经古义新证》

(9)《诗经》概说——《先秦诗鉴赏辞典》序言

(10) 雅颂七章浅释

(11) 漫话"风雅"传统

(12) "吾华诗苑足千秋"——第二届诗经国际学术研讨会开幕词

(13) 桂林山水也听经——第三届诗经国际学术研讨会开幕词

(14) 齐鲁盛会论《诗经》——第四届诗经国际学术研讨会开幕词

(15) 赵制阳《诗经名著评介》第三卷序

(16) 朱炳祥着《中国诗歌发生学》序

(17)《村山吉广教授古稀纪念:中国古典学论集》序

(18) 陈桐生《史记与诗经》序

**附录:**

(1) 评夏传才《诗经研究史概要》(许树棣)

(2) 名著研究史的研究(王学泰)

(3) 评夏传才《诗经研究史概要》(大野圭介)

(4) 夏传才先生《诗经》研究述评(林祥征)

(5) 慷慨豪情燕赵风(安栋梁)

(6) 人品铸诗魂(泉　澜)

后记

**13. 二十世纪诗经学**

北京市　学苑出版社　399 页　2005 年 7 月

(1) 绪论

(2) 从传统向现代的过渡

(3) 现代诗经学的创始期

(4) 战火中的现代诗经学建设期

(5) 新中国前十七年《诗经》研究的得失

(6) 新时期的《三百篇》研究

(7) 诗经学全方位深化和拓展

(8) 四大学案的新进展

(9) 出土文献和古籍整理

(10) 台港的《诗经》研究

结束语：《诗经》研究的转型期

(1) 方法论和研究模式的多元化

(2) 借鉴西方新观念、新方法论

(3) 继续加强经学的基础研究

香港版后记

大陆版后记

**14. 诗经讲座**

桂林市　广西师范大学出版社　482 页　2007 年 5 月

上编

(1)《诗经》的性质和价值

(2)《诗经》的篇数和分类

(3)《诗经》的时代、地域和作者

(4) 三百篇的采集、应用和编订

(5)孔子和《诗经》

(6)三家《诗》、《毛诗》和《毛诗序》

(7)《诗经》的语言艺术

(8)现实主义创作精神和风雅传统

(9)传统诗经学发展的轮廓

(10)《诗经》在世界的传播和研究

下编

(11)周族开国史诗

(12)祭祀诗和农事诗

(13)政治美颂诗

(14)政治讽喻诗

(15)战争和家国诗

(16)宴饮诗

(17)贵族生活风情篇

(18)怨刺诗

(19)征夫思乡、思归念远篇

(20)婚姻诗

(21)情诗恋歌·相思篇

(22)情诗恋歌·欢乐和波澜篇

(23)弃妇歌诗

(24)其他歌诗

**15. 论语讲座**

桂林市　广西师范大学出版社　254 页　2007 年 6 月

(1)孔子其人及其历史命运

(2)《论语》其书

(3)《论语》中的孔子形象

(4)《论语》论学习

(5)《论语》论教育

(6)《论语》论仁

(7)《论语》论礼

(8)《论语》论品德修养

(9)《论语》论中庸之道

(10)《论语》论政治

(11)《论语》论天命鬼神

(12)《论语》论文艺

(13)孔子弟子和他们的言论

**16. 孟子讲座**

北京市　清华大学出版社　238页　2008年

(1)目录

(2)第一讲 孟子生平

(3)第二讲《孟子其书》

(4)第三讲 民为国本

(5)第四讲 仁政

(6)第五讲 统一与战争

(7)第六讲 理想人格

(8)第七讲 性善论

(9)第八讲 心性天命

(10)第九讲 社会发展史观

(11)第十讲 教育思想

(12)第十一讲 文艺思想

(13)第十二讲《孟子》书中其他名言系列

(14)第十三讲《孟子》的文学成就及其影响

(15)主要参考引用文献

**17. 不学诗,何以言**

厦门市　　鹭江出版社　　234页　　2015年10月1日

**自序**(我的治学之路)

**第一辑**

(1)关于《诗经》再评价的几个问题

(2)《诗经》在世界

(3)诗经发祥地初步考察报告(修订稿)

(4)论"燕赵诗风"

(5)当代诗经研究转型和海峡两岸诗经学的交流合作

(6)在新世纪开端的起跑在线

(7)离官烟雨诵《诗经》

(8)开发诗经地方文化资源和其他问题

(9)大难兴邦,中华文化更辉煌

(10)中国诗经学会二十年

(11)首届诗经文化节开幕词

(12)在中国古典文献学学科建设高级论坛的发言

(13)关于《二十世纪诗经学》书稿的通信

(14)当代诗的创作问题

(15)答中国社会科学报记者专访:"房县是《诗经》来源地"没有依据

**第二辑**

(1)《诗经》新注释本的创造性实践

(2)评向熹《〈诗经〉语文论集》

(3)张松如、赵雨《隐秀风流·古典诗歌的文化之路》序

(4)田中和夫日文版《毛诗正义研究》序

(5)《朱熹诗经诠释学美学研究》序

(6)王长华《诗论与子论》序

(7)《诗论与赋论》序

(8)日文版《〈万叶集〉恋歌与〈诗经〉情诗的比较研究》序

(9)《历代诗经著述考》序

(10)姚小鸥《诗经三颂与先秦礼乐文化》序

(11)樊树云《诗经宗教文化散论》序

(12)读刘毓庆《从文学到经学》

(13)韩宏韬《毛诗正义研究》序

(14)黄震云《先秦诗经学史》序

(15)《诗经学大辞典》前言

(16)《诗经要籍集成二编》序

后记

(1)《思无邪斋诗抄全编》补遗

## (二)文学

**1. 叶子集**①

上海市　广益书局　1944 年

**2. 苏联传统文学讲话(上卷)**

上海市　火星出版社　261 页　1954 年 1 月

**3. 双贝集　夏传才、吴奔星合着**

石家庄市　燕赵书社　64 页　1985 年 4 月

**4. 中国古代文学理论名篇今译(第一册　先秦至唐代部分)**

---

① 见沈启无:《十月——给夏穆天》,《苦竹》1944 年 2 期(1944 年 11 月),第 19 页。沈启无于《十月——给夏穆天》诗后附记:"穆天有诗集曰《叶子》,《異国调》一首,是他最喜欢的,故我在第二节诗中,有所取意。另有一首《北行车》,空气和《异国调》差不多。"文中提到他读过此书。

天津市　南开大学出版社　375页　1988年3月

**5. 中国古代文学理论名篇今译(第二册　宋至清代部分)**

天津市　南开大学出版社　429页　1988年3月

**6. 七十前集**

香港　天马图书有限公司　138页　1993年6月

(1)自序

(2)旧体诗(九十五首)

**7. 诗词入门——格律·作法·鉴赏**

天津市　南开大学出版社　462页　1995年12月

开场白:甘当小学生

(1)诗词格律

(2)诗词作法

(3)诗词鉴赏

(4)附录

后记

**8. 诗词格律·鉴赏与创作**

海口市　南海出版公司　558页　2004年1月

(1)诗词格律

(2)诗词鉴赏

(3)诗词创作

(4)附录

甲.词谱举要

乙.对仗歌诀

丙.律诗八病

丁.分类平仄字选

戊.平水韵常用字表

己.诗韵新编常用字表

**9. 诗词格律·鉴赏与创作**

海口市　南海出版公司　309页　2011年5月

**10. 先秦诗鉴赏辞典　夏传才、姜亮夫等**

上海市　上海辞书出版社　1090页　1998年12月

(1)出版说明

(2)凡例

(3)序(一)(汤炳正)

(4)序(二)(夏传才)

(5)篇目表

甲.《诗经》

乙.《楚辞》

丙.先秦古歌

(6)正文

(7)附录

甲.名词术语与要籍解题

乙.《诗经》、《楚辞》书目

丙.名句索引

**11. 思无邪斋诗抄**

北京市　学苑出版社　136页　2001年7月

(1)七十前集(原序、九十五首)

(2)八十前集(四十二首)

(3)四十年代诗选(前记、十二首)

**12. 思无邪斋诗抄全编**

北京市　学苑出版社　176页　2012年10月

(1)七十前集(原序、九十四首)

(2)八十前集(四十五首)

(3)九十前集(十一首)

(4)四十年代诗选(前记、十八首)

**13. 思无邪斋文钞**

北京市　学苑出版社　364 页　2002 年 9 月

(1)鲁迅笔下的老庄

(2)论曹操

(3)论曹丕

(4)《文赋》札记三题

(5)燕赵和元曲的源流

(6)中国古典文学研究的现代课题

(7)中国文学与日本中古前期文学

(8)中国诗在日本的流传和影响

(9)从旧《亳州志》的一条材料谈起

(10)关于新诗和旧诗的创作问题

(11)初论刘章

(12)论《孝经》

(13)我的日本观

(14)《诗经》在世界

(15)关于《诗经》再评价的几个问题

(16)《诗经》新注释本的创造性实践

(17)在新世纪开端的起跑在线

(18)樊树云《诗经宗教文化探微》序

(19)《诗经三颂与先秦礼乐文化》序

(20)王长华《诗经与子论》序

(21)日文《诗经情诗与万叶集恋歌比较研究》序

(22)《历代诗经著述考》序

(23)重视文本研究——张启成《诗经风雅颂研究论稿》序

(24)《离骚》题解

(25)汉乐府游仙诗〈步出夏门行〉

(26)日文《唐宋诗名作选译》评解一百题

(27)吴趼人《恨海》《情变》新校点本前言

(28)夏完淳的《狱中上母书》

(29)现代文学名作题解九题

(30)朱自清诗作五首

(31)朦胧诗笔谈

(32)《诗人之家诗词选钞》序

(33)《石家庄风景》序

(34)功夫不负苦心人《李增山诗词选》跋

(35)《汉语风格学简论》序

(36)《中国古代文学专题史》序

(37)张松如、赵雨《中国诗歌的文化之路》序

(38)《近代通俗文学研究资料丛书》说明

(39)关于来自大学语文的几个问题

(40)漫谈治学与写学术论文

**14. 古文论译释(上册)**

北京市　清华大学出版社　346页　2007年6月

**15. 古文论译释(下册)**

北京市　清华大学出版社　382页　2007年6月

## 二、编　著

**1. 大学语文：中国古典文学部分（河北刊授学院教材）**
石家庄市　花山文艺出版社　306 页　1983 年 7 月

**2. 大学语文：中国现代文学部分（河北刊授学院教材）**
石家庄市　花山文艺出版社　371 页　1983 年 12 月

**3. 中国现代文学名篇选读（第一版）（上）**
天津市　南开大学出版社　568 页　1984 年 7 月

**4. 中国现代文学名篇选读（第一版）（下）**
天津市　南开大学出版社　565 页　1984 年 8 月

**5. 中国现代文学名篇选读（第一次修订本）（上）**
天津市　南开大学出版社　612 页　1993 年 8 月

**6. 中国现代文学名篇选读（第一次修订本）（下）**
天津市　南开大学出版社　566 页　1993 年 8 月

**7. 中国现代文学名篇选读（第二次修订本）（上、下）**
天津市　南开大学出版社　604 页　2002 年 9 月

**8. 中国现代文学名篇选读（第三次修订本）（上、下）**
天津市　南开大学出版社　1078 页　2009 年 4 月

**9. 中国现代文学名篇选读（第四版）（上、下）**
天津市　南开大学出版社　1078 页　2013 年 8 月

**10. 中国古代文学名篇选读（上）**
北京市　语文出版社　463 页　1985 年 8 月
（1）先秦部分
（2）秦汉部分
（3）三国两晋南北朝部分

**11. 中国古代文学名篇选读(下)**

北京市　语文出版社　394 页　1985 年 12 月

（1）元代文学

（2）明代文学

（3）清代文学

（4）近代文学

**12. 中国古代文学名篇选读·唐五代两宋卷**

天津市　南开大学出版社　478 页　2001 年 3 月

（1）唐五代文学

（2）宋代文学

**13. 中国古代文学名篇选读·辽金元明清卷**

天津市　南开大学出版社　415 页　2001 年 3 月

（1）辽金文学

（2）元代文学

（3）明代文学

（4）清代文学

**14. 近十年之怪现状　吴趼人著　近代通俗文学研究资料丛书**

天津市　天津古籍出版社　154 页　1986 年

**15. 中国古典文学精粹选读(上)**

北京市　语文出版社　558 页　1995 年 5 月

（1）先秦文学

（2）秦汉文学

（3）三国魏晋南北朝文学

**16. 中国古典文学精粹选读(中)**

北京市　语文出版社　603 页　1995 年 5 月

（1）唐・五代文学

（2）宋代文学

（3）金代文学

### 17. 中国古典文学精粹选读（下）

北京市　语文出版社　466 页　1995 年 5 月

（1）元代文学

（2）明代文学

（3）清代文学

（4）近代文学

### 18. 中国古典诗词名篇分类鉴赏辞典

北京市　中国矿业大学出版社　1255 页　1991 年 4 月

（1）国家兴亡篇

（2）民生疾苦篇

（3）政治讽喻篇

（4）战争风云篇

（5）壮志豪情篇

（6）抒怀感慨篇

（7）情诗恋歌篇

（8）妇女生活篇

（9）亲情友谊篇

（10）羁旅思乡篇

（11）咏史怀古篇

（12）山水风景篇

（13）田园牧歌篇

（14）时序节令篇

（15）风花雪月篇

(16)鸟兽虫鱼篇

(17)哲理寓言篇

(18)出世游仙篇

(19)学习修身篇

(20)论诗论艺篇

正文

附录

(1)作家小传

(2)篇目笔画索引

**19. 中国古代山水旅游诗选讲**

北京市　清华大学出版社　272页　2009年

**20. 中国古代军旅诗选讲**

北京市　清华大学出版社　258页　2009年

**21. 中国古代爱情诗选讲**

北京市　清华大学出版社　262页　2009年1月

(1)民间情歌(收录先秦至近代)

(2)妇女形象(收录先秦至清代)

**22. 文学名篇选读·先秦卷**

台北市　知书房出版社　244页　2006年1月

先秦文学

(1)诗经

(2)楚辞

(3)上古神话

(4)历史散文

(5)诸子散文

**23. 文学名篇选读·两汉三朝卷**

台北市　知书房出版社　391 页　2006 年 1 月

汉代文学

(1)汉诗

(2)汉文

(3)汉赋

三国六朝文学

(1)诗歌

(2)辞赋・散文

(3)小说

(4)文论

**24．名家品诗坊・诗经**　上海辞书出版社文学鉴赏辞典编纂中心编

上海市　上海辞书出版社　284 页　2004 年 4 月

(1)风

(2)雅

(3)颂

**25．(第一届)1993 年诗经国际学术研讨会论文集**

保定市　河北大学出版社　696 页　1994 年 6 月

(1)开幕词——继往开来,加强合作,把诗经学提高到新水平(夏传才)

(2)学术论坛(五十七篇)

(3)附录

甲．诗经国际学术研讨会(1993)会议总结(夏传才)

乙．中国诗经学会章程

丙．中国诗经学会第一届理事会名单

**26．第二届诗经国际学术研讨会论文集**

北京市　语文出版社　824页　1996年8月
(1)第二届诗经国际学术研讨会开幕词(夏传才)
(2)学术论坛(九十一篇)
(3)诗词吟唱晚会作品选刊
(4)第二届诗经国际学术研讨会闭幕词(夏传才)

### 27. 第三届诗经国际学术研讨会论文集

香港　天马图书有限公司　1065页　1998年6月
(1)第三届诗经国际学术研讨会开幕词(夏传才)
(2)开幕式上的讲话(钟家佐、洪普洲、汤杰、村山吉广、褚斌杰、宋昌基、金时晃、周颖南、陈新雄、丁平)
(3)学术论坛(一百一十七篇)
(4)第三届诗经国际学术研讨会闭幕词(董治安)
(5)诗词吟唱晚会作品选
(6)本书编辑委员会名单

### 28. 第四届诗经国际学术研讨会论文集

北京市　学苑出版社　1344页　2000年7月
(1)'99济南第四届诗经国际学术研讨会开幕式致辞(谢玉堂)
(2)'99济南诗经国际学术研讨会上的讲话(张乐龄)
(3)第四届诗经国际学术研讨会开幕词(夏传才)
(4)学术论坛(一百三十四篇)
(4)诗词吟诵晚会作品选抄
(5)第四届诗经国际学术研讨会闭幕词(董治安)

### 29. 第五届诗经国际学术研讨会论文集

北京市　学苑出版社　684页　2002年7月
(1)第五届诗经国际学术研讨会开幕词——在新世纪开端的

起跑在线(夏传才)

(2)学术论坛(四十九篇)

(3)论文提要(八篇)

(4)诗词吟诵晚会作品选

(5)第五届诗经国际学术研讨会闭幕词(夏传才)

### 30.第六届诗经国际学术研讨会论文集

北京市　学苑出版社　928页　2005年7月

(1)在第六届诗经国际学术研讨会开幕式上的讲话(宋叔华)

(2)在第六届诗经国际学术研讨会上的讲话(苏宝荣)

(3)第六届诗经国际学术研讨会开幕式致词(景春华)

(4)第六届诗经国际学术研讨会开幕词(夏传才)

(5)第六届诗经国际学术研讨会大会致词(宋昌基、村山吉广、周颖南、林中明)

(6)学术论坛(五十四篇)

(7)论文提要(十三篇)

(8)诗词吟诵晚会作品选

(9)第六届诗经国际学术研讨会避暑山庄烟雨楼诗词联吟会作品选

### 31.诗经要籍集成(第一册)　夏传才、董治安主编

北京市　学苑出版社　429页　2002年12月

(1)鲁诗故三卷

(2)辕固齐诗传一卷

(3)齐诗(后氏)传二卷

(4)韩婴诗内传　薛汉章句

(5)韩诗外传十卷

(6)诗纬、诗含神雾、诗推度灾、诗泛历枢各一卷

(7)毛诗故训传(定本)三十卷

(8)附释音毛诗注疏二十卷　附校勘二十卷(一)卷一－卷三之一

**32.诗经要籍集成(第二册)　夏传才、董治安主编**

北京市　学苑出版社　465页　2002年12月

附释音毛诗注疏二十卷　附校勘二十卷(二)卷三之二－卷十六

**33.诗经要籍集成(第三册)　夏传才、董治安主编**

北京市　学苑出版社　475页　2002年12月

(1)附释音毛诗注疏二十卷　附校勘二十卷(三)卷十七－卷二十

(2)毛诗谱一卷

(3)毛诗马氏注一卷

(4)毛诗答杂问一卷

(5)毛诗草木鸟兽虫鱼疏二卷

(6)毛诗草木鸟兽虫鱼疏广要四卷

(7)魏诗说辑佚六种

甲.毛诗义问一卷

乙.毛诗王氏注四卷

丙.毛诗驳一卷

丁.毛诗奏事一卷

戊.毛诗问难一卷

己.毛诗驳一卷

**34.诗经要籍集成(第四册)　夏传才、董治安主编**

北京市　学苑出版社　501页　2002年12月

(1)晋诗说辑佚四种

甲.毛诗异问评三卷

乙.难孙氏毛诗评一卷

丙.毛诗拾遗一卷

丁.毛诗徐氏音一卷

(2)六朝诗说辑佚五种

甲.毛诗序义一卷

乙.毛诗周氏注一卷

丙.毛诗序义疏一卷

丁.毛诗沈氏义疏二卷

戊.集注毛诗一卷

(3)毛诗音义三卷

(4)毛诗指说一卷

(5)施氏诗说一卷

(6)诗本义十五卷

(7)(颖滨先生)诗集传十九卷

(8)诗说一卷

**35.诗经要籍集成(第五册)　　夏传才、董治安主编**

北京市　学苑出版社　444 页　2002 年 12 月

(1)(逸斋)诗补传三十卷

(2)诗总闻二十卷(一)卷一－卷十

**36.诗经要籍集成(第六册)　　夏传才、董治安主编**

北京市　学苑出版社　470 页　2002 年 12 月

(1)诗总闻二十卷(一)卷十一－卷二十

(2)诗辨妄二卷

(3)诗议一卷

(4)诗集传二十卷

(5)诗序辨一卷

(6)诗纲领不分卷

(7)吕氏家塾读诗记三十二卷(一)卷一－卷四

**37. 诗经要籍集成(第七册)　夏传才、董治安主编**

北京市　学苑出版社　454页　2002年12月

(1)吕氏家塾读诗记三十二卷(二)卷五－卷三十二

(2)慈湖诗传二十卷(一)卷一－卷三

**38. 诗经要籍集成(第八册)　夏传才、董治安主编**

北京市　学苑出版社　440页　2002年12月

(1)慈湖诗传二十卷(二)卷四－卷二十

(2)诗童子问八卷首一卷、协韵考异一卷

(3)非诗辨妄一卷

(4)昌武段氏诗义指南一卷

**39. 诗经要籍集成(第九册)　夏传才、董治安主编**

北京市　学苑出版社　476页　2002年12月

诗缉三十六卷(一)卷一－卷三十三

**40. 诗经要籍集成(第十册)　夏传才、董治安主编**

北京市　学苑出版社　500页　2002年12月

(1)诗缉三十六卷(二)卷三十四－卷三十六

(2)诗传遗说八卷

(3)诗疑二卷

(4)诗传注疏三卷

(5)诗考一卷

(6)诗地理考六卷诗辨说一卷

(7)诗集传名物钞八卷

**41. 诗经要籍集成(第十一册)　夏传才、董治安主编**

北京市　学苑出版社　466页　2002年12月

诗传通释二十卷(一)卷一－卷十八

**42.诗经要籍集成(第十二册)　夏传才、董治安主编**

北京市　学苑出版社　467页　2002年12月

(1)诗传通释二十卷(二)卷十九－卷二十

(2)诗经疑问七卷

(3)诗缵绪十八卷

(4)诗解颐四卷

(5)诗说解颐四十卷(一)卷一－卷三

**43.诗经要籍集成(第十三册)　夏传才、董治安主编**

北京市　学苑出版社　437页　2002年12月

诗说解颐四十卷(二)卷四－卷四十

**44.诗经要籍集成(第十四册)　夏传才、董治安主编**

北京市　学苑出版社　483页　2002年12月

(1)诗故十卷

(2)读诗私记五卷

(3)诗传孔氏传一卷(伪书)

(4)诗说一卷(伪书)

(5)重订诗经疑问十二卷

**45.诗经要籍集成(第十五册)　夏传才、董治安主编**

北京市　学苑出版社　480页　2002年12月

(1)待轩诗记八卷　首一卷

(2)读风臆评一卷

(3)诗经偶笺十三卷(一)卷一－卷八

**46.诗经要籍集成(第十六册)　夏传才、董治安主编**

北京市　学苑出版社　445页　2002年12月

(1)诗经偶笺十三卷(二)卷九-卷十三

(2)徐文定公诗经传稿不分卷

(3)诗经世本古义二十八卷(一)卷一-卷十中

**47.诗经要籍集成(第十七册)　夏传才、董治安主编**

北京市　学苑出版社　450页　2002年12月

诗经世本古义二十八卷(二)卷十下-卷二十三上

**48.诗经要籍集成(第十八册)　夏传才、董治安主编**

北京市　学苑出版社　454页　2002年12月

(1)诗经世本古义二十八卷(三)卷二十三下-卷二十八

(2)诗经说约二十八卷(一)卷一-卷十八

**49.诗经要籍集成(第十九册)　夏传才、董治安主编**

北京市　学苑出版社　449页　2002年12月

(1)诗经说约二十八卷(二)卷十九-卷二十八

(2)六家诗名物疏五十五卷、提要三卷(一)卷一-卷二十三

**50.诗经要籍集成(第二十册)　夏传才、董治安主编**

北京市　学苑出版社　455页　2002年12月

(1)六家诗名物疏五十五卷、提要三卷(二)卷二十四-卷五十五

(2)毛诗古音考四卷、附读诗拙言一卷、附录一卷

(3)诗本义十卷(　·)卷　·-卷四

**51.诗经要籍集成(第二十一册)　夏传才、董治安主编**

北京市　学苑出版社　499页　2002年12月

(1)诗本义十卷(二)卷五-卷十

(2)日知录·论诗总

(3)诗经稗疏四卷

(4)诗绎一卷

(5)诗广传五卷

(6)毛诗写官记四卷

(7)诗传诗说驳议五卷

(8)白鹭洲主客说诗一卷

(9)(榕村)诗所八卷

**52.诗经要籍集成(第二十二册)　夏传才、董治安主编**

北京市　学苑出版社　451页　2002年12月

(1)诗经通义十二卷

(2)毛诗稽古编三十卷(一)卷一－卷十二

**53.诗经要籍集成(第二十三册)　夏传才、董治安主编**

北京市　学苑出版社　461页　2002年12月

(1)毛诗稽古编三十卷(二)卷十三－卷三十

(2)田间诗学十二卷　首一卷(一)卷一－卷八

**54.诗经要籍集成(第二十四册)　夏传才、董治安主编**

北京市　学苑出版社　474页　2002年12月

(1)田间诗学十二卷　首一卷(二)卷九－卷十二

(2)钦定诗经传说汇纂二十一卷　首二卷　诗序二卷(一)卷首－卷九

**55.诗经要籍集成(第二十五册)　夏传才、董治安主编**

北京市　学苑出版社　465页　2002年12月

钦定诗经传说汇纂二十一卷　首二卷　诗序二卷(二)卷十－诗序二卷

**56.诗经要籍集成(第二十六册)　夏传才、董治安主编**

北京市　学苑出版社　463页　2002年12月

(1)诗说三卷

(2)九经古义·毛诗二卷

(3)诗疑辨证六卷

(4)诗经通论十八卷(一)卷一－卷八

**57.诗经要籍集成(第二十七册)　夏传才、董治安主编**

北京市　学苑出版社　483页　2002年12月

(1)诗经通论十八卷(二)卷九－卷十八

(2)毛诗名物图说九卷

(3)毛郑诗考四卷

(4)杲溪诗经补注二卷

(5)诗经小学四卷

(6)读风偶识四卷

(7)毛诗天文考一卷

(8)毛诗考证四卷、附周颂口义三卷

**58.诗经要籍集成(第二十八册)　夏传才、董治安主编**

北京市　学苑出版社　511页　2002年12月

(1)诗声类十二卷、附分例一卷

(2)古今图书集成·诗经部艺文四卷

(3)诗故考异三十三卷

**59.诗经要籍集成(第二十九册)　夏传才、董治安主编**

北京市　学苑出版社　476页　2002年12月

(1)毛诗补疏五卷

(2)经义述闻·毛诗三卷

(3)诗书古训·诗七卷

(4)毛诗后笺三十卷(一)卷一－卷十

**60.诗经要籍集成(第三十册)　夏传才、董治安主编**

北京市　学苑出版社　444页　2002年12月

毛诗后笺三十卷(二)卷十一－卷三十

**61**. 诗经要籍集成(第三十一册)　夏传才、董治安主编

北京市　学苑出版社　454 页　2002 年 12 月

诗切不分卷(一)

**62**. 诗经要籍集成(第三十二册)　夏传才、董治安主编

北京市　学苑出版社　467 页　2002 年 12 月

(1)诗切不分卷(二)

(2)雪泥屋遗书目录·诗切

(3)诗地理征七卷

(4)诗问六卷(一)卷一－卷四

**63**. 诗经要籍集成(第三十三册)　夏传才、董治安主编

北京市　学苑出版社　467 页　2002 年 12 月

(1)诗问六卷(二)卷五－卷六

(2)毛诗传笺通释三十二卷(一)卷一－卷二十八

**64**. 诗经要籍集成(第三十四册)　夏传才、董治安主编

北京市　学苑出版社　456 页　2002 年 12 月

(1)毛诗传笺通释三十二卷(二)卷二十九－卷三十二

(2)诗毛氏传疏三十卷(一)卷一－卷二十五

**65**. 诗经要籍集成(第三十五册)　夏传才、董治安主编

北京市　学苑出版社　495 页　2002 年 12 月

(1)诗毛氏传疏三十卷(二)卷二十六－卷三十

(2)附释毛诗音四卷

(3)毛诗说一卷

(4)毛诗传义类

(5)郑氏笺考征

(6)陈东塾先生读诗日录一卷

(7)诗本谊一卷

(8)群经平议·毛诗四卷、达斋诗说一卷、荀子诗说一卷

(9)诗音表一卷

(10)诗经韵读四卷

(11)毛诗正韵四卷

(12)诗古韵表二十二部集说二卷

**66. 诗经要籍集成(第三十六册)　夏传才、董治安主编**

北京市　学苑出版社　532页　2002年12月

(1)诗古微十七卷

(2)诗经原始十八卷　首二卷(一)卷一－卷十二

**67. 诗经要籍集成(第三十七册)　夏传才、董治安主编**

北京市　学苑出版社　501页　2002年12月

(1)诗经原始十八卷　首二卷(二)卷十三－卷十八

(2)读诗质疑三十一卷、附录十五卷(一)卷一－卷十九

**68. 诗经要籍集成(第三十八册)　夏传才、董治安主编**

北京市　学苑出版社　482页　2002年12月

(1)读诗质疑三十一卷、附录十五卷(二)卷二十－卷三十一

(2)三家诗拾遗十卷

(3)齐诗翼氏学四卷

(4)齐诗翼氏学疏证二卷

(5)三家诗遗说考五十卷(一)鲁诗遗说考卷一－卷七

**69. 诗经要籍集成(第三十九册)　夏传才、董治安主编**

北京市　学苑出版社　471页　2002年12月

三家诗遗说考五十卷(二)鲁诗遗说考卷八－韩诗遗说考卷十八

**70. 诗经要籍集成(第四十册)　夏传才、董治安主编**

北京市　学苑出版社　528页　2002年12月

(1)诗经异文释十六卷

(2)读风臆补二卷

(3)三家诗异文疏证二卷

(4)诗经四家异文考五卷、附毛诗郑笺、改字说四卷

**71. 诗经要籍集成(第四十一册)　夏传才、董治安主编**

北京市　学苑出版社　472页　2002年12月

(1)诗经四家异文考补一卷

(2)经学通论·诗一卷

(3)古邠诗义一卷

(4)诗三家义集疏二十八卷

**72. 诗经要籍集成(第四十二册)　夏传才、董治安主编**

北京市　学苑出版社　490页　2002年12月

(1)诗双声迭韵谱

(2)毛诗品物图考七卷

(3)齐风说一卷

(4)周大武乐章考、说周颂、说商颂

(5)毛诗词例举要、附略本

(6)毛郑诗斠义

(7)诗经要籍集成存目提要目录

(8)诗经要籍集成存目提要

(9)清代民国著作辑目　二二九种(《续修四库全书总目提要》有提要)

**73. 诗经要籍提要　夏传才、董治安主编**

北京市　学苑出版社　463页　2003年8月

(1)诗经著作存目提要一百余种

(2)汉至唐著作存目提要十三种

(3)宋代著作存目二十种

(4)元代著作存目九种

(5)明代著作存目提要九十六种

(6)清代著作存目提要一二〇种

(7)民国著作存目提要八种

(8)清代民国著作辑目二四四种

(9)朝鲜汉文著述五种

**74. 诗经研究丛刊(第一辑)**

北京市　学苑出版社　309页　2001年7月

(1)发刊词:面向世界面向未来面向现代化——21世纪诗经学展望(夏传才)

(2)学术论坛(十二篇)

(3)专题笔谈21世纪诗经训诂研究的走向(六篇)

(4)书评(二篇)

(5)上博战国竹简《诗经》(四篇)

(6)学术札记(三篇)

(7)学术动态

**75. 诗经研究丛刊(第二辑)**

北京市　学苑出版社　401页　2002年1月

(1)学术论坛(十三篇)

(2)专题笔谈·出土文物文献与诗经研究(四篇)

(3)评论(三篇)

(4)《诗经》外文翻译研究(四篇)

(5)学术札记(五篇)

(6)学术动态(六篇)

(7)论文摘编:《二十一世纪——告别废纸文化》

**76. 诗经研究丛刊(第三辑)**

北京市　学苑出版社　310 页　2002 年 7 月

(1)学术论坛(十七篇)

(2)评论(三篇)

(3)学术札记(四篇)

(4)学术动态(六篇)

**77. 诗经研究丛刊(第四辑)**

北京市　学苑出版社　285 页　2003 年 1 月

(1)学术论坛(十六篇)

(2)学术札记(四篇)

(3)学术动态(五篇)

(4)寇淑慧:《2001 年〈诗经〉研究论文索引》

**78. 诗经研究丛刊(第五辑)**

北京市　学苑出版社　305 页　2003 年 7 月

(1)学术论坛(十三篇)

(2)现代诗经学人(二篇)

(3)学术札记(四篇)

(4)学术动态(七篇)

**79. 诗经研究丛刊(第六辑)**

北京市　学苑出版社　308 页　2004 年 3 月

(1)关于战国竹书《孔子诗论》的研究(二篇)

(2)学术论坛(十篇)

(3)现代诗经学人(二篇)

(4)学术札记(五篇)

(5)学术动态(十篇)

**80. 诗经研究丛刊(第七辑)**

北京市　学苑出版社　357 页　2004 年 7 月

(1) 学术考论(七篇)

(2) 三百篇研究(五篇)

(3) 语言研究(二篇)

(4) 文化研究(五篇)

(5) 学术札记(五篇)

(6) 学术动态(十篇)

**81. 诗经研究丛刊(第八辑)**

北京市　学苑出版社　370 页　2005 年 1 月

(1) 百家论坛(八篇)

(2) 比兴和文艺研究(六篇)

(3) 语言研究(三篇)

(4) 三百篇研究(四篇)

(5) 现代诗经学人(二篇)

(6) 学术札记(七篇)

**82. 诗经研究丛刊(第九辑)**

北京市　学苑出版社　390 页　2005 年 7 月

(1) 百家论坛(九篇)

(2) 文艺学研究(四篇)

(3) 语言研究(三篇)

(4) 三百篇研究(二篇)

(5) 现代学人(三篇)

(6) 学术札记(三篇)

(7) 学术短波(二篇)

(8) 学会工作:《中国诗经学会会务要闻》

**83. 诗经研究丛刊(第十辑)**

北京市　学苑出版社　320 页　2006 年 1 月

(1)专题笔谈·漫话 21 世纪《诗经》研究(四篇)

(2)学术资料(三篇)

(3)百家论坛(五篇)

(4)学术札记(五篇)

(5)学术动态(二篇)

**84. 诗经研究丛刊(第十一辑)**

北京市　学苑出版社　291 页　2006 年 7 月

(1)百家论坛(五篇)

(2)三百篇研究(二篇)

(3)现代学人:夏传才《诗经》研究综论　(张亚欣)

(4)《诗经》与地方文化(三篇)

(5)札记随笔(四篇)

(6)资料:日本《诗经》研究文献目录　(日本)(山口尚纯辑)

(7)学术动态(五篇)

**85. 诗经研究丛刊(第十二辑)**

北京市　学苑出版社　343 页　2007 年 9 月

(1)第七届诗经国际学术研讨会开幕词(夏传才)

(2)百家论坛(二十三篇)

**86. 诗经研究丛刊(第十三辑)**

北京市　学苑出版社　347 页　2007 年 10 月

百家论坛(二十三篇)

**87. 诗经研究丛刊(第十四辑)**

北京市　学苑出版社　322 页　2008 年 1 月

(1)百家论坛(十八篇)

(2)论文摘要(七篇)

## 88. 诗经研究丛刊(第十五辑)

北京市　学苑出版社　272 页　2008 年 11 月

(1)学术考论(九篇)

(2)语言研究(五篇)

(3)篇义探讨(四篇)

(4)诗经地方文化资源(三篇)

(5)日本诗经学(四篇)

## 89. 诗经研究丛刊(第十六辑)

北京市　学苑出版社　437 页　2009 年 6 月

(1)第八届诗经国际学术研讨会开幕词(夏传才)

(2)日本诗经学会会长开幕致词(日本)(村山吉广)

(3)韩国诗经学会会长开幕致词(韩国)(宋昌基)

(4)第八届诗经国际学术研讨会欢迎词(雷新昌)

(5)百家论坛(三十二篇)

## 90. 诗经研究丛刊(第十七辑)

北京市　学苑出版社　385 页　2009 年 6 月

百家论坛(二十八篇)

## 91. 诗经研究丛刊(第十八辑)

北京市　学苑出版社　286 页　2010 年 6 月

(1)世界诗经学(二篇)

(2)百家论坛(十一篇)

(3)现代学人学者(三篇)

(4)学术札记(三篇)

## 92. 诗经研究丛刊(第十九辑)

北京市　学苑出版社　463 页　2011 年 9 月

(1)中国诗经学会二十年——第九届年会暨国际学术研讨会

开幕词(夏传才)

(2)百家论坛(三十二篇)

### 93.诗经研究丛刊(第二十辑)

北京市　学苑出版社　467页　2011年9月

百家论坛(三十二篇)

### 94.诗经研究丛刊(第二十一辑)

北京市　学苑出版社　406页　2011年9月

百家论坛(三十一篇)

### 95.诗经研究丛刊(第二十二辑)

北京市　学苑出版社　298页　2012年10月

(1)世界汉学中的诗经学(三篇)

(2)学术史与文化研究(十二篇)

(3)六义研讨(二篇)

(4)三百篇研讨(四篇)

(5)数据索引:《明代会试〈诗经〉义试题》(侯美珍)

### 96.诗经研究丛刊(第二十三辑)

北京市　学苑出版社　274页　2013年11月

(1)当代诗经研究转型和海峡两岸诗经学的交流合作(夏传才)

(2)百家论坛(十五篇)

(3)媒体报导选辑(四篇)

### 97.诗经研究丛刊(第二十四辑)

北京市　学苑出版社　467页　2013年11月

(1)专题研究(九篇)

(2)学术史(十九篇)

### 98.诗经研究丛刊(第二十五辑)

北京市　学苑出版社　404页　2013年11月

(1)三百篇解读(八篇)

(2)语言研究(十篇)

(3)艺术研究(五篇)

(4)文化研究(八篇)

(5)当代学人(二篇)

**99.中国香港、台湾地区诗经研究文献目录(1950-2010)**

北京市　学苑出版社　339页　2012年10月

中国香港地区诗经研究文献目录(马辉洪)

(1)译注暨翻印专著

(2)专著

(3)博硕士论文

(4)期刊论文

中国台湾地区诗经研究文献目录(寇淑慧)

(1)综论

(2)基本理论

(3)语言文学研究

(4)文化风貌

(5)阐释学史

(6)出土文献

(7)分类分篇研究

(8)引用期刊报纸一览表

(9)参考文献

**100.建安文学全书:曹操集校注　夏传才校注**

石家庄市　河北教育出版社　318页　2013年6月

《建安文学全书》总序（夏传才）

论曹操(代序)　（夏传才）

(1)诗集(十六篇)

(2)文集(一百五十篇)

(3)《孙子兵法》注 (十四篇)

附录一:

(1)为曹公作书与孙叔(阮　瑀)

(2)为曹公作书与刘备(阮　瑀)

(3)为曹公与孔融书 （路　粹）

附录二:

(1)曹操年谱

后记　（夏传才）

**101. 建安文学全书:曹植集校注　王巍校注**

石家庄市　河北教育出版社　490 页　2013 年 6 月

《建安文学全书》总序（夏传才）

前言 （王　巍）

(1)诗集(八十二篇)

(2)文集(一百八十九篇)

后记 （王　巍）

**102. 建安文学全书:曹丕集校注　夏传才、唐绍忠校注**

石家庄市　河北教育出版社　313 页　2013 年 6 月

《建安文学全书》总序（夏传才）

论曹丕(代序) （夏传才）

(1)诗集(四十篇)

(2)赋集(三十四篇)

(3)文集(一百三十九篇)

(4)典论(十二篇)

附录:曹丕年谱

后记 （夏传才）

## 103. 建安文学全书:孔融陈琳合集校注　杜志勇校注

石家庄市　河北教育出版社　202 页　2013 年 6 月

《建安文学全书》总序　（夏传才）

孔融集

(1) 前言 （杜志勇）

(2) 诗

甲. 离合作郡姓名字诗

乙. 杂诗二首

丙. 临终诗

丁. 六言诗三首

戊. 失题

(3) 文(四十五篇)

陈琳集

(1) 前言

(2) 诗

甲. 游览诗二首

乙. 宴会诗

丙. 饮马长城窟行

丁. 失题诗五则

(3) 赋

甲. 大暑赋

乙. 止欲赋

丙. 武军赋并序

丁. 神武赋并序

戊. 神女赋

己. 大荒赋

庚. 迷迭赋

辛. 马脑勒赋并序

壬. 车渠碗赋

癸. 柳赋

子. 悼龟赋

丑. 鹦鹉赋

(4) 文

甲. 谏何进召外兵

乙. 答东阿王笺

丙. 更公孙瓒与子书

丁. 答张纮书

戊. 为曹洪与魏文帝书

己. 为袁绍檄豫州

庚. 檄吴将校部曲文

辛. 失题檄二则

壬. 应讥

癸. 答客难

子. 韦端碑

(5) 附录

甲. 为袁绍上汉武帝书

乙. 与公孙瓒书

丙. 拜乌丸三王为单于版文

**104**. 建安文学全书：王粲集校注　张蕾校注

石家庄市　河北教育出版社　191 页　2013 年 6 月

《建安文学全书》总序　（夏传才）

前言（张　蕾）

(1)诗(十三篇)

(2)赋(二十六篇)

(3)文(二十四篇)

附录一：英雄记

附录二：王粲年谱

后记（张　蕾）

**105.建安文学全书：徐干集校注　林家骊校注**

石家庄市　河北教育出版社　196页　2013年6月

《建安文学全书》总序　（夏传才）

前言（林家骊）

(1)诗

甲.答刘桢诗

乙.情诗

丙.室思诗六首

丁.为挽舡士与新娶妻别诗

(2)赋

甲.齐都赋

乙.西征赋

丙.序征赋

丁.从征赋

戊.哀别赋

己.嘉梦赋序

庚.圆扇赋

辛.车渠碗赋

(3)文

甲．四孤祭议

乙．七喻

（4）中论二十篇

治学第一

法象第二

修本第三

虚道第四

贵验第五

贵言第六

艺纪第七

核辩第八

智行第九

爵禄第十

考伪第十一

谴交第十二

历数第十三

夭寿第十四

务本第十五

审大臣第十六

慎所从第十七

亡国第十八

赏罚第十九

民数第二十

附：逸文两篇

一、复三年丧

二、制役

**106. 建安文学全书:阮瑀应场刘桢合集校注  林家骊校注**

石家庄市  河北教育出版社  161页  2013年6月

《建安文学全书》总序  (夏传才)

阮瑀集

前言  (林家骊)

(1)诗(十篇)

(2)赋(四篇)

(3)文(五篇)

应场集

前言  (林家骊)

(1)诗(六篇)

(2)赋(十五篇)

(3)文(六篇)

刘桢集

前言  (林家骊)

(1)诗(九篇)

(2)赋(六篇)

(3)文(五篇)

**107. 建安文学全书:三曹七子之外建安作家诗文合集校注(上册、下册)  张兰花、程晓校注**

石家庄市  河北教育出版社  782页  2013年6月

上册

《建安文学全书》总序  (夏传才)

(1)祢衡作品(五篇)

(2)臧洪作品(二篇)

(3)繁钦作品(三十篇)

(4) 路粹作品(二篇)

(5) 丁仪作品(三篇)

(6) 丁廙作品(二篇)

(7) 杨彪作品(一篇)

(8) 杨修作品(七篇)

(9) 邯郸作品(六篇)

(10) 吴质作品(八篇)

(11) 卞兰作品(四篇)

(12) 缪袭作品(十六篇)

(13) 应璩作品(五篇)

  甲. 诗歌类(五篇)

  乙. 文章类(三十三篇)

(14) 蔡琰作品(四篇)

(15) 曹操妻卞氏作品(一篇)

(16) 杨彪妻袁氏作品(一篇)

(17) 曹丕妻甄氏作品(二篇)

(18) 丁廙妻作品(一篇)

(19) 田琼作品(七篇)

(20) 刘廙作品(十三篇)

(21) 钟繇作品(十五篇)

下册

(22) 王朗作品(三十二篇)

(23) 华歆作品(四篇)

(24) 左延年作品(四篇)

(25) 仲长统作品(四篇)

(26) 潘勖作品(一篇)

(27)卫觊作品(十七篇)

(28)荀攸作品(二篇)

(29)荀彧作品(五篇)

(30)刘劭作品(十六篇)

(31)荀悦作品(四十三篇)

附:荀悦《申鉴》五篇

**108.廉政反腐名诗名文选注时评**

石家庄市　河北教育出版社　272页　2013年12月

(1)名诗(五十五篇)

(2)名文(四十一篇)

**109.诗经学大辞典(上册、下册)**

石家庄市　河北教育出版社　1550页　2014年3月

上册

(1)前言

(2)基本理论卷

(3)三百篇解题卷

(4)诗体艺术卷

(5)出土文献卷

(6)历代诗经学史卷

(7)现代诗经学卷(附台湾、香港的《诗经》研究)

(8)世界诗经学卷

(9)诗经文化学卷

(10)附录:现代诗经著述目录(附台湾、香港书目)

下册

(11)前言

(12)诗经词语

(13) 诗经成语

(14) 诗经名物

(15) 诗经语言学

(16) 中国历代诗经著述存佚书目

**110. 诗经要籍集成二编(第一册)　夏传才主编**

北京市　学苑出版社　360 页　2015 年 9 月

(1) 监本纂图重言重意互注点校毛诗　汉　毛苌传　郑玄笺　唐　陆德明释

宋　刻本

(2) 二南密旨　唐　贾岛撰　学海类编本

(3) 诗经新义(辑佚本)　宋　王安石纂　台湾国立编译馆本

(4) 程氏经说——诗解　宋　程颐撰　河南程氏经说本

(5) 柯山诗传　宋　张耒撰　《四库全书》本

**111. 诗经要籍集成二编(第二册)　夏传才主编**

北京市　学苑出版社　350 页　2015 年 9 月

(1) 毛诗名物解　宋　蔡卞撰　清抄本

(2) 韵补　宋　吴棫撰　《四库全书》本

(3) 六经图考·毛诗正变指南图　宋　杨甲撰　清康熙仿明刻本

(4) 影殿本诗经　宋　朱熹撰　清影殿本

**112. 诗经要籍集成二编(第三册)　夏传才主编**

北京市　学苑出版社　415 页　2015 年 9 月

毛诗集解　卷一－卷二十一　宋　李樗、黄櫄撰　《四库全书》本

**113. 诗经要籍集成二编(第四册)　夏传才主编**

北京市　学苑出版社　422 页　2015 年 9 月

毛诗集解　卷二十二－卷四十二　宋　李樗、黄櫄撰　《四库全书》本

**114. 诗经要籍集成二编(第五册)　夏传才主编**

北京市　学苑出版社　398 页　2015 年 9 月

(1)毛诗讲义　宋　林岊辑　刘氏嘉业堂藏艺海楼抄本

(2)毛诗要义　卷一－卷五　宋　魏了翁撰　宋淳祐十二年徽州刻本

**115. 诗经要籍集成二编(第六册)　夏传才主编**

北京市　学苑出版社　393 页　2015 年 9 月

毛诗要义　卷六－卷二十　宋　魏了翁撰　宋淳祐十二年徽州刻本

**116. 诗经要籍集成二编(第七册)　夏传才主编**

北京市　学苑出版社　357 页　2015 年 9 月

(1)絜斋毛诗经筵讲义　宋　袁燮撰　《四库全书》本

(2)续吕氏家塾读诗记　宋　戴溪撰　《四库全书》本

(3)读诗一得　宋黄震撰　明万历钱塘胡氏文会堂刻《格致丛书》本

(4)诗说　宋　刘克撰　宋刻本

(5)四如讲稿·诗经　宋　黄仲元撰　《四库全书》本

**117. 诗经要籍集成二编(第八册)　夏传才主编**

北京市　学苑出版社　439 页　2015 年 9 月

(1)朱子诗传附录纂疏·诗卷　元　胡一桂撰　元泰定四年刻本

(2)文献诗考　元　马端临撰　明万历钱塘胡氏文会堂刻《格致丛书》本

(3)诗传旁通　元　梁益撰　《四库全书》本

**118. 诗经要籍集成二编(第九册)　夏传才主编**

北京市　学苑出版社　508页　2015年9月

诗经疏义会通　元　朱公迁撰　《四库全书》本

**119.诗经要籍集成二编(第十册)　夏传才主编**

北京市　学苑出版社　543页　2015年9月

诗传大全　明　胡广撰　《四库全书》本

**120.诗经要籍集成二编(第十一册)　夏传才主编**

北京市　学苑出版社　357页　2015年9月

(1)诗演义　元　梁寅撰　《四库全书》本

(2)读诗录　明　薛瑄撰　明万历钱塘胡氏文会堂刻《格致丛书》本

(3)泾野先生毛诗说序　明　吕柟撰　清刻本

(4)印古诗语　明　朱得之　明万历钱塘胡氏文会堂刻《格致丛书》本

(5)毛诗或问　明　袁仁撰　清道光十一年学海类编本

(6)诗微　明　陆深撰　《四库全书》本

(7)升庵经说·毛诗　明　杨慎撰　清乾隆间李氏万卷楼刊《函海》本

**121.诗经要籍集成二编(第十二册)　夏传才主编**

北京市　学苑出版社　412页　2015年9月

鲁诗世学　明　丰坊撰　清抄本

**122.诗经要籍集成二编(第十三册)　夏传才主编**

北京市　学苑出版社　430页　2015年9月

(1)批评诗经　明　孙鑛撰　明末天益山刻本

(2)学诗多识　明　章潢撰　《四库全书》本

(3)新镌正韵诗经集注衍义　卷一－卷三　明　江环撰　清乾隆间刻本

**123．诗经要籍集成二编（第十四册）　夏传才主编**

北京市　学苑出版社　308页　2015年9月

新镌正韵诗经集注衍义　卷四－卷八　明　江环撰　清乾隆间刻本

**124．诗经要籍集成二编（第十五册）　夏传才主编**

北京市　学苑出版社　319页　2015年9月

（1）毛诗原解　明　郝敬撰　明万历四十四年刻本

（2）诗问略　明　陈子龙撰　清学海类编本

（3）唱经堂识小雅　清　金人瑞撰　清乾隆九年传万堂《唱经堂才子书汇稿》

**125．诗经要籍集成二编（第十六册）　夏传才主编**

北京市　学苑出版社　404页　2015年9月

（1）毛诗六帖讲意　明　徐光启撰　日本诗经学会藏抄本

（2）尔雅堂家藏诗说　明　顾起元撰　明万历三十四年刻本

**126．诗经要籍集成二编（第十七册）　夏传才主编**

北京市　学苑出版社　404页　2015年9月

（1）诗经说通　明　沈守正撰　明万历四十四年刻本

（2）批点诗经　明　钟惺撰　明凌氏朱墨套印本

（3）诗通　明　陆化熙撰　明书林李少泉刻本

**127．诗经要籍集成二编（第十八册）　夏传才主编**

北京市　学苑出版社　493页　2015年9月

诗经图史合考　明　钟惺撰　明末刻本

**128．诗经要籍集成二编（第十九册）　夏传才主编**

北京市　学苑出版社　457页　2015年9月

（1）诗经剖疑　明　曹学佺撰　明末刻本

（2）读诗略记　明　朱朝瑛撰　《四库全书》本

**129. 诗经要籍集成二编(第二十册)　夏传才主编**

北京市　学苑出版社　404页　2015年9月

（1）诗经脉讲意　明　魏浣初撰　《四库全书》本

（2）毛诗振雅　明　张元芳、魏浣初撰　明天启甲子年刻本

**130. 诗经要籍集成二编(第二十一册)　夏传才主编**

北京市　学苑出版社　457页　2015年9月

（1）圣门传诗嫡冢　明　凌蒙初撰　明崇祯刻本

（2）诗经人物考　明　林世升撰　明万历刻本

**131. 诗经要籍集成二编(第二十二册)　夏传才主编**

北京市　学苑出版社　343页　2015年9月

诗经考　明　黄文焕撰　明末刻本

**132. 诗经要籍集成二编(第二十三册)　夏传才主编**

北京市　学苑出版社　435页　2015年9月

（1）诗触　明　贺贻孙撰　清刻本

（2）白云学诗　清　张怡辑　清抄本

**133. 诗经要籍集成二编(第二十四册)　夏传才主编**

北京市　学苑出版社　306页　2015年9月

（1）毛朱诗说　清　阎若璩撰　清道光吴江沈氏世楷堂刻昭代丛书本

（2）满汉合璧诗经讲章　清　曹鉴伦撰　清康熙刻本

（3）诗经札记　清　杨名时撰　《四库全书》本

（4）诗义记讲　清　杨名时、夏宗澜撰　清乾隆刻本

（5）毛诗类释　清　顾栋高撰　文渊阁《四库全书》本

**134. 诗经要籍集成二编(第二十五册)　夏传才主编**

北京市　学苑出版社　365页　2015年9月

（1）毛诗说　清　诸锦撰　清乾隆二十一年刻本

（2）毛诗明辨录　清　沈青崖撰　清乾隆十四年毛德基刻本

（3）诗学女为　清　江梧凤撰　据清乾隆不疏园刻本

**135. 诗经要籍集成二编（第二十六册）　夏传才主编**

北京市　学苑出版社　314 页　2015 年 9 月

诗经阐注备考大全　卷一 - 卷四　清　浦泰撰　清乾隆金阁文成堂刻本

**136. 诗经要籍集成二编（第二十七册）　夏传才主编**

北京市　学苑出版社　379 页　2015 年 9 月

诗经阐注备考大全　卷五 - 卷八　清　浦泰撰　清乾隆金阁文成堂刻本

**137. 诗经要籍集成二编（第二十八册）　夏传才主编**

北京市　学苑出版社　365 页　2015 年 9 月

（1）御纂诗义折中　清　傅恒等撰　清乾隆二十年武英殿本

（2）朱子诗义补正　清　方苞撰　清　单作哲编次　清乾隆三十二年刻本

**138. 诗经要籍集成二编（第二十九册）　夏传才主编**

北京市　学苑出版社　344 页　2015 年 9 月

（1）春秋诗话　清　劳孝舆撰　清乾隆十六年刻本

（2）诗附记　清　翁方纲撰　《畿辅丛书》本

（3）审定风雅遗音　清　史荣辑　纪昀审定　清乾隆刻本

（4）诗经拾遗　清　叶西撰　清乾隆四年耕余堂本

（5）毛诗通考　清　林伯桐撰　清道光二十四年林世懋刻修本堂丛书本

**139. 诗经要籍集成二编（第三十册）　夏传才主编**

北京市　学苑出版社　373 页　2015 年 9 月

诗益　清　刘始兴撰　清乾隆八年尚古斋刻本

**140. 诗经要籍集成二编（第三十一册）** 夏传才主编
北京市　学苑出版社　428页　2015年9月
（1）诗问　清　郝懿行、王照圆撰　清光绪八年郝氏遗书本
（2）新增诗经补注备旨详解　清　邹圣脉撰　清咸丰七年青云楼刻本

**141. 诗经要籍集成二编（第三十二册）** 夏传才主编
北京市　学苑出版社　451页　2015年9月
（1）毛诗礼征　清　包世荣撰　清道光八年刻本
（2）毛诗复古录　清　吴懋清撰　清光绪二十年陶氏刻本

**142. 诗经要籍集成二编（第三十三册）** 夏传才主编
北京市　学苑出版社　418页　2015年9月
钦定诗经乐谱全书　卷十七－卷三十　清　乾隆敕撰　文渊阁《四库全书》本

**143. 诗经要籍集成二编（第三十四册）** 夏传才主编
北京市　学苑出版社　498页　2015年9月
钦定诗经乐谱全书　卷一－卷十六　清　乾隆敕撰　文渊阁《四库全书》本

**144. 诗经要籍集成二编（第三十五册）** 夏传才主编
北京市　学苑出版社　397页　2015年9月
（1）读诗识小录　清　陈震撰　清稿本
（2）毛诗重言　清　王筠撰　清咸丰二年贺蓉等刻本
（3）毛诗双声迭韵说　清　王筠撰　清咸丰二年贺蓉等刻本

**145. 诗经要籍集成二编（第三十六册）** 夏传才主编
北京市　学苑出版社　367页　2015年9月
（1）诗诵　清　陈仅撰　民国四明丛书约园刊本
（2）毛诗古乐音　清　张玉纶撰　民国辽海丛书本

(3)诗乐存亡谱　清　夏炘撰　《续修四库全书》本

(4)诵诗小识　清　赵容撰　民国云南丛书刻本

(5)玉函山房辑佚书·诗经佚书佚文　清　马国翰辑 清光绪九年长沙娜嬛馆刻本

**146.诗经要籍集成二编(第三十七册)　夏传才主编**

北京市　学苑出版社　341页　2015年9月

(1)诗氏族考　清　李超孙撰　清道光海昌蒋氏刻别下斋丛书本

(2)毛诗异义　清　汪龙撰　清道光四年絜斋鲍氏刻本

(3)毛诗多识　清　多隆阿撰　民国辽海丛书本

**147.诗经要籍集成二编(第三十八册)　夏传才主编**

北京市　学苑出版社　355页　2015年9月

(1)黄氏逸书考·诗经佚书佚文　清　黄奭辑　《汉学堂》经解本

(2)诗补笺绎　清　王闿运补笺　程崇信绎　民国壬申排印本

(3)诗学质疑　民国　廖平撰　民国七年存古书局印本

(4)四益诗说　民国　廖平撰　民国七年存古书局印本

**148.诗经要籍集成二编(第三十九册)　夏传才主编**

北京市　学苑出版社　477页　2015年9月

(1)毛诗学　民国　马其昶撰　上海聚珍仿宋印书局一九一八年铅印本

(2)诗经大义　民国　唐文治撰　民国范庐丛书本

(3)诗义会通　民国　吴闿生撰　一九二七年文学会雕版本

**149.诗经要籍集成二编(第四十册)　夏传才主编**

北京市　学苑出版社　278页　2015年9月

（1）金文兮甲盘·虢季子白盘铭文
（2）战国楚竹书《诗论》
（3）郭店楚墓竹简
（4）平山三器铭文附鲁诗镜
（5）阜阳汉简诗经
（6）汉熹平石经残字集录附魏正始三体石经
（7）唐开成石经
（8）吐鲁番·毛诗残卷
（9）大秦景教流行中国碑
（10）蜀石经毛诗考异　清　吴骞撰　拜经楼丛书
（11）宋石经考异　清　冯登府撰　《清经解》本
（12）清石经毛诗考异　清　冯登府撰　《清经解》本

## 三、校　注

**1. 曹操集注**

郑州市　中州古籍出版社　250页　1986年5月
序　（夏传才）
（1）诗集（十六篇）
（2）文集（一百五十一篇）
附录一：
（1）为曹公作书与孙叔（阮　瑀）
（2）为曹公作书与刘备（阮　瑀）
（3）为曹公与孔融书　（路　粹）
附录二：
（1）曹操年谱

**2. 建安文学全书:曹操集校注　夏传才校注**

石家庄市　河北教育出版社　318 页　2013 年 6 月

《建安文学全书》总序（夏传才）

论曹操（代序）（夏传才）

(1)诗集(十六篇)

(2)文集(一百五十篇)

(3)《孙子兵法》注（十四篇）

附录一：

(1)为曹公作书与孙权(阮　瑀)

(2)为曹公作书与刘备(阮　瑀)

(3)为曹公与孔融书　（路　粹）

附录二：

(1)曹操年谱

后记　（夏传才）

**3. 曹丕集校注　夏传才、唐绍忠校注**

郑州市　中州古籍出版社　303 页　1992 年 10 月

序　（夏传才）

(1)诗集(三十七篇)

(2)赋集(三十四篇)

(3)文集(一百五十一篇)

附录:曹丕年谱

**4. 建安文学全书:曹丕集校注　夏传才、唐绍忠校注**

石家庄市　河北教育出版社　313 页　2013 年 6 月

论曹丕(代序)　（夏传才）

(1)诗集(四十篇)

(2)赋集(三十四篇)
(3)文集(一百三十九篇)
(4)典论(十二篇)
附录:曹丕年谱
后记　(夏传才)

## 四、论　文

(一)经学

**1.《诗经》和孔子的关系**

　　河北省历史学会一九八〇年年会论文选　页52-68　保定市　河北师范学院学报编辑部　1981年5月

**2. 论宋学《诗经》研究的几个问题**

　　文学遗产　1982年2期　页97-104　1982年6月;思无邪斋诗经论稿　页22-35　天津市　南开大学出版社　1995年6月;思无邪斋诗经论稿　页24-37　北京市　学苑出版社　2000年9月

**3. 论清代《诗经》研究的继承和革新**

　　天津师院学学报(社会科学版)　1982年4期　页67-73　1982年8月;思无邪斋诗经论稿　页38-54　北京市　学苑出版社　2000年9月

**4. 胡适和古史辨派对《诗经》的研究**

　　河北大学学报(哲学社会科学版)　1982年4期　页120-127　1982年12月;思无邪斋诗经论稿　页88-101　天津市　南开大学出版社　1995年6月

**5. 试论郭沫若对《诗经》研究的贡献**

文学评论 1982年6期 页36-45 1982年12月；思无邪斋诗经论稿 页69-87 天津市 南开大学出版社 1995年6月

**6. 燕赵——《诗经》流传和研究的故乡**

河北师范大学学报（哲学社会科学版） 1983年4期 页55-58 1983年5月；思无邪斋诗经论稿 页140-149 天津市 南开大学出版社 1995年6月；思无邪斋诗经论稿 页147-156 北京市 学苑出版社 2000年9月

**7. 闻一多对《诗经》研究的贡献**

齐鲁学刊 1983年3期 页70-75 1983年6月

**8.《毛诗大序》论析**

山西大学学报（哲学社会科学版） 1983年4期 页29-35 接页90 1983年10月；思无邪斋诗经论稿 页139-146 北京市 学苑出版社 2000年9月

**9.《诗经》的"言志"与美刺**

内蒙古师大学报（哲学社会科学版） 1983年3期 页89-92 1983年10月

**10. 先秦《诗经》研究的几个问题**

文学遗产 1984年1期 页134-145 1984年3月；思无邪斋诗经论稿 页1-21 天津市 南开大学出版社 1995年6月；思无邪斋诗经论稿 页3-23 北京市 学苑出版社 2000年9月

**11. 论西周的颂歌**

文学评论丛刊 第20辑 1984年；思无邪斋诗经论稿 页58-68 天津市 南开大学出版社 1995年6月；思无邪斋诗经论稿 页91-101 北京市 学苑出版社 2000年9月

**12.** 从六经到十三经的发展

天津师范大学学报(社会科学版)　1988 年 5 期　页 52 – 58　1988 年 10 月

**13.** 浅论经学和经学研究

河北学刊　1989 年 6 期　页 104 – 109　1989 年 12 月

**14.**《诗经·卫风·伯兮》赏析

诗经(上)　页 170 – 172　台北市　地球出版社　1993 年 6 月

**15.**《诗经·卫风·有狐》赏析

诗经(上)　页 173 – 175　台北市　地球出版社　1993 年 6 月

**16.**《诗经·陈风·宛丘》赏析

诗经(中)　页 342 – 343　台北市　地球出版社　1993 年 6 月

**17.** 张松如先生《商颂研究》序

天津师大学报(社会科学版)　1994 年 2 期　页 61 – 64 接页 69　1994 年 4 月；张松如　商颂研究　天津市　南开大学出版社 1995 年；思无邪斋诗经论稿　页 244 – 249　天津市　南开大学出版社　1995 年 6 月；思无邪斋诗经论稿　页 216 – 221　北京市　学苑出版社　2000 年 9 月

**18.** 第一届诗经国际学术研讨会开幕词——继往开来，加强合作，把《诗经》学提高到新水平

1993 年诗经国际学术研讨会论文集　页 1 – 8　保定市　河北大学出版社　1994 年 6 月；思无邪斋诗经论稿　页 228 – 235　天津市　南开大学出版社　1995 年 6 月；思无邪斋诗经论稿　页 222 – 229　北京市　学苑出版社　2000 年 9 月

**19.**（第一届）诗经国际学术研讨会 1993 年会议总结

1993 年诗经国际学术研讨会论文集　页 686 – 689　保定市　河北大学出版社　1994 年 6 月

**20.** 第二届诗经国际学术研讨会开幕词——吾华诗苑足千秋

第二届诗经国际学术研讨会论文集　页1-5　北京市　语文出版社　1996年8月;思无邪斋诗经论稿　页505-509　北京市　学苑出版社　2000年9月

**21.** 第二届诗经国际学术研讨会闭幕词

第二届诗经国际学术研讨会论文集　页823-824　北京市　语文出版社　1996年8月

**22.** 第三届诗经国际学术研讨会开幕词——桂林山水也听经

第三届诗经国际学术研讨会论文集　页1-5　香港　天马图书有限公司　1998年6月;思无邪斋诗经论稿　页510-514　北京市　学苑出版社　2000年9月

**23.** 第四届诗经国际学术研讨会开幕词——齐鲁盛会论《诗经》

第四届诗经国际学术研讨会论文集　页4-8　北京市　学苑出版社　2000年7月;思无邪斋诗经论稿　页515-519　北京市　学苑出版社　2000年9月

**24.** 第五届诗经国际学术研讨会开幕词——在新世纪开端的起跑在线

第五届诗经国际学术研讨会论文集　页1-7　北京市　学苑出版社　2002年7月;思无邪斋文钞　页200-205　北京市　学苑出版社　2002年9月

**25.** 第五届诗经国际学术研讨会闭幕词

第五届诗经国际学术研讨会论文集　页683-684　北京市　学苑出版社　2002年7月;不学诗,何以言　页89-95　厦门市　鹭江出版社　2015年10月

**26.** 第六届诗经国际学术研讨会开幕词——离宫烟雨诵《诗经》

诗经研究丛刊(第八辑) 页 360－367 北京市 学苑出版社 2005 年 1 月;第六届诗经国际学术研讨会论文集 页 10－18 北京市 学苑出版社 2005 年 7 月;不学诗,何以言 页 96－104 厦门市 鹭江出版社 2015 年 10 月

**27. 第七届诗经国际学术研讨会开幕词(代序)——开发诗经地方文化资源和其他问题**

诗经研究丛刊(第十二辑) 页 1－4 北京市 学苑出版社 2007 年 9 月;不学诗,何以言 页 105－109 厦门市 鹭江出版社 2015 年 10 月

**28. 第八届诗经国际学术研讨会开幕词——大难兴邦,中华文化更辉煌**

诗经研究丛刊(第十六辑) 页 1－6 北京市 学苑出版社 2009 年 6 月;不学诗,何以言 页 110－116 厦门市 鹭江出版社 2015 年 10 月

**29. 第九届年会暨国际学术研讨会开幕词——中国诗经学会二十年**

诗经研究丛刊(第十九辑) 页 1－10 北京市 学苑出版社 2011 年 9 月;不学诗,何以言 页 117－128 厦门市 鹭江出版社 2015 年 10 月

**30. 论《孝经》**

栗原圭介博士颂寿记念东洋学论集 页 125－139 东京都 汲古书院 1995 年 3 月;思无邪斋文钞 页 134－148 北京市 学苑出版社 2002 年 9 月

**31.《诗经》语言研究的三个问题**

学术研究 1995 年 3 期 页 96－99 1995 年 6 月;思无邪斋诗经论稿 页 210－218 天津市 南开大学出版社 1995 年 6

月;思无邪斋诗经论稿　页 198－206　北京市　学苑出版社　2000 年 9 月

**32. 再谈〈毛诗序〉和关于〈毛诗序〉的争论**

1986 年于河北大学、天津师范大学的演讲稿;思无邪斋诗经论稿　页 126－139　天津市　南开大学出版社　1995 年 6 月;河北师院学报(社会科学版)　1995 年 3 期　页 60－67　1995 年 7 月;思无邪斋诗经论稿　页 125－138　北京市　学苑出版社　2000 年 9 月

**33. 关于荀子传《诗》与阜阳汉简《诗经》　(《关于荀子传〈诗〉的问题》)**

思无邪斋诗经论稿　页 160－166　天津市　南开大学出版社　1995 年 6 月;思无邪斋诗经论稿　页 168－174　北京市　学苑出版社　2000 年 9 月

**34. 也谈《诗经》与民歌**

思无邪斋诗经论稿　页 167－175　天津市　南开大学出版社　1995 年 6 月;思无邪斋诗经论稿　页 175－183　北京市　学苑出版社　2000 年 9 月

**35. 读平心先生《略说〈周易〉和〈诗经〉的关系》**

思无邪斋诗经论稿　页 176－184　天津市　南开大学出版社　1995 年 6 月;思无邪斋诗经论稿　页 184－192　北京市　学苑出版社　2000 年 9 月

**36. 帕利——劳德理论和《诗经》研究**

思无邪斋诗经论稿　页 185－189　天津市　南开大学出版社　1995 年 6 月;思无邪斋诗经论稿　页 193－197　北京市　学苑出版社　2000 年 9 月

**37.学《诗》札记九题**

思无邪斋诗经论稿　页190－209　天津市　南开大学出版社　1995年6月;思无邪斋诗经论稿　页230－250　北京市　学苑出版社　2000年9月

**38.《诗经研究史概要》序**

思无邪斋诗经论稿　页236－243　天津市　南开大学出版社　1995年6月

**39.关于成立中国诗经学会的论证报告**

思无邪斋诗经论稿　页250－255　天津市　南开大学出版社　1995年6月

**40.《思无邪斋诗经论稿》初编旧版原跋**

思无邪斋诗经论稿　页256－260　天津市　南开大学出版社　1995年6月;思无邪斋诗经论稿　页251－258　北京市　学苑出版社　2000年9月

**41.邶墉卫辨**

思无邪斋诗经论稿　页150－159　天津市　南开大学出版社　1995年6月;思无邪斋诗经论稿　页157－167　北京市　学苑出版社　2000年9月

**42.关于《诗经》研究的通信(三则)**

天津师大学报(社会科学版)　1995年4期　页53－56接页41　1995年8月;思无邪斋诗经论稿　页219－227　天津市　南开大学出版社　1995年6月;思无邪斋诗经论稿　页207－215　北京市　学苑出版社　2000年9月

**43.现代诗经学的发展与展望**

中国文哲通讯　第6卷4期　页17－30　1996年12月;文学遗产　1997年3期　页98－107　1997年5月;思无邪斋诗经论

稿 页302-319 北京市 学苑出版社 2000年9月

**44. 略述国外《诗经》研究的发展**

河北师院学报(社会科学版) 1997年2期 页70-77 1997年4月;思无邪斋诗经论稿 页259-274 北京市 学苑出版社 2000年9月

**45.《诗经》在世界**

东方文化 1997年2期(总第19期) 页41-44(文件未刊完整);思无邪斋文钞 页169-175 北京市 学苑出版社 2002年9月;不学诗,何以言 页21-29 厦门市 鹭江出版社 2015年10月

**46. 诗经学四大公案的现代进展**

中国文哲通讯 第7卷3期 页17-34 1997年9月;河北学刊 1998年1期 页62-72接页78 1998年1月;思无邪斋诗经论稿 页320-341 北京市 学苑出版社 2000年9月

**47. 国外《诗经》研究新方法论的得失**

第三届诗经国际学术研讨会论文集 页371-397 香港 天马图书公司 1998年6月;文学遗产 2000年6期 页4-18 英译摘要页142 2000年11月;思无邪斋诗经论稿 页275-301 北京市 学苑出版社 2000年9月

**48. 评季旭升《诗经古义新证》**

汉学研究 1998年1期 页373-380 1998年6月;思无邪斋诗经论稿 页461-470 北京市 学苑出版社 2000年9月

**49. 雅颂七章浅释**

先秦诗鉴赏辞典 页431-436、页439-443、页516-520、页621-626、页663-665、页687-690、页724-729 上海市 上海辞书出版社 1998年12月;思无邪斋诗经论稿 页484-500 北

京市　学苑出版社　2000年9月

**50.**《诗经》概说——《先秦诗鉴赏辞典》序言

先秦诗鉴赏辞典　序（二）页6-17　上海市　上海辞书出版社　1998年12月；思无邪斋诗经论稿　页471-483　北京市　学苑出版社　2000年9月

**51.**漫话"风雅"传统

文论报　1999年3月11日；思无邪斋诗经论稿　页501-504　北京市　学苑出版社　2000年9月

**52.**元代经学的社会历史背景和程朱之学的发展

贵州文史丛刊　1999年4期　页1-14　1999年8月；元代经学国际研讨会论文集（上册）　页119-144　台北市　中央研究院中国文哲研究所筹备处　2000年10月；思无邪斋诗经论稿　页433-460　北京市　学苑出版社　2000年9月

**53.**《诗经》难题与公案研究的新进展

淮阴师范学院学报（哲学社会科学版）　第21卷5期　页76-80　1999年10月

**54.**赵制阳《诗经名著评介》（第三集）序

诗经名著评介（第三集）　夏序页1-6　台北市　万卷楼图书公司　1999年11月；唐山师范学院学报　第21卷1期　页75-78　1999年1月；思无邪斋诗经论稿　页520-526　北京市　学苑出版社　2000年9月

**55.**关于《诗经》再评价的几个问题

（韩）诗经研究　第2集　1999年；思无邪斋文钞　页176-190　北京市　学苑出版社　2000年9月；社会科学战线　2001年2期　页101-108　2001年3月；中国古代、近代文学研究　2001

年7期 页191-198 2001年;不学诗,何以言 页3-20 厦门市 鹭江出版社 2015年10月

**56. 姚小鸥《诗经三颂与先秦礼乐文化》序**

诗经三颂与先秦礼乐文化 序页1 北京市 北京广播学院出版社 2000年1月;不学诗,何以言 页201-202 厦门市 鹭江出版社 2015年10月

**57. 20世纪《诗经》研究的发展**

中国现代科学全书 青岛市 青岛出版社 2000年;思无邪斋诗经论稿 页342-422 北京市 学苑出版社 2000年9月

**58. 面向世界面向未来面向现代化——21世纪诗经学展望**

中国诗经学会会务通讯 2000年17期 2000年;淮阴师范学院学报(哲学社会科学版) 第22卷2期 页38-41 2000年4月;思无邪斋诗经论稿 页423-432 北京市 学苑出版社 2000年9月;诗经研究丛刊(第一辑) 页1-11 北京市 学苑出版社 2001年7月

**59. 陈桐生《史记与诗经》序**

史记与诗经 序页1-3 北京市 人民文学出版社 2000年2月;思无邪斋诗经论稿 页532-534 北京市 学苑出版社 2000年9月

**60. 朱炳祥《中国诗歌发生史》序**

中国诗歌发生史 序页1-3 武汉市 武汉出版社 2000年2月;思无邪斋诗经论稿 页527-529 北京市 学苑出版社 2000年9月

**61.《村山吉广教授古稀纪念:中国古典学论集》序**

村山吉广教授古稀纪念中国古典学论集 夏序页1-2 东京都 汲古书院 2000年3月;思无邪斋诗经论稿 页530-531

北京市　学苑出版社　2000年9月

**62.《思无邪斋诗经论稿》后记**

思无邪斋诗经论稿　页571-573　北京市　学苑出版社　2000年9月

**63. 樊树云《诗经宗教文化探微》序**

诗经宗教文化探微　序页1-4　天津市　南开大学出版社　2001年3月；思无邪斋文钞　页206-208　北京市　学苑出版社　2002年9月；不学诗，何以言　页203-206　厦门市　鹭江出版社　2015年10月

**64.《诗经》新注释本的创造性实践——评刘毓庆教授编着《诗经图注》两卷本**

诗经研究丛刊(第二辑)　页306-318　北京市　学苑出版社　2002年1月；山西大学学报(哲学社会科学版)　第25卷1期　页49-51　2002年2月；思无邪斋文钞　页191-199　北京市　学苑出版社　2002年9月；不学诗，何以言　页167-176　厦门市　鹭江出版社

**65. 日文《诗经情诗与万叶集恋歌比较研究》序**

《万叶集》恋歌と《诗经》情诗の比较研究　序页1-3　东京都　汲古书院　2002年2月；思无邪斋文钞　页213-215　北京市　学苑出版社　2002年9月；不学诗，何以言　页194-196　厦门市　鹭江出版社　2015年10月

**66. 刘毓庆《历代诗经著述考》序**

历代诗经著述考(先秦-元代)　序页1-3　北京市　中华书局　2002年5月；思无邪斋文钞　页216-218　北京市　学苑出版社　2002年9月；不学诗，何以言　页197-200　厦门市　鹭江

出版社　2015年10月

**67. 重视文本研究——张启成《诗经风雅颂研究论稿》序**

诗经研究丛刊(第三辑)　页277-278　北京市　学苑出版社　2002年7月;思无邪斋文钞　页219-220　北京市　学苑出版社　2002年9月;诗经风雅颂研究论稿　序页1-2　北京市　学苑出版社　2003年1月

**68.《中国现代文学名篇选读》第二次修订后记**

中国现代文学名篇选读(第二次修订本)(下册)　页603-604　天津市　南开大学出版社　2002年9月

**69. 在毛诗发祥地考察暨国际研讨会上的致辞(摘录)**

诗经研究丛刊(第四辑)　页237-239　北京市　学苑出版社　2003年1月

**70. 田中和夫日文版《毛诗正义研究》序**

毛诗正义研究　序页1-2　东京都　白帝社　2003年2月;不学诗,何以言　页183-185　厦门市　鹭江出版社　2015年10月

**71. 新中国前十七年《诗经》研究的得与失**

南阳师范学院学报(社会科学版)　第2卷5期　页95-98　2003年5月

**72. 从传统诗经学到现代诗经学**

河北师范大学学报(哲学社会科学版)　第26卷4期　页65-69　2003年7月

**73. 现代诗经学开端的十年**

唐山师范学院学报　第25卷6期　页25-30　2003年11月

**74. 论燕赵诗风　(文章内容包含《说燕赵诗风》)**

河北师范大学学报(哲学社会科学版)　第27卷3期　页44

**75. 说燕赵诗风**  (部分文章内容包含于《论燕赵诗风》)

河北师范大学学报(哲学社会科学版)　第 27 卷 3 期　页 50－51　2004 年 5 月;中华诗词　2004 年 11 期　页 45－46　2004 年 11 月;不学诗,何以言　页 70－75　厦门市　鹭江出版社　2015 年 10 月

**76. 邹其昌《朱熹诗经诠释学美学研究》序**

朱熹诗经诠释学美学研究　序一页 1－3　北京市　商务印书馆　2004 年 7 月;不学诗,何以言　页 186－188　厦门市　鹭江出版社　2015 年 10 月

**77.《诗经》出土文献和古籍整理**

河北师范大学学报(哲学社会科学版)　第 28 卷 1 期　页 66－75　2005 年 1 月

**78.《诗经》发祥地初步考察报告**

诗经研究丛刊(第十辑)　页 53－78　北京市　学苑出版社 2006 年 1 月;河北师范大学学报(哲学社会科学版)　第 29 卷 2 期　页 77－85　2006 年 3 月;(修订稿)不学诗,何以言　页 30－53　厦门市　鹭江出版社　2015 年 10 月

**79. 台港的《诗经》研究——《20 世纪诗经学》之十**

西华师范大学学报(哲学社会科学版)　2006 年 2 期　页 1－6　2006 年 3 月

**80. 韩宏韬《毛诗正义研究》序**

毛诗正义研究　序一页 1－2　北京市　中国社会科学出版社 2009 年 8 月;不学诗,何以言　页 207－210　厦门市　鹭江出版社　2015 年 10 月

**81**. 读刘毓庆《从文学到经学》

从文学到经学——先秦两汉诗经学史论　页536-537　上海市　华东师范大学出版社　2009年10月;不学诗,何以言　页207-210　厦门市　鹭江出版社　2015年10月

**82**. 台港的《诗经》研究(二)古籍文献整理与研究

经学研究三十年　页536-539　台北市　乐学书局　2010年11月

**83**. 台港的《诗经》研究(四)诗经学史研究

经学研究三十年　页540-542　台北市　乐学书局　2010年11月

**84**. 当代诗的创作问题

国际中国文学研究丛刊(第一集)　页14-23　上海市　上海古籍出版社　2011年12月;不学诗,何以言　页143-157　厦门市　鹭江出版社　2015年10月

**85**. 黄震云《先秦诗经学史》序

先秦诗经学史　序页6　北京市　北京燕山出版社　2012年5月;不学诗,何以言　页213-214　厦门市　鹭江出版社　2015年10月

**86**. 权威人士认为房县自称是《诗经》故乡无依据(受访稿);答中国社会科学报记者专访:"房县是《诗经》来源地"没有依据——访中国诗经学会名誉会长夏传才语文教学与研究

2012年25期　页3　2012年09月;不学诗,何以言　页158-164　厦门市　鹭江出版社　2015年10月

**87**. 河北教育出版社新书推介——《诗经学大辞典》

社会科学论坛　2013年4期　页257　2013年4月

**88**. 当代诗经研究转型和海峡两岸诗经学的合作交流——在

海峡两岸国学论坛第三届国学高端研讨会的报告

诗经研究丛刊(第二十三辑)　页1-12　北京市　学苑出版社　2013年11月;不学诗,何以言　页76-88　厦门市　鹭江出版社　2015年10月

**89.《诗经学大辞典》前言(上册)**

诗经学大辞典(上册)　页1-3　石家庄市　河北教育出版社　2014年3月;不学诗,何以言　页215-222　厦门市　鹭江出版社　2015年10月

**90.《诗经学大辞典》前言(下册)**

诗经学大辞典(下册)　页1-2　石家庄市　河北教育出版社　2014年3月;不学诗,何以言　页222-225　厦门市　鹭江出版社　2015年10月

**91.《诗经要籍集成二编》序**

诗经要籍集成二编　序页1-3　北京市　学苑出版社　2015年9月;不学诗,何以言　页226-229　厦门市　鹭江出版社　2015年10月

**92.《思无邪斋诗抄全编》补遗**

不学诗,何以言　页230-234　厦门市　鹭江出版社　2015年10月

**93. 六经责我开生面——纳秀艳《王夫之〈诗经〉学研究》序**

王夫之《诗经》学研究　序页1-6　北京市　中国社会科学出版社　2016年6月

(二)文学

**1. 麦丛里的人群——徐州半月突围报告**

甘肃民国日报　1940年3月15日　副刊;思无邪斋诗抄全编　页168-175　北京市　学苑出版社　2012年10月

2. 孤岛夜曲

女友 1943 年;华文大阪每日 1943 年

3. 在北方 (六百行长诗,以笔名夏穆天发表)

文潮 第 1 卷 4 期 页 8 - 17 1944 年 6 月;中国沦陷区文学大系:诗歌卷 页 37 - 59 南宁市 广西教育出版社 1998 年 12 月;思无邪斋诗抄全编 页 144 - 156 北京市 学苑出版社 2012 年 10 月

4. 周人的开国史诗和古史问题

河北师院学报(哲学社会科学版) 1982 年 4 期 页 15 - 25 1982 年 12 月;思无邪斋诗经论稿 页 36 - 57 天津市 南开大学出版社 1995 年 6 月;思无邪斋诗经论稿 页 55 - 90 北京市 学苑出版社 2000 年 9 月

5. 评中国古代第一次文艺论争

天津师大学报(社会科学版) 1983 年 6 期 页 57 - 66 1983 年 12 月;全国学报文摘 1984 年 2 期;天津师院学报 1993 年 5 期;思无邪斋诗经论稿 页 102 - 125 天津市 南开大学出版社 1995 年 6 月;思无邪斋诗经论稿 页 102 - 124 北京市 学苑出版社 2000 年 9 月

6. 关于自学大学语文的几个问题

自学与辅导 1983 年 10 期;中文自学指南 页 3 - 16 北京市 中国展望出版社 1985 年 12 月;思无邪斋文钞 页 343 - 354 北京市 学苑出版社 2002 年 9 月

7.《文赋》札记三题

河北学刊 1984 年 2 期 页 78 - 82 1984 年 4 月;思无邪斋文钞 页 42 - 51 北京市 学苑出版社 2002 年 9 月

8.《中国现代文学名篇选读》后记

中国现代文学名篇选读(下)　页565　天津市　南开大学出版社　1984年8月

9. 燕赵和元曲的源流

河北学刊　1984年5期　页71-75　1984年10月;思无邪斋文钞　页52-62　北京市　学苑出版社　2002年9月

10. 夏完淳的《狱中上母书》

散文世界　第1卷4期　1985年;思无邪斋文钞　页297-300　北京市　学苑出版社　2002年9月

11. 现代文学名作题解九题

中国现代文学名篇选读(上册)　页67-69、页106、页144-145、页154-155、页194-197、页199、页343　天津市　南开大学出版社　1985年7月、中国现代文学名篇选读(下册)　页23-24、页79-80、页231-232、页289、页388-389、后记页565　天津市　南开大学出版社　1985年8月;思无邪斋文钞　页301-312　北京市　学苑出版社　2002年9月

12. 漫谈治学与写学术论文

自学与辅导　1984年4期;唐山教育学院学报　1985年3期　页112-116接页26　1985年9月;思无邪斋文钞　页355-364　北京市　学苑出版社　2002年9月

13. 《离骚》题解

中国古代文学名篇选读(上册)页157-158　北京市　语文出版社　1985年8月;思无邪斋文钞　页221-223　北京市　学苑出版社　2002年9月

14. 《近代通俗文学研究资料丛书》说明

近代通俗文学研究资料丛书　天津市　天津古籍版社　1986年;思无邪斋文钞　页340-342　北京市　学苑出版社　2002年

9月

**15. 论曹操——《曹操集校注》序**

承德师专学报 1986年1期 页7-11 1986年4月;曹操集注 序页1-11 郑州市 中州古籍出版社 1986年5月;国文天地 第9卷5期 页48-52 1993年10月;思无邪斋文钞 页25-30 北京市 学苑出版社 2002年9月;曹操集校注 序页1-9 石家庄市 河北教育出版社 2013年6月

**16. 论曹丕政德及对中国文学发展的贡献——《曹丕集校注》序**

河北学刊 1986年6期 页70-74 1986年12月;曹丕集校注 序页1-15 郑州市 中州古籍出版社 1992年10月;思无邪斋文钞 页31-41 北京市 学苑出版社 2002年9月;曹丕集校注 序页1-12 石家庄市 河北教育出版社 2013年6月

**17. 吴趼人《恨海》《情变》新校点本前言**

吴趼人《恨海》《情变》新校点本 天津市 天津古籍出版社 1987年;思无邪斋文钞 页290-296 北京市 学苑出版社 2002年9月

**18. 彩花头巾**

当代抒情诗拔萃 桂林市 漓江出版社 1987年;思无邪斋诗抄 页135-136 北京市 学苑出版社 2001年7月;思无邪斋诗抄全编 页167 北京市 学苑出版社 2012年10月

**19. 第九年的流亡之歌**

中国新诗鉴赏大辞典 页888-889 南京市 江苏文艺出版社 1988年12月;思无邪斋诗抄 页130-131 北京市 学苑出版社 2001年7月;思无邪斋诗抄全编 页162-163 北京市

学苑出版社　2012 年 10 月

**20. 汉乐府游仙诗《步出夏门行》**

先秦汉魏六朝诗鉴赏辞典　页 510－511　西安市　三秦出版社　1990 年 6 月；思无邪斋文钞　页 224－225　北京市　学苑出版社　2002 年 9 月

**21. 庐山龙首山崖（外一首）**

诗刊　1992 年 2 期　页 46　1992 年 3 月

**22. 初论刘章**

河北学刊　1992 年 2 期　页 41－48　1992 年 4 月；中国现代文学研究　1992 年；思无邪斋文钞　页 119－133　北京市　学苑出版社　2002 年 9 月

**23. 朱自清诗作五首**

朱自清名作欣赏　页 2－4、页 6－7、页 9－11、页 13－14、页 37－38　北京市　中国和平出版社　1993 年 6 月；思无邪斋文钞　页 313－321　北京市　学苑出版社　2002 年 9 月

**24.《七十前集》自序**

七十前集　序页 1－3　香港　天马图书有限公司　1993 年 6 月；思无邪斋诗抄　页 3－4　北京市　学苑出版社　2001 年 7 月；思无邪斋诗抄全编　页 2－4　北京市　学苑出版社　2012 年 10 月

**25. 四面云山亭咏**

中国名胜诗词大辞典　页 68　武汉市　武汉大学出版社　1993 年 7 月；中国名胜诗词大辞典　页 106　杭州市　浙江大学出版社　2001 年 3 月

**26.《中国现代文学名篇选读》后记**

中国现代文学名篇选读（第一次修订本）（下）　天津市　南开

大学出版社　565-566页　1993年8月

**27.王焕运《汉语风格学简论》序**

汉语风格学简论　序页1-2　石家庄市　河北教育出版社1993年11月；思无邪斋文钞　页333-334　北京市　学苑出版社　2002年9月

**28.张松如、赵雨《中国诗歌的文化之路》序**

天津师大学报(社会科学版)　1994年2期　页61-64　1994年4月；古诗今读　序页1-4　长春市　长春出版社　2000年11月；思无邪斋文钞　页337-339　北京市　学苑出版社　2002年9月；不学诗，何以言　页179-182　厦门市　鹭江出版社　2015年10月

**29.《中国古代文学专题史》序**

中国古代文学专题史　北京市　高等教育出版社　1995年；思无邪斋文钞　页335-336　北京市　学苑出版社　2002年9月

**30.中国古典文学研究的现代课题**

冀东学刊　1996年3期　页35-38　1996年6月；唐山师范学院学报　1996年3期　页35-38　1996年；第三届东亚国际学术研讨会论文集　汉城特别市　京畿大学　1997年1月　页387-398　(韩译文)；思无邪斋文钞　页63-69　北京市　学苑出版社　2002年9月

**31."沁园春"祝贺第二届诗经研讨会于北戴河召开**

第二届诗经国际学术研讨会论文集　页813　北京市　语文出版社　1996年8月

**32."西江月"答台湾文幸福教授**

第二届诗经国际学术研讨会论文集　页814　北京市　语文出版社　1996年8月

**33. 呈陈新雄吟翁**

第二届诗经国际学术研讨会论文集　页814　北京市　语文出版社　1996年8月

**34. 呈韩国宋昌基、安秉均、金周汉、金时晃诸教授**

第二届诗经国际学术研讨会论文集　页814　北京市　语文出版社　1996年8月

**35. 咏史五章——山海关有感**

第二届诗经国际学术研讨会论文集　页821　北京市　语文出版社　1996年8月

**36. 咏史五章——澄海城楼**

第二届诗经国际学术研讨会论文集　页821　北京市　语文出版社　1996年8月

**37. 咏史五章——老龙头**

第二届诗经国际学术研讨会论文集　页821　北京市　语文出版社　1996年8月

**38. 咏史五章——姜女庙**

第二届诗经国际学术研讨会论文集　页822　北京市　语文出版社　1996年8月

**39. 咏史五章——望闯王兵败旧战场**

第二届诗经国际学术研讨会论文集　页822　北京市　语文出版社　1996年8月

**40. "望海潮"二届诗经国际会议呈栗原圭介、村山吉广、田中和夫、石川三佐男诸教授**

第二届诗经国际学术研讨会论文集　页813　北京市　语文出版社　1996年8月

**41. 赠林庆彰教授**

第二届诗经国际学术研讨会论文集　页815　北京市　语文出版社　1996年8月

**42. 中国文学与日本中古前期文学**

贵州文史丛刊　1997年2期　页9－14　1997年3月；思无邪斋文钞　页70－80　北京市　学苑出版社　2002年9月

**43.《石家庄风景》序**

石家庄风景诗抄　呼和浩特市　内蒙古人民出版社　1998年；石家庄日报　1998年4月2日；思无邪斋文钞　页327－329　北京市　学苑出版社　2002年9月

**44."水调歌头"第三届诗经国际学术会议迎与会诸君子**

第三届诗经国际学术研讨会论文集　页1056　北京市　语文出版社　1998年6月

**45.《诗人之家诗词选钞》序**

诗人之家诗词选钞　1999年；思无邪斋文钞　页324－326　北京市　学苑出版社　2002年9月

**46. 中国诗在日本的流传和影响——在日本宫城女子大学本课题研究座谈会上的发言摘要**

（日）人文社会科学论丛　第8号　页43－51　1999年3月31日（日译文）；河北师范大学学报（哲学社会科学版）　第24卷1期　页65－70　2001年1月；中国古代文学研究　2001年6期；思无邪斋文钞　页81－96　北京市　学苑出版社　2002年9月

**47. 功夫不负苦心人（《李增山诗词选》跋）**

李增山诗词选　石家庄市　花山文艺出版社　2000年；思无邪斋文钞　页330－332　北京市　学苑出版社　2002年9月

**48."西江月"迎山东会议与会诸君子**

第四届诗经国际学术研讨会论文集　页1324　北京市　学苑出版社　2000年7月

**49.王长华《诗论与子论》序**

诗论与子论　序页1-3　北京市　学苑出版社　2001年6月;思无邪斋文钞　页210-212　北京市　学苑出版社　2002年9月;不学诗,何以言　页189-191　厦门市　鹭江出版社　2015年10月

**50.关于新诗和旧诗的创作问题**

河北学刊　第22卷1期　页90-96　2002年1月;思无邪斋文钞　页100-118　北京市　学苑出版社　2002年9月

**51."江城子"与诸友同游**

第五届诗经国际学术研讨会论文集　页671　北京市　学苑出版社　2002年7月

**52."扬州慢"摘星台放歌**

第五届诗经国际学术研讨会论文集　页671　北京市　学苑出版社　2002年7月

**53."临江仙"迎参加第五届诗经国际会议诸君子**

第五届诗经国际学术研讨会论文集　页671　北京市　学苑出版社　2002年7月

**54."清平乐"赠陈新雄夫妇教授**

第五届诗经国际学术研讨会论文集　页672　北京市　学苑出版社　2002年7月

**55.诗赠钱明锵先生**

第五届诗经国际学术研讨会论文集　页672　北京市　学苑出版社　2002年7月

**56.鲁迅笔下的老庄**

鲁迅研究 1983年5期;思无邪斋文钞 页1-24 北京市 学苑出版社 2002年9月

**57. 我的治学之路**

贵州文史丛刊 2003年2期 页1-5 2003年4月;不学诗,何以言 序页1-14 厦门市 鹭江出版社 2015年10月

**58. 邹其昌《朱熹诗经诠释学美学研究》序**

朱熹诗经诠释学美学研究 序一页1-3 北京市 商务印书馆 2004年7月;不学诗,何以言 页186-188 厦门市 鹭江出版社 2015年10月

**59.《诗经》出土文献和古籍整理**

河北师范大学学报(哲学社会科学版) 2005年第1期 第66-75页 2005年1月

**60. 避暑山庄诗草:"水调歌头"承德离宫迎出席诗经大会诸友好**

第六届诗经国际学术研讨会论文集 页893 北京市 学苑出版社 2005年7月

**61. 避暑山庄诗草:"水龙吟"离宫纪事**

第六届诗经国际学术研讨会论文集 页893 北京市 学苑出版社 2005年7月

**62. 避暑山庄诗草:"青玉案"外八庙**

第六届诗经国际学术研讨会论文集 页893 北京市 学苑出版社 2005年7月

**63. 避暑山庄诗草:"破阵子"木兰围场**

第六届诗经国际学术研讨会论文集 页894 北京市 学苑出版社 2005年7月

**64. 避暑山庄诗草:承德绝句——出长城古北口**

第六届诗经国际学术研讨会论文集　页894　北京市　学苑出版社　2005年7月

65. 避暑山庄诗草:承德绝句——车过兴隆县

第六届诗经国际学术研讨会论文集　页894　北京市　学苑出版社　2005年7月

66. 避暑山庄诗草:承德绝句——丽正门

第六届诗经国际学术研讨会论文集　页894-895　北京市　学苑出版社　2005年7月

67. 避暑山庄诗草:承德绝句——磬捶峰

第六届诗经国际学术研讨会论文集　页895　北京市　学苑出版社　2005年7月

68. 避暑山庄诗草:承德绝句——烟雨楼遇雨

第六届诗经国际学术研讨会论文集　页895　北京市　学苑出版社　2005年7月

69. 避暑山庄诗草:承德绝句——四面云山亭

第六届诗经国际学术研讨会论文集　页895　北京市　学苑出版社　2005年7月

70. 避暑山庄诗草:承德绝句——普陀宗乘庙老松颂

第六届诗经国际学术研讨会论文集　页895　北京市　学苑出版社　2005年7月

71. 避暑山庄诗草:承德绝句——登文津阁

第六届诗经国际学术研讨会论文集　页895　北京市　学苑出版社　2005年7月

72. 避暑山庄诗草:承德绝句——淡泊敬诚殿

第六届诗经国际学术研讨会论文集　页895-896　北京市　学苑出版社　2005年7月

**73.** 洽川七绝

当代人 2006 年 5 期 页 42 2006 年 5 月

**74.** 林中明《诗行天下》序

诗行天下 页 1-2 香港 天马出版有限公司 2010 年 3 月

**75.** 王长华《诗论与赋论》序

诗论与赋论 序页 1-2 北京市 学苑出版社 2011 年 10 月;不学诗,何以言 页 192-193 厦门市 鹭江出版社 2015 年 10 月

**76.** 当代诗的创作问题

国际中国文学研究丛刊(第一集) 页 14-23 上海市 上海古籍出版社 2011 年 12 月;不学诗,何以言 页 143-157 厦门市 鹭江出版社 2015 年 10 月

**77.**《曹操集校注》后记

曹操集校注 页 317-318 石家庄市 河北教育出版社 2013 年 6 月

**78.**《曹丕集校注》后记

曹丕集校注 页 311-313 石家庄市 河北教育出版社 2013 年 6 月

**79.** 廉政反腐名诗名文选注时评

社会科学论坛 2013 年 6 期 页 257 2013 年 6 月

**80.**《建安文学全书》总序

曹操集校注 序页 1-12 石家庄市 河北教育出版社 2013 年 6 月;曹植集校注 序页 1-12 石家庄市 河北教育出版社 2013 年 6 月;曹丕集校注 序页 1-12 石家庄市 河北教育出版社 2013 年 6 月;孔融陈琳合集校注 序页 1-12 石家庄市 河北教育出版社 2013 年 6 月;王粲集校注 序页 1-12 石家

庄市　河北教育出版社　2013年6月;徐干集校注　序页1-12　石家庄市　河北教育出版社　2013年6月;阮瑀应玚刘桢合集校注　序页1-12　石家庄市　河北教育出版社　2013年6月;三曹七子之外建安作家诗文合集校注(上册、下册)　序页1-12　石家庄市　河北教育出版社　2013年6月

## 附录:研究论著目录

### 一、编　著

1. 夏传才诗声画影:纪念夏传才教授八十寿辰暨大学任教五十周年　蔡若莲编著

北京市　学苑出版社　108页　2004年7月

### 二、论　文

(一)经学

**1.** 评夏传才《诗经研究史概要》　许树棣

史学月刊　1983年6期　页90-93　1983年11月;思无邪斋诗经论稿　页535-541　北京市　学苑出版社　2000年9月;诗经研究史概要(增注本)　页236-241　北京市　清华大学出版社　2007年6月

**2.** 先秦至隋文学研究概况　韦边

中国文学研究年鉴　1983年卷　页128　1984年9月;思无邪斋诗经论稿　页543-544　北京市　学苑出版社　2000年9月

**3.** 名著研究史的研究　王学泰

读书 1985年1期 页77-78 1985年1月;思无邪斋诗经论稿 页542-544 北京市 学苑出版社 2000年9月;诗经研究史概要(增注本) 页242-243 北京市 清华大学出版社 2007年6月

**4."庄子与鲁迅"新议——兼与王瑶、夏传才同志商榷 甘竞存**

南京师大学报(社会科学版) 1986年3期 页62-70 1986年

**5. 先秦至隋文学研究综述 李知文**

中国文学研究年鉴 1985年卷 页270 1986年12月;思无邪斋诗经论稿 页544 北京市 学苑出版社 2000年9月

**6. 慷慨豪情燕赵风——读夏传才诗词 安栋梁**

诗神 1986年2期 页37 1986年2月;思无邪斋诗经论稿 页564-565 北京市 学苑出版社 2000年9月

**7. 鲁迅论诗经评介 赵制阳**

孔孟月刊 第69期 页1-26 1995年3月;诗经名著评介(第3集) 页1-32 台北市 万卷楼图书公司 1999年11月;诗经研究史概要(增注本) 页260-261 北京市 清华大学出版社 2007年6月

**8. 郭沫若诗经论文评介 赵制阳**

孔孟月刊 第70期 页89-115 1995年9月;诗经名著评介(第3集) 页249-276 台北市 万卷楼图书公司 1999年11月;诗经研究史概要(增注本) 页261-262 北京市 清华大学出版社 2007年6月

**9. 人品铸诗魂 泉澜**

广西文学 1996年2期 1996年;思无邪斋诗经论稿 页

566-570　北京市　学苑出版社　2000年9月

**10. 评夏传才《诗经研究史概要》　（日）大野圭介文、李寅生译**

（日）中国文学报　1996年52册　页126-134　1996年4月;唐山高等专科学校学报　第12卷1期　页75-79　1999年3月;思无邪斋诗经论稿　页545-552　北京市　学苑出版社　2000年9月;诗经研究史概要(增注本)　页244-250　北京市　清华大学出版社　2007年6月

**11.《商颂研究》《思无邪斋诗经论稿》(张松如、夏传才)**

黄智明　经学研究论丛(第四辑)　页367-368　桃园县中坜市　圣环图书有限公司　1997年4月

**12.《诗经语言艺术》(夏传才著)**

迟文浚主编　诗经百科辞典(下)　页1906　沈阳市　辽宁人民出版社　1998年1月

**13. 夏传才先生《诗经》研究述评　林祥征**

第三届诗经国际学术研讨会论文集　页348-360　北京市　语文出版社　1998年6月;河北学刊　1999年1期　页102-106　1999年1月;思无邪斋诗经论稿　页553-563　北京市　学苑出版社　2000年9月;诗经研究史概要(增注本)　页251-259　北京市　清华大学出版社　2007年6月

**14. 夏传才教授の来日　（日）村山吉广**

（日）诗经研究(第二十三号)　页25　东京都　诗经学会　1999年2月

**15. 胡适《诗经》研究再评价——与夏传才先生商榷　孙雪霞**

汕头大学学报(人文科学版)　第17卷4期　页51-57　2001年11月;诗经研究史概要(增注本)　页263-264　北京市　清华大学出版社　2007年6月

**16.《诗经研究史概要》评述　洪湛侯**

诗经学史(下册)　页816-817　北京市　中华书局　2002年5月;诗经研究史概要(增注本)　页265-267　北京市　清华大学出版社　2007年6月

**17. 夏传才先生对现代《诗经》学的贡献　林祥征**

诗经研究丛刊(第六辑)　页246-270　北京市　学苑出版社　2004年3月

**18. 夏传才对现代《诗经》学的思考与贡献　陈文采**

国文天地　第22卷2期　页102-106　2006年7月;诗经研究史概要(增注本)　页268-274　北京市　清华大学出版社　2007年6月

**19. 夏传才《诗经》研究综论　张亚欣**

夏传才诗经研究综论　页1-48　济南市　山东大学中国古代文学系硕士论文　2006年5月;诗经研究丛刊(第十一辑)　页131-187　北京市　学苑出版社　2006年7月;诗经研究史概要(增注本)　页275-282　北京市　清华大学出版社　2007年6月

**20.《诗经》出土文献和古籍整理　夏传才**

《河北师范大学学报》2005年第1期　第66-75页　樊锦诗、李国、杨富学编

中国敦煌学论著总目　页403　兰州市　甘肃人民出版社　2010年8月

**21. 夏传才《诗经语言艺术新编》评介　李丽文**

中国文哲通讯　第24卷1期　页149-167　2014年3月

## (二)文学

**1. 十月——给夏穆天　沈启无①**

苦竹　1944年2期　页18－19　1944年11月

**2. 赠诗经专家夏传才　王亚平**

野草　1982年第2辑　1982年

**3. "浣溪纱"——奉呈夏传才教授　黄坤尧**

沙田集　页50　台北市　学海出版社　1995年12月

**4. "青玉案"——呈夏传才教授预祝北戴河《诗经》国际研讨会成功　黄坤尧**

沙田集　页79　台北市　学海出版社　1995年12月;第二届诗经国际学术研讨会论文集　页820　北京市　语文出版社　1996年8月;清怀词稿·和苏乐府　页127－128　台北市　文史哲出版社　1999年12月

**5. 奉怀夏传才教授　庄严**

第二届诗经国际学术研讨会论文集　页815　北京市　语文出版社　1996年8月

**6. 和夏老《山海关有感》原韵　汤炳正**

第二届诗经国际学术研讨会论文集　页816　北京市　语文出版社　1996年8月

**7. 乙亥夏日于北戴河参加第二届诗经国际学术研讨会漫成一绝，呈传才兄　顾易生**

第二届诗经国际学术研讨会论文集　页818　北京市　语文出版社　1996年8月

**8. 才老欢筵席上联句　陈新雄、文幸福**

---

① 沈启无(1902－1969)，诗人、学者，江苏淮阴人，与俞平伯、废名、江绍原并称"周作人四大弟子"，著有《近代散文抄》《人间词及人间词话》等。

第二届诗经国际学术研讨会论文集　页818　北京市　语文出版社　1996年8月

**9. 第二届诗经国际学术研讨会呈夏传老　陈新雄**

第二届诗经国际学术研讨会论文集　页818　北京市　语文出版社　1996年8月

**10. 赠夏老　文幸福**

第二届诗经国际学术研讨会论文集　页819　北京市　语文出版社　1996年8月

**11. 敬酬夏老用伯元师韵　文幸福**

第二届诗经国际学术研讨会论文集　页819　北京市　语文出版社　1996年8月

**12. 第二届诗经会议呈夏传老用新雄学长韵　余培林**

第二届诗经国际学术研讨会论文集　页820　北京市　语文出版社　1996年8月

**13. 浣溪纱——参加桂林诗经国际会议呈夏老　陈新雄**

第三届诗经国际学术研讨会论文集　页1056　北京市　语文出版社　1998年6月

**14. 浣溪纱——次韵奉和陈教授并呈夏老　（桂林）唐甲元**

第三届诗经国际学术研讨会论文集　页1056　北京市　语文出版社　1998年6月

**15. 浣溪纱——次韵奉和陈教授并呈夏老　（桂林）廖家驹**

第三届诗经国际学术研讨会论文集　页1056　北京市　语文出版社　1998年6月

**16. 祝贺第三届诗经国际研讨会召开:俚句一首敬呈传才吾兄暨与会同志哂正　顾易生**

第三届诗经国际学术研讨会论文集　页1057　北京市　语文

出版社　1998年6月

**17.** 浣溪纱——次韵奉和陈教授并呈夏老　（桂林）张俊民
　　第三届诗经国际学术研讨会论文集　页1057　北京市　语文出版社　1998年6月

**18.** 浣溪纱——次韵奉和陈教授并呈夏老　（桂林）林叶萌
　　第三届诗经国际学术研讨会论文集　页1057　北京市　语文出版社　1998年6月

**19.** 浣溪纱——次韵奉和陈教授并呈夏老　（桂林）黄蓓蓓
　　第三届诗经国际学术研讨会论文集　页1057　北京市　语文出版社　1998年6月

**20.** 浣溪纱——次韵奉和陈教授并呈夏老　（桂林）黄小甜
　　第三届诗经国际学术研讨会论文集　页1057　北京市　语文出版社　1998年6月

**21.** 浣溪纱——次韵奉和陈教授并呈夏老　（桂林）杨怀民
　　第三届诗经国际学术研讨会论文集　页1057　北京市　语文出版社　1998年6月

**22.** 评〈第九年的流亡之歌〉　黄彩文
　　中国新诗鉴赏大辞典　页889－890　南京市　江苏文艺出版社　1988年12月

**23.** 桃源忆故人——寄夏传才教授《诗经》济南国际研讨会　黄坤尧
　　清怀词稿·和苏乐府　页195－196　台北市　文史哲出版社　1999年12月；第四届诗经国际学术研讨会论文集　页1325　北京市　学苑出版社　2000年7月

**24.** 赠诗经学会会长夏传才教授　张济川
　　第四届诗经国际学术研讨会论文集　页1325　北京市　学苑

25. 清平乐——传老赋清平乐见赠,亦以此调奉酬,用欧公小庭春老韵　陈新雄

　　第五届诗经国际学术研讨会论文集　　页 669　北京市　学苑出版社　2002 年 7 月

26. 渔家傲——张家界第五届诗经国际研讨会呈夏传才会长,用欧公九月重阳还

又到韵　陈新雄

　　第五届诗经国际学术研讨会论文集　　页 669　北京市　学苑出版社　2002 年 7 月

27. 桃源忆故人——代兰儿有怀夏传才伯伯,用欧公梅梢弄粉香犹嫩韵　陈新雄

　　第五届诗经国际学术研讨会论文集　　页 670　北京市　学苑出版社　2002 年 7 月

28. 夏传才会长赠诗一首敬奉原韵以酬　(浙江)钱明锵

　　第五届诗经国际学术研讨会论文集　　页 674　北京市　学苑出版社　2002 年 7 月

29. 承德吟笺:赠传才兄(八月九日承德)　　刘　征

　　第六届诗经国际学术研讨会论文集　　页 889　北京市　学苑出版社　2005 年 7 月

30. 承德行:夜抵承德同夏老、明锵饮三首　文幸福

　　第六届诗经国际学术研讨会论文集　　页 903　北京市　学苑出版社　2005 年 7 月

31. 诗会敬呈夏老　姚永辉

　　第六届诗经国际学术研讨会论文集　　页 915　北京市　学苑出版社　2005 年 7 月

**32. 又,赠夏会长　杨子怡**

第六届诗经国际学术研讨会论文集　页916　北京市　学苑出版社　2005年7月

**33. 夏传才等人参观诗经书画　胜蓝**

诗经文化网站（www.sjwhw.net）　2010年12月12日发表

**34. 中国诗经学会第十一届年会暨国际学术研讨会大会秘书处并转夏传才先生　赵逵夫**

中国诗经学会网站（wxy.hebtu.edu.cn）　2014年7月29日发表

**35. 恭祝夏先生九十华诞　向熹**

中国诗经学会网站（wxy.hebtu.edu.cn）　2014年8月1日发表

**36. 中华赤胆一书生——记著名学者、河北师大文学院教授夏传才　杨雅坤、辛龙凯**

河北师范大学校友网站（www.hebtu.edu.cn）　2015年6月8日发表

**37. 夏传才研诗授文是种地耕田　顾大鹏**

大公报　人文历史　A21　2015年7月12日


（李丽文,台北市立大学中国语文系,博士候选人）